JN306835

新潮文庫

火宅の人

上巻

檀一雄著

新潮社版

2747

火宅の人

上巻

微笑

「第三のコース、桂《かつら》次郎君。あ、飛び込みました、飛びこみました」

　これは私が庭先をよぎりながら、次郎の病室の前を通る度に、その窓からのぞきこんで、必ず大声でわめく、たった一つの、私の、次郎に対する挨拶《あいさつ》なのである。

　こんな時、次郎は大抵、マットレスの蒲団《ふとん》の上から、ずり落ちてしまっている。炎天の砂の上にひぼしになった蛙《かえる》そっくりの手足を、異様な形でくねらせながら、畳にうつ伏せになっていたり、裁縫台の下に足をつっ込んでいたり、しかし、私の大声を聴くと、瞬間、蒼白《そうはく》な顔のまん中に、クッキリとした喜悦の色を波立たせて、「ククーン」と世にも不思議な笑い声をあげるのである。

　どんなに泣きわめいている時でも、むずかっている時でも、この「第三のコース、桂次郎君……」を私が怒鳴ってやりさえすれば、次郎の泣き声は、立ち所にピタリととまって、その顔に類《たぐ》い稀《まれ》な鎮静の微笑が湧《わ》く。

　この「次郎微笑」は、人間と云《い》ういきものの微笑には余り似ていないかも知れぬ。しかし、愚かな私にとっては、モナ・リザの微笑より、大英博物館の鼻欠け美人の微笑より、何層倍も正しく、また美しくさえ感じられる。まったくのところ、これが私の鎮魂のよりどころだと云っても、決して云い過ぎではないだろう。

この五六年、私はほとんど自分の家によりつかないのである。それでも、やっぱり、一月に一度、二月に一度は、矢も楯《たて》もたまらなくなって、次郎の側にかけつける。しかし、まともに、次郎の病室の中に入り込むだけの勇気はなく、庭の方から病室の窓の手摺《てすり》につかまりついて、「第三のコース、桂次郎君……」大声でわめき散らすのが精一杯だ。

大抵の場合、次郎はマットレスの上から墜落してしまっている。また、大抵、うつ伏せ。ねじれた四肢と、よく動かぬ首が、しばらくもつれ合い、それでも何となく私の声の方に必死にもがきよる気配を見せながら、その呼気までが荒くなり、グルグルとひとところに旋回をくりかえす。すかさず私が、

「あ、飛び込みました、飛びこみました。ぐんぐんピッチをあげて泳いでおります……」

瞬間、チラと次郎の眼の中に、得意の色が仄見《ほのみ》えて、それがやがてゆっくりと、例のいい次郎微笑に変ってゆくのである。たとえば閑寂の池のおもてに、一粒の小さい石を落すとするだろう……、その波紋が、弱くゆっくりとひろがってゆくように、次郎の蒼白の顔の中のある一点から、(多分眼からだが)喜悦が至極緩慢に波立ちひろがっ

ていって、その果のあたり、時によって、「ククーン」と云う不思議な笑い声が洩《も》れることがある。

そうだ、「ククーン」。あの笑い声は、ひょっとしたら、馬の笑い声に一番似ているかも知れぬ。

私は兵営の四年の間、主として馬の飼育に専念していたが、馬どもを一頭々々、黎《れい》明《めい》の馬房から曳《ひ》き出して水を飲ませにゆく時、かりに水勒《すいろく》を握っていてもいなくっても、馬は水槽《すいそう》の側までトコトコと歩いていって、蛇口から流れ出している新しい水をうまそうにすすりあげる。

まだ、しらじら明けの空の光は弱く、蛇口から噴きこぼれる水の音だけが太初のように低いつぶやきをあげて流れ出している静かな時間……。時によって、馬は黎明の星を嚥《の》み込むように、馬面《うまづら》を心持空に反《そ》らせ、「ククーン」と笑うことがある。

ひと（いや、ほかの馬）に聞かせる笑い声ではない。暁《あかつき》の空に向って、ひとりつぶやくような、自足の、満ちたりた、淋《さび》しい、幽玄の笑い声なのである。

ひょっとしたら、次郎の笑い声は、あの馬どもの笑い声に一番近いと云えるかもわからない。おなじように、ひとりつぶやくような、満ちたりた、淋しい、幽玄の笑い声なのである。もう、人に対する笑い声ではなく、太虚に向って、ひそかに自足しているような、あてどのない響を立てるのである。

次郎が発病してから、もう何年になるか。六つの時に発病して、今が十二三の筈《はず》だから、まる六年か、七年にはなるだろう。

日本脳炎。私は大酔している時でも、（いや大酔している時が一番だが）ふっと目の前にその次郎の微笑が大写しになり、「第三のコース、桂次郎君……」わけのわからない大声をあげ、矢庭に闇《やみ》に向って駈《か》け出してみたくなることがある。

その癖、その次郎は、滅多に帰ることのない石神井《しゃくじい》の家にほったらかしにして、今でも細君にまかせきったままだ。

次郎が発病した前後の二三年のことだが、私の身のまわりに、何となくあとあとと、凶事が打ち重なってくるように思われた不吉な時期がある。思われただけではない。最後の出来事を別にしてみても、まったくのところ、凶事が殺到したのである。これを簡単な表にして書き抜いてみると、

29年　8月9日　奥秩父《おくちちぶ》ニテ落石ニ遭イ、肋骨《ろっこつ》三本ヲ折ル
30年　8月7日　次郎発病、日本脳炎ト診断サル
31年　8月7日　恵子ト事ヲ起ス

見られる通り、ほぼ、きちんと一年ずつの間隔をおいて、私の一身上の重大事が、三年間相続いて起ったことになる。

二十九年の八月は、一郎を連れて、奥秩父の中津川に、出かけていった。人里離れた閑静なところで、一夏泳いでみたり、原稿を書いてみたりしたいのだが、適当なところはないだろうか、と誰彼となく訊《き》いてまわっていたところ、S君がそれなら、奥秩父の中津川に知辺《しるべ》があるからと、わざわざ自分で案内してくれた。

私と一郎はその渓谷のなかに、丁度恰好《かっこう》の泳ぎ場を見つけ出し、しばらく部落に居つくつもりで、金や食糧の罐詰《かんづめ》などをこまごまとS君に頼み、S君は山を降《くだ》っていった。

九日の朝が素晴しい晴天だったことを今でもハッキリと覚えている。私は一郎と連れ立ちながら、大はしゃぎ、泳ぎ場の方に向って歩いていた。自分のくゆらしている煙草《たばこ》の煙が、見事な紫紺の渦巻きになって、渓谷の気流に乗る。その煙の描く紋様を格別に面白く眺めやりながら歩いていた矢先、ズシーンと私の上体にはげしいショックが感じられた。

何だろうと思うよりも早く、私の体はクタクタと崩折れた。崩折れながらも、私の体からはずみ落ちてゆく拳《こぶし》大の石塊の動きを、ゆっくりと見てとった。

落石である。すぐに血痰《けったん》が口をついて出た。私は二三時間後に、山の医師から傷口を縫いふさいで貰《もら》い、東京から自動車でかけつけてくれた友人の壺野《つぼの》や石山博士らに附添われて、その翌日は山を降り、慶応病院に入院した。落石は僅《わず》かに心臓を左にはずれ、前二本、後一本の肋骨の骨折であった。

佐藤春夫先生はたわむれに、「ラッキーストライク」と呼んで、私のきわどい運命のツキを喜んで下さったが、まったく危い命を拾ったものである。

次郎が発病したのは、その翌年の八月七日、であった。


わが家に自慢の出来そうなものは何もない。主人の私の才能は貧しいし、お酒、怠惰、狂躁《きょうそう》、濫費《らんぴ》、軽薄等……私の悪徳の方を数えあげるなら、たちどころに十本の両手の指を折りつくしたって、とてもそれでは足りないだろう。

それかあらぬか、むかし親しかった友人らにしても、この頃では、誰一人私のところにやって来ようなどと云うものはなくなった。太宰が死に、安吾さんが死んでからと云うものは、私はまるで姨捨《うばすて》の姨みたいに、荒涼の山奥に棄《す》てられてしまった感じである。

まるっきり駄目なのである。仕事らしい仕事も出来ぬ。ぜんぜん見とおしというものがない。ヤミクモに書いて、ヤミクモに浪費しているだけで、人間何モノカ……心の眼はチラとも開かず、現代の姨捨は澄み透《とお》る月影の片鱗《へんりん》をだに見ない。そう云う私だから、

「子供はなるべく産まない方がいいよ」

とその都度、正直に細君には囁《ささや》いてきた筈だ。いつ行倒れるか知れやしない。その期《ご》に及んで、累《るい》を子孫にまで及ぼしたくはないのである。

「でも、不自然なことはしたくありませんし……」

これがまた、その都度、細君が私に答える言葉なのである。私は黙るよりほかにない。細君を説得出来るほどの根拠も自信も、私の方にはある筈が無いのである。根拠も自信もないからこそ、私にしてみれば、産ませることの方が心細く、なるべくなら煩累《はんるい》を自分の死後にまで残して置きたくないわけだ。

数えれば、私の子供はもう四人。長男の一郎が十一年、次男の次郎が五年四ヵ月、三男の弥太が二年六ヵ月、長女のフミ子が一年三ヵ月、この春熱海で流産した四ヵ月の胎児迄《まで》が育って今頃生れ出していたとするならば、五人の子供の父親ということになったろう。

いつだったか、石川淳さんが、飲みながら、「もうこうなったら、桂君は手当り次第に子供を産ませるに越したことはないや。一ダースも産んで、日本六十余州を攻め取ってみるんだね」

なるほど、そう思い棄ててしまえばいっそいさぎよいほどだ。

雨降り。それが梅雨の頃の雨の日ででもあってみると、私の家はさながら、家鳴り震動すると云っても、決して云い過ぎでも何でもない。机から飛降りる、障子の桟をこわす、襖《ふすま》を破る、いやその襖が理由もなしに顚倒《てんとう》する。いやいや、そんななまぬるい常識的な騒ぎではないのである。何ものとも為体《えたい》の知れぬ物体が次々と鳴りはじめ、ぶつかり合い、その間に泣き声が混る、金盥《かなだらい》が落ちる、土足の犬が踏み上る、碁石が散る、おしっこ、うんこ、いやはやその狂乱怒濤《どとう》の間隙《かんげき》を縫い歩くようにして、例の不自然なことをしたくないと云うわが家の主婦が、いささか子供らの自然の狂躁に足を取られたあんばいのヒステリックな声をあげている。

まことにこれが、わが過ぎやすい人生の全貌《ぜんぼう》に近い。

それでも梅雨が晴れ上って、天日がまばゆく照り輝いてくれさえすれば、子供らは次々と地上に滑り降りてくれるから、かりに次郎が金魚鉢の水を甘《うま》そうに飲みこんでいようと、弥太が犬の食べ余しを犬皿から手摑《てづか》みで食べていようと、フミ子が鶏小舎《ごや》の中で鶏糞《けいふん》にまみれながら這《は》い廻っていようと、彼等のほんとうの泣き声が湧くまでは、その父はホッと一息。そのあたりに珠玉のように輝いている紫露草の美しい紫紺の発色を、思いがけぬ旅情で眺めやっている。が、油断はならぬ。金魚入れの大甕《おおがめ》に次郎が逆落しになってもがいていたと云うのである。

「もう二寸水が深かったら……」

とその母がズブ濡《ぬ》れの次郎を引連れながら云っている。かと思うと、口のまわりを糠《ぬか》と粟《あわ》で糊附《のりづ》けにしたフミ子が、ワアワアと泣きながら女中に抱え上げられてやってくる。

「鶏小舎の鶏の餌《えさ》を残らず食べていらっしゃるんですよ」

ヤケ糞《くそ》の父は至極満悦そうな豪傑笑いになって、「日本六十余州を残らず攻め取る子供達だ、そのくらいのことはあるだろう」

その子供らが、ようやく次々と寝鎮《しず》まると、さすがの父も、

「もうこのくらいで、子供は要らぬ」

御覧の通り、わが家の自慢は子供である。人並みと云って悪かったら、先《ま》ずまあ動物並みの発育は遂げているに相違ない。まさか余生を子供らに頼むつもりは無いのだから、それぞれ、勝手放題に生きてくれれば父は至極満足だ。それには、犬の餌、猫の餌、鶏の餌、金魚鉢の腐り水と……何でも幼少から、喰い馴《な》れ、飲み馴れていてくれる方が、イザと云う時のもち耐えに役立つかも知れぬ。父は自分の生き方だっておく先まっ暗の思いである。とても子供らの半生の責任までは負いかねる。そこで安吾の「親が無くても子は育つなんてものじゃありませんや。親が有っても子は育つですよ」の主旨に思いっきり賛同して、親の義務をあらかた天に奉還したい気持なのである。

八月の五日に、ちょっと東北の四倉《よつくら》近在の山の中まで、人と会いにゆく所用があった。例によって、日頃怠け放題の父は、二三日家をあけるとなると徹夜で片附けなけ

ればならぬ仕事がある。いつもながら憐《あわ》れなわが家の主婦は、自分の怠慢でもないとに、お附合いの罪亡《ほろ》ぼしで、やっぱり徹夜ということになるようだ。

その仕事が、朝のしらじら明けに、やっと一息ついた時である。

「今日思い切って掻爬《そうは》しに行こうと思っているんですけれど……」

「何、また妊娠《にんしん》？　四月に流産したばかりじゃないか？」

「ええ、でもツワリがはじまったようですから」

自分から掻爬しに行くと云い出すなんて、自然派のこの母にしては突飛きわまる申し出だ。いつも肝腎《かんじん》な妊娠ですら云いまぎらわして、中絶しようにも、六ヵ月、七ヵ月、とっくに時期を失ってしまっているのがきまりである。それ迄はお腹がいくらふくれてきたって頑強に妊娠を否認する。だから熱海での思いがけない流産も、まるっきり妊娠してないものが流産したという奇ッ怪な出来事の一つであった。それを自分から妊娠中絶を申し出るとは、私にしてみれば不思議を通り越している。つまりは自然派の細君もようやく老いたのであろうと私は妻を顧み、

「何も旅行中に掻爬しなくったって、オレが帰ってきてからではどうだ？」

「ええ、それでもよろしいですけれど」

私はこぶかく茂り合ったわが家の乱雑な木々の有様を今更のように振りかえって、自分の家を後にする。

暑い旅であった。しかし訪ねる人は、その昔満洲《まんしゅう》の馬賊であり、自然と馬賊にたどりつくその道行の素朴な話が、馬鹿《ばか》におもしろかった。敗戦と一緒に帰農して、丁度十年がかりでここを開墾したと、風のよく吹き通す奥山の南斜面に立って見せたが、蒟蒻《こんにゃく》のまだらの茎と、唐モロコシの葉々と、こもごも、光の中にさやぎ合う色が実によかった。私は久方ぶりにモチキビの天然の甘味をむさぼり喰うのである。老人は夏の炉辺でしきりに手真似《てまね》などをくりかえしながら、馬賊が民家を襲撃する時の号令だとか云って、「チャンヨー（囲家）」と唱えてみたり、同じく引揚号令だと云って、「ホアー」と唱えてみたり、その度に子の無い森閑とした山の小屋が低くブルブルと家鳴りして、瞬間老人の眼にあやしい昔の炎が燃え出すように思われる。

青年の日は馬賊、年老いて故郷の山に還《かえ》り黙々として土塊《つちくれ》を打っている……、その老人の帰農の感懐もバカに面白かった。ひとごとには思われない。私は唐モロコシの実を、甘くまんべんなく齧《かじ》りとりながら、炉の方にさし出された老人の節くれだった手を、今更のようにいつまでもジッと眺めて見飽きなかった。

二泊三日。上野には丁度日暮れてから着いた。車窓から東京のネオンを眺めるまでは、現代の姨捨先生も何となくしぶとい己の月の在処《ありか》をでも見たつもりで、ネオンよりは空の稲妻、メロンよりは唐モロコシ、クラッカーよりは蒟蒻の肌のブツブツと、何やら古めかしい人間復興の護符をでも得たつもりで、かりにも浮薄な酒色にうつつをぬかすことは自分でもなさそうに思われたのに、街の灯を眺めたトタンにしびれるほどその街の灯恋しい。

誰だって弱いのだ。現代のひよわな文明をことごとく身にあつめて、ドブドロの中にいかりこんで死んだって、自分の中に脈搏《う》っている亡びやすい情を、亡びやすいままに、今日に賭《か》けるのがどうして悪かろう。

帰りついたのは午前四時だ。

「まあー、今頃……。いつでもお留守の時で嫌ですけれど、次郎が何だか悪いんです」

「次郎？　それで、医者には見せた？」

「はい、見せました。何とも仰言《おつしや》いませんけれど、扁桃腺《へんとうせん》もはれているんですって」

私はよろけながらその次郎を電燈の光の中にすかしみたが、酔った頭に、何の思慮も浮ばない。蚊帳《かや》の裾《すそ》から手をだけさし入れて、歯を喰いしばったような次郎の額をさぐってみた。燃えるように熱い。

「扁桃腺だろう。何しろこう暑くっちゃ、大人だって参る」

細君と子供をその蚊帳の中に残し、自分だけひどく空虚な酔いに揺ぶられるようにして、新築の離れの書斎にひきとった。朝の蟬《せみ》が啼《な》きしきっているのである。

酔生夢死。それをとりたてて罪悪だなどとは思わない。警醒《けいせい》の偉人の声も、いずれはこの啼きしきる蟬のなかの、少しばかり調子のはずれた蟬ぐらいのものだろう。人間から聞いてみれば、ただ一色、真夏の日盛りのはかない夢でないものが一匹でもあるか。

まるで炎暑を抱きよせるようにして、昏々《こんこん》と眠り込んでいる。が、ようやくゆすぶり起されていることに気がついた。

「ちょっと、起きて見て下さらない。次郎がひどく悪いんです。ひきつけているんです」

「医者は呼んだ?」

「はい、お医者様は呼びにやっておりますけれど……」

私はまだ醒《さ》めきらぬ酔いをひきずるようにして、母屋《おもや》の廊下から匐《は》い上る。女中が次郎を抱えとっていた。シャモジにタオルをぐるぐる巻きにして、そのシャモジを口にくわえさせられている。いや、喰いしばっていると見えた。奈落の果を泳いでいるように見える。

「次郎。次郎」と大声をあげて呼んでみたが、全身の痙攣《けいれん》だ。額に押しつけている氷《ひょう》嚢《のう》の下に、もがいている。折からの正午の照り返し、と、木の葉の反照を浴びて、青ざめくねっているその次郎の姿が、何か新しい野獣の精気をでも帯びているように私には感じられた。医師が来る。

「すぐ、何処《どこ》かにお心当りの病院に入院させていただきましょうか」

「どんな状態でしょう？」

「さあ、項《うなじ》のところに硬直が来ておりませんから、今のところ日本脳炎でもなさそうですが、二三日で熱が下って麻痺《まひ》が来れば小児麻痺……脳膜炎……ハッキリわかりませんけれど、やっぱり入院させていただきましょうか？」

すぐにタクシーを呼んだ。ツワリがひどくこの十日余り、寝たっきりの細君をやるのは気の毒だが、私は連載の新聞小説を切るわけにはゆかぬ。病院は、細君が次郎、弥太、フミ子とつづけて三人を分娩《ぶんべん》した聖母病院が馴れていて万事好都合だと思ったから予《あらかじ》め電話をかけさせた。先方は、

「伝染病ではないでしょうね？　伝染病は預かりませんよ」

と云《い》っているそうだ。それがわからないから取敢《とりあ》えず連込むわけである。二人の重病患者が固く抱き合うような恰好《かっこう》で、母と子は、自動車に乗って出発していった。

原稿が手につかないでいるうちに聖母病院から電話だと云っている。

「もしもし。あの――次郎は、日本脳炎だそうでしてここでは預かれないと仰言るんですよ。それで豊多摩病院に移していただくことになりました。唯今《ただいま》、病院のお迎えの自動車が来る迄待っておりますが、原稿が済みましたら、直接向うの病院に来て下さいませんか」

細君の心細げな狼狽《ろうばい》の声が聞えている。私だって動顚した。日本脳炎とはいかなる奴《やつ》か？　兵隊の頃、久留米《くるめ》の界隈《かいわい》で、炎天の行軍から帰りついた兵士らがバタバタと倒れたと思ったら、それが日本脳炎で、大半は死んだと云う記憶がある。いや、その兵士らの噂《うわさ》より、外出禁止を命じられた兵営内のうらめしい鬱憤《うっぷん》の追憶だろう。

病気にはさまざまあるが、自分の家族に日本脳炎が発生しようなどとは、迂闊《うかつ》にも今日まで一度も考えてみたことが無い。

子供はほったらかせば育つ。現に私は浮浪児同然、ほったらかされ続けて育ってきたようなものだ。

私は自動車を呼んで残りの子供らを全部のせ、さながら物見遊山《ゆさん》のふうにそのクルマを走らせて、病院近い友人の家に子供らを預けると、自分一人、避病院の門をくぐった。

厳重な消毒だ。そここ上ったり降りたりするコンクリの廊下である。もうとっくに日没は終っているが、裏町の路地ででもあるように、その廊下にチョロチョロと子供らが走り、窓際《まどぎわ》に浴衣の老人や、エプロンのおかみさん達が涼を入れている。

部屋はすぐわかった。八畳ぐらいの病室に寝台が三つ（縦に二つ、横に一つ）据えられて、そのハザマのところに板を敷き、蒲団《ふとん》を展《の》べ、附添いの家族らが思い思いに坐《すわ》っていた。つきあたって左手に二十歳ぐらいの青年だ。附添いは妹さんだろう、渋団扇《うちわ》で患者の胸許《むなもと》をひっきりなしにあおいでやっている。

「痛いよう、痛いよう」

「そんなことを云ったって……」

と患者の大声に気がとがめるのか、その附添いの妹は氷嚢を押えながら、こちらをぬすみ見る様子である。

その右の寝台は三四歳の子供だが、もうまるっきり病気の様子には見えず、寝台からすべり降り、ハザマの蒲団に坐っている附添いのおッ母さんの膝《ひざ》の上に馬乗りになって、おッ母さんの乳房をひきずり出している。

「ええ、ウチの子は脳炎じゃなかったのよ。熱が高いでしょう、泡《あわ》を喰っちゃって、ここへ連れこんできたんだけど、三日目からケロリなのよ……」

私はあらためて次郎を見たが、まわりの喧騒《けんそう》など何も知らぬげで、昏々と睡りついているように見える。熱は四十度六分。

「オマエさん大丈夫か？　今夜の附添いは」

「ええ」

「附添いの看護婦さんを呼ぶがいいが、今夜はとても駄目だろう」

「いいえ、ズッと私大丈夫」

私はこの部屋には思いがけぬ親近をすら感じたけれど、今日までずっと寝込んでいた細君だ。次郎よりその母の方が参りそうで不安だが、しかしほかに適当な方法が考えつかぬ。

「じゃ、くよくよするな。きっと助かるような予感がする」

私はそれだけを云い残すと、病状を医師に問いただす気もおこらず、サッサと友人の家に引揚げた。友人のところで出してくれた御馳走《ごちそう》を立ったり走りまわったりして食べ散らしている子供達をそのままに眺めながら、しばらく酒を飲む。

「助かるよ、きっと」

「うん、助かる」

「その上で、どこか慶応あたりに移そうじゃないか？」

「うん、頼む」

一郎が座敷に走りこんできた。

「チチー、今ラジオで次郎が死んだって云ってるよ」

「ふん、何かの間違いだろう。だって今迄《いままで》父は次郎の手をチャンと握っていたんだもの」

「だって云ってたよ、ね、オバちゃん」

気遣わしげに一緒に入ってきた友人の奥さんも、

「云ったような気がしたけれど、でもきっと間違いでしょうね」

「間違いです」

これ一つだけは確信があった。二十分と経過していない。その二十分内に次郎が死に、病院から新聞社、新聞社からラジオと、そういう偶然の速報が重なってゆくとは考えられないことだ。しかし、一時間後のことはわからない。

三日目の夜更《よふ》け、電話で病院から呼び出された。

「危いのですって。おいで頂くように先生から注意がありました。今朝から病室が変っておりますから……百五十号、次郎一人です」

「いや助かる。すぐ行くけれど……」

「はい、済みません」

幸いと子供は全部寝鎮《しず》まっている。私は写真機を二つぶら下げると自動車を走らせた。

その新しい病室には医師が一人、看護婦一人、それに附添いの看護婦も来てくれたようで丁度注射の最中のようである。

私の眼にも容易ならぬ状態に思われた。はだけた胸が、急激にふくれしぼんで、フイゴのような音を立てている。それに暑い。昨日持参したゴムの木が、次郎の枕《まくら》の方ににぶい葉の色をひろげている。医師は処置を終ると、

「ちょっと、おいでを願いましょうか?」

私は深夜の医務室に、その医師と向い合った。

「御覧の通り、呼吸麻痺がおこっておりまして、かなりの重態です。しかし、このまま三日もてれば……」

「三日もてれば助かりますか？」

「はあ、大体日本脳炎は一週間を越えると降《くだ》り坂になりますから」

「ほんの家内の気休めにしかならなくても結構でございますが、酸素吸入などしていただけませんか？」

「ええ、唯今その準備をさせているところです」

酸素吸入のボンベが持ちこまれ、そのゴムの管が次郎の鼻孔に通される。やがてそのハンドルが静かに廻されると、規則正しいカッンカッンという振子の振動が起り、管の通されたガラス瓶《びん》の中に、酸素の気泡《きほう》が間断なく湧《わ》きはじめた。

額に氷嚢、眼には湿布、鼻孔に吸入のゴムの管。私は自分のライカを取り出して、それとなく訣別《けつべつ》の写真を撮ろうとしたが、出発前、蟬取の網を持って庭の中を走り廻っていた次郎……、私の帯を褌《ふんどし》代りに腰に巻きつけて、得意げに、相撲の四股《しこ》を踏んでいた次郎……、枕をはねとばしながら、力道山の唐手チョップや、飛行機投げを、真似していた次郎……、蒲団の上から畳の上におどりこんで、「第三のコース、桂次郎君……」畳の上を競泳のつもり、ゴソゴソ這《は》いまわっていた次郎……、さすがに、次郎の百態が走馬燈のようにレンズの中にひしめきよってきて、焦点が合わせられなかった。

次郎が恢復《かいふく》したのはほとんど奇蹟《きせき》と云ってよいほどのことであったらしい。その係りの医師がやってきて、

「よく助かりました。よく助かりました。次郎君、まったくたまげた心臓ですよ。もうこれで大丈夫……」

それでも次郎は昏々とよく眠った。

十日目であったか、その次郎がパッチリと目を開いたから、

「次郎。次郎」

と私達はかわるがわる次郎を奪い合うようにして、大声で呼んでみたが、何の反応も現れなかった。また静かに、その眼を閉じる。

「でもね、段々はっきりしてくるものよ。ウチの子なんかもはじめはやっぱり何もわかんなかったんだから。今じゃ、ちゃーんとモノが云えるもの……」

と次郎より十日ばかり早目に入院した中学生のお母さんが退院の挨拶《あいさつ》にきて次郎をのぞき込みながら、慰め顔に云ってくれている。しかし、次郎に附添ってくれている看護婦の話によると、そのお母さん以外には、全然聞きとれない言葉だそうだ。ボソボソボソボソとつぶやくが、「うん、そうかい。ああ、アイスクリーム」そのお母さ

んが、一つ一つ早呑《の》み込みに呑みこんでくれるらしい。

それにしても、母だけにでもわかる言葉を、次郎が早く喋《しゃべ》ってくれないものかと、私達は、心待ちに待った。

見えているのか、見えていないのか、綺麗《きれい》な目が、次郎の顔の中で、ぼんやりと見開いているだけである。癈人《はいじん》？　私達は怯《おび》えたが、少くとも一年の間は、その、癈人を信じていなかった。いや、今だって、信じていないかもわからない。ただ、新しい次郎の状態を、次第に見慣れただけだ。

丁度その頃、次郎を見舞ってくれた格別に優しい見舞の客があった。画家のO氏の若い奥さんである。何も答えない次郎に、いろんな話を聞かせてやった揚句、ためうように、私と家内の顔を、かわるがわるのぞき込んでいたが、

「あの――、あたし、やったことがあるんです……」

臆病《おくびょう》そうに首をちぢめた。一体、何のことなのか、私も家内も、O夫人の言葉の意味がのみこみにくい。

「何のことですの？」

O夫人は尚更《なおさら》ドギマギしたようにそのあどけない目をしばたたかせていたが、やっと、ダイビングをでもやらかすように、

「あの――、日本脳炎なんですけど……」

「まあ――、奥様も日本脳炎におかかりになりましたの？」

と家内はやっぱり、次郎と同病の人を見つけ出して、何となく心強くなったらしい。薬のこととか、格別な治療法だとか、藁《わら》をでも摑《つか》むような気持からだろう、根掘り葉掘り、Ｏ夫人の体験談を訊《き》きたがった。Ｏ夫人の話はとりとめなかった。自分で体験はしているが、介抱したのは、その両親なのである。ただ、そのとりとめのない話しぶりと、桁《けた》はずれな人柄の良さには、何となく浮世ばなれをしたところがあって、ひょっとしたらほかならぬ日本脳炎が、Ｏ夫人にもたらした性情ではなかったろうかと、私は咄嗟《とっさ》にそんな不思議な聯想《れんそう》さえも感じられた。時にとって、心暖まるような感慨を催したものである。

「だから今でも、とっても忘れっぽいんですのよ」

　とＯ夫人は目をまるくしながら云っている。

「だってお家庭をお持ちになって、立派にやっていらっしゃるんですもの」

「いいえ。主人に云いつけられる仕事なんか、片ッ端からみんな忘れてしまって……。今日はね、お子様があたしと同じ病気だと聞いたでしょう。フッとお見舞しようと思い立って、主人に黙って脱け出して来たんです」

「まあ――、昨日は御主人様からもお見舞いただいたんですのよ」

「ええ。それで、お宅の坊ちゃまの御病気のことを聞いたんです」

「でも、御主人様は、奥様のそんなお話、ちっとも仰言《おつしや》っておりませんでしたけれど……」

と私の家内が云わでものことを云ったとき、この夫人の顔に湧いた当惑……、いや、当惑ともちがう……、歓喜……、いや、歓喜とも違う……、発見……、そうだ、発見の歓喜……とでも云った類《たぐ》い稀《まれ》な興奮を見せながら、

「忘れてたんですの。すっかり、忘れてたんですの……」

心持頬を染めながら、まるで椅子《いす》から浮き上るような身振りである。

「あら、何をお忘れになりましたの？」

「いいえ、あたしが日本脳炎になったこと、主人に云うの……」

夫人は突飛な言葉を残して、まもなく、早々に病院をひきあげていった。日除《ひよ》けの洋傘をソファのうしろに忘れたまま……。

「次郎が、あの奥様みたいな次郎になってくれたら有難いんですけれど……」

と家内がしみじみと云った程である。この出来事が、次郎発病後、たった一つの、心暖まるような、せめてものなぐさめに思われた。

次郎は、一月経《た》っても意識が恢復しなかった。言語麻痺《まひ》、運動神経の麻痺、両手は赤子のように堅く胸にくっつけたまま、足は明らかな内翻足《ないほんそく》の気配を見せている。

「あとは後遺症だけの問題ですから、設備の完備した病院にお移しになりましたら

……」

と係りの医師が気遣わしそうに云っている。丁度一月目に、次郎を東大病院に移し換えた。脊髄液《せきずいえき》の入替をやってもらったり、パンピングをやってもらったり、おそらく手当のつくせるだけは、やって貰《もら》っただろう。

「あとは脳の手術と云うことになりますが、はっきりとした効果はわかりませんし、どういたしますか？　やって御覧になりますか？」

「いいえ、やめます」

と私はこれだけは、思い切りよく、やめにした。もし、頭脳を切開して、ただしく健全な人間に帰り得ると云うならば、私だって、頭脳を切開して貰いたいほどである。

次郎の変化と云えば、私達の顔をハッキリ識別するようになったこと……。時折、「ククーン」と例の不思議な次郎微笑を見せること……。天井から吊《つ》った千代紙の千羽鶴《づる》や、回転のセルロイド玩具《がんぐ》に興がるらしいこと……。

食事は半流動食で、憐《あわ》れなのは、それを流し入れてやるスプーンに、時々ガッキリと噛《か》みついたまま、いつまで経っても、離さないのである。自分でも、その出来事にビックリとした面持で、「離すのよ、次郎さん、ね、離すのよ」といくら看護婦から、教えられてみても、いぶかしげにスプーンを噛みしめたままである。

一度次郎はクリスマスから正月にかけて、看護婦に附き添われながら、里帰りをやった。本人よりも、次郎を迎える弥太やフミ子達の方が、度はずれな喜びようだ。犬のドン迄、次郎の病室に呼び入れて、テレビをかけてみたり、ラジオを鳴らしたり、次郎の蒲団のまわりをはね廻って、久し振りに我が家は、狂乱怒濤《どとう》の模様を呈するのである。

もちろんのこと、次郎も喜んだ。しかし、どうやら刺戟《しげき》が強過ぎるようである。ともすると、三十八度台の熱がぶり返し、なるほど、弥太やフミ子達の声を聞くのは喜ぶが、次郎の枕許《まくらもと》を走ったり、蒲団の上にはね上ったりすると、何となく煩《わずら》わしがって、ヒイヒイと泣きはじめる有様だ。

次郎は、新しい手当を受けてみるとかで、もう一度、東大病院に帰り、本当に退院したのは三月の末の頃であった。折柄、我が家は紅梅の花盛りであった。おなじく掻《そう》爬《は》の時期を失って、次女のサト子を産み終った家内が、聖母病院から退院して来たので、久し振りに、一家は全員、次郎の枕頭《ちんとう》に集結するのである。

次郎の変貌《へんぼう》の物語は、あらまし、これで尽きるだろう。

実は、次郎が発病したそのあくる年、それも次郎が発病したまったくおなじ日に、私は矢島恵子と事をおこした。この出来事はおこるようにしておこったので、関係者の、それぞれの懊悩《おうのう》と苦痛を別にするならば、私は、またやむことを得なかったと思っている。

私の身辺に、凶事が積み重なったのだ。

繰り返すように、二十九年の八月九日には私自身が落石にうたれ、三十年の八月七日には、次郎が日本脳炎にかかっている。これらの出来事は、ほとんど正確にまる一年の期間をおきながら、まるで私を狙《ねら》い撃ちにするようにして、襲いかかった。もちろんのこと、ほんの気まぐれな偶然の符合であって、何もとりたてて意味のあることではないが、三十一年の八月が近づくにつれ、私の気持は何となく不吉に騒ぎ立つのである。

殊《こと》に、口にこそ出さなかったが、発病一年、次郎がほとんど決定的な癈人に変ってしまったと云《い》う抜きがたい憤怒《ふんぬ》。

これらの不吉な出来事の連鎖に対する、恐怖と憤怒の入り混った、甲高い激昂《げっこう》のなかで、私は久しいこと優柔不断の恋情を抱きつづけてきた恵子を、ハッキリと、旅に連れ出してしまったのである。

誰にも打明けることの出来ない自分の憂悶《ゆうもん》に対して、自分から爆弾を仕掛けるような、狂おしい、無目的な、復讐《ふくしゅう》であったとも云える。

しかし、まさか次郎の発病が、恵子の出来事のほんとうの原因であったなどと、ここでおためごかしを云おうとするようなつもりはない。情痴である。十年に亙《わた》る躊躇《ちゅうちょ》逡巡《しゅんじゅん》の不決断な恋情の総決算だ。ただ、次郎発病の日をわざわざえらび取るようにして出かけたのは、例によって、自分の運命を顚覆《てんぷく》するふうの、私一人の、ひそかな陰謀であったかもわからない。

もっとも、誰にも打明けることの出来ない私一人だけの憂悶だなどと、気取ったことが、云えるかどうか。

私の細君だって、次郎の再起が不可能だと思える頃から、何となく、目に見えて、ふさぎこむことの方が多くなってきた。もともと、私の家内は人に感情を見せるのをひどく嫌う性分の女なのである。結婚以来十何年になるが、一緒に旅行に出かけたこともなければ、一緒に映画見物、または観劇、またはメシを喰いになぞ、出かけたことは、ほとんど皆無に近い。わざわざ夫婦で招待されているような会合にでも、顔を出すことを嫌う。

子供が多いなどと云うようなハッキリとした理由からではない。何となく出たくないのであろう。もし、家や子供達の留守が心配だからと云うのなら、ひところは、家に女中が三人も居たことだってある。

たとえば、真夏。タラタラと汗がにじんで蒸し焼きにされるような暑さだから、私はとうてい原稿など手につかず、

「おーい、泳ぎに行くぞ」

大声をあげて子供達を呼び集め、

「お母さんにおにぎりをつくって頂戴《ちょうだい》と云いなさい。名栗川《なぐりがわ》に泳ぎに行くんだから

……」

ワーッと喚声があがり、子供達の方は大騒ぎだ。私の書斎まで、何度ものぞきこみに来て、やれ、洋服のボタンをとめてくれだの、水筒のお水を入れて頂戴だの、どうしても書き残しておかねばならない其の日其の日の新聞原稿だって、間に合いかねるようなうるささなのである。

ようやく、その仕事を、そこそこに打切って、手に手に、重たいピクニックの鞄《かばん》や、おにぎり包みの風呂敷《ふろしき》なんかを抱えこんではしゃいでいる子供達の側にゆき、

「さあ、出かけよう」

ふりかえってみると、細君の方は、何の用意もないのである。

「お前さんは？」

「いいえ、アタシは……」

と首を横に振るだけで、子供達の顔にも、私にも、明らかに歯の抜けたような其《そ》の場の淋《さび》しさは残る。

「行ったらいいじゃないか。第一、こう荷物が多くっちゃ、オレ一人じゃ、とてもま

かないきれないぜ」

「でしたら、三枝さんか信ちゃんを連れて行って下さいな……」

女中を指名するから、もうそれ以上、しつっこくすすめることも出来にくい。

私達は、名栗川の冷っこい流れの中で、仰向けに体を浮べては流れ、体を浮べては流れ、やがて、砂利の上に毛布を敷きつめて、おにぎりと鯨の罐詰《かんづめ》をあけるのだが、

「お母さんも、来ればよかったのにね……」

小さい子供達ですら、まわりを見まわしながらそんなことを云い出すくらいである。

またたとえば、少しばかり原稿料が入ったから、電気洗濯機や、電気冷蔵庫などを購入するだろう。それが届けられたと云うから、私は自分の原稿までもほったらかしにして、あわてて台所に走り込み、その電気洗濯機の中に、現に自分の着こんでいる浴衣《ゆかた》、シャツまで脱ぎ棄《す》てて放り込んだ揚句、素ッ裸、
ガッタン、ゴットン、ゴ——

旋回する水の渦や、石鹸《せっけん》の泡立ち具合などをのぞきこみ、あっちのボタンを押してみたり、こっちのダイヤルをまわしてみたり、子供までもよせ集めて大騒ぎをやらかすが、細君は、吹附け塗料真新しいそれらの電気器具をたった一瞥《いちべつ》、私に向って、

「どうも有難うございました」

まるで皇后陛下が献納の品々をでも御覧になるようで、浮薄で有頂天のところが、

微塵《みじん》もない。そこのところが、私は急に淋しく、

「これは、お前さんが使うんじゃないか。いろいろ動かしてみたらどうだ？」

しかし、細君は、

「だって五年も十年も使うんですもの。今日だけ、そんなに騒がなくったって……」

なるほどそうだ。私は自分で投入してしまったシャツと浴衣を失って、にわかに肌寒く、だんだんと意気上らなくなるのである。

こんなことを書き綴《つづ》ると、何か細君の欠点をでもあばき出しているみたいでうしろめたいが、実は反対だ。沈着なのである。重厚なのである。

現代女性に共通な浮薄の虚栄などどこにもない。たとえば、私の妻が、私に着物であれ、洋服であれ、ブラウス、スカート、ハンドバッグ、何によらず、彼女の身辺に必要なものを、ただの一度だって、ねだったりしたことがあったろうか。

かりに原稿料が彼女の手中にそっくり届いていても、自分の必要品を、自分から買うことだって決して、しない。どだい、デパート、呉服屋などに自分から出かけてゆくことは全くないのである。

では、何を彼女は着ているのか？　時たま私が酔っぱらって、手当り次第、ブラウス、カーディガン、ショール、着物等を買い集めて、ドサドサと彼女の前に投げ出すと、

「どうも有難うございました」

そのまま箪笥《たんす》の中に丁寧にしまい込む。

「着てみたら？」

「いいえ。そのうちゆっくり着ますから……」

事実、思いがけない時に取出して、それをこっそりと身につけていると云う有様だ。着物ならまだよいだろう。どんなに流行の変遷《へんせん》のはげしい品物でも、彼女が身につける時は、大体一二年、経過したあとだと思って間違いない。

だから、服地などを、私が酔いにまかせて、二三着分買ってきたとしても、

「どうも有難うございました」

細君が洋服に仕立て上げるのは、早くて翌年と云うことになる。

あまり人との団欒《だんらん》を喜ばない性質のようである。或《あるい》は感情の表出を厭《いと》う性分か。好意とか、愛情とかを、目に見えて表出することに、はなはだしい抵抗をでも感じる生れ附きのように思われる。

結婚以来、直接の性の交渉の時以外に、私は細君と手を握り合ったことも、接吻《せっぷん》を交したこともない。極端に云えば、そう云うスキがない。待ち受けている女らしい甘えがないのである。

現に、私が中津川の渓谷の石に搏《う》たれて重傷を負い、慶応病院に入院していた一ヵ

月ばかりの間にも、彼女はただの一回も姿を見せなかった。こう書くと、いかにも冷やかな女だと読者から誤解されるかも知れないから、弁解しておくけれども、彼女は、そのもてあますほどの激情をことごとく内攻させてしまう性質なのである。

「介抱しに行こうか、行くまいか。介抱しに行こうか、行くまいか」

おそらく、迷いに迷った揚句、折角面倒を見てくれている医師や看護婦の手前、デレデレとした夫婦者の肉感を漂わすだけでも、先方に対して不謹慎のように感じられた……、或はそんなところかもわからない。

しかし、これは想像だ。その時の細君の思惑が、一体、どんなところにあったのか、私はくわしく訊《き》いてみたことが無いのである。

もっとも、随分昔のことだが、何の話からか、細君がこんなことをつぶやいていたことがある。

「私は、主人を次々と殺してしまう女ですって……。あなたも気をつけて下さいね。こわーい」

「オレも女房を殺す男だよ。一郎のお母さんを御覧……。丁度合ったよ」

と私は笑ったが、女房の前の主人が結婚後、半年も経《た》たないうちに、南方で戦死を遂げている。多分その頃、易者から云われたのか、手相見から云われたのか、心の隅に、その一言の暗示と恐怖がしつっこくこびりついていて、中津川遭難の際にも、病院の介抱だけは見合わせた……。ひょっとしたら、そんなことが、あり得るかもわからない。

細君の美点を数えよう。

たとえば大雷雨。おまけに停電になったが、生憎《あいにく》と蠟燭《ろうそく》を切らしているらしい。

「ごめんなさーい。買ってきましょうか？」

「いや、いいよ。土砂降りじゃないか」

真暗な部屋の中で、子供達はみんな怯《おび》えきって、私の首や膝《ひざ》にしがみついてしまっている。くねる稲妻がガラス戸いっぱいを走る。疾風迅雷《じんらい》。女中だって、息を殺して、誰一人、声をあげるものはない。

「やっぱり、アタシ、買ってきます」

とその暗がりの中に、女房の思い決したような声があがる。

「よせ、よせ。危い」

しかし、女房はもう走り出してしまっているのである。そのうしろを追うようにして、凄《すさま》じい雷鳴が炸裂《さくれつ》する。

「お母さんは？　ねえ、お母さんは？」

と子供達が泣きはじめる。盆をくつがえすような雨の音と、ひしめく木立のざわめき。私だって気が気ではない。

が、やがて、裏木戸から走り込む足音があって、

「あっ、お母さん」

「唯今《ただいま》……」

子供達の眼の前に、一本、一本、まぶしい蠟燭がともされてゆく時、私はほとんど畏敬《いけい》の念を以《もっ》て、この女性を見上げる。その髪はズブ濡《ぬ》れだ。着ているものは私のレイーンコート。濡れそぼった額の髪の毛を、片手で搔《か》き上げながら、雨滴のしたたる顔いっぱいを拭《ぬぐ》おうともせずに、子供達に微笑《ほほえ》みかける時、私はこの細君のかけがえなさを信じないわけにはゆかぬ。この人の、目立たない献身と犠牲によって、わが家全体の、どの位の大きな部分が支えられているか……、おぼろげながら感じ取れるような気がするのである。

細君の先夫のお父さんが、

「うちの嫁は、小気は利《き》かんが、大気の利く奴《やつ》じゃん」

と云って、長男の戦死のあとも、その嫁を長いこと手放さなかったと云うが、或は細君のこのような性情を尊び愛していたのかもわからない。

次郎が発病した当時は、ひどいツワリで、ほとんど一月近く寝込んでいたのに、そのまま避病院に出かけていって、不眠不休、次郎の病気が完全に峠を越してしまうまでは帰らなかった。私はと云えば、なるほど病院に見舞いには行く。その足で酒場か

ら酒場を飲み歩き、したたかに酔った揚句、自動車を病院の前に疾駆させながら、「次郎頑張れ、次郎頑張れ」病室の明りを眺め上げて、あやしい言葉をつぶやくだけである。

やがてひと月。次郎の反応の乏しい眼を見まもりながらも、このまま癈人《はいじん》になるとは私も信じなかったが、細君は、尚更《なおさら》、信じなかった。

三ヵ月。半年。何の意味もない歳月の区切り目が、刻々増大する細君の焦慮と懊悩《おうのう》のバロメーターにさえ見える。

私だって、次郎の本復は祈っていた。しかし、一枚々々、ラッキョウの皮を剝《は》ぎとりながら、翳《かじ》っていくように、希望の核心が細ってゆき、苦渋の酸味ははげしくなる。そのテンポが、少しばかり、いつも細君の方が遅いわけである。

「もう駄目だよ。駄目でいいじゃないか」

「何のことでしょう？」

「次郎」

「ええ。もう何も要りませんから、小さな三等郵便局を一つ次郎に買って下さいね。しっかりした、可愛《かわい》いお嫁さんを、アタシ、探すから……」

そんな会話を取り交したこともおぼえている。この頃から、目立って細君の言葉数が少くなってきた。怒ったように何かを見つめて、放心の、投げやりな、日常が見受けられる。

おなじくその頃だ。私の家には半分恫喝《どうかつ》、半分神がかりの、各種宗教の勧誘者がひっきりなしにやってくる。人間の弱所に喰いこむこれらの卑劣な蛆虫《うじむし》どもが現われる度に私は棒を持って玄関から追い払うつもりだが、家内にしてみればそうばかりもゆかぬのだろう。奇妙なタスキをかけて、あやしい念仏を唱えていることもあった。いや、その布教者らが、私の留守中、座敷に上りこんで、合誦《がっしょう》を唱えていることもあるようだ。

私は元来、いかなる信仰をも勘弁がならぬ。いさぎよく亡《ほろ》びることを覚悟しているからだ。彼らに縋《すが》りついて、一日の延命をも欲しない。病者の治癒《ちゆ》は貧しいながら医学が担当しているだろう。後生の安楽？　冗談ではない。来世や死後の空漠こそが、たった一つ、私にたしかな拠《よ》りどころを与えるものである。

私はどんなに惨澹《さんたん》たる状況で戦いが開始されても、戦いの弁明は云《い》わぬつもりである。戦いはその与えられた状況で開始され、勝敗は決するのである。けれども勝者も敗者も共に五十年を出でずして亡びることは確実だ。

私達が生み出されてきた状況も、不意に仕掛けられたイクサと何の選ぶところがあるだろう。

生み出された以上、どんなに惨烈な戦闘であれ……いかに選ぶか、いかに戦うか、その手際《てぎわ》だけが、私達の人生というものである筈《はず》だ。私は挺身《ていしん》する。戦いは私の熱愛するところだからである。勝者も敗者も共に確実に亡びるというこのかなしい生命のイクサほど生甲斐《いきがい》があるものがほかにあろうか。

次郎発病日の八月七日が近づくにつれて、私は家をあけることの方が多くなった。宿から宿を転々と移り歩く。

その宿に一度恵子が花を抱えてきたことがあって、多分メシをでも食べる約束をしただろう。夕方、もう一度、彼女が宿へ私を誘いに来ることになっていた。私はそのまま新聞社にまわり、そろそろ恵子との約束の時間かと思って、新聞社から宿へ電話をかけてみると、九州から私の親戚《しんせき》の泊り客が来るから家に帰ってくれと云う自宅からの伝言があった。

そこで恵子の約束を取止《とりや》める伝言を一つ……、またもし、自宅から電話があったら、必ず帰ると云う伝言を一つ……、それぞれ宿のフロントに頼んでおいた。

そのまま友人とビールになる。飲みはじめるときりが無いから、その夜自分の家に帰りついた時は、もうかなり遅くなっていただろう。こんなことなら、恵子との約束も果しておけばよかったのだ。

肝腎の客の方は、私が遅かったせいもあろうが、先に横浜の妹の方を廻ると云う電話をよこしたそうである。

その夜、細君は妙によそよそしかった。

「折角おたのしみのところを、済みません。もう一度宿にお帰りになったら……」

「どうして？　何のことだ？」

「知ってますよ、恵子さんのことぐらい。しょっちゅう、宿に連れこんでいらっしゃる癖に……」

酔っていたせいもあるが、この時は、私は激怒した。心の姦淫《かんいん》のことを云うのなら、話は別だ。私は、恵子に関してだけは、自分の用心を堅固にして、指一本触れたことが無い。余りに身近な女だからである。親戚同様、困れば、私のところにころげこんで来て、しばらく泊っていたことも、何度か、ある。

恵子とはじめて知り合ったのは、今の家内と結婚した直後の頃である。私が三十六で、おそらく恵子が、十七かそこいらの年であったろう。敗戦後二年目だ。

私は先妻を失って、三歳の一郎と二人、しばらく九州の山寺に籠《こも》っていたことがある。別に隠遁《いんとん》の志があったわけでもないが、国は破れたのである、妻は死んだ。日本中が動顚《どうてん》している時勢だから、肉親の者ですら、私をよせつけようとする者はない。

私は一郎と二人、寺の庫裡《くり》の二階の板の間を借りて、自炊した。杜甫《とほ》の詩を月々二三篇ずつ訳し、折から真《ま》鍋《なべ》呉夫《くれお》君や北川晃二君らが編集していた「午前」や、大西巨人君らが編集していた「文化展望」にそれぞれ寄稿して、それでも、ひと月、五六百円位にはなったろう。かつがつに、飢えを凌《しの》いでいたのである。

食べるものは藷粥《いもがゆ》だ。大根の葉。芋の茎。寺の和尚《おしょう》が分けてくれる山の畑の蔬菜《そさい》類を、胡麻《ごま》で和《あ》え、煮干しで和え、豆腐で和えて、親子二人して舌鼓を打ったものだ。

きまって、一週間に一度だけ、一里近い瀬高《せたか》の町に降り、鰯《いわし》を六匹買って帰るのである。ハラワタまで一緒に煮附け、最初の日は二匹ずつ、次の日は一匹ずつ、あんなにうまかったものはない。夜はまた、辞書もなしに、杜甫の詩を飽くこともなく、判読した。

さて、三ヵ月くらしたか、四ヵ月くらしたか、或《あ》る朝、光にそよぐススキの山を眺め渡しながら、にわかに浮き浮きとした感情が湧《わ》いた。何か斬新《ざんしん》のことがやってみたい。それには何が面白いだろう？　結局、芝居をやってみようとそう思った。若い青年男女をよせ集めて、福岡あたりで、小さな劇団を結成してみたい。

早速、真鍋君や、北川君に協力してくれるよう頼みに出向き、「午前」に、珊瑚《さんご》座《ざ》結成の宣言文を発表した。

おなじ頃、一週に一度買出しに出るその鰯の町で、与田準一氏にすすめられるままに、一人の女性と見合をした。もっとも、見合をする前にも、エビ茶のブラウスにモンペをはいた娘さんが、自転車を横抱え、与田さんと話し合っている姿を、垣間《かいま》見たことがある。頭はお下げ、足は男のちびた下駄をつっかけていて、何となく簡素で、凜々《りり》しく、ひょっとしたら、見合の女性と云うのは、この人ではないかと、そう思ったら、その通りであった。

折から、私の母が福岡に店をつくり、手伝ってくれと云っている。年の暮は迫っていたが、バタバタと結婚した。その結婚の当日に、東京の中谷孝雄氏がフラリとやってきたりして、その中谷孝雄氏も一緒、真鍋君の家からはじまって、そこここの友人の家を泊り歩き、奇ッ怪な新婚旅行をやったものである。

私が三十五歳、細君が二十五歳、十違いであった。繰り返すように同棲《どうせい》一二ヵ月で夫に戦死された戦争未亡人である。

それでも、昨日までは、どこへ行く時にも、私の肩車に乗っていた一郎が、神妙に新妻の背に負ぶさっている。私は先《ま》ず思い切りの自由と、解放を感じたが、細君にしてみれば、この時以来、私と、一郎と云う、無軌道な親子二人の、重い災厄を背負ったわけである。

珊瑚座の結成がいつであったかは忘れたが、中谷孝雄氏がやってきた時には、もうその話が出ていたから、私の結婚後、間もなくの頃であったろう。

おそらく、二十二年の春だ。会場は西新町に近いお寺であった。若い華々しい二三十人の男女達が集った。

私は一郎を連れて出向いたのである。膝に子供を載せて坐《すわ》っているのは、私だけだから、一郎があたかも座長の勲章のように、私には面白く思われた。

矢島恵子が、二三人の友人達と会場にやってきたのはこの時だ。別段どうと云うこともない、十七歳の少女である。その少女達をまぶしく眺めやりながら、自分を通過した三十五年の歳月の重みをおしはかるのである。早く喰われろ、人生と云う奴から……、その上での話だ、とおそらく私ははしゃぎ立っている少女達を眺めおろしていただろう。

今でもそうだが、矢島恵子は非常な読書家だ。この時も、二つ三つ文学の質問を受けたかもわからない。文学少女だと云う印象の方が強かったからだ。しかし、才走った、気の利いた質問ではなかった。

「どんな小説を読んだらいいんですか？」

「さあ、今のもの？」

「ええ」

「じゃ、太宰治や坂口安吾のものを読んでみて御覧」

「何て云う小説？」

「さあ、出てるもの、何でも構わないだろう」

「太宰さんとお友達ですって?」

「ああ……」

とあらましこんな会話ではなかったろうか。

が、一二ヵ月も経《た》たないうちに、矢島恵子を私の母の店に傭《やと》い入れているから、もうその時には、恵子に特別な関心を寄せていたに相違ない。

母の店と云うのは、海外に出ていた親戚がみな引揚げてきたから、母のそこの家を売って店舗を構え、二階はパーマネント、下は上海《シャンハイ》で大がかりな塗料の卸商をしていた伯父を中心に、親類寄合の塗料商会をつくったのである。店番には私の一家が住んだ。つまり私と、新妻と、一郎である。

私がこの店に移り住むようになってからは、珊瑚座の稽古《けいこ》も、連絡も、一切店に移した。二階の板壁にはペンキで麗々しく「珊瑚座」の大文字を描かせ、店仕舞のあとには連日、珊瑚座員が集った。

折から丁度、伯父達が「やっぱり一人、女の子も置きたいね……」そんなことを云い出したのを幸《さいわい》に、私は躊躇《ちゅうちょ》なく矢島恵子を傭い入れた。恵子は保険会社に勤めていて、決算期になると、芝居の稽古に遅れるのである。

私の店につとめれば、其儘《そのまま》稽古に移れるし、劇団員の連絡事務も、彼女に一言云うだけで事が足りる。しかし、働きたがっている劇団の女の子はほかに何人もいた。

それを、とりたてて彼女一人を抜き取ったのは、ほかならぬ彼女が芝居熱心だからだと、自分自身に云いきかせていたが、どんなものだろう。

三十六歳と十七歳……、この年齢の開きに対する安心感もあった。彼女と事を起すようなことは万々ない。あり得る筈がない。私は彼女の吹き抜けるような性情を、ハッキリと演劇にねじ向けて、一生を棒にふらせてやろうとそう思った。

其の年の秋にS町で第一回の試演をやることになっていた。成功したら福岡に引返して、華々しく公演するつもりである。稽古も終了し、大道具小道具も揃《そろ》い、いや、前売切符まで売り尽したのに、当日になって、G・H・Qから停止命令が来た。原作がアメリカものだからである。

私は思い切りよく中止にした。亡妻の着物を売り払って金をつくり、そのままS町に急ぐ。劇場はもう借りているから、木戸を締めて、観客無しの芝居をやってみた。

一番熱心だった原田君がその舞台の上で喀血《かっけつ》したなまなましい印象と、恵子の間ぬるい大柄な芝居の記憶だけが残っている。そのまま宿にひきとって乾杯にしたが、何の都合でか、停電になり、蠟燭《ろうそく》の光に浮き出しになった女の子達の（勿論《もちろん》恵子もいる）、若々しい嬌態《きょうたい》を、自分にとっては無縁な淋《さび》しさで眺めやったものだ。自分でハッキリと意識はしていなかったが、これもまた既に恵子へのひそかな執着でなかったと誰が云おう。

芝居の方は失敗したが、店の方も刻々倒産に近づいていた。はじめから二十何人の扶養家族では、少々利益をあげても、焼石に水である。

私は家族も店もほったらかしにして、其の年の暮に、上京した。書く以外にはないからである。石神井池畔のボロ宿に部屋を取って、無二無三に書きまくった。

石神井の宿には翌年になって真鍋呉夫君もやってきたが、思いもよらず、恵子と広瀬文子が、前触れもなしに、ひょっこりと、やってきた。その時期がいつであったか……、おそらく福岡の店の解散の直後だろう。

「何しにやってきたの？」

私は、二人の若い女性を前にして、正直な話、動顚した。

「どうしても、お芝居の、してみたかとですよ」

といささか分別の勝っている文子の方が、代弁者の恰好《かっこう》で、答えていた。恵子は、立ったり、坐ったり、とめどない微笑を浮べながら、部屋の内外を眺めまわすばかりである。

「お芝居をやるって、一生を棒にふる気？」

「ええ」

と今度は恵子が坐り直して答えている。私はしばらく黙った。小説のことなら、少しばかりの心得もあるが、芝居の、それも、俳優の能力の有無なぞ、私に判別のつく道理がない。が、もし一生を棒にふる気ならば、年と共に、それなりの重みは加わるだろう。かりに、失敗したにせよ、思い直せば、人生の滋味は、そこにあるとも云《い》える。

「じゃ、これだけのことを約束出来る？」

「どんなこと？」

「恋愛も、結婚もよろしいが、おシメの旗をひるがえさないことだ」

苛酷《かこく》だとも思ったが、現状の日本では、それなしには、女性の舞台生活など実現の見込みがないのである。女性が、一たん、哺乳《ほにゅう》の本能と美徳を発揮しはじめたら、いさぎよく家庭の幸福に切換えるほかにない。

彼女らはクックックッと笑って頷《うなず》き、

「今度出てくる時に、どっかにアルバイトありません？」

「さあ、探してみようけど……」

彼女達は愉快そうに池畔を歌ってまわったが、正直な話、私は気が滅入《めい》った。女の一生を左右するようなものである。彼女達は一泊したか、しなかったか、鄭重《ていちょう》に別れを告げて、そのまま姿を消した。帰郷したと云う噂《うわさ》であった。

その年の夏には、今度は私の細君が一郎を連れてやってきた。宿屋の、三人ぐらしになるのである。仕方がない。無理算段をして、家を買う手筈《てはず》をととのえた。あの頃、原稿料は三百円を越えることがなかったのに、家族三人宿屋住いをしながら、よくまあ、家一軒が買えたものである。初秋の頃には、宿をひきはらって、新居に移った。

家を買ったとなると、忽《たちま》ち私の弟がやってくる。妹がやってくる。その弟や妹達とほとんど前後して、恵子と文子が、本格的に東京にやってきた。狭い家に、女の泊り客は困るけれども、どこかに落着くまでは、泊めないと云うわけにもゆかぬ。

私は彼女達をひきつれて、恵子は作品社に、文子は河出書房に、それぞれ頼みこんでみたところ、二人の社長は、どちらも鷹揚《おうよう》に、彼女達の身柄を引受けてくれた。

二人はとりあえずの職を得たせいか、ニコニコ顔で、まもなく、どこかのアパートに引越していった。ようやくほっとするのである。

見られる通り、私は、たしかに、恵子に不思議な好意を寄せていた。しかし、まさかその好意を、恋愛にまで昂進《こうしん》させてみるような、そんな大それた勇気も下心もないのである。作品社の社長は、私の中学時代の同級生であったから、もちろんのこと、銀座に出るようなことがあれば、ちょっと寄る。寄れば恵子に会うのである。

それでもまだまだ、自分で恋愛は意識しなかった。ただどうも、矢鱈《やたら》と不安定なものを、眼の前にしているようで、早く誰かと結婚するか、同棲をしてくれればいいがと云うような、奇ッ怪な願望を持ったことを覚えている。

おそらく、自分には妻子のあること、年齢に開きがあり過ぎること……、これらを暗黙のうちに勘案して、無意識のうちに、一歩後退していたのだと思う。

彼女の演劇熱はいささかも衰えなかった。しばらくは舞芸に通っていたようだ。その通学の為《ため》かどうか……、いや、もう作品社がつぶれかけていたのかもわからない……、彼女が突然、酒場につとめたから、遊びに来てくれ、と云いに来た。

私は大勢の友人達を連れて、押しかけてゆくのである。

新橋の場末の、みすぼらしい酒場であった。

しかし恵子は、何の悪びれることもなくて、はしゃいだり、歌ったり、飲みなれないビールを危っかしく口許《くちもと》に流し込みながら、真赤に頬を染めていた。その揚句、

「ねえ、桂さん。アタシ今度、日芸の研究生の試験を受けてみたいんです。もし知っていらっしゃったら、どなたか紹介して下さらない？」

「日芸？　日芸なら富沢さんを知ってるけれど、オレのことをあっちで覚えてるかな？　もう随分昔のことだから。しかし、奥さんや、弟さんなら、よく知ってるから、頼んでみよう」

その翌日、私は事情を話して、恵子をM新聞の古屋君に紹介した。古屋君は富沢さんの義弟である。古屋君から、あらためて、富沢さん宛《あて》の紹介状を貰《もら》い受けた。

恵子は大喜びであった。

その次に、酒場に出向いて行った時には、もう無事に合格したと云っている。酒場

のおカミ達迄《まで》がひどく喜んで、その夜は、夜明け近くまで、飲んだ。飲んだ勢から、みんな私の宿に泊ろうと云うことになり、男女合せて五六人、私が仕事の為に逗留《とうりゅう》していた新橋近い旅館で、文字通りの雑魚寝《ざこね》になった。

それでもまだまだ、恵子に対してハッキリとした危険を感じたことはない。私は本気で、私の弟と恵子を、結婚させてみたらどうだろう、と母にすすめてみたことがある。いや、そろそろ危険を予感して、弟の結婚話を持出したと考えた方がよさそうだ。

恵子はまもなくB・B・Bと云うバーに移っていった。河出につとめた広瀬文子が、俳優座の研究生になり、やっぱり、昼間の仕事は無理らしく、B・B・Bに勤めることになって、友人の恵子を呼んだものらしい。

自然と私もB・B・Bに河岸《かし》を変えた。しかし、恵子は段々と日芸の芝居の方が忙しくなってくるらしく、バーを欠勤することの方が多くなってきた。するとその空虚が、どうまぎらわしようもないのである。

この頃になって、私はようやく、恵子への抜きがたい恋情を自覚した。しかし、妻子があることだ。こんなとりとめない中年者の情痴は早く嚙《か》み砕かねばならないと、何度、自分に云い聞かせたかわからない。

重大な危機が一度ある。南氷洋に行く直前だ。私の宿に友人と恵子を伴って、しばらく飲んだことがある。この宿は、前にも同じ顔ぶれでやってきた事があって、恵子はよく宿の勝手を知っている。どうしたわけか、其の夜に限って、友人は先に帰っていった。

私はまたしばらく飲み、いつもの通り恵子を離れに寝《やす》ませようと思ったら、生憎《あいにく》と、今夜は奥の離れがふさがっていると云っている。ほかに部屋は無いかと訊《き》いてみたが、みんなふさがっているのである。

「同じ部屋でいい？」

「ええ、構いません」

仕方なく、私達はそのまま、同じ部屋に床をならべた。さすがに側近く彼女の寝息を聞いていると、自分の欲望《よくぼう》に抗しがたい。咄嗟《とっさ》に彼女の方へ寝返って、接吻《せっぷん》しようとしたら、

「いけません。いけません」

大声にわめき、蒲団《ふとん》の上に坐り込んで、オイオイと泣きはじめた。そのままどうしても横にはならず、明け方まで、蒼《あお》ざめたまま、坐り通すのである。

この時以来、私は恵子に対して、尚更《なおさら》、用心を堅固にした。自動車の中に相乗りしても、反対の隅に堅く坐って、体の触れ合うことを防ぐ。恵子の抵抗をおそれたわけではない。お互の生活の破局の大きさを、お互に知り過ぎているからである。

八月六日、私が津軽への旅に、恵子を誘ったのは、ただしく、こう云う状態の時で

あった。

右手に絶えず青森湾の波の色が見えている。なまぐさい磯の香だ。曇天のせいか幾分にぶく感じられるその海の手前に網を乾《ほ》した漁師の家や、農家の傾きかかった藁葺《わらぶき》の屋根や、狭い帯状の貧寒な庭や畑が、ほこりっぽく過ぎていった。

その畑や庭先に、大分色はくたびれているが、ままアジサイの花輪が残っている。かと思うと、コスモスが乱れ咲いて、ここでは夏と秋が奇妙なあんばいで揉《も》み合っているように感じられた。

今日は八月の六日である。青森周辺は今日明日とネブタ祭りのようで、張子のダシがそこここに引出されてあった。

それらの風物を重苦しく見過ごしながら、私は黙している。出迎えに来てくれた小野君は、もう二十年ばかり昔、たしか東大の学生で、太宰を通じて知っているが、運転手の脇《わき》に黙って坐《すわ》って、気まずそうに前方を見据えている。

東京から汽車で同行してきた筑摩書房の野原君も、後ろの席の向うはじに坐りこんだまま、何となく黙りがちだ。

古ぼけた自動車だけが、不安定な動揺をくりかえして、時折私は、私と野原君の間に坐っている矢島恵子の体の触れを感じている。

青森駅着十時の予定の十和田が十五分ばかり延着して、わざわざ青森県庁からさし向けて貰った車に乗り込みながら、私は恵子を誰にも紹介しようとしないのである。紹介しないまま、自動車に呼び入れて坐らせているから、小野君も、幾分事情を知った野原君も何となく弱り切っている。

いや、弱っているのは、私の方だ。十年来心に懸っている人ではあるが、愛人とは呼べぬだろう。手を握ったことも、接吻したこともない人を愛人とは呼びにくいから、東京にいる時はたわむれに四分の一御愛人様を省略して「四分の一様」などと呼んでいた。

が、青森までやってきて、まさか小野君らをつかまえて四分の一様などと、ふざけた冗談は云えぬだろう。

では一体何と云って紹介するか。

此度《このたび》の私や野原君の蟹田《かにた》行は太宰治の文学碑の除幕式に参列する為である。が、矢島恵子は格別に太宰の崇拝者でも何でもない。ただ私の誘いに応じて、何となく青森迄同行してしまったままでである。

今迄も、私は恵子をあちこちに旅行に誘い出したことがあった。しかし、いつも大勢同行の友人達にまぎれていて、旅館に投宿する時も彼女はサッサと一人別の部屋に引退《ひきさが》った。

今度も同行者に野原君がいることを知って、何の気兼ねもなくやってきたものだろう。

が、私にしてみれば話は別だ。片時でも恵子と同行していたい押えることの出来ぬ物恋しさがあるのである。私はその不決断な恋情を押しかくしたまま、黙って海の色をみつめている。

沿道にたった一本、目のさめるような夾竹桃《きょうちくとう》が、真紅の花を咲かせていた。

「夾竹桃ですね」

私は救われたように、重い口を開き、辺りの風物に染《し》みつくような、その燃え立つ花木を眺め送っているのである。

九州ではまたかとうんざりするばかりの夏の花が、津軽でたった一本見ると魂を洗うほどにも美しい。

その昔、太宰治が、船橋の借家の前の夾竹桃を自慢そうに指して、

「桂君。夾竹桃だよ、夾竹桃」

あの時の声のはずみが今更のように思い出されてくるのである。

それにしても、今日の除幕式は十時半から始められると聞いている。十時十五分に青森駅について、自動車で二三十分のところかと思った蟹田迄の道は、思ったよりもずっと遠かった。

「どの位かかりますか？」

「さあー、四十分」

その四十分をとっくに過ぎてしまったが、車はまだガタガタの道を走りつめている。

「間に合いませんね？」

「いや、待っておるでしょう」

私の為に式を遅らせて貰うなどとは心苦しい限りである。そればかりか、大勢の人が待ち受けている中に、紹介することの出来ぬ一人の女性を同伴しているのも後めたい心地である。

殊更《ことさら》恵子はつい先頃ゴールキーの芝居に出演して、毛髪を赤く脱色させている。目立つ……。こんなことなら八戸《はちのへ》で種差《たねさし》あたりの海辺にでも遊びに行けばよかったと私は浮足立つような落着きのない気持に追いたてられていった。

左側は断層の山脈でもあるらしく、その山脈と海の間に、細い帯のような平野がはてしもなくつづいている。

もう一時間も走ったろう。

「あれが文学碑のカンラン山ですが……」

やっと小野君が前方の丘陵を指しながら教えてくれた。その丘陵の中腹に見える台地のあたり、おびただしい人だかりが感じられ、私達の自動車を心待ちに見守ってでもいるようだ。

車は蟹田の町を縦走して、海間近かに屹立《きつりつ》した丘陵を、左から迂回《うかい》しながら登りつめていった。

その頂きのあたり幅の広い尾根いっぱいに雑草が生えていて、そのまま公園にでもなりそうな広場である。

中央に二張のテントが見渡され、大勢の参会者が、早くから待ちかねていたようだ。

私はこれまた二十年振りに太宰の中学時代の友人である中村貞次郎氏と再会した。その昔ひどい喘息《ぜんそく》に悩んでいた中村氏は、頭はゴマ塩混りに変ったが、何となく健康を取戻した感じに見受けられた。

昔のままの朴直な笑顔に会うと、私は蟹田に一泊して、あれこれと昔のことなど思い出して語り合ってみたいようなしきりなもどかしさも感じたが、太宰の文学碑建《こん》立《りゅう》の事実上の世話役である中村氏は、今日は晴れの大役で、そんな閑談の余裕はなさそうだ。

第一、恵子を同伴していては、行き当りばったりの宿泊にも気兼ねが要り、私達の関係を説明することも億劫《おっくう》だ。

私は黙って恵子を置き去りにしたまま、井伏さんや、太宰夫人や、小山清君らにそれぞれの挨拶《あいさつ》を終えた。

広場の周辺をまばらな黒松がかこんでいて、その間から、ドッとうちひろがるような陸奥《むつ》湾が一眸《いちぼう》のもとに見おろせた。

下北半島が真向いに見える。天気さえよければ北海道も指呼出来るとか、周囲の人がその方向だけを指してみせてくれている。

海の風と、梵珠《ぼんじゅ》山脈の吹きおろしとが、丁度この突角の丘陵に向って、両側から吹きつのるようで、時折はげしいつむじ風がまきおこる。

夥《おびただ》しいトンボがその風にひるがえって舞っていた。黒松に淋《さび》しい蟬時雨《せみしぐれ》の声である。私は恵子と二人して、二三日遅れてここを訪れてみればよかったと頻《しき》りにそう思った。

式典ははじめられるようである。参会者はゾロゾロと尾根のはずれの方に向ってゆく。恵子だけが所在なく身の処置に窮し、松の幹につかまりながら青ざめた顔で、海の果を眺めやっている。

文学碑は丘陵の南のはずれに、白い布をかぶっていた。その前の机の上に酒肴《しゅこう》と供《く》物《もつ》の類。両側に椅子《いす》が並べ合わされて、次々と来賓の着席になった。

長々とした神官の祝詞《のりと》である。太宰の長女園子さんが除幕綱をひきおろすと、石碑の肌が黒く現われた。

「彼は人を喜ばすのが何よりも好きであった……正義と微笑より」

佐藤春夫先生の特徴のある文字が読みとれる。もう一度、神官の長い祝詞がはじめられ、心持うつむいた井伏さんの胸のあたりに、いつのまにか塩辛トンボが、強風をさけて、羽をかたむけながら、へばりついているのである。

一隻《せき》の機帆船が、長い澪《みお》を曳《ひ》きながら、真下の海をゆっくりと左によぎっていった。太宰治が某女と入水《じゅすい》してもう何年になるか。左様……。ここにその遺愛の言葉が鐫《せん》刻《こく》されて、寛闊《かんかつ》な海の光と、ザワザワの松の嵐と、ポンポンの機帆船の音が立っている。

私は何となく石碑の後ろのベンチのあたりに、腰をおろした当の太宰治の姿が目に見えてくるような心地がした。左手に毛蟹を手摑《づか》みにし、ムシャムシャと喰らいながら、右手にコップをあげて地酒をあおっているのである。

私は咄嗟にその太宰の側に歩きよっていって、恵子のことを事細かにしゃべってみたくなってきた。というよりも、私の年久しい惑いの心をそれとなく打明けてみたくなってきた。

すると、自分でも思いがけない真昼の悲泣の心が後々と波立ってきて、ひろがりのあるその眺望の明るさが、次第にかきくらんでくるほどである。

が、白日の幻影は忽《たちま》ちにして消える。中村貞次郎氏が、私の名を呼んでくれていることに気がついたからだ。祝辞を申し述べろと云《い》うのである。

私はマイクの前まで歩き進んだが、

「太宰治の淋しく美しい人柄が、その所を得たという感じがする……」

せい一杯それだけのことしか云えず、あとは参会者に、佐藤春夫先生の伝言を語り伝えるだけになった。

式はようやく終りを告げた。人々は思い思いに文学碑を取りかこんで、しばらくは盛んに写真のシャッターが切られ合っている。

私は衆をかきわけながら、一度、二度、その石碑の周囲をめぐってみた。というよりも、その石碑の後ろにかくれ、海の風に吹かれていた。とりとめのない悲愁の心は、なるべく図太く、天地の間に解放するに越したことはないのである。

それには屈強な天然の内ふところに思われた。地図の上ではそうでもないが、観瀾《かんらん》山《ざん》が岬《みさき》のふうに、海を二つに分けてしまった感じである。しかし、北国の素朴な憧憬《どうけい》とでもいったものを波間にただよわせているここの海の姿は、私の惑いをそのままに、そっと抱擁してくれるような人なつっこさに思われた。

振りかえってみると、恵子が、一人の青年となつかしそうに語り合っている。

「誰?」

「ほら、『火の車』で一二度会ったことがあるでしょう……あの人」

恵子が語るまでもなく、青年は私を見て屈託のない微笑を見せている。そう云えばその微笑にはどことなしに見覚えがあった。私は、恵子が当もなくはるばると蟹田までやってきて、身のおきどころがないふうに弱り切っているのを知っているから、今は救いの神にでも出逢《あ》ったように有難く、しばらく恵子をこの青年に預けたまま、呼びに来てくれた中村貞次郎氏の後ろから、テント張りの宴会場の方へ急ぐ。

野天の天幕の会場はあふれるばかりの人である。私はあらためて誰彼に紹介を受けながら、椅子につき、さし出されたコップの酒を思い切りよくあおっている。

「何処《どこ》へ泊る？　今夜……」側《かたわ》らの野原君に聞いてみた。

「さあ——、僕は、浅虫にしようと思うんだけど……」

「十和田にしようよ。十和田。蔦《つた》温泉に行ってみない？」

「邪魔でしょう？」

「邪魔のことがあるもんか。何もないんだよ。あの人とは……」

「そりゃ、そうでしょうけれど……」

「だから行こう」

奇妙な強がりを云っているけれども、酔いにつれて、次第に何処か孤絶した森閑な天地へ、恵子をひきさらって逃げだしてみたい兇暴《きょうぼう》な夢想に駆られている。が、それともう一つ。なるべくなら、無事安穏に、今度の旅も済ませたい祈りがあって、その為《ため》には野原君の同行を無理強いにしてみたい。

今年の八月の九日がそろそろ近づくと、家内は私の旅発《だ》ちを何となく懸念《けねん》するように見えた。家内がためらったのと、私が故意に恵子を同行させたのと、ひょっとしたら、同じ人間の憂悶《ゆうもん》から発したことであったかもわからない。出発の間際《まぎわ》、私は佐藤春夫先生の玄関先まで挨拶に罷《まか》り出たが、

「今年は君も、何事もなかろうね」

気づかったような声であった。老師や家内らの愁《うれ》わしげな面持は知っているけれども、私はまた私の性情の中に次第に鬱積《うっせき》して狂おしくなっている恵子への惑いの心を押しつぶすことが出来ぬ。

私はもう数え年四十五だ。私の身近な友人で亡《ほろ》んでしまった人々の年齢を数えてみると、太宰が四十。安吾が五十。立原、中原、津村などの年齢を考え合わせてみるならば、今更愛の恋のという年でないことは自分で知り過ぎるほどよく知っている。

私は五人の子持ちなのである。一郎は亡妻のリツ子が産んで、現在の妻ヨリ子が手塩にかけて育て上げたようなものだ。そのヨリ子に次郎、弥太、フミ子、サト子と生れ、次郎は不幸な癈人《はいじん》に変ったし、サト子はまだ誕生やっと五ヵ月目だ。

ヨリ子は三十五歳。私は現在の妻に、何の不満も持ち合わせていない。いや、その飾ることのない質実と沈着によって十六人を越える厖大《ぼうだい》な扶養家族を辛うじて支えとめているようなものである。

私は飽きっぽく、移り気だと思われがちである。が、不幸にして、自分に発生した

状態は、生涯をつくしてその効果を待ってみると云う、愚かな願いを持っている。

家庭は破棄したくはないが、しかし、私を信じきれぬならば、私も自分を天然の旅情に向ってどえらく解放してみたい。

私は四十五だ。遅過ぎたが、残りの太陽をかかげるのに絶望の時ではないだろう。子供達の生涯は、またおのずと私とは無縁のものである筈《はず》だ。

私は青森までの切符を二組買い求めると恵子の間借りの玄関に立った。

「飯を喰いに行こう」

「もう済ましたところですけれど、お上りになりません」

「いや、外へ出よう」

私は彼女の部屋に入ったことが無いのである。

資生堂に伴った。その階上で汗をぬぐい、

「青森に行こう」

「誰か御一緒？」

「ああ、野原君が行く筈だ。もしあなたが行かないのならば、割戻して使って貰《もら》って結構です」

「いえ、行きます」

と彼女はその切符を握りながら少し青ざめた顔で云った。これが、私が恵子を蟹田に伴った顛末《てんまつ》だ。

観瀾山のテントの外には、蟹田町の有志らのネブタ踊りが大太鼓の音に乗ってはじめられている。

が、空の雲行が工合あやしくなってきた。強風が揃《そろ》いの衣裳《いしょう》をはげしくめくりあげている。

例の青年に伴われた恵子が、ためらいがちに私の方に向って歩いてきた。

「ここへお坐《すわ》り」

次第に酔ってきた私は自分の隣りの椅子を彼女にはっきりとゆすぶって見せた。ようやく恵子が坐りこんでいる。

青年は恵子に盃《さかずき》を取らせ、酒を注いでやっているようだ。私の横のテーブルには太宰夫人と園子ちゃん。ほかに見慣れない婦人が見えると思ったら、

「桂さん。北畠八穂《きたばたけやほ》さんですよ」

太宰夫人から紹介された。私も私の同伴者を紹介する義理を感じたが、相変らず押し黙って酒を呑《の》むほかはない。

幸いと横なぐりの雨が降ってきた。雷雨のようである。太宰夫人らは天幕の奥の方に、席をかわって行った。

私は雨に打たれるままである。

「今から十和田に行こう。十和田の蔦《つた》温泉だ」

「野原さんは？」

と恵子が野原君をふりかえって聞いている。

「さあー、僕は、どうしようかなあ」

「参りましょうよ、ね」

「部屋があるか知らん？」

「じゃ、紹介状を書きましょう」

と観光局の櫛引さんが云って、即座に名刺に書きこんでくれた。

雷鳴が轟《とどろ》いた。次第にドシャ降りになってきた。蟹田のネブタ衆が蜘蛛《くも》の子を散らすように散ってゆく。

中村貞次郎氏が声をはりあげて、参会の人々に退避の場所を教えているようだ。

が、私はそのドシャ降りの雨を浴びながら、したたかコップの酒をあおっている。

私の一家がどうなるか、恵子の生涯がどうなるか、これからのことはもう見透せない
が、私は今日を限り、自分の解放をはかる覚悟である。思うさま驟雨《しゅうう》を浴びて、束《つか》の間《ま》の人間のあわれなすぎわいの為に盃を乾《ほ》すのである。

自動車が用意された。乗ってくれと云っている。私は恵子を呼んで、その自動車に

乗込んだ。

「このまま青森に運んでいただけるんですね？」

「さあー、ちょっと蟹田の第二会場に寄っていただけませんか」

これもまた断りかねた。しばらく宴席の酒をしたたかに浴びる。

「さあ、行こう」

と恵子を呼んだ。恵子は野原君を呼んでいる。

驟雨はあがって次第に薄ら明ってきたようだ。青森でハイヤーに乗り換えた。帰りに金木町《かなぎ》で講演をやってくれと頼まれたが、もう明日のことは自分にもわからない。巨大な雪崩《なだれ》のなかで、新しい生命をでも見つけ出すことが出来たなら思いもよらぬ幸せというものだ。

自動車は青森湾を後ろにしながら、八甲田山の山裾《すそ》に近づいてゆくようだ。山のなかをうねり上ってゆくのである。

ようやく暮色が迫っている。萱野《かやの》茶屋のあたり、八甲田山と後ろの眺望と、見事に眺めまわされる広闊《こうかつ》な草原に出たから、私達は車をとめて降りてみた。

随分と遠い。酸ヶ湯《すゆ》の宿の入口から、暮れ間際の西北の空が見渡された。

車はヘッドライトをつけて走っている。ブナや桂《かつら》の原始林の葉々が、シラジラとそのライトに明ってそよいでいた。

められた。

淋《さび》しい道である。次第にまた降《くだ》り坂になり、谷間のなかに部屋々々の宿の明りが眺められた。

ようやく蔦温泉に到着したようだ。私達三人はゾロゾロと入りこみ、例の名刺を取りだした。

「生憎《あいにく》とお部屋はみんなふさがっておりますが、宴会場はいかがでしょう。取片付けさせますが……」

何の部屋であれ、もうここに泊めてもらうほかはない。それにしきりな空腹だ。

なるほど、三十畳もあろうかと思われるほどの大部屋なのである。たった一つ暗い電燈があたりを照らし切れずにまたたいているようだ。が、私は委細構いなく浴衣《ゆかた》に着換え、浴場の方に降りていった。

いわば年代がかった巨大な木製のプールである。しかしその暗さと、ブカブカ揺れる底板の間から湧《わ》き出す湯には、限りのない鎮静を与える力があるように思われた。しばらく泳ぎ、口すすぎ、この一昼夜の疲労を、湯ぶねの中にひたしている。

若オイとか云うキノコの煮付けが殊《こと》のほかにうまかった。私と野原君は恵子の酌で二三本のビールを乾したが、

「どう、あなた一つ飲まないか」

その恵子がコップ半杯ぐらいのビールをチビリチビリとなめている。

「お蒲団《ふとん》はどんなふうに敷きますか？」

「この人は別の部屋。私と美人はここでいい。が蒲団はうんと離して敷きなさい」

女中がクスクス笑いながら、食卓をかたづけはじめたようだ。

まだ蟹田の酔いが残っている。それにビールを飲んだから、昨夜の夜汽車の睡眠不足も手伝って、倒れるほどのねむさである。私はもう一度ゆっくりと風呂《ふろ》を浴びて大部屋に帰ってみると、恵子が、蒲団の中に半分顔をかくすようにして眠っていた。さむざむとした広大な部屋の一隅だ。私は灯《あか》りを消して蒲団の中にもぐりこんでみたが、渓流の音が耳いっぱいに聞えてくる。

「もう眠ったの、もう眠った？」

二度ばかり聞いてみたが、恵子はウンともスウとも答えなかった。

酔いと疲れからだろう、私も自分で知らぬまにグッスリと眠りこんでしまっていた。気がついてみると一丈ばかり上に見える高窓がうっすらと仄明《ほのあか》って見えた。月光か……。それとも曙光《しょこう》であるか。

その弱い反照を浴びて、恵子の青白い顔が浮いている。私は矢庭に這《は》い出して、恵子の唇の上に真横から私の唇を重ねていった。

起きていたようだ。細い絶え絶えの嗚咽《おえつ》の声があがっている。私はその涙を毛髪の方に繰り返しなで上げていった。

昏が細かにふるえたっている。しかし、私に応《こた》える静かなアカシが感じられて、やがて彼女の指先が私の指先をそっと握りしめてゆくのである。

曙光の気配が、実に緩慢に、私達のすりよせた頰のまわりで仄白んでいった。


私達は一度東京に帰りついたが、初々《ういうい》しい肉の愛着は断ちがたい。そのまま、また湯河原に抜けていって、二日三日。その都度、私達は手探りしながら、未知の甘美な花園に分け入るような陶酔である。

しかし、その陶酔から醒《さ》めて、現実にひき戻されると、

「これから、どうする？」

何遍くりかえしたかわからない同じ会話に変る。

「どうって、あなたはうちに帰るよりほか、ないでしょう……」

それはそうだ。私達は屠所《としょ》の羊のように、東京に帰り、青山の彼女の下宿に辿《たど》りつくが、生れてはじめて見る彼女の所有物のガラクタや部屋の模様を眺めまわしただけでも、この二三日の生活によって、私達の運命が急転直下の変貌《へんぼう》を遂げたことはヒシヒシと感じられる。

「じゃ、そのうち来る……」

と私は立上るが、私が立上れば彼女も立上って、

「そこまで送ります」

思い切り悪く、外苑《がいえん》の暗がりの中を行きつ戻りつ、やがてまた永い接吻《せっぷん》に移る。二三歩歩いてはまたしがみつき、

「早く来て下さいね」

甘くお互の口の中を揉《も》み尽すようである。

「自動車よ」

なるほど空車の赤い標識が滑りよってきた。あわてて手をあげ、車の扉が開かれるから、私が乗り込むと、

「ウチも池袋まで送って行こ」

下駄履きの恵子は私の服につかまりつきながら、続いて乗り込み、私の手を自分の手に取って、フーフーと彼女の息をはきかける。

さすがに自分の家の門はくぐりにくい。木立は深く茂り合って、家の中はシンとしずまり返っているようだ。子供達はもうとっくに眠り込んでしまったものに相違ない。

私は玄関から入らずに、直接書斎の寝室の方へ廻ってみた。扉の鍵《かぎ》はかかっていない。二燭《しょく》の電燈がともり、大きな蚊帳《かや》が吊《つ》られてあった。

「唯今《ただいま》」

「お帰りなさい」

と蚊帳の中に、浴衣の妻の寝返る姿が見えた。私は勝手に寝巻に着換えて、自分の蒲団の中にもぐりこんでいく。頭の中を矢鱈《やたら》に妄念《もうねん》が掠《かす》め過ぎて、とうてい眠りつけそうな状況ではなさそうだ。

酒をでも運んで貰おうかと思ったが、自分の心身に発生した状態は、そのまま率直に妻に語っておく方が少くとも、自分の苦悩だけは軽減されそうな気弱さが湧《わ》いたから、

「ヨリ子」

「何でしょう?」

幾分硬わばった妻の顔がこちらを向いた。

「僕は恵《と》さんと事をおこしたからね、それだけは云《い》っておく……」

「知っています」

「知っている筈はないけれど……、どうしてだ?」

「あなたのような有名な方のなさる事は、いちいち何事でも伝わると思っていらっしゃらなくっちゃ……」

「バカな事は云わなくっていい。一体誰がそんな事を話して聞かせたの?」

「一人からではありません。二人の方から電話のお報《し》らせがありました。一緒に湯河原へ行っていらっしゃったんでしょう?」

「知っていればそれで結構だ。起った事の弁明もしない。辛《つら》いだろうけれど、しかし、しばらく無用な騒ぎは起さないで呉《く》れ。自分だけやっておいて、おまえさんに鎮《しず》まれとは身勝手な話だが……」

「駄目です。もう、いやいや。私、明日の朝、ハッキリとおいとまをいたします。今夜のうちにと思っていたんですけれど、あなたが遅いもんだから」

「よしなさい。そんな無茶なことは……。僕はここの家を破壊する意志は毛頭ないんだ」

「ハッキリ破壊なさっているじゃございませんか？」

「事はおこしたが、力を竭《つ》くしてこの家の破滅は防ぐ」

「駄目です。もう破滅してしまっているじゃありませんか？」

「いつも云うように、オレは今、際《きわ》どい一本橋を渡っているんだよ。それを突き落すようなことはしないでくれ」

「突き落されたのは私です」

私は自分の言葉がすべて修飾になっていて、妻の言葉に、いちいち哀切な実感がこもっていることをよく知っている。

「じゃ、一体子供達はどうなるのだ？」

「それはあなたにお聞きしたいことでした。どうにかやっていただかなくっちゃ……。

兎《と》に角《かく》私は明日の朝、ハッキリとお暇《いとま》をいたします」

「やめなさい。理不尽のようだが、やめぬときっと後で後悔する」

「そりゃ後悔することはわかっています。後悔することはわかっていたって、もうここには私、居《お》れません。ただ私ね、収入の道がありませんし、父母に縋《すが》るわけにもゆかないから、月々の仕送りだけはしていただかなくっちゃ……。次の結婚に移るまで……。心苦しいことですけれど……」

「勿論《もちろん》仕送りはするよ。しかし、この家は、もともとあなたの名義の家ではないか？　この家の附属物は書物を除けたら一切あなたのものだと繰り返し云ってきた筈だ。もし、この家を出るのなら売りなさい。しかし、あなたが出るのなら、私の方が出るよ」

「駄目です。子供だけは責任を負って下さらなくっちゃ」

「ああ、子供の面倒は勿論見る。しかし、もう一度云うが、そんなバカなことはよしなさい」

「いやいや。もう駄目なんです。私、戦死した主人と一緒の頃は主人がしょっちゅう浮気をしましたけれど、平気でした。一緒に会ってやって、解決したことだってあるんです。でも、あなたは駄目」

「何故《なぜ》だ？」

「前の主人にはどんなにでも甘え込めるようなところがあったんですけれど、あなたは駄目。他の方を愛していらっしゃるって知ったら、もう見るのも嫌です。済みませんけれど、当座を凌《しの》ぐお金をだけいただけません？」

「バカ。やめなさい」

「駄目、駄目。こんなことが起ったら、もう絶対にやってゆける自信がありません。子供達に気づかれぬように出たいから、今、お金をいただいておきたいんです」

「生憎今、大した金は無い」

「大したお金なんか要りません。三万円で結構です」

「三万円ならあげておくけれど、バカなことはよしなさい。一体、何処《どこ》へ行くつもりなんだ」

「洋裁の研究所に入るつもりです。でも、行先のことなんかわからない」

　私は書斎のウイスキーを持ってきて、一人でコップに注いで蚊帳の中で飲んだ。妻は蒲団の中に顔をかくしながら、泣いているのだろう。時折低い嗚咽の声だけが洩《も》れている。

　二歳のフミ子がキョトンと蒲団の上に起き上って、眼をこすっているようだから、

「オシッコ？」

「うん」

私は子供を抱えて厠《かわや》に立つ。

「チチ帰った？」

「うん帰ったよ」

「もう、ドッコも行かん？」

「うん、ドッコも行かん」

「もう、ドッコも行く？」

「うん、ドッコも行く」

その会話がよほど面白いらしく、抱えられながら、大声をあげて、私の頰の髭《ひげ》を手探りに撫《な》でるのである。が、蒲団の中に抱え入れると忽《たちま》ち、昏睡《こんすい》したように眠り込んだ。

ウイスキーの酔いがまわってきたようだ。

「バカなことはよしなさい」

私はもう一度云ってみたが、妻の答えは無い。聖書の文句ではないが、暁《あかつき》までに都合九度、同じ言葉を唱えたことになる。私はそれを故意に数えておいたのである。十度云って聞かなければ仕方がない……と、何となく機械的に自分で思いこんだのは、妻の反逆（自分のやらかしたことは棚上げにしてだ）が意想外であったことに対する、意趣がえしの気持もあったろう。

しらじらと明けかかっているようだ。酔ったままに蒲団にもぐり込んで、二日振りの睡眠をむさぼるのである。

子供達の狂躁《きようそう》に目をさまされた。

「ほーら、チチ帰ってるよ。チチー」

弥太とフミ子とサト子が蒲団の中でもみ合いながら、はしゃぎきっている。

「母は？」

「お母さんはあっちのお家行った」

「じゃ行こうか？　重くて困ったーで行こうか？」

「行こう、行こう。重くて困ったーで行こう」

子供達はみんな起き上ってドアのところに走ってゆく。弥太を肩車にし、両手にフミ子とサト子を抱いて、

「重くて困ったー」

私が口癖の声をあげると、

「ほらネ、チチ、重くて困ったね」

子供が一斉にはしゃぐ。離れの座敷から母屋《おもや》の方に庭を通って歩いて行こうとすると、夥《おびただ》しい妻の衣類や端布《はぬの》や文書の類が積み上げられ、炎と煙をあげている。

私は子供をしっかりと抱えよせたまま、暫時《ざんじ》見とれた。痛快と云ってみたい程の熾《し》

烈《れつ》な炎の力である。いっそのこと、家ごと焼きつくして、子供を首にしながら、野面《のづら》の果をさまよってみたいような其場《そのば》の咄嗟《とっさ》の感動だ。

妻の姿は母屋にも見当らなかった。そこここに簞笥《たんす》の抽出《ひきだ》しが引出され、五六個の行李《こうり》が、奥の六畳に並べられている。

私は子供を引連れながら次郎の病室に入ってみた。

「チチ、帰ったよ。チチ、帰ったよ」

弥太とフミ子が次郎の蒲団の上に飛び乗って、次郎の顔と頭をゆすぶってやるのである。

「ギャー」

という、感動した際の次郎の不思議な声が湧き、口をゆがめて、はげしい痙攣《けいれん》を繰りかえす。歓喜の表情だろう。

妻はまもなく白い木綿のワンピースを着て帰ってきた。私の前にぎごちなく坐《すわ》り、

「永いことお世話になりました」

「バカなことはやめなさい」

これで十度だと私は自分の心の中に数えている。

「子供達のことをよろしくお願いいたします。連れて行きたいと思うんですけれど、私の力ではとても育てられませんから……」

そう云えば子供達の姿はもうそこらには見えなかった。残らず庭へでも降りていったのだろう。

「次郎があんなで、ほんとに申訳ないんですけれど、私より看護婦さんになついていますから……」

「どうしても、出て行くの？」

「ええ、もう止めないで下さい。あの行李だけ、後から指定するところまで送っていただけませんか……」

妻は一度泣き出しそうに顔をゆがめたが立上った。玄関に立つ。

「じゃ、一週間内に思い返して帰っていらっしゃい。それまで待つ。いや、十日、二週間でも構わないが……」

「もう、絶対に帰りません。でも、今迄《まで》はほんとうに有難うございました」

妻はかけ出すようにして歩き出していった。その低い靴の踵《かかと》のあたり、ほころびかかっているのが見えた。

私はサト子を抱いて、庭に立ち、くすぶる余燼《よじん》の煙りをいつまでも眺めやっている。

子供達は、二人の女中と、一人の看護婦にうちまかせて、私は恵子を誘い、Qホテルに移る。

恵子は毎朝、パンツ一枚で寝台の端につかまりつき、ハッハッハッと呼気荒く、美容体操だか、バレーの稽古《けいこ》だか、を繰り返す。私は今日までこのような女の仕種《しぐさ》を余り見慣れないから、その躍動する筋肉（恵子の場合、果して躍動するかどうかはいささか疑問だが）に見とれていると、彼女は咄嗟にマネキン人形のようなポーズをつくり、

「どう？　魅力的でしょう？　離れられないでしょう？」

性格は鷹揚《おうよう》で、楽天的だ。屈託がない。手は不調法のようだから、時々ガチャーンと、コップを落したり、皿を割ったりするが、

「あーあ、これじゃ、離縁ですね？　一《かず》さん」

などとベロを出して笑い、ウイスキーや、水によごれた床を、足雑巾《ぞうきん》で拭《ぬぐ》う。これもまた、生れて余り見馴《な》れない情景だから、私はいぶかしく、恵子と私の年代の隔りを、実感するのである。

湯上りのあとなど、彼女はよく、まる裸のままで、私の爪《つめ》を切ってくれていたりすることがあって、私は、ホテルの真向いの学校の屋上あたりから、好奇な視線が寄っているような気おくれから、

「見てるよ、見てるよ」

注意をすると、

「見せテンのよ」

彼女はわざわざファッションモデルのように斬新なポーズをとってみたりする。天成の媚《こび》を知っているのである。

見たところあまり利口そうにも感じられないが、その実、大変に聡明《そうめい》だ。日常の会話と表現がバカに面白い。これは随分後の話だが、たとえば、突然、裾《すそ》まくりしてアグラを組み、その両腿《りようもも》をかわるがわる打ちたたいて、

「おい？　どうする気だ？　いつオレをヨメに貰《もら》ってくれんだよ？　ハッキリしなよ。一体、どうしてくれるんだ？」

その心の底にある焦躁を、突然、ユーモアで実演して見せるのである。

「おろした子が、ズラリと並んでさ、オレとそっくりのアグラをかいて、みんな一緒に凄《すご》んでるんだぞ。見えねえのかよ？」

それから調子がガラリと変り、

「フフフ……、アタシとそっくりの、短い足してるんだろう、ね？　一さん」

彼女にそう云われると、豆粒ほどの彼女の子供達が勢揃《ぞろ》いして、彼女とそっくりの胡坐《あぐら》を組み、短い腿のあたりをピタピタピタピタ叩《たた》きながら、凄んでいるように感じられるから不思議である。彼女は常日頃、足の短いことを、ひどく気にしているので、その話が殊更《ことさら》、精彩を帯びて聞えるわけである。

生活の演技がきわめてうまいのに、どうしてそれが、舞台に流露しないのか、いぶかしくさえ思われる。

もっとも彼女の演技の面白味が精彩を発するのは私生活だ。私生活と云《い》うより秘密な生活の部だ。彼女は、人に接触する時には、やさしく、温和で、凡庸な、女性に返るのである。そうして、そのやさしく、温和で、凡庸な面だけが、舞台の上に流れ出してしまうわけだろう。

「そんならね、行ってきますからね、飲み過ぎないでね、バイバイ」

恵子は毎日、定刻に、扉の隙間《すきま》からヒラヒラと手を振って、ホテルから、日芸の稽古場に通う。私は一人、酒を飲むか、原稿だ。

細君が出奔して幾日目ぐらいであったろう。鎌倉の、細君の、女学校時代の友人大町文子から、ホテル宛《あて》に、電話がかかってきた。そのむかし小説を書きたがっていた女性で、私もよく知っている。電話の用件は、細君が現在鎌倉にいること……、しかし絶対に私達には逢《あ》わないこと……、今後のことは一切S弁護士に処理させてほしい、と云うのである。

かりに訣別《けつべつ》するにしても、今度の場合は、ことごとく細君の希望通りに実行するつもりだから、別段弁護士は不用だろうと、私は思った。弁護士を相手に、くどくどと喋《しゃべ》ったりするのは苦手である。

しかし、その日のうちにS弁護士から電話があった。奥さんのことで会いたいから、どこどこに何時迄に来ていただきたいと云うことだったが、私は忙しいから、行けないと答えておいた。

ところが、その翌日。当の細君から直接ホテルに電話がかかったのでこんなにビックリしたことはない。

「鎌倉から？」

「いいえ、東京に来ております」

「どこ？　石神井？」

「いいえ、御茶ノ水」

「なーんだ。そこへ来ているの？　じゃ、すぐ行く」

さすがに細君は憔悴《しょうすい》しているように見受けられた。どうしたのか破れ靴を履いている。そのまま、私達は学生街の午前の喫茶店に入りこんでいった。結婚以来、二人で、こんな店に入ったことがついぞないから、やっぱり夫婦別れらしい其の場の陰惨な舞台に思われた。私はビールを頼む。

「昨日大町文子とS弁護士から電話があったよ」

「はい」

「別れるにしろ、別れないにしろ、どんなに苦しくっても、あなたの希望通りに事を運ぶから、別段弁護士は要らないと思うけど……」

「私は要らないと云うんですけど、文子さんが、勝手に電話したんでしょう」

「で、どうするの？　帰るの？」

「いいえ、帰りません」

「別れるとすればいくら要るの？」

「五百万円です」

「石神井の家を売ったらいいよ。それ位には売れるだろう。それから何をやるつもり？」

「洋裁をやるつもりですけど、しばらく真鶴《まなづる》に行ってきます」

「真鶴？」

と私はいぶかしかった。

「木田さんの？」

「はい」

真鶴なら、一度私が夏の家に買おうと思って、細君と下見に行った家である。そう云えば、その家には、木田老人が一人だけ住んでいて、海水浴ならいつでも来てくれと云っていた。真下に青く相模灘《さがみなだ》がひろがっている。

「あすこは、いいね。子供達も連れていったらいいじゃないか？」

「いやです」

　と細君の顔が急に強張《こわば》った。私達は通りに出たが、彼女の靴があまりにもひどい。後ろが真二つに裂けているのである。靴屋に入りこんでいった。

「要りません、要りませーん」

　と私の後ろから泣くような声をあげている。それでも買った。彼女は靴台の上からほとんど飛び逃げるようにして街へ出る。

「蒲団《ふとん》もないだろう？」

「さあー、あちらで貸して貰えませんかしら？」

「持って行くがいいさ」

　私はもう一度蒲団屋の店先に入り、細君の旅先の蒲団を買い整えるのである。細君は木田さんへの手土産の菓子折を一箱買い、その蒲団屋の店先から自動車に乗った。

「なるべく帰って来るがいいよ」

　彼女は何も答えず、

「有難うございました」

　車窓の中で、一度深く頭を垂れて、そのまま自動車を驀進《ばくしん》させていった。

　細君は一向に石神井の家に帰る気配を見せぬ。S弁護士からだけは、其の後も何度も電話がかかったが、果して私の細君と連絡がついているものかどうか。恵子は相変らず屈託なく、ホテルの部屋で、声楽の稽古をやってみたり、台詞《せりふ》廻しをやってみたり、私が原稿を書いている間は、来客をひき受けて、ホテルのバーでダイスをガラガラ云わせてみたりしているようだ。

困るのは石神井の家である。金は女中に必要なだけ預けているけれども、「今日も一郎さん、学校に行かないんですが……」とか、「次郎ちゃんが急に熱を出しまして」とか、やれ、保険の集金、借金の催促、来客の扱い等、いちいち電話で訊《き》いてきて、その煩雑《はんざつ》に弱り抜くのである。

それに連日、ホテルや街の食堂で食べてばかりいたのでは、私のように日常自分の手料理しか食べつけていない人間は、参ってしまう。おまけにホテルの経費は莫大《ばくだい》である。

「ホテルの一日分で、ちゃんとしたアパートが借りられるじゃありません？」

と恵子は云っているが、実情は同じでも、アパートで二人暮らせば、もう私達の路線は決定するだろう。

私は早く細君の正確な状態と意志を知りたいと思ったから、横浜から私の妹を呼びよせて、真鶴の其の後の様子を見てきてくれるように頼みこんだ。妹はすぐ行くと云っている。やがて三日目、妹は、またホテルにやってきてくれて、

「やっぱり、もう駄目ね。全然、お帰りになる気持無いんですもの……。次郎ちゃん達、可哀想《かわいそう》だけど……。やっぱりみんな纏《まと》めて、新しい生活をお始めになったら……」

妹の方がかえって悄然《しょうぜん》とうなだれて帰っていった。

恵子と結婚する……、何度もそう思う……、その都度、次郎のくねる手足、不思議な微笑が浮び出してきて、いけない、いけない、と自分の首を振る。すると、弥太、フミ子、サト子の、泣き声までが、一斉に耳許《みみもと》にわめき寄ってくるのである。

妹が細君の報告をしに来てくれて、幾日目であったろう。おそらく四日を越えてはいまい。石神井の女中から電話があった。

「あのー、奥さんがお帰りになりました」

「帰ったって、何しに？　荷物取り？」

「いいえ、うちにお帰りになりました」

「帰った？」

と私は不思議でならなかった。つい、こないだ、妹をわざわざ、使いにやったばかりである。その報告はほとんど絶望に近かった。

「じゃ、ちょっと、奥さんと変ってごらん」

「はい」

としばらく電話はとぎれたが、

「ヨリ子です。また帰って参りました。お騒がせして、すみません」

「それはよかった。子供達が、喜ぶでしょう」

私が云い終る前に、電話は向うからプッツリと切れるのである。

恵子は秋の公演に大役をふられて大ハリキリ、大いそがし、私はまた十月一日の国慶節から十一月にかけて、中国旅行に招待され、雑誌新聞の書き溜《だ》めに忙殺されている。

とてもホテルをひきはらえるような段ではなく、お芝居の稽古だけでも精一杯な彼女をつかまえて、原稿の速記をさせるやら、徹夜をさせるやら、その合間々々には、我を忘れたような接吻《せっぷん》と抱擁だ。

「これじゃいいお芝居なんか出来っこないよ。やりそこなったら、あんたの嫁さんに貰うてね。ね、一さん」

恵子がおどけた声で云っている。それでも、九月二十六日の訪中文化使節団の出発にはとうとう間に合わず、私一人だけ、一足遅れて、三十日に心細く羽田を発《た》つ。大勢の友人達と、恵子を、一気に置き去りにするわけである。

北京《ペキン》までの一人旅は実によかった。とつおいつ、我身の処理、細君の処理、恵子の処理を思い惑いながら、香港《ホンコン》から広東《カントン》に抜ける列車の窓外の花を眺めやっている。ブーゲンビリヤ、鉄線蓮《てっせんれん》、それとも朝顔か？

中国全体が六億火の玉、国造りに一心不乱のようであった。北京を貫通する縦横の大道路。大病院。大ホテル。しかし、私は、中国人の誰彼をつかまえながら、声を細めて、

「あのー、妻子を持った男が、新しい恋に突入は出来ますか？」

「そりゃ出来ますよ。男女の恋愛は自由です」

「妻子を持ったままですか？」

「待って下さい。持ったまま？　どう云うことですか？　新しい恋人と生活をはじめたかったら、今迄《まで》の細君と離婚する。いくらでもありますよ、そんな例は……」

私は自分の幼稚な質問に顔を赤らめながらも、

「両方重なった場合には？」

「重なる？　どう云うことですか？　ああ、重婚……。そりゃ罰せられます。重労働十年だったかな？　しかし、そんなことは、法律を待つ迄もなく、職場の組合や、隣組の会合で、やめるように勧告しますよ」

「さしずめ、私だったら、作家協会ですね？」

「あなた？　アハハ、あなただったら、作家協会の席上で問題にするでしょうね。注

「そりゃ、いろんな方法があるでしょう。作家の登録を停止するとか、給料をとめるとか、そうして、勧告をするわけです」

「聞かなかったら？」

「まあ、聞かないと云うことはないでしょうね。メシの喰い上げですからね。でも、どうしても聞かなかったら、重労働でもやって貰いましょうか……」

その日本語の流暢《りゅうちょう》な中国人は、そう云って、おどけて笑って見せたが、私の気は晴れなかった。

北京では十何年か振りに二人の妹に出迎えられた。妹の家に遊びに行って酒の馳走《ちそう》になる。

「兄さんは毎日お酒飲んでいらっしゃるの？」

「うん、毎日飲んでる」

「まあ、毎日？　毒よ。少しおやめになったら……」

「中国へ来たら、やめられるかね？」

「やめられるように、少し洗脳してあげるかな……。それはそうと、兄さん、新しい方と御一緒ですって？」

「新しい方？」

「奥様よ」

「いや、一緒じゃない……。そうか、一緒か……」

しどろもどろ、何を答えているのか、さっぱりわからなくなった。しかし、北京まで、そんな噂《うわさ》が聞えていようとは、思いがけない事である。

横の机の上に、日本の「アサヒグラフ」が一冊置かれてあったから、何気なく、手に取ってパラパラめくって見ると、日芸公演の「最後の人」のグラビアが載っていた。矢島恵子が大写し、私はあわてて雑誌を閉じるのである。ひょっとしたら、この雑誌と一緒に、私の噂がとどけられていたのかもわからない。私は黙って、マオタイの強烈な匂《にお》いを、喉元《のどもと》に流し込むだけだ。

私は草野心平氏らと、蘭州《らんしゅう》から、酒泉《しゅせん》、哈密《ハミ》、ウルムチまで出かけていった。荒寥《こうりょう》の岩漠（とても沙漠《さばく》とは云えない。朱、緑、黒の岩山がうねり続いている）と、天山《てんざん》を眼下に見て、人間の卑小と、そのとりとめなさを思うわけである。

飛行機から眺めおろすと、天山から流れ下る雨水の痕跡《こんせき》が、沙漠の中に、丁度、蜘《く》蛛《も》の巣のような網の目を描いていた。もちろん、どこもかしこも涸《か》れつくして草木一本ない。ただ天山の山裾《すそ》のあたり、僅《わずか》に、ところどころ、ポプラの木立が見え、ポッと緑さした畑地らしいものが見え、一軒ずつの家屋が見える。

例外なしに、雨水が流れ降《くだ》る山襞《やまひだ》の麓《ふもと》である。その水も一年の大半はないに違いはなく、山襞の裾のあたりから、襞にそって、蛙《かえる》の卵のような円形の丸井戸がきちんと一列に並ぶ。「カールチン」であろう。この井戸から、一杯々々地下水を汲上げて、次郎まわりの畑地をうるおすわけである。漠々の暮らしざまだ。私はなぜともなく、とたった二人だけ、ここへやってきて、一生を送ってみたいとそう思った。すると、乾燥しきった沙漠の真上で、思いがけない欷歔《ききょ》の感慨が波立つのである。

東京に帰りついてみると、恵子は旅公演に出かけている。

私は実に久しぶりに、自分の家の門をくぐっていった。子供達が私の首ッ玉にまつわりついて、

「もう、チチ、どっこも行く？」

と訊いている。

「もう、チチ、どっこも、行かない？」

と云《い》うつもりのところを、哀れな我が家の子供達は、

「もう、チチ、どっこも行く？」

と云うわけだ。自信をなくしてしまっているのである。

いつだったか、細君が私によこした帰家報告の手紙の中に、「今後あなたを子供達のお父様としてはお迎えしますが、夫としては迎えません」とあった。もちろん、そ

の通りだ。私は青ざめた細君の脇《わき》を通り抜けて、次郎の病室に入る。

しかし、次郎は幸福なのである。まったく静かな病人だ。おなじ病室に、おなじ姿のままころがって、その背丈ばかりはおどろく程に延びたけれども、相変らずジッと見守っているのは木立の葉々だ。朝になれば黙って目をさまし、こまかに揺れそよいで交錯している葉々の影を飽かず見まもっているのである。夜になれば、また自然と眼を閉じる。

私は時折たわむれに「神様、仏様、次郎様……」と次郎の耳につぶやくが、むろんのことその意味は本人にはわからない。ただ、自分の名前が会話の一部に挿入《そうにゅう》されていることだけは勘附くらしく、それを喜ぶだけのとりとめのない微笑になる。まったく、神様、仏様、次郎様なのである。

ある雑誌に、私の子供が、日本脳炎の後遺症から、全身麻痺《まひ》になっていると云う記事が掲載されたことがある。

すると、私の家にはいかがわしい新興宗教の信者達がうるさい程につめかけた。しかし、また、同じ病人の子を持つ親御さん達から、さまざまのはげましの手紙もいただいた。大抵の場合、先方の現状をこまごまと書きしるして、なぐさめと、激励の言葉で結んである。

その中の一通で、たしか御婦人からのお便りだったと記憶するけれども、こんな意味の手紙があった。

「私のところの男の子、九つになりますが、昨年の夏、日本脳炎にかかり、幸いと命だけはとりとめまして、その後の経過もよろしく、無事に退院致しました。さしたる後遺症もなく、ひと安心と思っていたのですが、この頃、何かを思いたつと、グルグルと部屋を走りはじめます。どんなに止めてもとまらないものですから、片時も目が離せません。部屋の中だけならまだよいのですが、突然、屋外に走り出してしまうのです。自転車が来ても、自動車が来ても、おかまいなしですから、これにはほとほと弱らせられます……」

　その困りようをこまごまと書き綴《つづ》った揚句、次郎の本復と、御幸福を祈ると、結んであった。それから、これもまた或《あ》る御婦人からの手紙だと思ったが、

「病後、子供がすっかり兇暴《きょうぼう》になってしまいました。すごく癇癪持《かんしゃくもち》になりまして、お茶碗《ちゃわん》やお皿を叩《たた》きこわすのは、毎日です。卓袱台《ちゃぶだい》をお茶碗ごとひっくり返します。窓ガラスを自分の握り拳《こぶし》で破ります。自分でも血だらけになって狂い廻る始末ですから、情ないやら、恐しいやら、この子の行く末が案じられてなりません……」

　このお手紙のお母さんの方は、自分の悩みを訴えながら、新しい信仰の道にでも入りたい様子で、私の意見を求めている様子に思われたが、私にしてもいい智慧《ちえ》が浮ぶ訳はない。次郎の現状を報告しながら、僅かに慰めの言葉を綴るだけのことである。

これらの不幸な子供達にくらべると、「神様、仏様、次郎様」の次郎はまことに静かな病人だ。ほんとうにそのお尻《しり》がビショビショによごれるか、食事の時間が二三時間も遅れるか、それともマットレスの病床の上からころげ落ちて、よほど痛い目にあわない限り、遠く離れた部屋に、たった一人横になったまま、何時間もの長い間、決して泣き出したりすることはない。

それでも、この間迄は、蒲団《ふとん》からころがり落ちる度に、ヒイヒイと云って泣いたものだ。

私が自分の家に草木虫魚禽獣《きんじゅう》をやたらに寄せ集めすぎるせいか、石神井の家は、蚊と蠅《はえ》が格別に多い。次郎の発病そのものも、おそらくその夥《おびただ》しい蚊のせいであったろうが、病床の次郎を一番困らせるのは蠅である。一たん蠅が次郎の顔にたかりはじめると、それを自分の手で追うことの出来ない次郎は、身もだえるのである。殊更《ことさら》、口のまわりは、いくら拭《ぬぐ》ってやっても涎《よだれ》でよごれる。口許《くちもと》にむらがってくる蠅への恐怖で、しばしば、次郎の目は血走ってくるのである。かりに、DDTを撒布《さんぷ》しておいて、部屋を完全に駆虫しても、下の子供達が次郎の部屋に駆け込んで来て、その襖《ふすま》・障子を開け放しにする。次郎は蠅にたかられて、蒲団の中からころがり落ち、そのころがり落ちたと云うことよりも、多分蠅への恐怖で、泣きやまないのである。

あんまり泣きやまない次郎の気持をそらすつもりでもあったろう。

「第三のコース、桂次郎君。あ、飛び込みました、飛び込みました」

私は大声をはりあげて、どなってみた。その昔、次郎はテレビの競泳に感激して、蒲団から畳の上にさかんなダイビングをやらかしていたものである。その記憶がかすかにでも残っているかどうか。

が、看《み》よ。この時、次郎の表情の中に湧《わ》き出した拮勁《きつけい》とでも呼んでみたい素速い反応のたしかさ。とうとうその事を思い出したと云うような鋭い歓喜。泣いている目を大きくみはって、泣き声をピタリとやめ、かなわぬ四肢を交互にピクピクと波打たせる。

「第三のコース、桂次郎君。あ、グングンピッチをあげております。弥太を追い抜きました。フミ子も追い抜きました……」

次郎は度はずれな奇声をあげて、呼吸までが荒くなる。すると、私の大声を聞きつけた弥太とフミ子迄が、次郎の脇に走り寄って来て、やがて畳の上に、バタバタバタバタと思いがけない大競泳がはじまるのである。

この時以来、次郎はマットレスから墜落しても金輪際泣くことがなくなった。いや、手足をもがきくねらせて、わざわざ、墜落しようと云うはっきりとした意志さえ感じられる。

ついこの間は、のぞいてみると、血まみれになっている。鼻血であった。顔の方からずり落ちて、したたかに鼻を打ったものだろう。それでも泣かない。

「第三のコース、桂次郎君。鼻から飛び込みました、飛び込みました」

愚かな父は大声にそう云って、畳一面の血を女中に拭わせるのである。一度ではない。つい最近になってから、都合三度、次郎は畳の上にずり落ちて血まみれになっていたから、おそらく次郎のダイビングが、格段の運動量を持ちはじめたに相違ない。

私は細君とも別れ、恵子とも訣別《けつべつ》して、次郎と二人、どこぞ遠い山の中に暮らすことを、本気になって考えてみることがある。

惑いの部屋

そのQホテルは駿河台《するがだい》の丘陵の上に東面して立っていた。先輩作家I氏の言葉をかりるならば、「くだらない、二三流どころのホテルだよ。桂君は、また何を血迷って、こんなところにいつまでも永逗留《ながとうりゅう》をしているのかね……」

何も格別なわけがあったわけではない。少しくましな連れこみ宿に、恵子を連れこんだだけのつもりであった。

かりに、私の細君が帰ってくるにしろ、帰ってこないにしろ、また恵子と別れるにしろ、別れないにしろ、いずれ、事ははっきり解決しなければならないにきまっている。それまでの凌《しの》ぎ……、まったくの話、ほんのそれまでの凌ぎのつもりでいたのだが……、何によらず、私が事をやらかすとなると、どういうわけか、事態を終熄《しゅうそく》出来るどころか、まったくその反対の方向にどんどんと拡大してゆくばかりである。だから、私は自分のおびきよせた戦禍の中にさながら埋没している将軍のような思い入れで、毎晩、店仕舞いまで、ホテルのバーに坐《すわ》り込んでいるのである。

バーの閉店は午前二時だ。いや、坐り込んでさえいれば、三時頃までは開いていて、ひとり飲みつづけていると、時折深夜放送の、奇妙なアナウンサーのふくみ声が、ジャズの狂躁《きょうそう》の音楽にまじるのである。

「ねむたーい。アタシは部屋で眠ってますからね。早くやめてきてね。あしたの稽古《けいこ》、お昼からなのよ」

連日のことだ。恵子は一々、私とつき合いきれないで、とっくに部屋に帰ってしまっている。それでも、二時頃になると、やっぱり気になるのか、トコトコと降りてきて、

「まーだ、飲んでるの？　悪いわよ、東野さんに……」

「いやー、構わんです」

バーテンが答えると、仕方なく恵子も椅子《いす》に腰を掛ける。

「アタシ……っと、ジンジャエールにしようかな」

しばらくダイスをひとりもてあそんだ揚句、その黒皮のカップを振ってみながら、

「一さん。久しぶりにやってみない？」

「やってもいいけど、お前さんは一体、何を賭《か》けるのかね？　賭けるものが何も残ってないじゃないか。貞操は、もうあらまし中古だし……」

「まあー、呆《あき》れた。ねえ、東野さん。ひどいわ。アタシも飲もうっと……。ジンフィーズか、何か……」

「かしこまりました」

バーテンがシェーカーをゆすぶりはじめるから、恵子は否応《いやおう》なしに、邪悪な酔狂の挑発に乗って、私のまき添えを喰うのである。しかし、そのジンフィーズも恵子は一口口をつけてみるだけで、あとは私が飲む。午前三時。さすがに私も疲れてくる。

「引揚げようか？」

「そうよ。この方達に、悪いわよ」

バーから送り出されて、恵子の肩につかまりつきながら、階段に向う。目ざとく、夜勤の女性がエレベーターの扉にかけよってきてくれるが、

「いいんですのよ。いいのよ。酔いざましに歩かせないと……」

恵子はあわてて階段の道をえらび、

「よいしょ、よいしょ、よいしょ、よいしょ」

その五階まで、私の尻《しり》を押し上げながら、螺旋《らせん》状の階段を登ってゆくのである。

その四階辺りの階段の区切り目だろう。彼女はちょっと私の腰から手を離して息を入れるが、こんな時、私を意識するのかしないのか、いや、自分でも意識しているのか、いないのか、「いやだな」ふっと彼女の口から、溜息《ためいき》のような低いひとりごとが、洩《も》れることがある。ほとんど聞きとれないような短いつぶやき。放心の表情だ。

しかし、私は寝鎮《しず》まったホテルの階段のうすくらがりの中に、何となくにぶく光沢を失った緋毛氈《ひもうせん》の帯を、瞬間、酔いの目から、自分達の薄弱な生活のシンボルのように、不吉に見上げるのである。

滞留五ヵ月。夏の真盛りにやってきて、途中私の中国旅行や、恵子の旅公演などあるが、もうおっつけ年の瀬だというのに、相変らず、私は恵子をこのホテルに連れこんだままの形でいる。何一つ解決しようとしない。解決のメドをつけることを暗示しようともしない。ただ大仰に階段をよろけ登って、

「力《ちから》山ヲ抜キ、気ハ世ヲ蓋《おお》ウ……」

出まかせの世迷言をつぶやくだけである。

「ね、あぶないよ。一さん」

と彼女はあわててかけよって、私の腰につかまりつき、

「よいしょ……。よいしょ……」

ベッドの上にころげ込むのである。

外はみぞれだ。彼女は私の上に蔽《おお》いかぶさりながら、ズボンを脱がせたり、頰をすりよせたり、

「男臭《く》ゥさいね」

まんべんなく私の口中を、彼女の唇と舌でうるおしてくれるが、酔に麻痺《まひ》した脳髄には、月なみな愛慾《あいよく》の情景が、自分ながらそらぞらしい絵空事のように薄手に思われて、

「いやだな」

思いがけなく、彼女の今しがたつぶやいた言葉を、自分の口の中にこっそりとつぶやきなおしてみるのである。

私達の部屋のベッドはダブルではない。二つのシングルベッドの間に、小机が置かれ、その上に電話がおかれ、花がいけてある。その小机をどかし、電話をのけ、花瓶《かびん》を移して、私達は毎夜寝台をぴったりと二つくっつける。いくらくっつけておいても、翌《あく》る日の掃除の時に、またキチンと、行儀よく、二つのベッドはもとのところに離して据えられるのがきまりのようだ。

「また、くっつける？　ね、一さん」

とこれだけが私達の生甲斐《いきがい》の全部のように大ハリキリ、大酔の私は素っ裸になって、小机をはずし、電話をはずし、花瓶をはずし、

「よいしょ、よいしょ、よいしょ、よいしょ」

その重い鉄製の寝台を、深夜の部屋の中に動かして、二つ、ぴったりと、並べなおすのである。

どうしたわけか、私は寝台にはまともに寝られないタチだ。毛布の裾《すそ》がつつみこんであったりすると、気づまりからか、手足がひきつる。

そこで毛布の類も大仰に取りはずして、二つならべた寝台の上に、真横にひろげ、恵子のスベスベの肌にしがみつくのである。

彼女はきわめて寝附きが早い。軽い鼾《いびき》。そのまるまっこい鼻を眺めやりながら、この一個の女身が、何の為《ため》に、えりにもえって、私のところなぞへまぎれ込んできたろうかと、つくづくと不思議である。すると思いがけないいとおしさがこみあげてきて、その鼻をつまんでみたり、お腹《なか》の起伏を撫《な》でまわしてみたり、

「ケイ……。ケイ……」

と大声でゆすぶるが、彼女は一たん寝ついたとなると、金輪際、うつつ心地がないのである。

「うむ、うむ」

と意味もなくうなずいてみたり、

「好いとるよ」

出まかせのお世辞を云《い》って、一瞬、口許《くちもと》だけ笑って見せたりしても、すぐにまた、他愛《たわい》のない鼾である。

私は深夜のホテルの一室で、蚊の鳴くようにみじめに唸《うな》っているスチームの音と、彼女の安らかな鼾を交互に聞きながら、この女を一体どうするのだ、どこにかくすのだ、と空漠の感慨にのめりこんでしまっている。そんな夜、

「ちょっと、ちょっと」

と恵子が私をゆすぶるから、

「どうした?」

びっくりして目覚めてみると、彼女はあわてて人差指で私の口を押える。隣室に、露骨な男女の気配が感じられた。どうやら外人のようだ。英語である。いや、女の方は日本人か。その女の痴態と昂奮《こうふん》が手に取るようで、やがてとぎれとぎれのむせび泣く声になり、

「ナーウ、ナーウ」

と連呼するのである。やがて力尽きたように、その声が細り、

「ネバー……」

蝶《ちょう》の羽が閉じるようなかすかな終末の戦慄《せんりつ》がしばらく続き、やがてもとの静寂に返る。恵子は汗ばんだ手で、ふるえながら、しっかりと私の体に抱きついたままだ。私は自分の情痴を忘れはててしまって、地上のいとなみのむなしさを、虚脱したように、まざまざと実感するのである。

しかし、朝になるといい気なものだ。

「ケイ。ケイ。もう朝だよ。美男美女、腕を組んで、そこいらを、武練《ぶね》りして歩こうよ」

私は歩くときには、練兵のふうに、全身跳躍して歩かないと、歩いた気がしない。ひょっとしたら、長年の兵営生活による習性かも知れないが、たわむれに、これを自分で武練りと呼んでいるのである。

「だって、部会があるのよ。今度出来たラジオテレビ部の……。入らんどこうかしらね？」

「そんなもの入ることはない。本当の芝居の足しには、何もならんよ」

出まかせの勝手な暴言だ。武練りは閑寂の森の中か何か、一人でやるのがいいにきまっている癖に、この頃では恵子なしには、何となく物足りない。それも町の中、足にサンダルをつっかけて、恵子と派手に腕を組み、堂々、ホテルの玄関を出撃に及ぶわけである。矢鱈《やたら》と腰を振ってみたり、ひとところで駈《か》け足の真似《まね》をやってみたり、学生の多い町の朝っぱら、ほとんど気違い沙汰《ざた》の行進を続けてみるが、本当の鬱憤《うっぷん》は、自分の生活を失ってしまっているところにあるのだから、

「そこらで、朝メシでも喰うか……」

食堂の中に入り込んで、

「ビールを一本……」

まったくの狂躁に終ってしまうのがオチである。

恵子はくたびれつくしてしまっているように見える。青ざめて、時々嘔気《はきけ》でもあるのか、にわかにハンケチで口をおさえて、うつむくから、

「どうしたの？　つわりじゃない？」

「そうかしら……」

「そうかしらって自分でわかるだろう？」

「わかる筈《はず》ないじゃありません？　でも、もしつわりなら、アタシ産みますからね、よろしくね……」

青ざめて滅入《めい》りこんでいた恵子の口許が、ちょっとゆがんで、威嚇《いかく》するような女の微笑になる。

「そりゃ産むさ。しかし、一大事だな。武練りどころの段じゃないよ」

私達は急に意気揚らなくなって、スゴスゴとホテルの部屋にひきかえしてゆくのである。私は仔細《しさい》らしく、恵子の下腹に手をさし入れながら、指先で皮膚のはずみを押えてみるが、なに、温い女の肌のぬくもりが、まんべんなく、揺れて、身もだえて、くすぐったそうに笑うだけで、何もわかる道理なんかありっこない。それでも、恵子の汗ばんだ小鼻のあたりを見守りながら、

「妊娠《にんしん》です。妊娠一ヵ月……」

「玉のごたろうね？　ウチの子供。ウフフ、何しろ美男美女の間に生れるヤヤですからね」

「気が利《き》いてるでしょうね。呼べばハーイと鈴虫のような声で答えるでしょうね」

「バカにしてから……。あげないい加減ば、云いなさす」

彼女は急に不機嫌になって、黙り込んでしまうのである。それでも、急に思い直したように、

「さ、お稽古に行って来う。今日は行きともなか……。一さんから慰めて貰《もら》いたか……」

念入りに化粧し、慌《あわ》てて、左右の頬ずりだけを繰り返し、

「ね、屋上から見といてよ」

そのまま走り出してゆくのである。

煤煙《ばいえん》にすすけた殺風景な屋上だ。しかし、冬の陽差しが屋上のタイルの区劃《くかく》に、刻明な冴《さ》えを見せている。その手摺《てすり》にもたれて見下ろすと、恵子がまぶしそうにこちらを見上げながら、手を振っている。やがて、また、つわりの嘔気にでも襲われるのか、身をかがめるようにして、前のめりに、向うの角にかくれていった。ふりかえってみると、遠い富士が、白い三角の定規のように、クッキリと、空の一点に貼《は》りついているのである。

しかし、私は、先《ま》ず思いっきりの自由を感じる。ジャンパーとシャツを脱ぎ棄《す》てる。肌寒いが、一瞬の解放感には代えがたい。自分だけの祝祭だ。靴をまで脱ぎすてて、しばらくは、冬陽差しの中に腰を振り、両腕を振り、

「えいさ、えいさ、えいさ、えいさ」

武練りながら、どこぞへ、このまま駈け出していってしまいたいような気持である。

「まあー。体操ですの？」

と偵察に来たらしいメイドが、あきれ返って笑っている。すかさず私は、

「ここへビールを二三本持ってきてくれない。コップもだけど……。駄目かな？」

「いいえ、構いませんけれど、でも、テーブルもございませんし。それにお寒いでしょう？」

「いいんだよ。あすこの陽だまりに、かくれ込んで飲むんだから……」

「かしこまりました」

彼女はクックックックックッ笑いながらもう一度ふりかえって降りていった。素早くシャツとジャンパーを着込んで、鉄梯子《てつばしご》の前の陽だまりに胡坐《あぐら》になって彼女を待つ。

胡坐になってみると、視界に入ってくるのは、テレビ塔の赤い鉄塔と、アドバルーンだけである。いや、タイルの上に素早い影を落しながら、グルグルと旋回している鳩《はと》の群だ。

私は運びこまれた、ビールとチーズを胡坐の前にズラリとならべ、

「フロントに頼んで誰が来ても、居ないと云えよ」

「かしこまりました」

「ウチの御愛人様にもだよ……」

ふふふ、と笑ってメイドはそのままあとがえってゆく。

しかし、森の中か、一軒家ならいざ知らず、こんなところで、故意に一人かくれこんで飲んでいるというのは、余り愉快なことではない。二本目が終らないうちに、もう、コップを握って立上り、まわりを眺めまわしながら、手摺に沿ってグルリと一巡するのである。

五階のメイドのところをのぞきこみ、

「僕の部屋の御愛人様、まーだ、帰って来ない？」

「さあ、訊《き》いてみます」

「それから、もう一本ビールをね」

「はい、かしこまりました」

自分では、もうバーに降りて飲もうと思っていた矢先である。もののはずみ、私にはどうも不利な戦禍を拡大する習癖があるようだ。

やがてノコノコと自分の居場所に帰って行こうとした時である。タイルの縁辺にそって、美しい影がチラリとかすめたような気がした。小鳥に相違ない。切り落しの短い鉛管の中に歩みこんでしまったのであろう。私の胸は騒ぎ立つのである。

急いでジャンパーをぬぎ取り、それを鉛管のあちら側にそっとかぶせて、こちらの端っこをハンケチで蔽《おお》う。造作はなかった。そのハンケチの隙間《すきま》から、彼女の柔い羽毛が、私の手の中にコトコトとすべり込んでくるのである。

「取った、取った」

私は少年の日のような大声になる。どうやらセキセイインコのようだ。小首をかしげてジッと私を見上げている。余程馴《な》れているのか、バタつく気配が、少しもない。

私はそのまま五階のメイドのところに駈けていった。彼女はビールを銀盆に乗せて、丁度屋上にやって来ようとするところなのである。

「これを取ったよ。これを……」

「まあー、鳥ですの？」

「ここで飼ってるんじゃないだろうね？　セキセイインコだが」

「いいえ」

「じゃ、もう部屋に帰るからね。あっちのビール、みんな部屋に運んで下さいね」

私は大あわてに自分の部屋にかけ込んでゆくのである。恵子が帰ってきたら、きっとびっくりするだろう。私が鳥捕りの名人であることを、ようやくハッキリと恵子も認識するだろう。

私はそのセキセイインコを、そっと卓上に放すのである。彼女はトコトコ、トコトコと悪びれる色もなくあっちに歩き、こっちに歩き、不思議なけたたましい啼《な》き声をあげた。そのまま、ちょっと小首をかしげてみせるのである。

ビールを運んできてくれたらしいメイドのノックの音を聞いた時にも、

「ちょっと待って。ちょっと開けるのを待って」

私はドアに蔽いかぶさるようにして、舞込んできた小鳥の遁走《とんそう》を防ぐ。もう一度、念の為に、メイドをよび入れて、

「まさか、ここの鳥じゃないだろうね？」

「いいえ、そんな小鳥、飼っておりませんから」

「近所で、逃げたって騒いでるところない？」

「さあ……」

「あったら、報《し》らせて下さいね」

一郎が生れる直前の頃であるが、死んだリツ子に徹夜で原稿を速記させていたことがある。その朝まだき、パタパタとガラス戸をなぶる音がするから、訝《いぶか》しく、戸を開いてみるとホトリと鶯《うぐいす》が舞込んだ。その朝の、リツ子の度はずれな喜びようを覚えている。野の鶯は飼いにくいが、これは飼い馴らされた小鳥である。恵子が見たら、さぞかし喜ぶだろうと、残りのビールを飲みながら、心待ちに待った。

恵子が帰ってきたら、すぐに小鳥屋に、籠《かご》を買いに行ってくるつもりである。粟《あわ》か、麻の実か、知らないが、飼料も買って来なければならないだろう。

しかし、恵子の帰ってくるのは遅かった。待ちきれないのである。小鳥を部屋に残そうかとも思ったが、何も知らない恵子や、掃除の女などが、びっくりしたら困る。いや、インコをびっくりさせた揚句、どんな原因から逃げ出さないとも限らない。

私は有り合わせの恵子の袋をとり出して、その袋の底に用心深く、脱脂綿をつめた。その脱脂綿の上に、そっと小鳥をのせてみるのである。袋の紐《ひも》をしめてみたが、格別に騒ぐ様子はない。そのまま玄関に降りていった。

「どっか、ここいらで、小鳥屋を知らない？」

「さあ、ツグミを食べさせる店ですか？」

「いいや、小鳥だよ、小鳥……。ほら、啼いている小鳥」

「失礼いたしました、小鳥屋さんですか？　ちょっとお待ちになって下さい」

フロントでみんなが、評定《ひょうじょう》し合ってくれている。しかし、丁度、玄関にタクシーが一台とまったらしいから、

「もういいよ。あっちで訊きます」

私は袋を大切に抱えこみながら、タクシーに飛び乗った。

「どっか、近いところに小鳥屋、ない？」

「さあー、このあたり、あんまりくわしくないんで」

「じゃ目白にしよう」

目白なら、文鳥か何か一度買ったことのある店がある。しかし、目白と自分で云《い》い出したとたん、石神井の子供達の顔が一せいに私の目に浮んだ。そうだ、石神井の子供達が、一番、この小鳥を喜ぶだろう。次郎の枕頭《ちんとう》においてやってもいいし、弥太や、フミ子達が、おどり上って喜ぶだろう。小鳥の面倒ぐらいなら、一郎だって見る。それに鳥籠なら、いくらでも縁の下にころがっているし、数珠掛鳩《じゅずかけばと》や、文鳥を飼っていた頃の三尺四方の、堂々たる小鳥の小屋だって、あるわけだ。ようやく目白の通りにさしかかった頃、

いる。


「石神井迄《まで》やって下さい」

私は自動車のクッションに深く埋れるようになりながら、袋のうごめきを見つめている。

相変らず、門をくぐったとたん、巨大なドン（秋田犬）が身をすりよせてきて、クゥーンと甘えた鼻声をあげている。玄関をあけると、今度は一斉に子供達がおどりかかってくるのである。

「チチがね、セキセイインコを持ってきたよ。綺麗《きれい》だよ。さ、鳥籠に入れてやろう」

縁の下に投げ棄てられたような金属製の鳥籠をひっぱり出し、拭《ふ》いたり、磨いたり。其《そ》の合間には、いくらとめても、子供達が袋の小鳥をつつきまわして、大騒ぎを演じている。

さて、インコを鳥籠に入れて、食堂の卓上にのせてみると、ゆったりと落着いた。留り木から、留り木に飛んで、しばらく往復し、やがて静かに、餌《えさ》と水につくのである。

細君の姿が見当らないようだから、

「奥さんは？」

「昨日から鎌倉に行っております」

と女中が云っている。

「でも、今晩は帰って見えましょう。電話してみましょうか？」

女中はそう云って鎌倉の局番を呼び出しているようだ。通じたらしい。

「お出《いで》になりますか？」

「いいや――」

と私が答えると、

「あの――、先生がお帰りになりました。ハイ、すぐですね？　お帰りになりますね？　じゃ、お待ちしています。……すぐお帰りになるそうです」

と女中は受話器をかけながら、今度は私に向って云っている。私は黙するほかにない。恵子に電話してみようかとも思ったが、もうその元気もなくなった。黙って、小鳥の動きに見入りながら、子供達の喧噪《けんそう》にまぎれて、ウイスキーをあおっている。

風呂《ふろ》をわかしたと云う。少し酔ってきたが、久方ぶりだ、私は子供達と一緒に風呂に入って、その頭のテッペンから足の爪先《つまさき》まで、一人々々、石鹼《せっけん》の泡《あわ》をまんべんなくなすりつけてやるのである。子供達はやがて浴衣《ゆかた》に着換え、

「ダイダイ好きのチチさん、お母さん、あっとお母さんはいないか……、お休みなさーい」

次々と寝につく。フミ子だけが、もう一度蒲団《ふとん》の中から這《は》い出してきて、

「チチさん、明日も、どっこも行く？」

「ああ、どっこも行くよ」

「もし、おウチにいたらば、ピアノ買ってね」

「いなくっても、買ってあげるよ」

「いなかったら、買えないよ。ね、多枝ちゃん」

笑ってうなずく女中に連れられながら、

「じゃ、おやすみなさい」

どうやら、今度は、もう誰も這い出して来ないようだ。次郎のところに一人、ほかの子供達のところに一人、女中達がみんな子供を寝かせつけに行ってしまっているから、自分でストーブの石炭を取りに、納屋《なや》まで出て行こうとすると、いつのまにか雨がパラついているのである。その石炭を思いっきりストーブの中にくべて、私は浴衣一枚になった。あとは黙然と坐《すわ》りこんで、ウイスキーの水割りに氷をまぜる。セキセイインコは子供の寝室に運び込んでいってしまったようだ。

「まあー、先生、雨ですよ」

子供を寝かせつけ終ったのか、年上の女中が、一人食堂に帰ってきた。

「奥さんが、大変。傘を持って迎えに行きましょうか？」

「いや、いいよ」

と云っていたが、相当の降りになってきた。食堂のガラス戸を濡《ぬ》らして、ビショビショの雨だ。

「やっぱり、行って貰《もら》おうか……」

女中が身づくろいして、慌《あわ》てて駈《か》け出してゆくのである。一人で酔った。酔った耳に、まるで幻聴のようなあやしい雨の音だ。雨が木立にふるわれて、さまざまの音に、鳴り合っているのかもわからない。木立が古いのである。それに手入も何もしていない。私は、反射的に、ヨーロッパかどこか、早く自分をはじき出したいものだと、そう思った。

裏木戸の開く音である。女中が先に駈けこんできた。

「先生、犬ですよ」

何のことだか、私にはわかりにくい。しかし、濡れそぼった細君が入りこんできて、

「遅くなりました」

大きな荷物を風呂敷に包みこんでしっかり抱えてきたと思ったら、風呂敷の中にボール箱、ボール箱の中は犬である。そのボール箱を卓上に置いたから、クンクンクンクン、可愛《かわい》い仔犬《こいぬ》が、雨の音に怯《おび》えて、啼きしきった。私は訝《いぶか》しく、

「どうしたの？」

「買いました」

「買った？」

と私は年久しく馴れたつもりの女房だから、尚更《なおさら》、犬と細君の結びつきがわかりにくく、まるで狐《きつね》につままれたような気持である。

「何種？」

「ブルドッグです」

「おっと、ブルドッグ！」

私はあわてて、そのふるえている一個の生物をボール箱の中から抱え出すのである。なるほどブルドッグだ。はだかのように痛々しい。産毛《うぶげ》ながら、ビロードのような短毛が、地肌を透して、全体を蔽っている。

「三枝さん。牛乳、牛乳……」

と私はうわずり気味な声をあげ、

「どうして、買ったの？」

「いけませんでした？」

「いいや、上等さ」

ただこの細君が、犬を買うなどということがあり得るとは、どうしても信じられないだけである。私は女中が運んできてくれた牛乳を小さな皿に垂らし、とつおいつその飲みざまを眺めやりながら、次第に有頂天になるのである。細君はようやくほっとしたように、手拭《てぬぐい》で濡れた毛髪や、結城《ゆうき》の着物を、拭っている。

「いくらしたの？」

「一万五千円でした」

「へえ——」

「高かったでしょうか？」

「いいや、廉《やす》いさ、廉いさ。鎌倉から抱えてきたの？」

「はい」

「不思議なことがあるもんだね。今日は、オレはセキセイインコを連れてきた」

「どうしたんですの？」

「拾ったんだ」

「一郎ちゃんも博多でオーピントンとかっていう鶏《にわとり》を拾ったでしょう。あなたもセキセイインコをお拾いになるなんて、血統かしら？　そう落っこっているもんですか？」

「どうだかね……」

と私は、珍しく冗談口をきいている細君を、あらためて眺め直すのである。それでも細君は何となく浮き浮きした面持で、犬の行李《こうり》の中に蒲団を敷いたり、湯タンポを入れてやったり、セキセイインコをのぞきに行ってみたり、遅くまでストーブの側にいた。

「じゃ、お先に失礼します」

静かにひきとってゆくのである。

朝である。うつらうつらしていると、

「ああ、あ、チチ。ああ、あ、チチ」

フミ子が私の枕許《まくらもと》に走り込んできた。

「サト子ちゃんが、インコを逃がしちゃったのよ」

「逃がしたって、どうして？」

「だって、あけるんだもの、籠を……」

あとから細君もやってきて、

「セキセイインコが逃げ出してしまいましたのよ。サト子が鳥籠の口をあけたもんですから……。すみませーん。すぐそこの、椎《しい》の木にとまったから、餌を撒《ま》いてみたんですけれど……」

「いいさ。拾ったもんだもの、逃げ出すさ」

私も起き出して、逃げたという椎の木のあたりを透し見たが、もうインコの姿はどこにもなかった。

私は、久しぶりに山鋸《やまのこぎり》やマサカリを持ち出して、枯れた男松《おまつ》を一本、颱風《たいふう》に倒れかけたサワラの巨木を一本、思い切りよく伐《き》り倒した。その枝葉は私の手に負えるが、幹を切り、薪《まき》に細分するのには、十日あっても足りないだろう。それでも心地よく疲れ尽すのである。

夕暮間際《まぎわ》、「ブルートー」と命名した新来のブルドッグをもう一度のぞきこみ、

「いい犬だ。また来る……」

細君にそっとつぶやき、子供の目を隠れるようにして、家を抜け出す。ホテルにたどりついた時は、もう真暗になっていた。恵子は燈もつけずに寝台の隅に腰をかけている。

「どこへ行ってらっしたの？」

「石神井だ」

「電話ぐらいかけたっていいでしょう？」

「ああ」

私は鳥を運んだ恵子の袋を、目立たないようにそっとポケットからとり出して、元のところに置くのである。町の燈火がガラス戸の向うに、人間の営みの雑多な徒労を物語るようにまたたいて見える。

「アタシ、おろすのよ」

「どうして？」

「私生児なんか、産みたくないわ」

「認知するよ」

「それで明日と明後日の二日だけしか休暇がないのよ。だから待ってるのに、あなたは、どこ行ったんだかわかりゃしない。それに、さんざんだったわ。舞台稽古《げいこ》につわりだもの……」

「可哀想《かわいそう》……、可哀想……」

「冗談云ってる時じゃないのよ」

　恵子は畳みかけるような声になり、

「どこでおろしたらいいの？」

「さあ、ほんとにおろすなら、調べてみるけれど……。安吾さんがかかっていた八幡さんなら、オレも知っているし、名医だっていう評判だけど、場所が遠いよ」

「どこ？」

「蒲田《かまた》」

「この近くにないかしら？」

「だったら、訊《き》いてみよう。すぐそこにも産婦人科の大きい病院ならあるよ。いいか、どうか知らないが……」

「どこ？」

「すぐそこだよ。そこの角だよ」

「ああ、あるわね。どうしてあなた、あすこが産婦人科って知ってるんですか？」

「だって、看板に書いてあるじゃない、産婦人科って……」

「でも、アタシだって気がつかないのよ」

「男は産婦人科っていうのは、すぐ目にとまるよ。カタキだからね」

ふふふ、と彼女もようやく笑い出して、

「アタシ、ヒステリーかしらね？　相当のものらしいわ。自信あるよ。でも、愛想を尽かさんどいて――、ね、一さん」

例のおどけた媚《こ》びになった。

「明日、そこの病院に行ってみようっと……。一さん、附いてきてくれる？」

「八幡さんなら、オレも頼みに行ってもいいけれど、産婦人科の病院に、そうそう男は附いて行かんもんだろう？」

「あーら、意地悪。附いてきてくれたら、きっとほめられるわよ。優しい旦那《だんな》様だって……、看護婦さんか、何かから……」

その翌《あく》る朝、恵子はやっぱり私の同伴はあきらめたらしく、一人で、心細げに、出かけていった。が、部屋に帰ってくるなり、ワンワン手放しで泣くのである。

「どうしたの？」

「どうしたもこうしたもないのよ。懇々といさめられちゃった。結婚してますか、だって。病気でもないのに掻爬《そうは》なんか出来ませんよ、だって。立派な赤ちゃんをお産みなさい、だって。そりゃ、アタシだって産みたいよ……」

恵子はベッドの上にころげまわって、シーツをひきちぎるようにしながら、涙をぬぐいぬぐい、ほとんど号泣するのである。いつまでたっても泣きやまない。私だって一言もないのである。

「ね、その八幡さんのところに連れてって。今日明日に方をつけないと、お芝居が滅《め》茶《ちゃ》々々になってしまうのよ」

私はあらかじめ八幡さんのところに電話しておいて、それから恵子を伴って出かけていった。病院の在り場が不案内だから、自動車は行きつ戻りつ、その昔、安吾さんと飲んだあたりの盛り場を、心細く迂回《うかい》する。安吾さんと云《い》えば、その昔、丁度安吾さんが躁鬱《そううつ》症の被害妄想《もうそう》から、私の家にかくれていた時分、たまたま恵子が遊びに来たことがあって、

「これが愛人の卵です」

冗談半分、酒を運んできた恵子を、紹介したことがある。

「よしなさいよ、桂君。少女趣味はプッツリとよしなさい」

どういうつもりか、その折、安吾さんが、はっきり、そう答えたことを覚えている。

十年の歳月が、私と恵子をこのように変えた、と私は思いもよらず、坂口安吾氏の面影を、眼前にたぐりよせるのである。

ようやく八幡病院を探しあてた。受附の看護婦に一言云うと、当の八幡さんがすぐに玄関へ歩き出してきて、

「さあ、どうぞ。こっちの応接室に……。しばらくです」

私は恵子の立場と、恵子のお願いを率直に申しのべたが、

「お困りでしたら、何でもお手伝いしますけど、でも、お産みになってみたら……。折角のことですから」

八幡さんは恵子の顔をジッと見て、それから、私の方に向き直り、

「ね、桂さん……」

私は八幡さんのあたたかい忠言をそのまままっすぐ受け入れようと、あやうく思ったが、あわてて、恵子が演劇の女優であることと、さし迫った公演のことを附け加えて、何とか搔爬していただきたいことをもう一度頼みこんだ。

「かしこまりました」

八幡さんはようやく、一二度うなずいて見せた。恵子はそのまま入院させて貰《もら》って、明朝搔爬、明後日退院すれば、その夜の軽い稽古ぐらいはよかろうということだった。

恵子は大安堵《おおあんど》の面持で、必要な品々を私に頼みこんだあと、すぐに看護婦に案内さ

れながら、自分の病室に入っていった。私は茶器や茶や文庫本の類を買い集めて、彼女の病室に届け、ようやくホテルにひきかえしてゆくのである。

ホテルに帰れば、もう一分の猶予《ゆうよ》もない。この二三日の怠慢から、押しつまった十一本の連載小説に翻弄《ほんろう》され尽すだけである。

もちろんのこと半徹夜だ。ウイスキーの勢いに乗って書いているようなものである。その寝入りばなを、電話で呼び起された。咄嗟《とっさ》に私は、恵子の掻爬失敗かと、不吉に胸が鳴るのである。

電話は石神井からであった。女中の声だ。

「先生ですか？　先生ですか？」

念を押している。

「あの——、ビリ……が今朝死んでたんですけれど……」

ワッと電話の中に先方の泣き声が湧いている。

「なに？　何だって？」

と答えたが、眠り足らぬ酔いの頭に、そのビリ……が何であるのか、もどかしく、のみこみにくい。身辺の誰かのことか……？

「あの——、犬ですけど」

と先方の声がようやく云い直してくれた。

「ああ、ブルートー？　どうしてだろう？」

と私はそれでも、ホッとした。しかし、どしゃ降りの中にその犬を抱えてきた細君の落胆が目に見えるようで、

「すぐ、行ってみる」

私は深い朝霧の中に、自動車を疾駆させるのである。なるほど、ブルートーは三畳の畳の上に死んでいた。湯タンポも何も入っていない。部屋の畳のそこここに、糞尿《ふんにょう》が散らばったままだ。

「ここが一番よかろう云うて、入れたままでした。昨晩は元気でしたけど……、ハイ、牛乳をずっと飲んどりましたが……」

と女中の一人が云っている。

「湯タンポは入れてやらなかったの？」

「ハイ、昨晩は入れてやっとらんでした」

「まだ、おっ母さんのお腹の下に入っていたんだから……」

と私は云いさしたが、自分の破壊している生の夥《おびただ》しさを棚上げにして、人を石搏《う》つのか……、と、私は急に口をつぐむ。おそらく、私の細君が、私に対する、熱禱《ねっとう》の贈り物であったにちがいない。それをほったらかしにして、翌日、私は早々に出ていっ

たではないか。

私はスコップを持って、霧の中庭に廻ってゆくのである。濡《ぬ》れた泥を赧土《あかつち》のところまで掘り下げる。何となく恵子の、胎児をでも埋める墓掘り人足のような感慨が、あとあとと、しつっこくつきまとった。

さて、三畳にあとがえって、ブルートーをビニールの風呂敷《ふろしき》にくるみ込む。

「チチさんが帰ってるよ」

「なーに？　なーに？」

と寄ってくる子供達を追っぱらって、今しがた掘った墓穴のところに急いでゆく。

どういうわけか、この犬の死骸《しがい》だけは、子供達に見せたくないような、奇妙な感傷に捉《とら》えられるのである。ようやくビニールの死骸の上に、バラバラと土をかぶせていった。埋め終る。

私は手を洗って、ゆっくりと家の中に入っていった。

ちょっと細君の部屋をのぞいてみる。もちろんのこと起きていた。起きて、机の前に坐《すわ》り込み、怒ったような放心の面持だ。泣いているのである。

「仔犬《こいぬ》はよく死ぬよ。何のことはないよ……」

私は慰めのつもりで云ってみたが、自分の薄手な言葉ばかりが、あたりを擾乱《じょうらん》するように、後ろめたく、あわててまた細君の部屋をあとにする。

恵子はその翌日、予定の通りに退院した。劇団の稽古にも立ち合えたわけで、それがよほど嬉《うれ》しかったのか、ホテルにかえってからも、ベッドにころげながら、さまざまな入院患者の模様をおもしろおかしく語りながら、はしゃぎ切っている。

「うちの犬が死んだよ」

と私は水をさした。

「まあ、可哀想《かわいそう》に、どうして？」

「こごえ死んだ」

「どうしてでしょう？」

「寒かったからさ」

「そとに出しといたのかしらね？」

「いやー、畳の上でも、時には生きものならこごえ死ぬさ。ケイの赤ん坊と一緒にいけといてやったよ」

赤ん坊と聞いてさすがにサッと恵子の血の気がひくように思われた。

「何のこと？　どういうこと？」

「なーに、犬の墓を掘っていたらね、ケイさんの赤ん坊の墓を、一緒に掘ってやっているような気がしたまでのことですよ」

誤解をさける為《ため》に、ようやく丁寧な説明の言葉を添えて、私は静かに自分の唇を恵子の唇に寄せてゆくのである。

恵子の恢復《かいふく》は順調のようである。掻爬後一週間目に、八幡博士のところへ予後の診断をして貰いに行って、帰ってくると、可笑《おか》しそうな思い出し笑いになり、

「ぼつぼつ始めて下さってもいいですよ。ぼつぼつ、ですげな……。あの先生、変っちゃるね。面白か……」

安心からか、彼女は博多の方言にかえって、噴きこぼれるようにとめどなく笑う。

私は馴《な》れるにつれてすっかり忘れてしまっていたが、恵子が、私の死んだ先妻とおなじ博多の女であるという、何と云うか物恋しさが、私の情痴のそもそものかくれた誘引になっていたかもわからない。いや、博多の女であるというよりも、博多の方言を使っていることによる、ある一種の甘さ、親近感。

これはしかし、恵子が、死んだ女房リツ子とおなじ方言を使うというよりも、むしろその大本に、私自身の、青年時代への郷愁があるとも云えるだろう。

つまり私が、女性に対して最も感じ易《やす》く、最も素朴な憧憬《どうけい》を持ち合わせていた時期に、相手の女性達がことごとく博多の言葉を使っていたという特殊な事情があるのである。

数え年の十七歳から二十一歳迄《まで》の間……、私は福岡の高等学校で過ごしている。だ

から、博多弁を使う女の声は、何となしに私の青春の情をくすぐるわけだ。博多弁の女の声の裏には、潜在意識として、私の青春時の、さまざまの少女達との哀歓が召喚されているとも云えるのである。懐旧と云うよりは、言葉そのものに、その昔の少女達のリズムと亡霊が乗り移っているのかもわからない。そうして、そのリズムと亡霊の主たるものが、リッ子であると云えないこともなさそうだ。たとえば、

「云うちゃるけど、桂さんはアタシを廉《やす》う見てあるとよ。ほんな値打も知っちゃない癖に……。うわべだけば、ツルーッと撫《な》でまわしておいてから……」

「おっと、恵さんに、まだ何かヨカもんの残っとると？　えーと、別のおチンチンか何か？」

「わア、おっ母さんに云うちゃろ。あげな恥ずかしかことば云いなさす。呆《あき》れた。アタシの体の奥の方にゃ、まだギラギラした底光りの隠れとるとげなよ。よその人のごと、メッキの剝《は》げるとじゃないとよ。ウチはクサ、剝げれば剝げる程、底光りのしてくるとげなよ。その値打も見きらん癖して、この人は……」

「誰が云うた？」

「お父つぁんタイ。フフフ……」

とちょっと可笑しそうな思い出し笑いになり、

「ただ、フワーッと表に霞《かすみ》の懸っとるとげなよ。その霞がのいてクサ。目の覚めたら

クサ、アタシがただちょっと舞台の下手から上手に通り抜けるだけでちゃクサ、ギラギラまばゆいごとあるとげなよ」

「そんなら、カグヤ姫タイな」

「そうよ。カグヤ姫よ。カグヤ姫がちょっと桂一雄に身をかしてやっとるだけよ。ほんなカグヤ姫に戻ってしもうたらクサ、一さんが、いくら手をついて頼んだっちゃ、もう見向きもしちゃらんけんね。今、大事にしとかなあ……」

「大事にするけん、よろしゅう頼むね、その時は……。もう、そろそろオレも書けんごとなったけん」

「一さん一人ぐらいなら、まだ、ウチが養うちゃるバッテン、なにしろ、お前ン方は、ボロボロボロボロ、子供を産ませとろうが……、みんな連れ子してきたら、ウチがいくら稼《かせ》いでも、追附かんよ」

　そこで他愛のない哄笑《こうしょう》に移ると云ったあんばいだ。

　それでもこれらの日々が、恵子との僅《わず》かな過ぎやすい凪日和《なぎびより》だったと云えるかもわからない。彼女のふっと口をついて出る「いやだな」の口癖の発作は、頻度を加えて、或《あ》る有名な画伯と自動車の相乗りをしている時に、

「あ、いやだな」

私も驚いたが、画伯はフッと恵子の顔を見て、気遣わしげに今度は私の顔をのぞきこんだ程である。しかし恵子は、何も気附かぬような、全くの放心の状態だ。

彼女は屢々《しばしば》便所の中でその声をあげていることがある。かと思うと、歯を磨きながら……。いや、歯を磨く時は一体、どういう聯想《れんそう》につながるものか、

「あ、いやだな」

バスルームの鏡の前に立ちつくしながら、ほとんど、毎度のように云う。それなのに、その歯を日に四五度は磨くから、不思議である。

「どうして、そんなに歯を磨くの？」

「娼婦《しょうふ》は歯ブラシを沢山持っているもんですよ」

私は思いがけない恵子の突飛な返辞に驚きながらも、

「そんなら、葉緑素の水溶液か、何かでうがいした方がいいよ。楊枝《ようじ》の使い過ぎだ。歯が傷《いた》む……」

とりとめもなくそんなことをつぶやいて、私の本当の憂慮の方は、何となしに、口に出しそびれてしまうのである。

霧の裂け目

「ね、一さん。早くどっかへ移りましょうよ。アパートか、なんか……。いつまでも、こんなところ、厭《いや》だわ。アタシの間借りの部屋だって、いいじゃありませんか？　第一、不経済よ」

と恵子が、旅公演からはじめたらしいスウェーデン刺繍《ししゅう》の手をやめて、所在なさそうに、ホテルの壁を眺めまわしながら、溜息《ためいき》まじりの声になった。

「オレが飯を炊《た》いて、雑巾《ぞうきん》がけをやらかして、赤ん坊でも生れたら、泣くなよしよしで、子守唄《うた》か？」

「ううん、アタシだって御飯ぐらい炊けるわよ。それに、昔っから御料理は上手って定評があるのよ。ほんとうよ」

と恵子は私の言葉を真《ま》に受けて、ムキになって答えている。ところが、反対だ。私達が事をおこしてこのかた、そのままずっと不自然なホテル暮らしだものだから、恵子は私のほんとうの暮らしざまを知らないが、私は少年の時以来、自分の食べるものは、自分でつくるならわしなのである。殊更《ことさら》、酒を飲むせいか、私は自分の家に居さえすれば、終日だって、自分の肴《さかな》の仕込みに熱中している。刺身庖丁、出刃庖丁、薄刃庖丁、西洋庖丁と、ズラリとならべ、それをたんねんに研いでみたり、芋をむいたり、魚を割いたり、あっちでグッグッ、こっちでグッグッ、細君の言葉をかりれば、「どうしてあなたは、朝から晩まで、そうそう、食べることにばかり熱中出来るのかしら？」

食べることに熱中するのではない。食べるものを、つくることに熱中するのである。だから、私は家にあれば、買物籠《かご》一つをぶら下げて、朝からだって、ウロウロと、野菜屋の店先や、肉屋、魚屋、乾物屋の店先に出かけていって、堆《うずたか》高く積上げられた雑多な蔬菜《そさい》類の色どりや、交錯する肉の色、鮮魚の鱗片《りんぺん》のさまざまな色どりに見とれている。また、そこらあたり、眼の色変えて買い漁《あさ》っている婦人達の雑沓《ざっとう》の中にまぎれ込んで、ようやく人間のなりわいの渦中にうもれているような安堵《あんど》と生色を得るのである。私は細君のように、「合挽《あいび》きを四百グラムとね、玉葱《たまねぎ》と人参《にんじん》を少うしずつ。コロッケにしますからね」などと平静に、女中まかせに出来にくい性分だ。

また矢鱈《やたら》に大工道具を買い集め、鶏《にわとり》小屋をつくり、鶏小屋を取りはずし、犬小屋をつくり、犬小屋を取りはずし、あっちの壁に壁塗料を塗り、こっちの物干しにペンキを塗り、シャモを集め、犬をよせ、キャンキャンワンワン、食堂の中で自分の皿も犬の皿も見境がつかず、さながら、その狂躁《きょうそう》の中に、埋もれているのが好きである。

また、原稿に追われてくると、無闇《むやみ》に植木を移したくなる。柿《かき》の木を大移動し、その柿の木のあとに百日紅《さるすべり》を入れて、ちょっと右、ちょっと左。月桂樹を掘りくり返して、今度は山茶花《さざんか》に植え換える。それが篠《しの》つく土砂降りのような時に限って思い立つもんだから、細君や女中達は、「風邪をひきますよ。おやめになりましたら……」としばらくは気を揉《も》んでいるが、あとはもう呆《あき》れてものが云《い》えない様子である。

いつだったか、ジステンパーの予後が悪くて、少しばかり狂ってしまったエアデルが、それでも非常に鋭敏に、蠅《はえ》を追いまわして、食堂中を躍りまわるのを見ながら、細君と女中が意味ありげにうなずき合って笑うから、「どうしたんだ？　何が可笑《おか》しい？」不愉快になって問いつめてみると、「いいえ、あなたみたいにマメだって云うことですよ」

それを聞いて、ひどく腹を立てたことがある。しかし、そう云われれば、似ていたのだ。なるほど、私と見立ててみれば、可笑しいに相違なく、私自身の化身のように、そのエアデルは落着きなく狂奔した。

そう云う私だから、長期間にわたるホテル生活に、一番うんざりしているのは、私だろう。

私はウロウロと、喪家の犬のように、落着きなくうろつきまわりながら、雑多な魚介や、肉や、蔬菜類、の買出しがしたいのだ。七輪をおこし、団扇《うちわ》でバタバタあおいで、自分の食べるものを、自分で酢につけ、塩につけ、さまざまに煮炊きしてみたいのだ。自分の小屋をつくってみたり、こわしてみたりしたいのだ。そうして、私のまわりにチョロチョロする子供達をよせ集めて、泣くなよしよしの、やけくその蛮声をはりあげてみたいのだ。犬、猫、鶏、家鴨《あひる》の類を、絶えず私のお尻《しり》のうしろのあたりに、ざわめかせていたいのだ。そう云う生れつきの性情をどうしようもないのである。

その私が今、私流の基本の生活の自由を奪われて、ただ密室の中に、恵子と二人して、ころげている。誰が私流の生活の自由を奪ったのでもない。奪ったのはほかならぬ私自身なのである。

疑いもなく、この十年の間、私の中の男の情が、恵子と云う女の体を追い求めた。はじめから、格別の美人だとは思っていない。とりたてて聡明《そうめい》な女だとも思っていない。その昔、私の要請に従って彼女をやとってくれていた作品社のYが、私の危険をでも予感したように、「恵さんはいいけど、足が短いよ」と云えば、ああそうかと思う。私の弟が、

「恵ちゃんはビッタリですもんな」

「ビッタリとは何のこと？」

「ズンダレとるとですタイ。シャッキリシャンとせんとですタイ」

と云えば、ああそうかと思う。しかし、彼女の全貌《ぜんぼう》がそのまま、私の心身に住みつ

いてしまっているのであって、これを得なければ、私が虚脱するようなとりとめのない男の物恋しさに取りつかれてしまっていたのである。それをどう処理することも出来ないのだから、おのずと私の中に湧《わ》いた己の情につくほかにはないだろう。その結果がどうであれ、私はその予測は出来なかった。万が一、家庭の崩壊になればまたやむを得ない。私、乃至《ないし》、彼女の崩壊になろうが、それもいたしかたないのである。自分ながら賢者のなす業ではないと繰り返し思ったが、時にまた、おのれの愚に即《つ》いてみたいと願うことだってある。

愚行はとりもなおさず周囲の均衡を破る。均衡を破れば、その刑罰は、先《ま》ず真先に己のものだ。私は自分の愚行の行末がどのようになれ、その予測はしなかったけれども、自分の破局への予感はした。己のぶざまな敗北の予感である。しかし、「毒をあおろうとする女と、不老不死の仙薬を飲む男と、いずれあわれが深いか……」と私は細君の友人から、彼女の自殺について注意を喚起された時にも、ひとり、自分につぶやいたものである。

それが今、こうして恵子と二人、私達男女は素っ裸になり、密室の中にほうり出されて、抱き合っているのである。周囲の壁をとりたてて地獄の獄舎に見立てなくても、男女の人体の効用だけに縋《すが》りついて、わずかにお互の肌を撫《な》で合っているみじめさは、情痴が行きついた果の居場所のほとんど象徴にすら感じられた。自分へのみせしめの為《ため》だけにも、私はホテルを動くべきではないと思ったほどだ。もし恵子の思いがけない閨房《けいぼう》の機智《きち》がなかったら、私達は、二日で平穏に別れていたかもわからない。

たとえば私達二人がキャッキャッと笑い興じながら、狭い滑りやすいホテルのバスにつかるだろう。ぴったりとお互の肌と肌、お尻とお尻を重ね合いながら。彼女は私の脇《わき》下から、かわるがわる左右の手を私の前にさしのばして、そこらを石鹼《せっけん》で泡だらけにしながら、私の全身を洗ってくれる。私がくすぐったく身を揉《も》むと、

「ほら、ほら、一さん、ね。今誰がのぞき込んで見たって、自分で自分を洗ってるようにしか見えないよ。ほら、ほら、自分をね……」

そう云われると、彼女と私が一身同体であり、心地よく自分の身体《からだ》の一部を拭《ぬぐ》い揉んでいるようなとめどない悦楽と、滑稽《こっけい》が感じられるから不思議である。彼女はバスの上辺にはめこまれた鏡を私にものぞきこませ、彼女は自分の体を少しずらせてのぞき込みながら、「ほら、ほら、自分で自分を洗ってるみたい。ね、一さん……」またひとしきり、私の全身をシャボンで揉む。すると、頑《かたく》な羞恥心《しゅうちしん》も、ぎこちなさも消えていって、彼女の全身の肌ざわりの中にゆったりとくつろぎ沈んでゆく心地である。

「今度は一さん、アタシを洗ってよ。自分で自分を洗ってるみたいに……」

そのままクルリとあちらを向いて、私の両手を脇下からさぐりよせるから、今度は

私が彼女の毛根の手ざわりを、くすぐったく石鹼で揉みほぐすことになる。

そういう悦楽の果の或《あ》る夜である。私は彼女と並んで、ダイスをもてあそびながら薄暗いホテルのバーで飲んでいた。ひょっと急用を思い立って、或る友人に電話をかける。

「うん、あとから行こう。そっちの電話は何番だ？」

と友人が訊《き》くから、

「何番だっけ？」

恵子に訊くと、恵子は素早く私にホテルのマッチを手渡してくれた。そこに印刷されてある電話番号を私は、読み取ろうとしたが、どうしたわけか眼の焦点が錯綜《さくそう》して読み取れないのである。

「この電話の活字、かすれて見えないよ」

「そうかしら？」

と恵子が立上ってのぞき込みながら、「２９１の００３６よ」立ちどころに綺麗《きれい》に読んで、不思議そうに私の顔を見上げている。私は電話をかけ終ったまま、またそのマッチの文字をためつすがめつ、眺め直してみたが、どうしても読み取れないのである。まもなく、その友人がやってきたから、

「この頃、眼がちらついて見えなくなってきた。房事過度かな？　夜盲症かな？」

とそのマッチを差出してみると、

「馬鹿《ばか》。そりゃ、お前、老眼さ」

友人は愉快そうに呵々《かか》大笑するのである。

「老眼？」

と私は思い設けなかった出来事に、狼狽《ろうばい》した。しばらくは、自分の心の平衡がただせないほどの衝撃だ。幸い恵子が、私達の毎度の酒盛に飽き飽きして部屋に帰っていたから、自分の狼狽を見すかされなかったが、彼女の年齢に対するにわかなひけ目と云うか、にわかなうしろめたさと云うか、まるで私達の出発の門出に、水をでもぶちかけられたようなたよりなさである。私は部屋に帰って、眠り呆《ほう》けている恵子をゆすぶり起し、

「おい、恵さん。オレは老眼になったよ。オレは老眼……」

恵子はいつもの寝ぼけ眼でキョトーンと私を見上げていたが、

「老眼でも好いとるよ。頭がツルツルに禿《は》げ上っても、好いとるよ」

例の通り他愛のない夢うつつのお世辞を云って、眼をつむる。私は彼女の太股《ふともも》のあたり、あらわに吸わぶりついて、彼女の情慾《じようよく》を無理にゆすぶり醒《さ》まし、自分の体力の昂奮《こうふん》を我武者らにあおりたてるのである。

劇団の稽古があれば、昼間、恵子はホテルを留守にするし、公演がはじまれば、夜はいない。その間、私は原稿を書くか、バーに降りていって酒を飲むか、所在なく身をもてあましているせいだろう、時々不思議なことにめぐり逢《あ》うものである。

居場所がホテルのせいか、さまざまな来客も多かった。その中で、多分、これはある子供雑誌の編輯《へんしゅう》の記者だったと思うが、

「矢島さんは、今いらっしゃらないんですか？」

「劇団に行ってるよ」

「先生、気をつけたがいいですよ。矢島さんのことは……」

私ははなはだ不愉快になった。相手の編輯者は初対面の男なのである。

「君は、どういうことを云うつもり？　オレは矢島さんを、十年前から知ってるんだよ。家族の人もみんな知っている」

「へえー、先生は昔っから矢島さんを知っていらっしゃったんですか？」

と相手がけげんな面持になったから、

「君は、僕の小説を読んだことがないな？　あれば、矢島さんのことは、どこにも書いてある」

「失礼しました」

とその青年は私の不機嫌な様子を見て、そうそうにして退散していった。とるにも

足りぬ一些事《いちさじ》だ。が、不愉快なことには、変りはない。

折よく私の古い友人が来合わせたから、そのままバーで酒になり、今しがたの不愉快な話を取次ぎながら、

「どういうことが云いたかったのだろう？」

「さあ、はっきり訊いてみればよかったじゃないか。向うがいいたかったのなら……」

「それはそうだ。しかし、あまり愉快な相手じゃなかったから……」

「なーに、矢島さんの昔の恋人のことか何かちょっと聞きかじってきてさ、それを肴に、一緒に飲もうと思った位のことだろう」

「ああ、そうか」

と私はようやく機嫌をなおし、友人と遅くまで飲んだ。その話を恵子に取次いだか、取次がなかったか、もう忘れた。多分その場では取次がなかったような気がするが、先方の青年の妙に思わせぶりな口吻《くちぶり》は、やっぱり、私の気持の底に尾をひいた。

それから間もなくのことであったろう。いつもの通り恵子は劇団に出ていって、私一人、部屋のベッドに、ぼんやりと虚脱したようにころげていた。そのホテルの廊下を、

「桂、桂。桂がいる筈《はず》だ。どこの部屋にいるんだ？」

わめきながら、通り過ぎてゆく男の声がある。酔ってでもいるのか、メイドからなだめられながら、ひきつれられてゆくような気配であった。誰だろう、どの友人だったろう、と私はその男の声の記憶を考え直してみたが、どうしても思い当らない。第一、私の友人なら、フロントから一言の挨拶《あいさつ》ぐらいある筈だ。私は何となく厭《いや》な予感がして、先日、私のところにやってきた子供雑誌の編輯者の言葉を思い出した。

しかし騒ぎは鎮《しず》まったようである。昼食にでもしようかと思ったが、降りることも出来ぬ。そのまま、また寝台の上にころげていると、電話が鳴った。

「もしもし、フロントでございますが、只今《ただいま》、梶《かじ》様と仰言《おっしゃ》る方が先生に、お目にかかりたいと申されているんですが？」

「梶さん？　どこの梶さんだろう？」

と梶ならいくらでも知っている。

「さあ、電話をお代りしましょうか？」

と私が答えると、すぐに電話が切換えられたらしく、

「どうぞ」

「やあ、梶です。君、桂か？　君、桂か？」

と先方ははなはだ横柄《おうへい》だ。今しがたの廊下の声である。梶は二三人知っているが、こんな友人附合いをしている梶はいないから、

「どこの梶さんですか？」

「アハハ、会えばわかる。そっちに行こうか？」

私にしてみれば、正体のわからない男を部屋に引入れたくはない。おそらく先日の男が前座であって、この男が真打ちだと思ったから、不愉快でも、そんなら会おうと決心した。

「すぐ降りますから、下の天婦羅《てんぷら》屋で待っていて下さい」

そのまま、服を着込んで、廊下を旋回しながら降りていった。私は学生の頃、寿司《すし》屋の亭主から、出刃庖丁で追われたことがある。事実無根と云《い》うよりも、全く根も葉もない嫉妬《しっと》の妄想から追いかけられたわけで、もし相手が恵子のことで来ているのなら、警戒を要するとそう思った。ほかに心当りがないからである。

折よくフロントまで降りた時に、出版社のC君らがやってきたから、

「天婦羅を喰おう」

ドヤドヤと天婦羅の店に入りこんでいった。

一人の青白い長身の男が、カウンターの前に腰をおろし、もうビールを飲んでいたが、

「やあ、桂」

つかつかと私のところに歩きよってきて、私の手を両手でしっかりと握りしめるの

である。一度ポケットを探りかけたが、ひき出しかけた名刺をまたもとに戻し、

「お互に名刺は要らんだろう。科学調査局の梶だ」

どう考えても、見覚えのある顔ではない。すると、恵子のことに相違ないけれども、相手が切り出すまでは何も問う必要はないとそう思って、私はその男とならび、ビールと天婦羅を注文した。

「どうだ？　このホテルは？」

と相手が訊くから、

「ああ、悪くないよ」

「じゃ、オレもここにやって来ようかな？　迷惑か？」

「さあ、多少とも関係のある人間がやってくるのはあんまり愉快じゃないね」

私が紹介も何もしないから、C君達は話の接穂《つぎほ》を失って、しらけきってしまっている。しかし、相手の男は、人の気持など、てんで問題にしない性分らしく、ビールをグイグイと飲みながら、勝手な大声をあげている。

「愛人はどうした？　ここへ呼べよ。連れて来いよ」

「今、劇団に行っている」

「ふーん、そんなら、オレの愛人を呼んでいいか？」

「どうぞ……」

男は立上って電話の側に歩いてゆく。咄嗟《とつさ》に私は、この男が劇団から恵子を呼び出すのではないかと気を揉んだが、呼び出している相手の女の名が違っているようで、ほっとするのである。

その女は、五分も経《た》たないうちにやってきた。近くの喫茶店か何かで待ってでもいたのであろう。髪をひっつめに結った素朴な田舎の少女に思われた。

「おい、それが桂だ。桂だよ、ほら、作家の桂。握手をしろ、握手を……」

相変らず、その梶と呼ぶ男は大声をあげている。少女がふるえながら、私に向って手をさしのべるのである。

「どうだ、嘘《うそ》じゃないだろう？　ところで、桂。君は今度、ヨーロッパを廻るそうじゃないか？」

「まわれればの話だが、とてもこんな生活じゃ、そんな余裕はない」

「何とでもなるさ……。オレも行くぞ、来年……」

とまた少女にビールを注がせながらわめく。私はうるさくなってきた。まるっきり相手の正体がわからない。それに私の仕事の方もさしせまっているのである。一途《いちず》に恵子のことでやってきたと思い込んだのは、私の見当違いのようであった。

「仕事が急ぐから」

と私はC君に後のことを頼み、勘定だけを私に廻してくれるように云い置いて、店

めていた。うしろから梶のさかんなわめき声が湧《わ》いているが、C君達がそれをひきとめているようだ。私はエレベーターに乗って、さっさと部屋に引揚げていった。

あとで聞いてみると、C君達がホテルのボーイに引渡したそうである。まさか無銭飲食のつもりでやってきたわけでもなかろうが、私の親友だとでもあの娘に云い聞かせて、そのままひっこみがつかなくなったのかもわからない。

まもなく恵子が帰ってきたから、あらましの出来事を説明してやって、梶の風貌《ふうぼう》や年恰好《かっこう》をこまかに話してみた揚句、

「知っている？　その梶って云う男？」

「ううん、知らないわ、そんな人……。気味が悪い。一体、なんでしょう？」

と、首をひっこめながら、恵子も薄気味悪がっていた。まったく誰しも皆目納得のゆかない莫迦々《ばかば》しい出来事だ。あとでフロントからあやまりにやってきて、

「御存じの方かと思い、ついお取次ぎいたしまして、誠に申訳ございませんでした」

しきりに陳謝していたけれど、私にしてみたって、おんなじことだ。あのように、はっきりと名差しして来られれば、少くとも、何かの関係者に間違いなかろうと自分で思い込むだろう。ただ、その時期が時期であったせいか、私も無用の接待をやったものである。

私達はようやくホテルの生活に厭気がさしてきた。一度、青山の恵子の間借りの部屋に一週間ばかり暮らしてみたが、ゴタゴタと積み重ねてある箪笥《たんす》、鏡台、机、椅子《いす》、雑多な小箱、靴、下駄、鍋《なべ》、茶碗《ちゃわん》、その、ままごとのような四畳半のまん中に炬燵《こたつ》を置いて、

「いや、こりゃいいや」

旦那《だんな》気取り、坐《すわ》り込んでみたものの、恵子がいてくれればまだしもだ。

「ここなら、たった一分で劇団に行けるのよ」

そう云って恵子が駈《か》け出して行ってしまうと、さあ、どうしようもないのである。まさか、恵子の靴を取り出して磨いてばかりいるわけにもゆかず、立ちあがって一撫《な》ですれば、恵子のことごとくの物品が、大破崩壊するような危っかしさで、おちおちと歩きまわることも出来ぬ。

そこで一升瓶を買い込んで、炬燵の脇《わき》に据え、電気焜炉《こんろ》で燗《かん》をつけながら、一人チビチビと手酌になる。さて、おそるおそる周囲の物品を眺めまわしながら、ひっそりと恵子の肉感がにじみ出しているようなそれらの物品の質量をさながら恵子そのものに感じとって、この一少女のひそかな肉感と祈願を、大破崩壊させた己の暴挙を知るのである。

正午になると、彼女はトントントントントンと駈け込んでくる。

「どう、住心地？」

「うん、よかです」

と精一杯に答えてみるが、私自身の体力の遣場《やりば》なさは、どうかくしようもない。

「ここは武練《ぶね》りには、ちょっと不向きだよね」

「あーら、そこの外苑《がいえん》の中を歩き廻ったらいいじゃありません？」

「そりゃ、そう」

それはそうだけれども、私の周囲にざわめく犬も、鵞鳥《がちょう》も、鶏《にわとり》も、子供もいないのである。私は彼らを愛すると云うよりは、彼らのまっ唯中《ただなか》に埋れていて、悪性凡庸の将軍のようにただ矢鱈《やたら》に怒号していたいのかもわからない。

恵子はその辺りで買い集めてきた鱈子や、筋子や、佃煮《つくだに》の類を小さくこまめに皿の上に切りならべ、そっと炬燵の上にさし出してくれている。日頃は大好物のそれらの肴《さかな》が、何かさむざむとした店頭の商品に思われてきて、自分で煮《に》炊《た》きした丸ごとの豚の肝臓や、四五時間も煮とろかした牛の舌などのようなスケールのでかい手造りの食物を、ドカドカと大皿の上に切りならべて手摑《てづか》みに喰ってみたいような、その場の身勝手な妄執にとらえられるのである。

それには、この家の主婦の台所を借りるよりほかにない。私が自分勝手な料理をはじめたら、ここのおカミさんは肝をつぶすだろう。第一、行ったり来たり、先方の座敷を通過往来しなければならぬ。

「一体何が食べてみたいんですか？　鋤焼《すきやき》ぐらいなら出来るわよ。おばさんから七輪を借りてきて……、鋤焼鍋は無いけれど、このお鍋でもいいんでしょう？」

彼女は薄手の鍋を振って見せながら、私の真意を捕捉しかねて、弱り切っている。

「おっと、そんなら猪鍋《いのししなべ》にしよう。鋤焼鍋と猪の肉ならオレが買ってくる。恵さんは鋤焼の用意のつもりで、白菜だの、葱《ねぎ》だの、牛蒡《ごぼう》だの、生姜《しょうが》だの、洗って刻んでてくれよ。それに豆腐と、白滝だよ」

私は大張切りでタクシーに乗り、猪の肉や鍋を買い集め、長年の酒友まで一緒に同乗させて、その四畳半にひきかえす。恵子がおこしてくれていた七輪の上に鍋をかけ、味噌《みそ》とおろし生姜を、酒、砂糖で割って、グツグツと猪の肉片を放り込んでゆくのである。それでも、狭い部屋いっぱい、濛々《もうもう》と獣脂の匂《にお》いと湯気がみなぎって、久方振りに生き返ったような楽しさだ。

「恵さん。やっぱりどっかにアパートを探さなくっちゃ駄目だ」

「だから云ってるでしょう？　早くホテルなんか引払おうって……。今までホテルにいたお金を用意してたら、どんな高級なアパートだって借りられたじゃありませんか」

「いや、高級はいけない。佃島か、両国か、浅草、うんと愉快なアパートがいいよ。

韓国人なんかがいそうなとこ……。ただ二間ぐらいはなくっちゃねえ、それに台所だけは大きな台所が独立してなくっちゃ……」

「それじゃ、高級じゃありませんか」

「ああ、そうか」

私達はその翌《あく》る日、佃島から東雲《しののめ》のあたりを歩きまわったが、恰好なアパートや間借りの部屋は見当らなかった。ただ、ゴルフ場の向いの防波堤から見渡せるお台場のあたりの遠望と、何よりも海と、対岸に林立する工場の煙突を眺めやりながら、その工場のけたたましいサイレンを聞くのである。まま、岸壁や、浮丸太の上から、釣っている釣人も見受けられた。イナでもあったろう。一人の釣人の釣糸の先に、白い五六寸の魚がくねり上ってくるのを見やりながら、私達は一メートル近い雑草の間で、しっかりと手をつなぎ合う。咄嗟な接吻《せっぷん》に終るのである。

その浅草の、千束《せんぞく》の部屋を借りたのは、まったくの行き当りバッタリからであった。新しく私の連載を受持つことになる週刊誌のN君が、

「じゃ、今日中に部屋を借りちゃいましょうよ」

「そうしたいもんだね」

「浅草でしょう？」

「ああ」

N君は私の稿料を先借りしてくれて、タクシーに乗った。まっすぐ千束に行ったのはN君の裁量であったろう。周旋屋に訊《き》くと、マッサージ屋の二階だが、新築で、八畳二間の部屋と、六畳四畳半の二つがあり、ほら、あすこです、見ていらっしゃい、と斜め向いの家の二階を指さしてみせた。隣が銭湯だと云っている。なるほど、高い煙突が、その貸間の横から、さかんな煙を吐いている。

「銭湯の横はいいじゃないか」

「冗談じゃない。酒屋も隣ですよ」

とN君はマッサージの看板と、酒屋の看板を等分に見くらべながら、笑い出した。

案内を乞《こ》うと、チョビ髭《ひげ》のおやじがボソリと出てきて、

「ああ、見ておくんなさい。二階ですから」

階段を上り切ったところが幅一間ばかりの炊事場である。その炊事場の前に、二間つづきの八畳があり、その手前に道路に面して、全く独立した、四畳半六畳の二間つづきの部屋があった。四畳半も、六畳も道路に切り取られて、斜めになっている。つまり正味四畳三分ぐらいと、五畳七分ぐらいのことだろう。入口がすぼんでいて、末広がりに五畳七分となっているわけだ。

私は窓から道路の往来の有様を眺めまわしながら、殊更《ことさら》、部屋のその風変りな扇型の形勢が気に入った。

「こらー、いいじゃないの。気に入ったよ。斜めの部屋なんて、そうザラにあるもんじゃないよ」

「借りますか？」

「うん、借りる」

と云ったが、チョビ髭のおやじは仏頂面《づら》で私を見守ったまま、ニコリともしない。

「貸して貰《もら》うそうですから、おじさん、条件は周旋屋の云う通りでいいですね？」

「ああ、構わねえですよ」

「じゃ、向うに支払っときますよ」

とN君がおやじに云ってくれている。そのまま周旋屋の方にあとがえろうとすると、

「ちょっと待って下さいよ」

門口で、おやじからN君が呼びとめられた。N君はもう一度家の中に入りこみ、どうやら、私の職業や、家族の人員をでも、訊かれているらしい。出てきたN君が、

「いつから来ますかって」

「今日からでもいいよ」

と私が答えると、おやじは下駄をつっかけ、自分で外へ走り出してきて、

「今日からったって、掃除もしなけりゃなんねえし、荷物も運ばねえじゃなんねえでしょう？」

「荷物なんて何もないんですよ。この先生は……」

N君が可笑《おか》しくてたまらないふうに、クスクス笑いながら、助け船を出してくれている。なるほど、これは一人で来れば、態《てい》よく断られたに、違いない。

「じゃ、明日からやって来ます」

と私達はけげんそうなおやじの顔をうしろに残したまま、町に出たが、可笑しさがとまらないのである。

田原町の古道具屋で巨大な青光りするナマコの火鉢を買った。全くの偶然だが、私の母が上海《シャンハイ》から持ち帰ったものとほとんど同一のものである。六千円であった。別段手はあぶらなくたって、これなら鍋ものでも、チリでも、二つ一緒に並べながらだって、煮炊き出来るだろう。机を一つ、卓袱台《ちゃぶだい》を一つ、水屋を一つ、それだけを買って、すぐに届けさせることにした。

「まあー、もう浅草に借りてしまったんですか？　どんなとこかしら？」

と恵子が目を丸くして驚いている。

翌朝早く、私の持ち物の一切であるトランクと鞄《かばん》だけをタクシーに積んで、千束の家に乗り込んだ。昨日仏頂面のチョビ髭のおやじが、今日はすっかり機嫌を直しているように思われた。

二階全体を拭《ふ》き清めて、おまけに重い火鉢を運びあげ、水屋を配置し、机を置き、もうちゃんと住いの恰好にしてくれているのである。炭と云えば、炭。米と云えば、米。一切の用件はおやじが電話してくれて、電話がすむとすぐまた私達の後ろにあとがえり、御用聞きのあんばいに、直立不動の姿勢で立っていてくれる。

「ホテルなんかで愚図々々《ぐずぐず》しないで、早くここへ来とけばよかったね」

「ほんとうだわ。おもしろいおじさん」

と恵子も火鉢の中に盛大に火をおこし、下のおやじが運んできてくれた茶を、両手で抱えながらうまそうにすすっている。

私達は買出しに出た。蒲団《ふとん》、座蒲団からはじまって、日常生活の一切合財が必要なわけである。これでどうやらと思って帰ってみると、足りないものが、すぐにまた目についた。

それでもようやく、例の私の友人も電話で呼んで、引越祝の酒盛になる。むろんのこと、下のおやじにも来て貰ったが、人馴《な》れた私の友人とはすぐに気が合った模様で、

「こいつらは、駈落《かけお》ちしてきてるんですからね。不義者だよ。お手討のところを見逃してやってるんだから、そのつもりで附合わないと、何をやらかすかわからんからね」

「へえー、やっぱりそうでしたかね。アタシも、去年、弟子とつい仲良くなっちまいましてさ、女房が角出すでしょう、帰るの、帰らねえのって、さんざんでしたよ。女

ってのは、帰るかって思ってると、帰らねえんですね。亭主がどこがそんないいことがあるかって云《い》うんですよ。アタシが家内を喰わせてやってるってんならまだ話がわかりますけどもさ、家内の方がずっとかせぎが多いんですからね」

「じゃ、奥さんもやってるの？」

「冗談じゃねえですよ。とても腕がいいんですから。効くんですね。家内に揉《も》んで貰ったら、もうほかのもんじゃ、駄目だって云うんですから」

　とこのおやじは細君をけなしているのか、のろけているのか、判然としない。私は部屋を借りに来た当座の仏頂面を思い起して、しきりにおもしろく、

「どういうわけだったの？　昨日さ。おやじさん、莫迦に機嫌悪かったじゃない？」

「そうですよ。ね、奥さん。ドカドカっと部屋を見に来ちゃってさ、まっ先に云うことが、この部屋が斜めになってるところが気に入った、でしょう。アタシの方じゃ、部屋を斜めにしかつくれなかったばっかしにさ、千円とぎられるか、二千円とぎられるかって、冷や冷やしてるってのに、とうとう負けろっては云わねえでしょう。こらあ、碌《ろく》な奴《やつ》じゃねえ、どうせ後から、何かたくらんでる奴に違えねえって思いましたよ」

　そこで大笑いになった。

「それにそのあとから、抛《ほう》り込んでいったのが、このバカデカイ火鉢だけでしょう」

「この火鉢だけしか着かなかった？」

「ええ、はじめに持ってきたのはこいつだけなんですよ。アタシはつくづく厭《いや》になっちゃってね、ふざけてやがる……、向いの大工さんとこに相談に行ったんですよ。貸していいもんだろうか、どうだろうかってさ。そしたら大工さんが、その小説家っていうのは、何て云う野郎だってんですよ。カツラとか何とか云ってたような気がしたけどもよと答えてやりましたらばさ、そらあおめえ、桂一雄じゃねえか、あッ、そう云えば一雄ってのはたしかに聞いたって云ったらばさ、そらあ、夕日と拳銃《けんじゅう》だ、構うこたあねえ、眼つぶった気で貸しな、貸しなって云うんですよ。ああ、夕日と拳銃かとアタシもびっくりしちゃってよ、そう云やあ、あれはたしかに、カツラカズオって云ったなあって思い出したけども、じゃ、野郎、何しにオレんチなんぞへ迷いこんでくるんだ、家はねえのか、そんなワケねえじゃねえかって、云いかえしてやりましたよ。そしたらば大工さんが、そらあ、何かきっと、深え仔細《しさい》があることに違えねえ、黙って貸しといてやんなって、慰めてくれるでしょう。それでとうとう貸しちまったような訳さ……」

私達は腹をよじらせて笑いながら、涙がこぼれてとまらない。なぜあんなQホテルなんかに今迄《まで》くすぶっていたのかと、まったく浅草の庶民のなかに息を吹きかえす心地である。其《そ》の晩はその大工さんも呼んで、愉快な酒盛になり、早速窓際《まどぎわ》の手摺《てすり》や、入口の扉や、台所の追加造作や、男便所のつけ足しなど、俄《にわ》か工事を依頼するのである。大工さんはその酒盛の最中に、何を思い出したのか、突然駈け出していったと思ったら、大きな甕《かめ》を抱えて帰ってきた。体中土埃《つちぼこり》にまみれ、

「鰹《かつお》の塩辛を床の下にいけてたんでよ、ちょっと掘ってきたとこだ。奥さん、ドンブリを貸しておくんなさい」

恵子が買ったばかりのドンブリを差出すと、大工さんは木製の杓子《しやくし》でねんごろに掻《か》きまわしながら、

「兄貴んとこのアラを貰ってきて、イキのいい奴を、寒中オレが仕込んだんだから、間違えねえ」

そう云ってどさどさとドンブリの中につぎ入れてくれる。やがて食卓の上に持ち出された塩辛はなるほど大振りで、舌をとろかすほどの、ねっとりとした甘味である。私は、今日移り住んだと云うような気がしない。まるで柳川《やながわ》の漁師部落に帰りついて、そこここから呼び込まれ、さかんな饗応《きようおう》を受けているような心地である。

そうだ。千束に移り住んで、浅草の界隈《かいわい》を彷徨《ほうこう》したしばらくの期間ばかりが、私の一時期としての、鮮明な印象に裏附けられながら、なつかしく思い起される。

丁度浜村美智子の勃興《ぼっこう》の時期でもあったろう。至るところの街角に「バナナ・ボー

ト」の単調で、気張った、危うい、少女の肉感の声が聴きとれた。

千束の家は、吉原《よしわら》に入り込むちょっと手前の五叉路《ごさろ》から、千束通へ折れ込んでゆく二軒目の家だから、家の前の曲り角には、

「旦那《だんな》、旦那」

と黒白や、白々や、花電車や、エロ映画の客引きが、絶えず手招きしているのである。

恵子は劇団のある日には、田原町の地下鉄停留所まで歩いてゆき、「帰りは、怖い」と云って、大抵小型タクシーに乗って帰ってきた。なるほど、恵子の歩く道は、云ってみれば悪趣の道である。パンパン、チンピラ、愚連隊《ぐれんたい》、与太者、香具師《やし》、ぽん引達が、右往し、左往し、脅しの声、招きの声、隠語、私語、入り乱れて三時近い頃まで鎮《しず》まることがない。

放送の日など、恵子は時には、二時三時近くにもなるから、私はつぶさに、その悪趣の道を探訪に及ぶわけだ。

映画が二千円、黒白、白々、おなじく二千円、花電車が千五百円ぐらいではなかったろうか。全部を一覧して五、六千円どまりだったろう。

何の感慨もない。ただわびしい造作の四畳半に、男女がころげて、さまざまの姿態をくりかえした揚句、むしろ先方の方が気の毒そうな表情になり、

「今日は本当にいっちゃったよ。わかるでしょう？　この先生は、しょっちゅう、来てるんだから……」

帰路の裏路地の細い矩形《くけい》の空に、おぼろ月が円々とまるで打ち揚っているように空にかかり、私は思いがけなく、ルオーの描く裏小路はここかと、敬虔《けいけん》に町のたたずまいを眺めまわすのである。

或《あ》る夜、ぼんやりと隣の銭湯の流し場に坐《すわ》りこんでいると、

「先生、流しましょうか？」

とうしろから声をかける男がある。私は咄嗟《とっさ》にふりかえって、どうしても、相手の店が思い出せなくて弱った。よく知っている男である。しかしそれが、野菜屋であったか、魚屋であったか、酒屋であったか、金物屋であったか、どこの番頭であったのか、または小僧であったのか、それが思いおこせない。

「いや、いいよ。もう洗っちゃったから」

と私はことわった。先方がしばらく私の側に坐りこんだから、私も月なみな天候の会話ぐらいはしてみたが、すぐに話の接穂《つぎほ》を失って、気まずく黙りこむのである。先方も口下手なようで、私に思い出させるような、話の糸口を切り出さない。やがて、

「じゃ、お先に」

そのまま、かかり湯をつかってあがっていった。私は浴槽にひたりながら、其の男の特徴のある後姿の印象をさまざまにたぐりとっているうちに、「あっ」とあやうく声をあげる程である。思い出した。黒白の黒である。折角、先方から肩まで流すと云ってくれたのに、もう少し、何か親身な会話を思いつきそうなものであった。気拙《きまず》い思いをさせてしまった。そうだ、一緒に酒でも飲もうとそう思って、あわてて浴槽から這《は》い上り、体を拭《ぬぐ》って、脱衣場に駈け込んでみたが、もう、その男はいなかった。

劇団の稽古《けいこ》さえなかったら、恵子も私と腕を組み合って、物珍しく浅草の内そとを歩きまわる。

「あら、ここの家、来たことがあるわ」

或る時恵子が一軒の待合を指さしたから、私は驚いた。

「ここ待合だよ」

「そうよ、二度ばかり来たわ」

待合を割烹店《かっぽうてん》か何かだとばかり思いこんでいるらしい恵子がしきりに可笑《おか》しかったから、

「待合に連れ込むって云ったら、何のことだか知っている？　大抵女は覚悟しなければならないようなもんだよ。もっとも、赤坂あたりの大きな待合で、宴会なら、別だけどね」

「まあー、そんなこと? アタシ桂ふみと一緒に来たわ」

「うん、そりゃ御馳走《ごちそう》するつもりで呼んだのだろうけど……」

「まあー、そんなこと?」

と恵子はくりかえし、不思議がっていた。

それでも、恵子と私との浅草生活は、隣近所の何の気兼ねもおけない下町風な人情味と、世馴れた気さくさで、浮き浮きとはずんでいたと云える。

呼びさえすれば、下のおやじも、大工さんも、床屋の後家も、トコトコと酒を飲みについてきて、屈託のない隣近所の噂《うわさ》ばなしだ。それだけに平気で、二号さんだとか、メカケだとか、みんな不用意に、私や恵子の前で口にするのである。

その都度、恵子は、云いようのない苦渋の顔になる。また時折、私の家から電話がかかったりすると、

「矢島さーん、御本宅の奥さんから、先生に電話ですよ」

下から大声にわめくのである。

「はーい」

と恵子は答えているが、私だって、気が気じゃない。恵子の「いやだな」の例の口癖に、一番深くつながっている言葉だからである。

或る夜である。私は原稿を書いて徹夜していたが、恵子は疲れきって、私の膝許《ひざもと》に

顔をよせながら眠っていた。

私の窓の真下から、はげしい女の罵《のの》り合いの声が聞えている。午前四時だ。どうやら摑《つか》み合いにでもなったらしく、女のすさまじい呼気が聞えてきた。

私はこっそりと窓をあける。しらじら明けである。はげしい霧が流れていった。その霧の中で、たった二人の女だけが、髪を摑み合って、死にもの狂いの乱闘だ。摑み合ったまま二人で倒れた。路上には、ほかに人ッ子一人いない。倒れたまま、打ちどころでも悪かったのか、一人の女は、起き上れなくなった。もう一人の女が辛うじて起き上って、自分の下駄をつっかける。つっかけたその下駄のまま、相手の女の下腹部に飛び乗った。三度、四度、躍りあがって、倒れた女の下腹部から陰部のあたりをしたたかに蹴《け》散《ち》らしている。下のおやじの咳《せき》ばらいの声は聞えたが、誰一人、路上に出て、とめだてしようとするものはないようだ。女のまわりをただ静かな濃霧がくるみこんで、さながら、見事な影絵のように、その勝ちほこった女が、相手の腹上に、すさまじい跳躍を繰り返すのである。

風の奈落

私と矢島恵子のかくれ家は、国際劇場の大通りをつき当ったところからわかれる五《ご》叉路《さろ》……、その五叉路を右に、千束に向って折れこんだマッサージ屋の二階であった。場所が場所だから、まわりの街の喧噪《けんそう》と叫喚は、午前二時三時になっても、鎮《しず》まることがない。家に折れ込む街角には、エロ写真の立売りはむろんのこと、黒白、白々、花電車、エロ映画のポン引等が、夜どおしひしめいているのである。

いや、私も、恵子がラジオ、テレビなどのリハーサルや本番の吹込みなどで、夜明け近くまでかかることが再々だったから、そこらあたりの家々を軒なみにほっつきまわって、黒白、白々、映画、花電車等、いつのまにか彼らとも顔馴染《なじ》みになり、

「そのうち、旦那《だんな》のところも使わせて貰《もら》おうか……」

などと、冗談だか、本気だか、わざわざ私のところまでのぞきにきたポン引さえある。これもその頃垣間《かいま》見たバカげたエロ映画の一つであったと思うが、フランスの兵士か何か、野ッ原の中で二人の女性に会い、その一人と接吻《せっぷん》抱擁しているうちに、いつのまにか、三人卍巴《まんじどもえ》の交渉になり、やがてズボンを脱ぐ、男女とも一糸纏《まと》わぬ全

裸になる、男は二人の女の口とお尻《しり》を、二人の女は男性の口と部分を、かわるがわる銜《くわ》えたり、吸わぶったり、もてあそんだり、草上の狂乱をほしいままにくりひろげているわけだが、彼ら三人の狂態をよそに、いや、それを撮影したであろうカメラマンの思惑のそとに、ススキだか枯葦《かれあし》だか、遠いあたり、蓬々《ほうほう》と乱れそよいでいる尾花の揺れが、一瞬、痛いほどの底深い凄涼《せいりょう》さで眼にうつり、ああ、やがて肉のことごとくが朽ちほろびて、いずれ帰るところはあの草の根だな、とまことにつまらない感傷までが、にわかにヒシヒシとした実感に変って、シンと鎮まるような其《そ》の場の鎮静が感じられたことがある。つまりは、人間の生態が、その極限のみじめさで、自然の中に投げ出されていたせいであったかもわからない。

しかしどのように気高くとりつくろった男女の愛慾《あいよく》も、いずれはあのススキの中のはかない作為の狂態と、大してちがいのあるものではないだろう。まもなく我々を嚥《の》む死の波濤《はとう》が巨大に過ぎるからである。

あとから、私はなんとなくその映画のススキの揺れをもう一度たしかめてみたく、あちこちたずねまわってみたところ、

「ああ、三人組の奴《やつ》かい？　アレは今ちょっとよそに貸してやってるけどさ、今度来たら、旦那ンとこに真ッ先に持ってって映してやるよ」

と映画屋はこともなげに云《い》っていた。あれなら、人げのない時間に、こっそりと私

の部屋で映し直してみても、愚かな自分のなりわいを鏡にでも照らして見るようなそれなりのあわれはあろうかと思って、内心ビクビクしながらもそれとなく待っていたが、その映画屋が約束を忘れてしまったのか、それとも、ほんとうに持ってくる気ははじめからなかったのか、とうとうそれっきりになってしまったことがある。

浅草の頃はよく歩いた。朝夕の鮮魚、肉、野菜等の買出しは、その為《ため》にホテルからわざわざ引越してきたようなものだから、私の最も愛好する人生の快事である。買物籠《かご》一つをぶら下げて、サンダルをつっかけ、千束通からヒサゴ通、ヒサゴ通から伝法院通、区役所通、または新仲見世《なかみせ》。そこからまた小路々々に折れこんで、左を見たり、右を見たり、考えてみると、私は子供の時から、生涯、買出しをしながら歩きつづけてきたようなものかもわからない。

幼年の日に母が出奔して、自分の喰物は自分で見つくろわねばならない長年の習慣が、私の天然の性情とおかしい具合に結びついて、私はどの町であれ、朝夕の惣菜《そうざい》の材料を買い漁《あさ》らなければ、その町に着いた気がしない。食べることが好きだと云うよりも、それらの土地々々の魚介、蔬菜《そさい》、獣肉の彩《いろど》りと、積み上げられた雑多な食品の間を、さながら喪家の犬のように、魂までもなくしながら、とめどなくうろつきまわるのが好きなのである。

そうだ。私にとって、旅の記憶の大部分は、路傍に売られている雑多な食糧の埋積の模様と、それを買い漁って煮たり炙《あぶ》ったりしながら喰った、さまざまな飲食の思い出ではないか。なにも日本の町々に限らない。中国でも、朝鮮でも、台湾でも、いやいやモントレイの桟橋まぎわで買ったウデ上った蟹《かに》の色、ニューヨークの支那《しな》町で買い漁った豚のモツ、ロンドンの市場で買ったゴリゴリの蕪《かぶ》の歯ざわり、鮭《さけ》の温燻《おんくん》、パリの火曜市だの金曜市だのに夥《おびただ》しく積み上げられた兎《うさぎ》だの、家鴨《あひる》だの、馬肉だの、牡蠣《かき》だの、雲丹《うに》だの、エスカルゴーだの、ムール貝だの……。そいつをホテルに持って帰って登山用の俎板《まないた》や庖丁やコッフェルでこっそりと調理しながら、一人で飲む粗悪な葡萄酒《ぶどうしゅ》。

ひょっとしたら私がある町にいると云うことは、そこの町の魚屋、野菜屋、肉屋等をうろついて、アンコウのモツをもう一切、皮と背鰭《せびれ》のところをもう一切、などとその魚肉に触ってみたり、ごねてみたりしている生活以外のものではないのかもわからない。

恵子もいつのまにか私のそのあやしい暮らしざまに馴れた。稽古《けいこ》や公演がない時には、同じようにサンダルに買出籠をぶらさげて、私と腕を組み、下町の裏小路をうろつきまわって、やれコチがあったの、オコゼがあったの、やれ、生きシャコを売ってるだのと、それを買って帰って、狭い書斎の中いっぱいにひろげ、グツグツ煮ると云った有様だ。

「いかんよ。こう食べることばっかりじゃ……。クロイツェルソナタの中にちゃーんと書いてあるじゃない。こんなにふとっちゃって……」

なるほど、恵子は、その昔の少女さびたところを失って、いつのまにか堂々の中年女に変貌《へんぼう》した。その変貌した足腰を大形に私にも見せながら、

「ね、一さん。どうする？　こげーんこえてしもうてから。もう、誰も貰い手がなかよ。償《まど》て……」

冗談とも怨《うら》み言ともつかぬきわどい声になる。

それでも芝居さえいそがしければ、恵子はいきいきと甦《よみがえ》ったようになり、劇団の稽古が十二時にはじまるとすれば、「明日は十一時に始まるのよ」十一時からはじまるとすれば、「明日は十時からよ」などと、御丁寧に、私に時間の掛値まで云っておいて、さてその出発と云うことになると、折角玄関から出掛けたのに、またどこからかあとがえってきて、

「ドーランを忘れちゃった」とか、

「おしっこ、おしっこよ」とか、階段と廊下をバタバタ鳴らせながら大騒ぎだ。

「バカ。何を愚図々々《ぐずぐず》しているの？　遅刻じゃないか……」

「ううん、ほんとに始まるのは十二時……」

今度は書斎の中まで入りこんできて、わざわざ私の膝《ひざ》の上に腰をかける。

「時計を見なさい。あと一時間ないよ」

彼女はルージュの唇を私の口にこすりつけるようにして、

「憎らしか……。人ばわざわざ押しのけるごとしてから……」

またひとしきり愚図々々した揚句、とうとう最後には、青くなってタクシーに駈《か》けこんでゆくと云う有様だ。

あとは私一人、彼女が残していったその不思議な空虚の中に坐りこんで、ちりぢりのわが半生を回顧するわけだ。原稿も書きたくない。生活の何の処理もしたくない。折角開け放ったばかりの雨戸をもう一度立てなおして、ゴロリと蒲団《ふとん》の中にころげこむのである。正午ででもあるのだろう。しばらくチンドン屋のハヤシの音が枕《まくら》の下を通ってすぎ、豆腐屋のラッパの声がかすれてゆき、やがて、夜の盛り場の町の、思いがけない真昼の閑寂があたりをつつむのである。俄《にわか》にまわりの何もかもが陥没でもしてしまったようなもの憂《う》さだ。うつら、うつらとする。いや、故意に自分の昏迷《こんめい》にのめりこんでいるのかもわからない。サラサラ、サラサラ。よく乾いた、低い、聞き馴れない音が聞えてくるような心地がした。いや、音ではないのか。耳鳴りか。幻聴に似た絶え間のない断続のつぶやきのようでもある。淋《さび》しい声だ。私のちりぢりの魂の周囲をかきなでるササラの音のようでもある。地上のいとなみのなにものにもつながらない、乾いた、死の前奏のようでもある。いや、私の死そのものを包む奈落のひろがりを、音に錯覚でもしているものか。

私は耳に鳴ってくる奇異な音をいぶかりながらも、目を開こうとはしない。いや、眠っているに相違ない。ただその夢幻の中で、なにものかのどえらいかなしみを感じとっている。かなしみか？　かなしみなどと云うような有機物につながる思い出ではない。空漠だ。そう、空漠。その空漠をかすめてよぎっている宇宙塵《じん》の音でもあるのかもわからない。

ようやくその不思議な幻聴は鳴り鎮まって、今度は平凡でおだやかな地上の己の墓石が見えてきた。降りつんでいるのは雪のようである。私は咄嗟《とっさ》に起き上って、その夢中吟をこっそりとノートの中に書きつける。

　墓碑銘
　石ノ上ニ雪ヲ
　雪ノ上ニ月ヲ
　ワガ　コトモナキ
　シジマノ中ノ憩《いこ》イ哉《かな》

夢の中にくっきりと己の墓碑銘が浮び出すなどとただごとではない。私は有頂天の気持で、またひと眠りするのである。さて、もう今日は原稿など書きたくない。新聞の方は絵組みですまし、雑誌社には頭が痛いと云って電話をかけ、自分一人だけの思い切った遊びがしてみたい。それには先《ま》ず、東京温泉へでも出掛けていってサウナ風《ぶ》呂《ろ》ででも蒸されるか。それとも恵子に黙って、恐山《おそれざん》の麓《ふもと》の温泉辺り迄《まで》逃げ出すか。私のところによくやって来ていた早稲田のM君が、しばらくノイローゼ気味でブラブラしていたが、ようやく体も恢復《かいふく》したらしく、卒業と一緒に恐山の麓の中学校に赴任したとか云って来た。近所にひどくひなびた温泉があって、私にも是非一度やって来いと云う手紙を貰ったことがある。ついでのことに恐山から八戸《はちのへ》を廻り、種差の海岸辺りをブラブラと歩き廻って来たらどうだろう。金木町に足をのばすのも面白い。しかし、その肝腎のM君の住所は石神井の家でしかわからないから、ちょっと家に電話をかけてみた。応答に出たのは細君のようだ。

「もしもし、家によくやって来ていたM君の住所はわからない？　ほら、少しノイローゼだとか云っていたけど、丸顔の、よく太ってニコニコしていた男だ。たしか四国の男じゃなかったかな」

「はい、よく知っておりますけれど……。たしか赴任の通知か何か、いただいたような気がしますから、探してみます。見つかったらそっちに電話してもいいんですか？」

「ああ、いいですよ」

と私は電話を切った。

思い立つと私は矢も楯《たて》もたまらない性分だ。その恐山から、太宰の生家の辺りをうろついて、蟹田の中村貞次郎氏と酒を飲み交わしてみるのも愉快だろう。中村さんは太宰の中学時代の友人で、その昔ひどい喘息《ぜんそく》に悩まされ、自分でこっそりと鎮静剤の注射などをうっていた。もし私の邪推でなかったなら、太宰は中村さんの注射を見習って、パビナールからヘロ中毒にもなったのではなかったのか。その中村さんとは、恵子と事を起す直前に、太宰の文学碑の除幕式で二十年ぶりに再会したが、往年の病的な印象は悉《ことごと》くうすれ、温和で健康な土の匂《にお》いが、そのゴマ塩まじりの不精髭《ぶしょうひげ》の辺りからにじみ出すほどである。あの人に会ってみるのは楽しいことだ。

この一年のめまぐるしい私自身の変遷《へんせん》を静かに思い直してみるよすがにもなるだろう。蟹を喰ったり、うにを喰ったり、北国の魚介を寄せ集めて、私流のフランス料理をやらかしたって中村さんなら、笑ってニコニコと見過してくれる。私はそう思って、俄かにリュックサックを取り出してみたり、コッフェルや登山用の俎板、庖丁を机に並べながら、もう陸奥《むつ》湾を目《ま》のあたりにした心地である。

電話である。細君のようだ。

「Mさんの御住所は青森県〇〇郡××村△△方です」

私があわてて原稿紙を拡《ひろ》げながら書きとっていくと、細君は二度その住所を繰り返した揚句、

「何の御用事なんですか？」

「いや、M君のところ迄、ちょっと気晴しに行ってみたいんだ」

「じゃ、一郎さんを連れていって下さいません？」

「一郎？　どうして？　学校だろう？」

「いいえ、あのー、学校にはもう、ずっと行っておりません。それに、私の力ではとても、もう一郎さんをお預り出来ないんです。引きとっていただけませんか。あなただけが、ほんとうのお父様ですもの……」

思いつめたような声が、とぎれとぎれに響いている。私はしばらく、棒立ちになったまま、何を答えていいかわからない。その通りだ。が、差当って、何の処置も出来にくい。

「わかった。よく考えてみます」

せい一杯にそれだけを云って、細君の応答を待ってみる。しかし、細君は、それっきりおし黙ったまま、何の言葉もなかったが、

「じゃ、お願いします」

それだけでポツンと電話は先方から切れた。私は受話器を握りしめたまま、まるで

冷水をでも浴びたようで、恐山や、種差や、蟹田の夢は一ぺんに消し飛んでゆくのである。

まったくの話、一郎は今の細君が産んだ子供ではない。いわば、赤の他人である。その夫細君にとって、その子供を預っているのは、ただのゆきがかりのことだろう。その夫が家を飛び出して、公然と別の女性と同棲《どうせい》中であるからには、夫の子供を本人の手に返してやるのが、当り前に過ぎる程の事にちがいない……。そうは思ってみても、私が云いようのない狼狽《ろうばい》を感じたのは、事実である。

部屋の狭さもあるだろう。内外共に、このあたりの生活の奇々怪々もあるだろう。しかしそれは口実にはならぬ。どんな宏大《こうだい》な家だって、借りれば借りられぬわけは無い。その宏大な家に恵子と共に移り住んで、一郎を引きとったとしても、私の奇妙なうろたえの心には変りがない。

このうろたえの気持は何だろう？　私は、今日迄、どんな人にも、恵子のことを隠しだてしたことはないつもりだ。そもそものはじめから細君には打明けたし、母、弟妹、親戚《しんせき》、だれ一人知らない者はない。紹介もし、交友もし、一緒に飯を食べたことだって再々だ。

が、自分の子供だけは除外した。殊更《ことさら》、中学二年生の一郎には、事を起して後に一度だって恵子と会わせたことはない。もちろんの事、一郎は恵子を知っている。幼年の日から、一郎は恵子に馴染《なじ》んでいるし、その昔、一郎が小児結核で、かなり憂慮しなければならない状態だった時に、恵子の両親から親切に結核の特効薬を送ってもらったこともある。むろん、恵子が一郎のことを聞いて、国許《くにもと》に報《し》らせてやったからに違いない。

それにもかかわらず、私は、恵子と同席で一郎と会うことだけは、極力さけた。自分の幼年の日の抜きがたい印象を、まざまざと記憶しているからである。

母の情痴事件なのである。当時十歳だった私は、その大学生と、母と、私と、同席した時に、やっぱり子供心に青ざめた。性の知識なぞ何もない。また、私の目の前で、どんな愛の囁《ささや》きが交わされたわけでもない。ただ本能的に、母とその大学生との浮き立ったような男女のつながりを感じとり、カッカッと火の出るように恥ずかしかったのである。憤《いきどお》ろしかったのである。是非善悪の愛情の価値判断では決してない。今では、その母の情痴に関して、私ほどあわれ深く回顧する者はないだろう。

つまるところ、どのような高貴な恋愛であれ、子供にとっては、その子供を産んだ肉親の恋愛沙汰《ざた》に関して、寛大であり得ない。これは私が幼年の日に得た侘《わび》しく、辛《つら》い、信条なのである。

私がうろたえるのはそのことだ。むろん、一郎のいる時ではなかったが、細君の出奔中に、恵子を私の書斎迄連れていったことがある。私の帰ってきたことを知って、弥太や、フミ子や、サト子達が、離れの書斎に走り寄って来た。格別に子供好きの恵子は、弥太やフミ子の名を呼んで、膝許近く呼び寄せようとしたが、どうしたわけか、三歳のフミ子が、ニベもない顔をして、

「いやー。あっちいけ」

恵子を手で押しやりながら、大声でどなりだした。私も青ざめたが、恵子はむろんのことはなはだしい不快を感じたに違いない。私は、自分の幼年の日の出来事をひしひしと思い知らされる心地だったけれども、今考えなおしてみると、少し疑わしい。或《あ》るいは、二人の女中がにわかに教えこんだ仕種《しぐさ》ではなかったか。

別して一郎の場合、そろそろ思春期にさしかかる間際《まぎわ》である。出来事を隠しだてする気持は毛頭ないが、当分の間、云《い》ってみればその現場に、引きとってしまうことは厭《いや》だった。はたして恵子との恋愛を終熄《しゅうそく》出来るかどうか、自分でも余り自信はない。かりに恵子と結婚と云うことになるにしても、今しばらくは、一郎から私の情痴の現場を正視されたくはないのである。

私は青森行きの熱も一ぺんにさめてしまって、一人とりとめもなく、松屋の屋上に上ってゆく。そこで一二本ビールを飲んで、尖塔《せんとう》の頂の回転ロケットの切符を五枚買った。もう夕暮れ間近いせいか、尖塔の頂はヒュウヒュウと春の飄風《ひょうふう》が吹きつけるだけで、乗り手の客は見当らなかった。私は五枚の切符を掛りの青年にいち時に手渡し

ながら、

「五回ぶんつづけて廻してくださいね」

さっさとロケットの船体に乗りこんだ。船体はグラリと揺れはじめる。大東京が一《いち》眸《ぼう》に見渡せるような大景観だ。しかし、街々はみじめにくすんで、舞い上る砂塵の色にかすんでいる。ただ天際《てんさい》のあたり、砂塵とアカネ色の空が、不思議な奥ゆきをもってとろけ合い、その合間から、造りもののような赤っ茶けた太陽が、ようやく沈みかけていた。

私は一郎をしばらく私の母の家にあずけようとそう思った。すると五回分のロケットの回転が、寒くて、もどかしくて、待ちこらえられぬ程である。

路傍の赤電話から家内を呼び出した。

「今晩遅くなるけれども帰る。一郎にも家にいるようにそう伝えてくれないか」

「わざわざ、お帰りにならなくてもいいじゃありませんか」

「一郎の居場所のことだ」

私はそのまま千束の家に帰っていった。勿論《もちろん》のこと、まだ恵子は帰っていない。今夜はテレビのリハーサルもあるから遅くなると云っていた。私は銀座で飲んで、恵子にも連絡をすませ、その上で深夜石神井の家に帰るつもりである。折よく、あしたは日曜だ。袋戸棚の中に差し込んでおいた昨日貰《もら》ったばかりの稿料袋をとり出した。その稿料で、恐山の周辺をうろつき廻ってみるつもりでいたのである。待て、これを全部手に持ったら、銀座で残らずはたいてしまう危険があるな……、私はそう思ったから、急いで二万円を抜きとった。その二万円を胸のポケットに入れ、残り八万円を洋服の内ポケットの中にしまいこんだのである。

「ちょっと子供のことで石神井に帰ってきます。矢島さんには銀座で連絡するつもりだけど、連絡つかなかったら、そう云っといて下さいね」

下の親父《おやじ》にそう云い残して、タクシーを銀座に走らせた。生憎《あいにく》とちょっと時間が遅れたせいか、一緒に盛大に飲み合おうと思っていた誰も彼もがいなかった。私は一人で二三軒のバーを飲んで廻ったが、憂鬱《ゆううつ》はつのるばかりで、何の面白いこともない。恵子ともとうとう連絡がつかないまま、石神井に帰りついたのはそれでも十一時頃だったろう。

まだ、一郎は帰っていなかった。

「何処《どこ》へいってるんだろう？」

「毎晩、池の側の喫茶店ですよ。たいてい、一時二時頃迄あそこにいます」

「ビールでも飲んでるのかしらん？」

「いいえ。第一、あの人飲めやしないもの」

「オレも行ってこよう」

「よした方がいいでしょう」

細君はそう云ったが、酔もある、私はダラダラの道を池に降《くだ》って、その喫茶店の中に入り込んでみた。表からは始終見慣れているが、内部をのぞくのははじめてだ。別に不潔な感じではない。池の見渡せるガラス戸の間際に、黙って腰をかけ、ビールを一本注文した。五六人の青年達が思い思いに席をとって、煙草《たばこ》の煙でむせかえる程だ。いや、二三人の高校生か、中学生らしい姿もまじっている。靴をカタカタと踏みならしているところが、不安な十代の青春に感じられた。

一郎の姿は見当らない。が、ふっと気がついてみると、菓子棚に区切られた向う側で、テレビにじっと見入っている青年と少女。どうやら、その青年が一郎のように思われた。いや、一郎である。中学二年の青年もあるまいが、我が子の成長のはげしさに目を見はるほどだ。私には気附かないらしい。コーヒーか何かを飲んでいる。私はその一郎を時折そっと眺めやりながら、また目の前の池の夜景に見入っている。月光を浴びているせいか、水面のもやが、途方もないような美しさだ。見ている間にも刻々と、もやの模様が変っている。一郎にちょっと声をかけてみようかとも思ったが、わざわざ息子の遊楽を妨げたくもない。そろそろ帰ろうかと、立ち上ろうとした時に、

「なーんだ、父、来てたの？　いつ帰った？」

ようやく気がついたのか、それとも誰かに教えられたのか、一郎がニコニコ顔で、

私の側に寄って来た。

「ああ、今だよ」

ちょっと私も坐《すわ》りなおす。しかしもう一本ここでビールを飲みなおす元気はないから、

「オレはもう帰るよ。一郎は？」

「僕はもう少し居たいんだ。あしたはいるんだろう？　チチ」

「うん、いる。ちょっと話があるよ」

「僕の方もあるんだ……」

私はそう云う一郎をあとに残して、自分の勘定だけをすませると、さっさと家に帰っていった。

もう十二時半を過ぎている。私は離れの書斎に帰りつくと、内ポケットの封筒の金をたしかめた。その封筒を書庫の机の上に放り出したまま、書斎の座敷に展《の》べてある自分の蒲団《ふとん》の中にもぐりこむのである。

翌日私が起きたのは昼過ぎであったろう。食堂に入ってみると一郎がいた。

「この頃、全然学校に行かないそうじゃないか？」

「行ってるよ、僕。足をくじいた時と、お腹《なか》こわした時、休んだだけだよ。それよりね、チチ、油絵具を買ってよ」

「いくらだ？」

「六千円」

「買ってもいいけど、持続してやったことがないじゃないか。ヴァイオリンもそうだし、写真もそうだし、テニスもそうだし、材料だけをいくら新しくしてみたって何にもならないだろう。本気でやる気なら父の油絵具がまだ使える筈《はず》だ。それに学校も行ってないじゃ、父はあんまり買ってやりたくないね」

「じゃ、いい」

と激昂《げっこう》した一郎の表情が目に見えた。そのまま食堂から走り出していってしまうのである。正直な話、油絵具はまだあった。次郎が癈人《はいじん》になったと決定した時に、その次郎と、次郎の上に吊《つる》した千羽鶴《せんばづる》を、見舞かたがたたんねんに描いてみたいと思って、油絵具一式を、かなり贅沢《ぜいたく》に買い集めたことがある。色によっては、なくなってしまったものもあるかも知れないけれど、それを買い足せば、中学二年生にとって、不足のはずはない。こっそり買いたいものが他にあるのかもわからないが、それをいちち追いかけていって訊《き》くこともないだろう。私はにわかに憂鬱になりながら、電話で呼び寄せた友人と飲むのである。

さて、夕暮。私は書庫の机の上におき去りにしておいた金がちょっと心配になってきた。家内を呼んで取りにやるのである。家内は長いこと帰ってこなかったが、やが

て戻ってくると、

「書庫はどこを探してもありませんよ。何か思い違いじゃありませんか？」

「いや、そんな馬鹿《ばか》なことはない。ちゃんと書庫の机の上においた。もう一ぺんよく探してみてごらん」

そう云ってみたが、やっぱり気になって、自分で離れの書庫へ探しに行った。無い。机のほかは全部本棚だ。洋服の内ポケットも、外のポケットも、どこをひっくり返してみても無い。仮りに泥棒が入ったとしても、書庫の机の上なぞを探す馬鹿はないだろう。原稿紙と字引だけである。それに封筒は、ただの大型の角封筒だ。ようやく出はじめたばかりの五千円紙幣だから、大して厚いものではない。

私が明確にこの机の上に置いた以上、取ったか、捨てたかした者は、おそらく家の者以外にはない筈だ。ふっと一郎……、と云う予感もした。いずれにせよ、あまり騒ぎたてない方がいいとそう思った。勿論のこと、警察には届けない。

書斎に入った者は、私と家内以外には無さそうだ。そう思っていたところ、一人の女中が、

「あら、先生がまだお寝《やす》みの時に、一郎ちゃんが、先生を探して書斎にゆかれましたよ」

私は黙って頷《うなず》き、静かに一郎の帰るのを待った。正直な話、もう金はどうだって構

わない。その金の波及する危険にさえ落ち込んでくれねばいいとそう思った。一郎は夜になっても帰って来ない。翌《あく》る朝になっても帰って来ない。昼ちょっと過ぎる頃だ。当の一郎から、私宛《あて》の速達封書が舞い込んだ。文面は概略次のようであったろう。

封筒のお金借りて行きます。四五日したら帰って来ますから探さないで下さい。お金は、大学を卒業してからお返しします。

一郎

父様

となっていた。封筒の消印を見ると、東京中央郵便局となっている。出したのは前の晩の十時らしい。とすると、東京駅から汽車に乗ったに相違ない。行く先はおそらく九州だ。それも、郷里の柳川だろう。

かりに特急に乗り込めたとしても、柳川に到着するのは今日の夜である。

「アハハ、柳川に着いたところを逮捕してやるかな」

私は久し振りに家内を顧みて笑いながら、柳川の父へ電話の特急を申し込んだ。電話は一時間余りでつながった。

「もしもし、お父さんですか？　みなさんお元気？　実は、一郎が、今日そっちへ行くと思うんです」

そこ迄《まで》云いさしたら、

「ああ、来た来た。昼着いたタイ」

父の素《す》っ頓狂《とんきょう》の笑い声が聞えてきた。そんな筈はないのである。

「昼着いたって？　どうして？　そんな筈はないんだけど……」

「飛行機で来たチ云いよったバイ。アハハ、飛行機で……。どげんこつでんする奴《やつ》ね」

「そこにおりますか？」

「いやー、おらん。着いてすぐ、阿蘇山《あそさん》に登るチ云うて、また出掛けてしもうたタイ。何か用か？」

いや、もう私は、何も云うことはなくなった。

「じゃ、また、そっちへ廻ったら、早く帰ってくるように云ってください」

それだけを云って、早々に、電話を切るのである。これが一郎の八万円事件の全貌《ぜんぼう》だ。一郎は阿蘇に登り、柳川で連日潮干狩《しおひが》りに出掛け、京都に寄り、鎌倉に寄って、十日目頃、照れ臭そうな顔をしながら帰って来た。

「はい、お土産」

と、柳川で掻《か》きとったと云うダンボール一杯つめた舌ビラメの焼き干しを、私に差し出すのである。

「高い舌ビラメのお土産だ」

私は苦く笑うより他にない。一郎の身柄はとりあえず、母の家に移すことにして、私はそのまま浅草の家に引きあげたが、ようやくきざしてきた一家散乱の不吉な前途に怯《おび》えるのである。

一郎が一度ひょっこりと浅草の家にやって来たことがある。

「お宅の坊やが来ましたよ。お宅の坊やが来ましたよ」

と下のマッサージの親父さんは、むしろ大歓迎の態《てい》で、一郎を二階に連れて来てくれたが、私は一瞬青ざめた。

「まあ、一郎ちゃん。よう来たね。父とあんまり変らんぐらいじゃないの。大きいわ」

恵子は如才なく云っているが、私のうろたえの気持はかくせないのである。

「どうして来たの？」

「ううん。お母さんが行って来いって云ったから」

一郎はそう云って珍しそうに部屋の内外を眺めまわしている。

「どうして？」

「僕ね、この頃目が悪くなっちゃったんだよ、見えないんだ。眼鏡をかけないと、とっても悪いんだって……。疲れるからさ。だから、眼鏡買ってよ」

「近眼？」

「ううん、遠視だよ。遠視に乱視がまじっているんだって」

「いくらぐらい？」

「四千円ぐらいだろう」

「さあ、あったかな」

と私は財布を覗《のぞ》いてみるが、無い。恵子の財布と合わせてみても四千円に足りないのである。

「ちゃんと電話をかけて来ればいいのに」

そうは云《い》ってみたが、眼が悪いのであってみれば、一刻も早く眼鏡をかけさせるより他にないだろう。私は下の親父さんに頼みこんで、二千円ばかり借りて来た。合わせて四千円を一郎に渡す。一郎は大喜びで、恵子の油絵の道具箱を引っぱり出してみたり、ハイ・ファイをかけてみたり、

「これは石神井のより音が悪いね」

などと臆面《おくめん》もなく云っている。それでも、恵子が金魚鉢の水の取替えをやろうとすると、恵子をおしのけるようにして、手摺《てす》りの上の大金魚鉢を抱えおろし、それを台所に運んでいって、金魚を洗面器に移したり、金魚鉢を洗ったり、やれ、水は天日に曝《さら》さなくちゃならないだとか、やれ、糸みみずをやらなくっちゃ大きくならないから、取って来てやろうかだとか、恵子と二人して、大はしゃぎ、台所の前の廊下をビショ

げて、
濡《ぬ》れにさせながらの、奮闘のようである。

早目の夕食を食べ終ると、恵子から貰い受けたのか、油絵の道具箱まで肩にぶら下
「さよなら、また来るよ」

恵子にも、下のおじさんにも、大声の挨拶《あいさつ》を繰り返して、意気揚々と帰ってゆく。

その一郎を見送りながら、

「いい子ね。体だけは大きいけども、まだまるっきりの子供じゃない」

恵子は云ってくれたが、私は何の返辞も出来なかった。

面白い出来事が二つある。何の用事であったか、ひょっこり石神井に帰ってみると、
思いもよらず、一郎がサングラスをかけていた。

「どうしてそんなものがいるんだい？　南氷洋の氷の乱反射の中だって、父は使わなかったな」

「無駄な労力はいけないよ。これかけてると疲れないんだ」

「じゃ、せめて雪の上か、海にゆく時だな。こんなところでやたら掛けるのはよしなさい」

私は一郎にそう云っておいた。さて、浅草の家に帰りついてみると、今度は恵子がかけている。

「どうしたの？　それ」

「眼が疲れないのよ。とっても楽なの」

私は可笑《おか》しさが止らないのである。

少し後のことになるが、ポール・アンカが来た時だ。石神井で一郎から二枚の切符をせがまれた。私はそんなジャズ歌手の名前も、芸風も、人気も知らなかったから、ジャズと聞いただけで、

「よしなさい。又にしなさい」

叱《しか》るように、そう答えたものだ。お蔭《かげ》で一郎から、長々とポール・アンカの講釈を聞かされた上に、

「だから、父は古いんだよ」

とうとう、その二枚の切符代をせしめられるのである。

そのまま、浅草にひきかえしてみると恵子がいない。やがて恵子は浮き立つような顔で帰ってきたが、

「ポール・アンカを見てたのよ。ほんとに、一さんも一緒に連れて行けばよかったわ。ファンがテープを投げるでしょう。それを拾って歌うんだわ。ちょっと興奮するのよ。一さんも、時々のぞきに行かないと、時代ズレしちゃうから……」

私はにわかに古ぼけた心地になり、恵子と一郎達を震撼《しんかん》している新時代を思わない

わけにゆかなくなる。

野《の》　鴨《がも》

恵子は芝居の役にさえついていれば、何の屈託することもないらしい。どんな端役《はやく》でも、いそいそと劇団に通っていって、帰ってくると、「今日はトチった」とか、「今日はよく乗ってさ、ほら、何かいな、アンジョウ人なく、アンカ馬なしのごとあったよ。一さんも見に来ちゃればよかったとえ」

厄介なのは役をはずされた時である。どうしようもないほどの憂鬱《ゆううつ》とあせりに身を揉《も》みつくすようで、原稿を書いている私の側にゴロリと横になり、

「ダイヤモンドの欲しかー。ね、一さん。オパールの欲しかー、ルビーの欲しかー、サファイヤーの欲しかー。なんでも、なんでも、欲しかー。欲しかとよ、一さん、欲しかー」

そんなことをわめきちらしながら、足をバタバタさせてみたりする。ひょっとしたら、彼女の魅力の大半は、さまざまの憂鬱を、たくみなユーモアに転化することかもわからない。そこのところでは、おそらく第一級の演技者だ。

いざ、街に歩き出してみると、彼女はアッパッパのような簡単服に下駄をつっかけ、なりふり構わぬたちである。さて、新仲見世の宝石商のウインドウの前に歩いていって、ガラス戸越しに燦然《さんぜん》たる宝石の色と光を一瞥《いちべつ》すると、やがて、小鼻に皺《しわ》をよせてクスリと笑い、私の腕を取って、さっさと歩き去るのである。

芝居の役にさえついていれば、彼女は妻子のある私と一緒にくらしていることから生れるさまざまの苦悩を忘れてしまって、鼻唄《はなうた》まじり、人生なんだってやりたいことをやればよいぐらいの意気込みだ。が、もし役からはずされたとなると、仕事の苦痛と、生活の屈辱が二つ折り重なって、それが二倍にも三倍にもの憂鬱になって、重苦しく蔽《おお》いかぶさってくるようだ。

たとえば、恵子を同伴して、私の友人のところに出かけてゆく。その友人は、苦労に耐えたワケ知りの友人だから、私は愉快に酒を飲み、ゆっくり談笑して、さて帰ってきてみると、恵子が泣いているのである。

「どうしたの？」

「もう、これからあなたのお友達のとこなんか行かないわ」

「どうして？」

「あなたはいいでしょうけど、私が挨拶《あいさつ》しても、奥さんは横を向くのよ。お箸《はし》だって、私のは並ばないんだもの……」

「アハハ、そりゃ忘れたんだよ」

「とに角、今度からはあなた一人で行っていらっしゃい」

おそらく恵子の思いすごしだろうとその日の出来事をさまざまに反芻《はんすう》しながら、私は思う。しかし……、思いすごすような環境のままに、私が投げ出していることは確実だ。それに、どこの家庭だって、家庭生活の自己保存の本能から、目に見えない防衛はしているだろう。そこのところが、恵子に直覚されたわけのものかもわからない。私もまたにわかに憂鬱になりながら、自分の生活をどのように決定するか、ちりぢりの妄想《もうそう》に落込んでゆくのである。

私は恵子が、だんだんと私の友人の中でも或《ある》一部の人達に、それとない好意または共感をよせていることを感じとってゆく。それは、例外なく家庭生活の破綻者《はたんしゃ》だ。

たとえば、某雑誌社の編輯《へんしゅう》局長であるM氏だが、その人は三児をおいて家を出奔し、現在婦人雑誌の記者S子さんと同棲《どうせい》中である。そのS子さんが、人に語って、

「ほんとうに、アタシ達のとこドブ沼なのよ。どこまでいっても浮ばれないような果なしのドブ沼なのよ。それにアタシ、別れないなんて……」

その話を、原稿取りに来たある編輯者が私にこっそり語って聞かせてくれたのを側から聞いて、恵子は、強い同情の色を見せた。

「いや、ね。またと妻子のある男なんかを好きになるもんじゃないわ……」

あとで、しみじみと語っていたことがある。それだけに、そのM氏とS子さんの生活には大きな関心があるらしく、M氏が病臥《びょうが》したと聞いた時など、

「ね、お見舞に行っていらっしゃいよ。Mさんのとこ……」

私をせきたてるのである。

また某紙の文化部長H氏が、その愛人を伴って、時たま、私のかくれ家にやってきてくれたりすると、恵子はまるで生きかえったような顔色で、いそいそと二人をもてなす。いや、恵子にことよせて語っていたが、これは私自身のことかもわからない。いつのまにか、私自身も、一般の家庭生活者と往《ゆ》き来することが億劫《おっくう》になってきて、謂《い》わば家庭生活の破綻者達とつき合う方がいっそ気安くもあり、楽しくもあるわけだ。

一度恵子が、嬉《うれ》しそうに家の中にかけこんできて、

「今先ね、省線のところでNさんと会ったのよ」

Nさんは私達のかくれ家を時折訪ねてくれる僅《わず》かな先輩作家の一人だから、

「じゃ、呼んでくればよかったのに……」

「それがね、女の方と一緒。今日はちょっと用事がありますからって、何だかとても嬉しそうだったわ。いそいそとしてるのよ。だーれ？　あの方……」

「さあ、M子さんだろうと思うけど」

「Nさんのような方でも、あんなことあるのかしら？」

「M子さんのことだったら、もう誰でも知ってるよ」
「まあー、そんなこと」
　ほんとうにとりとめもない一瑣事《いちさじ》だが、その一瑣事のなかに、私と恵子が、それぞ
れ、ぬりこめようとしている身勝手な願い事の大きさ、うしろめたさは消しがたいの
である。
　情痴に高いものはない。しかし、格別低いと云《い》うこともないだろう。人間の生きて
いるままの出来事だから……。
　私は十年以上の間、今の細君と、先《ま》ずまあ、平穏な生活を続けてきた。しかし、そ
れが必ずしも愛と云えるかどうか。もし、愛と呼べるなら、愛とは男女を持続して管
理する生活術のようなものか。
　その生活術の均衡を失って、もう少し素朴でもう少し直接の人間の情についた時に、
これを情痴と呼ぶのだろうか。
　愛とは何だろう。太宰の云い種《ぐさ》ではないが、私のお腹《なか》の底のあたりにも何やら熱涙
の文字みたいなクシャクシャはっきりしない悲しいものがある。それは湧《わ》いたり、消
えたり、ちょうど命のシャボン玉のようにはかないものだが、それをどえらい一本の
火の柱により合わせて、生涯持ち耐《こた》えろとでも云うのだろうか。
　もし、万般のいつわりを以《もつ》てしなかったら、男女は僅かに一週間の共存にも耐え得

ないのではないか。いつわりと云うのが云い過ぎだとしたら、生活術だ、愛だ、いや、愛の隙間《すきま》を糊塗《こと》する生活の技巧である。

男女はお互によく呼応するように生れついている。しかし、きわめて不安定に呼応するように生れついているだけで、結婚と云う管理の方法も、そのきわめて不安定に呼応する男女の天然の性情に、少しばかりの安定度を持たせたい意味合いからであるだろう。

なるほど婚姻の制度は、人間社会の安穏に、いささかの貢献をした。しかし、結婚が暗黙のうちに私達に要求する徳義や忍耐は、少しばかり大き目に過ぎるのである。

恵子の流儀は、この点に関して、一番現実的だろう。毎朝、目覚める度に、

「一さん、好いとるよ」

と突拍子もない大声をあげる。

「一さんは……。ね、ケイを好いとる？」

私はそんな言葉を云い馴《な》れないから、

「湧いたり、消えたり……」

「もっとハッキリ云うて御覧。好いとるって……。嘘《うそ》でもハッキリ云うとかんと、一日のうちに、ケイのことだってすっかり忘れてしまおうが……」

なるほどそうだ。湧いたり消えたりの愛情を持ちよっている男女は、一日に一度の

誓約を交わし合ったって覚つかない。私は、にわかに、その恵子の、孤立無援の、覚つかない生きざまと愛を、しっかりとそのままかきよせてみたくなるのである。

恵子はしばらく、公演の役に洩《も》れて身をもてあましていたが、ある役を受持っていた女優が、結婚だか妊娠《にんしん》だかで退団し、急にその代役に起用されたことがある。

そこで、恵子は大はりきり、いそがしく劇団にも通って、毎日、夜更《よふけ》でないと帰ってこない。恵子にとっては願ってもないことのわけだが、実はこの日頃、恵子がずっと家に居る習慣がついてしまって、私の原稿も、あらまし恵子が筆記してくれることの方が多い。

私が酒を飲む為《ため》もある。引受けている原稿の量が多過ぎるせいもある。しかし、少年の頃、右手首を捻挫《ねんざ》して、その手首がうまく治癒《ちゆ》しなかったのか、私はペンを持つと細字がたどたどしくもつれて、はかどらないのである。

むかし、家にいた時も、大抵は細君が口述筆記してくれていた。

恵子と事を起してからは、劇団の仕事にさしさわりのない限り、やっぱり、恵子の筆記に頼るのである。恵子の文字は、別段綺麗《きれい》ではないが、非常に早くて勘がいい上に、ふと小説が行きづまった時など、思いがけない愉快な突破のヒントを得ることがあって、思わずホッと道がひらけるようにさえ感じることがある。そんな時、

「これじゃ、一さん。一生、離れられんよね」

彼女のおどけた笑い声に、

「恵さんは、賢い、賢い」

私も、彼女の毛髪を撫《な》でまわしながら、深くうなずくわけだ。いや、劇団の忙しい時だって、私の仕事がたてこんでいる時には、何度も、おつき合いの徹夜をして貰《もら》ったことがある。

しかし、生憎《あいにく》と丁度その時、恵子は突然の代役で、とても筆記など出来る状態ではなかった。私の仕事は追いこまれて、印刷所の校正室に出張して完成しなければ、とうてい間に合わぬと云うきわどいところまできていた。私は今度だけは勘弁して貰いたいと、その雑誌の編輯者に泣きついてみたが、

「何とかやって下さいよ。もう、目次まで組み込んじゃってるんですから……」

そう云われれば、断りかねた。

「私は小さい時に手をくじいて、急ぎの原稿が自分で書き取れないんです。生憎、矢島恵子も劇団だから、もし、石神井の私の家内が、筆記をひきうけてくれると云うことだったら、何とか間に合わせます。しかし、私から筆記してくれと頼むわけにはいきませんよ」

細君はことわるにきまっていると思ったから、

「もし、筆記してくれれば、稿料は全額、細君にやるとそう伝えて下さい」

私はそれだけをつけ加えた。その編輯者は要件を率直にとりついでくれたらしく、

「やって下さるそうです」

私が印刷所に到着すると、間もなく細君も車でやってきた。私はしたたかにビールをあおりながら、口述筆記に移るのである。細君はふだんからただ黙々と筆記するならわしの性分だ。殊更《ことさら》、お互に不愉快な状態だから、わかりにくいところを訊《き》きかえすことだってしない。

それでも何か、お互に甲高い憤怒《ふんぬ》とでも云ったものが、一ところで奇妙なはけ口を見つけたあんばいに、仕事は面白いくらいはかどった。

深夜であったろう。恵子から印刷所に電話があった。

「どう……、仕事？　はかどってるの？」

「うん」

と私は細君をふりかえりながら、おこったように答えている。

「今お芝居が終ったところだから、何なら、手伝ってあげてもいいんだけど……」

「いや、いい」

と電話を切った。そのまま、仕事を継続して、早朝四時頃に脱稿するのである。私は細君を送りがてら、一先ず自分の家に帰り、昼頃まで眠る。

夕暮れるのと一緒に銀座のバーに忍び出していって、恵子の劇団に連絡を取った。

彼女は劇団の仕事が終ると、上機嫌でバーにやってきて、

「お疲れ様。どうでした？ うまくいった？」

「ああ、悪いけど、細君に速記をして貰った」

恵子は一瞬にして青ざめながら、そのままバーの扉を押して、走り出してゆくのである。しばらく追ってみたが、とめられるものではない。私は友人達と深更まで飲み歩いて、浅草の家に引揚げたけれども、恵子は帰ってこなかった。

その翌《あく》る日が、公演のラクである。遅くなれば帰ってくるだろうと心待ちに待ってみたが、恵子は翌日も、とうとう帰ってこなかった。

しかし、その行先は、おそらく恵子が私と浅草の同棲をはじめるまで借りていた青山の間借りの家に相違ない。私達がホテルから浅草の部屋に引移っていった時にも、

「アタシ青山の家はとっとくわ。だって、あんたと喧嘩《けんか》した時にも、自分の行先がなくっちゃ、あんまりみじめだもの……。それに便利なのよ。劇団でちょっと間がある時なんか、あるでしょう。昼寝したり出来るもの……」

そんなことを云って、一部の荷物は持ってきたが、一部の荷物はまだそのままに残しているらしい。月々きちんきちんと家賃も払っており、郷里の家族からの便りなど、時に青山宛《あて》のものを、見かけることもある。

行先はわかっているが、さすがに出迎えはしぶる。五十ま近い男の痴情を、まるで

自分で漫画にでも画いているようなみじめさではないか。

思い立っては打ち消し、思い立っては打ち消し、とうとう、翌々日の正午頃、自動車を走らせて出かけていったのは、正直な話、痴情に盲《めし》いた初老の男の哀れな醜態をさらけ出した姿であったろう。

車を待たせたまま玄関に入りこんでみると、恵子はいた。すぐにのぞき出して、

「あら、いらっしゃい」

とそうは云ったが、瞬間、にくにくしいアカンベの顔貌《がんぼう》をつくってみせるのである。天性のものか、それとも舞台生活でつくりおぼえたのか、恵子は時折鬼相を呈することがある。

女の最後のふてぶてしさで居直ったような、動かない怨恨《えんこん》の表情だ。上唇がその切れのところであやしい反《そ》りを打ったまま、かすかにふるえる。古い能の鬼面をでも見るようだ。いつだったか、

「おまえさん。気をつけないと、時々鬼相を呈するよ」と笑ってからかってみたところ、

「そうよ。みんな、あんたのお蔭《かげ》よ」

と切りかえされた。そう云われれば、事実そうに違いないが、この時も、女の長い妄怨《もうえん》をより合わせたような鬼相を呈して、しばらくじっと私を見据えたままだ。

「帰ろう、浅草に……」

「もう、厭《いや》だわ」

「じゃ、潮来《いたこ》も行かないの？」

公演が終ったら、久しぶりの気晴しに、潮来あたりに出かけてみようと約束したことがある。恵子にしばらくためらいの気配が見えた。

「そんなら、別れ話をしに、行ってみようかな……」

車で待っていると、ようやく彼女もよそよそしい顔で、乗込んでくるのである。

その日のうちに土浦に抜けた。どんよりとした空模様だが、船に乗込んでみると、雲の切れ目から春のうすら陽がさしのぞいて、湖面をさまざまなまだらの色に変えている。まだ水郷の季節には早いのか、土地の人々のほかに、客らしい客はない。しかし、恵子は船室には入らないで、船のベンチに腰をおろしたまま、湖面に向ってジッと頰杖《ほおづえ》をついている。髪を風に吹き乱しながら、いつまでたっても、ベンチの上を動かないから、船員や相客達が、顔を見合わせて、いぶかしがっている。

私も見かねて恵子の側に歩きより、

「風邪をひくよ。船室の中に入りなさい」

彼女は黙って私を見上げたが、顔中を泣きはらして、それを時折、油煙と一緒に指でこすりあげるのか、目の下や頰のあたり、薄墨をこすりつけたようによごれていた。

なんとなく、瀕死《ひんし》の野鴨《のがも》が、蓬々《ほうほう》の風に羽毛を吹きわけられているような姿である。昼だけを半びらきにして、その中で、嗚咽《おえつ》の舌がだるく揺れもつれているようだ。船の人々の好奇な眼差《まなざし》を知りながらも、私もまた恵子の脇《わき》に、ジッと坐《すわ》り込むよりほかにしかたがないのである。

私達の様子がおかしかったせいか、牛堀《うしぼり》の宿の女中達も、よそよそしかった。刻々暗くなってゆく湖面の見渡せる部屋に、料理とビールだけを放り込むようにして去ってゆく。


「やっぱり別れましょうよ」

と恵子は云っていた。

「うん、どうでもいいけれど……」

「いつでも、そこまで思いつめるけど、結局、駄目になるじゃない？」

「うん、駄目になる」

「それじゃ、アタシがやりきれないわ」

「うん、あんたがやりきれない。もしなんならキッパリと逃げ出すんだな」

「逃げだしたら、追っかけてきたじゃありませんか？」

「うん、おっかけていった。醜態だけどね……、仕方がないんだ」

「どうする気？」

「結局、駄目になる気だよ。わざわざ、追っかけて行ったんだもの、やっぱり、駄目になる気さ。わかっているじゃありませんか？」

恵子はとたんに例の鬼相をつくって見せてから、

「お風呂《ふろ》にでも入ってこうっと……」

そのまま浴衣《ゆかた》とドテラを持って去ってゆくのである。後片附けにきた女中に、私はビールを窓際《まどぎわ》の廊下に運ばせて、床が展《の》べられたあとも、黙っていつまでも飲んでいる。

「戸をたてましょうか？」

「いや、一二枚、残しておいて下さい」

暗い水面は何も見えないが、そのひろがりだけはしかと感じられる。そのひろがりに向って飲んでいると、幼年の日から今日迄《まで》のとりとめのない自分の生涯が思いおこされて、空々漠々、一体、何のよりどころを持ちながら生きてきたと云うのだろう。

おのれを放ったこのどえらい天然の旅情にだけは忠実であれと、長年自分に云い聞かせてきたつもりであったが、今はただたどしく、一女性の肉感にすがりついているようなものだ。

どこかで船の発動機の音が湧く。その音が次第にまた遠ざかる。月もない茫々《ぼうぼう》とみじめに暗い湖の面が、その湿気を息長く吹きよせているだけだ。何かヒキ蛙《がえる》の啼《な》き声に似た幽《かす》かな声がいつまでも聞えている。

「いいお風呂よ。入って来ない？」

私はいつのまにか帰ってきていた恵子の声に、にわかに雨戸を立てて、男の不実をなじりながら涙するこの湯上りの女の肌に、がむしゃらにしがみついてゆくのである。

翌朝はよく晴れていた。潮来めぐりはつまらなかったが、鹿島《かしま》神宮の林をつきぬけていったあたり、砂丘を越えた太平洋のうねりと、カッと照りつける天日が、この日頃の私の鬱《うつ》を一時になぎはらうようなまばゆさであった。

私は車をそのまま犬吠埼《いぬぼうざき》まで走らせてみてくれと頼んだが、そんな道はまだないと、運転手は岡の中腹で、笑って車をあとがえらせるのである。

私達はまた浅草の生活に舞い戻って、謂《い》うところの美男美女は、腕を組み合いながら、浅草の小路々々をねり歩くわけだ。

浅草で一番不思議に感じられるのは晴雨に敏感なことだろう。晴れていれば、男女誰も彼も申し合わせたようにツッカケか、サンダルを履いている。雨がパラパラと降りかかると、それが一瞬にして、ゴムの半長靴や、長靴に変るのである。その目覚めるような早変りが面白い。そこで、私もツッカケとゴム長靴に一切依存するわけである。

顔馴染《なじ》みの人々も随分と出来た。お好み焼の「染太郎」は、その昔から、坂口安吾や大井広介らとしきりに通ったことがあるから、そのなつかしさもあってよく出かけた。

殊更恵子は、劇団の仲間等がやってくると、時折出掛けていって、染太郎のおばさんにもすっかり馴染み、やれキムチの漬け方を習ってきたとか、やれ日本舞踊の師匠を紹介して貰ったとか、嬉《うれ》しそうに、小岩の辺り迄、その日本舞踊を習いに行ったりした。

電気館の裏の「峠」にもよく出掛けた。「峠」のおかみさんのベタベタもせず、また突っけんどんでもないのがとてもいいなどと、恵子は云《い》うし、私もまた、そこへ出入りする客の談笑から浅草の人々の息づいている気配を感じとるのである。

その刺戟《しげき》もあって、私にしてはよく周りの映画、演劇なども覗《のぞ》きにいったものだ。

生来、映画館や劇場など、まったく見ることのない私が、フランス座やカジノ、浅香《あさか》光代《みつよ》の女剣劇からデン助など、兎《と》にも角にも、一通り覗いて廻ったんだから、自分でも感心する。恵子ときたひには、それを見て廻るのが、即《すなわ》ち彼女の芸術の勉学だ、と云う心意気だから、

「まったく、あんたとうちの一郎の勉強は、当世向きに出来てるよ」

私はそう云って笑いながら、おそるおそる彼女の後ろについて廻る有様だ。

浅草に住んで、一番困ったのは風呂である。銭湯はすぐ隣にあるのだから、毎日、

午後三時の、浴場が開いたとたん、かけこんで、それで何不自由ない筈《はず》だが、その浴場の名主みたいな三人組の爺《じい》さんがいて、この三人組が、ジロリと私をにらむのである。この三人は、今日迄、いつも、この三人だけの一番風呂をたのしんでいたらしく、私のようなまだ髪の黒い男が、仕事を放り出して、ノウノウと一番風呂に入りに来るのを好まぬらしい。いや、はじめはそんなことをちっとも知らなかったから、何の気なく湯にひたって、ひょっとしたら出まかせの鼻歌ぐらい歌っていたかもわからない。

「うるせえな」

とその一人の老人から云われたことがある。その時も「済みません」と答えて大して気にとめてもいなかった。ところが、その翌日であったか、翌々日であったか、例の三人組は相変らず揃《そろ》っていて、私が水を入れてうめようとすると、

「あんまりうめねえでくれよ。後のもんはぬるくって入れたもんじゃねえじゃねえか」

これもまた、「すみません」ですましたつもりでいたところ、洗い場で洗っている横合から、

「気をつけなよ。そうアブクをまき散らされたんじゃ、下のもんは、きたなくって、坐って居らんねえ」

「そうだ、そうだ」と三人でうなずき合うのである。この時にはじめて、この三人の

老人の、少くとも三人だけの幸福と特権を、私が知らずして傷つけていたことに気がついた。

それ以来、一番風呂をやめにした。しかし、一番風呂の時間をはずせば、私は夕方から酒を飲むから、飲み終って風呂と云うことになるとどうしても終り湯近くなる。終り湯の頃は丁度近所の魚屋、酒屋、八百屋《やおや》の小僧達が一斉に入る時間で、平常、私は自分で買い出しをやる習慣だから、彼らと顔を合わせて、一々挨拶《あいさつ》されるのが面倒くさい。結局、あれほど入浴の好きな私も、浅草では、はかばかしく銭湯に行く気がしなくなった。

床屋は私達の部屋から五六軒先に、きさくな後家の床屋があり、あまり散髪の好きではない私も、二月に一度ずつぐらいは出掛けていく。一度、下のマッサージの親父《おやじ》と一緒にいって、何の話からか話がはずみ、ひとつ飲もうか、と云うことになった。

そこで、マッサージの親父と、床屋の後家さんと、私の三人連れ立って近所の飲み屋に出掛けていったことがある。この時、恵子は風邪気味で寝ついていた。いい気持に酔っぱらって帰って来てみると、恵子の顔が鬼相をおびている。

「ひとが風邪をひいてウンウン唸《うな》っているのにさ、自分はいい気になって、床屋の後家さんなんかとお酒飲みに行くんだから……」

「ああ、見た？」

「見えるじゃないの、並んで下を通ってるんですもの。いい気になってさ。アタシの部屋を振り向こうともしないじゃないの」

冗談だと思っていたのに、彼女の怨《うら》み言は長いのである。酔っていたせいか、私もだんだん腹がたってきた。

「オレは何処《どこ》だって行くよ。誰とでもね。それがオレの生れつきの性分なんだもの、仕方がないじゃないか」

しかし、考えてみれば、彼女の風邪が辛《つら》かったに相違ない。相手が辛そうな時に、私は尚更《なおさら》気づまりで、そこから逸脱してしまう癖が、たしかに、ある。

その前後のことだったろう。思いがけなく、石神井の細君から、直接私に電話である。夜更《よふ》けていたが、恵子はテレビの放送か何かで出掛けていたようだ。

「あの――、一郎が帰って来ないんです。そんなこと何でもないんですけど、お祖母《ばあ》ちゃんが九州においでになって、いらっしゃらないし、少しばかりお金が無くなったりしたことがあったもんですから……」

「じゃ、すぐに行ってみる」

私は夜店で子供達の為《ため》に買っておいたプリズムや、拡大鏡や、万華鏡《まんげきよう》をかき寄せて、あわてて家を出るのである。恵子には、簡単な書きおきだけを残しておいた。

石神井に帰りつくと大きな秋田犬のドンが、待ち構えていたように、いつもの通り、私の後から蔽《おお》いかぶさってくるのである。しかし、私がこの家に居なくなってから、だんだんと左眼が白濁して、その動きもひどく物憂《ものう》くなってきた。帰る度にカンコロ等買ってきて吹きつけてやっているが、ほんの時たまの手当ではどうにもならないのであろう。どうやらもう失明のようだ。

「すみませーん。わざわざ呼びつけたりして……」

と細君が云っている。

「今日だけのことなら何も心配はないと思うんですけれど、やっぱり学校に全然行かないらしいんですよ」

「うん」

「お祖母《ばあ》ちゃまがいらっしゃらないから、南田中の留守の方達が心配なさって……」

私が居ないから、一郎は南田中の私の母の家に移しておいた。その母は九州に出掛けていっていて、妹夫妻が留守を預っているらしい。

「それで無くなった金と云うのはいくら？」

「いえ、お金は千円だけなんですけれど、何だか一郎ちゃんがボストンバッグなんか持って、そわそわしてましたから、またこの間みたいなことになったらと思って、急に心配になったもんですから……」

と細君が云っている。私は、何となく急に古ぼけて来たような家を見廻しながらも、一向に出来事がピンと来ない。

「この間みたいなってどんなこと？」

「いいえ、この間なんですよ、私が夜更けて池の方から帰って来ていたら、二人の男が立っているでしょう。怖くなってよけて通ろうとすると、お母さんと呼びかけるんです。一郎ちゃんなんですよ。ですから安心して、玄関迄送って貰《もら》いましたら、一郎ちゃんが二千円呉《く》れって云うんです。何にするの？　って訊《き》いてみたら、あの男からせびられたんだよと云うでしょう。あげてもいいけど、そんな事癖になるでしょう、やめなさい。と云いましたら、馬鹿《ばか》だな、お母さん。そんなことすると家でも何でも燃されちゃうよ、って一郎ちゃんが云うでしょう。まさか、と思いましたけど、千円だけ上げたんです。そしたら一郎ちゃん、しばらくしてから泥まみれになって帰って来るんです。散々叩《たた》かれたんですって。あんなことがあっちゃ、怖いから……」

私は細君の云う憂慮の意味はよくわかった。しかし、一郎を放ったらかしにしているから、一郎の状態は皆目わからない。私だって十歳の時から放ったらかされたままだ。人はめいめい一人々々。誰が附き添ってその生涯を見届けることが出来るだろう。なまじいに、私が生きて、逸脱しているから、一郎が人並みに育ちにくいに相違ない。

「いいでしょう。どっちみち帰ってくるでしょう。オレじゃないんだから……」

私は戸棚のウイスキーを見つけ出して、一人夜明け近く迄飲んでみるだけである。

しかし、正直な話、しらじら明け迄その一郎を待った。帰って来たら、今度こそ種差あたり、一緒に旅に連れ出してやろうかとそう思ったからだ。私の中学二年生の頃を思い出してみようとするが、曖昧模糊《あいまいもこ》、自分の生涯の気持の推移だって、もう分りにくい。そのまま、書斎にひきとって眠りにつくのである。

夕暮れ近く眼覚めてみたが、まだ一郎は帰っていない。その日の夕方は、生憎《あいにく》と身近な友人の出版記念会があることになっていた。

「今夜はもう一度帰ってきます。風呂だけ湧《わ》かしといて下さい」

私は細君にそう云い残して、呼びつけのハイヤーに乗り込んだ。すると運転手が怪《け》訝《げん》そうに私を振り返って、

「あれー、先生こっちに居たんですか？」

「そう、急用があってちょっと帰って来た」

「じゃ、もう、中津川から帰ってみえたんですか？」

「中津川？」

と私は何のことだかさっぱり分らない。しかし、中津川と云えば、二三年前に一郎と一緒に出掛けていって、落石に遭い肋骨《ろっこつ》三本を折って、命からがら逃げ出して来た所だ。

「中津川がどうかしたの？」

「あれ、先生がいらっしゃったんじゃないんですか？　一昨日、ウイスキーなんかいっぱい積んで、出掛けられたって聞きましたよ。今日大物にブチ当ったなんて、運転手が、へとへとになって帰って来て、自慢してましたけど……」

「何だって？　一昨日、うちから自動車を呼んだ？」

「あれ、先生ンとこじゃないんですか？　たしか桂さんだって云ってたけど」

「ああ、一郎か」

と私は笑い出した。いそいで自動車を止めてもらって、道路端の赤電話を握る。細君を呼び出した。

「一郎はね、中津川に行っています。中津川の幸島さん宛《あて》にスグカエレと電報打って下さい。それから、うちの酒屋で一郎が何と何をとったか、よくしらべておいて下さい。じゃ、今夜は遅くなってもそっちに帰る」

私は電話でそれだけを云って、出版記念会に出掛けて行った。帰って来るなり、ハイヤーの会社に電話をかけて詳細を訊いてみる。自動車代は一万八千円だ。乗って行ったのは、一郎ともう一人年上の青年らしい。その年上の青年は中津川には泊らずに、折り返しハイヤーで帰っている。サントリーの黒瓶《くろびん》一本と、ジュース、罐詰《かんづめ》を七八個らしい。私にしてみたら、遭難の場所のあんな陰気な所に、一郎がよく出掛けていったものだと不思議であった。自分の遭難した中津川の風景の聯想《れんそう》から、ふっと自殺ではないかとそんな気もしたが、体力雄健の者が自殺することは極めて稀《まれ》だと云う、誰だったかの言葉を思い出して、つとめて平静を装うのである。

朝になると、子供達がまるで豆をはじき出すようにやって来て、

「あら、チチさん来てたの？」

「お土産はなあに？」

「チチさん、お嫁さんが三人いるんだってね」

とりどりの声をあげながら、蒲団《ふとん》を踏んでみたり、叱《しか》れば廊下に出て、障子の穴から手を振ってみたり、その障子を押し倒してみたり、いくら沈着な私だって、昼過ぎまで寝てなんぞいられない。

私は、ふっと夜店で買い求めたプリズム、拡大鏡、今時珍しい万華鏡の土産の類を思い出して、

「そうそう、お土産があったよ、お土産が……」

蒲団から跳ね起きて鞄《かばん》の中を探るのである。

「なーに？」

「どんなもの？」

と子供達はその鞄の中に手を突っこみ、頭を差し入れそうな騒ぎだから、

「もっと静かにしなさい。お利口さんだけにしか見せないんだから」

私はそれらのレンズ類を手に持って、子供達をゾロゾロとうしろに従えながら庭に降りる。一眼を失ったドンまでが神妙に、また物珍しそうに、私のしりえにつくのである。

初夏の光輝は庭一杯にあった。藤棚の藤が、まるでしたたり落ちるようなあでやかさで優婉《ゆうえん》の花の色を見せていた。

先《ま》ずプリズムを日光の中にきらめかせる。忽《たちま》ちにして五彩の虹《にじ》が輝き出すのである。そのプリズムを弥太の手に渡し、今度は拡大鏡である。久しぶりに天日をレンズの中に集めてみると、そこいらに散らばっている枯葉が、面白いようによく焼ける。その都度、ゆらゆらと紫の煙が立ち昇るから、

「ワー、チチ、貸してえ、貸してえ」

子供達の喧騒《けんそう》はとどまるところがないようだ。その拡大鏡を今度はフミ子の手に渡してやり、最後に万華鏡を手に取った。随分見なれないなつかしい玩具《おもちゃ》だから、自分でもはずんでくる気持を押えながら、小さいガラスの穴にそっと目をあてて、太陽に向い、その万華鏡をのぞきあげてみた。すると、色とりどり、さかんな色彩が交錯して、なるほど、面白いには違いないが、何となくビニールか、セルロイドの、浮薄なからくりが見え過ぎるような感じで、その昔の、あの千変万化の夢幻の趣がうすい。

しかし、ちょっと角度を変えて、藤の花房の方に垂らしてみると、キラキラ、ユラ

ユラ、見事な、透明な昔のままに美しい万華図絵が現れた。

「わあ、綺麗《きれい》々。わあ、凄《すご》い凄い」

私が大声をあげるから、

「チチ、貸してえ。ねえ、貸してえ」

子供達の一斉な声と手があがる。丁度その時、

「一郎ちゃんが帰って参りました」

ガラス戸をひきあけながら、昂奮《こうふん》したような細君の声が湧いた。

「そりゃ、よかった。どこへ?」

と云いさしたが、当の一郎が、柴折戸《しおりど》を押しあけて、入りこんで来るのに気がついた。

「なーんだ、チチも来てたの?」

バツが悪そうにそう云う一郎を、私は万華鏡を目にあてながら、ジッとすかしみる真似《まね》をするのである。

そろそろ夏の時期になってくると、私はどうしても、泳がなければ気がすまない性分である。ほかにスポーツらしいスポーツをまったくやらない私が、兎《と》にも角にも、人なみはずれた健康を維持しているのも、ひょっとすると、幼年の時以来、毎夏欠か

さず、泳ぐせいかもわからない。

恵子と同棲《どうせい》をはじめてからこのかた、この長年の私の習慣が実行できにくいのは、私にとって大きな苦痛の一つだと云える。もっとも、彼女の都合さえつけば、テントをかついで、高麗川《こまがわ》にでかけていってみたり、湯河原に泳ぎに行ってみたり、した。いや、暇さえあれば、Dホテルとか、Qホテルとかのプールに、恵子と二人出かけていって、先ずまあ、ママゴトみたいな泳ぎはやったものである。むろん、彼女も泳ぐことは大好きだ。

しかし、残念なことに、彼女は劇団の稽古《けいこ》や、集会や、公演があるから、一夏はおろか、一週間だって、東京を留守にすることはむずかしい。もっとも、学校の先生とか、生徒とか、夏休みと云う特別な恩恵のある人は別として、一般の社会人で、一夏泳ぎに行けるなどと云う身分の有閑人がどこにあろう。

ところが、私は、原稿さえ放り出せば、どこへだって行けるのだ。春秋冬は、いそがしく三日に一日徹夜しながら書いたって、夏だけぐらい存分に泳がせてもらいたいものである。殊更《ことさら》、原稿執筆は坐《すわ》りっきりの気鬱《きうつ》な仕事だから、一夏泳ぎに出向いて、一年分の体力を蓄積しないと、やりきれたものではない。三百六十五日、酒だけが、日々のリクリエーションだと云うような奇ッ怪な現状では、明日にでもバッタリと倒れてしまわない方がよっぽど不思議だろう。

何だかもっともらしい理窟《りくつ》をいろいろと数えあげてみたようだが、……そうではない。生来、私は泳ぐことが格別に好きなだけである。まぶしい夏の陽差を感じてくると、何をうっちゃらかしても、泳ぎたくなるだけだ。私の年齢で、何の見境もなく、水中に泳ぎ入ることは、かえって危険であることの方が強いかもわからない。それでも泳ぎたいのである。時には酔っぱらって泳いでいるようなことさえある。

もう二十年近くも昔になるが、洞庭湖にくっついた澋湖《ようこ》と云う馬鹿に可愛《かわい》く綺麗な入江の湖があって、その周囲のなだらかな起伏を眺めやりながら、一途《いちず》に泳いでみたくなり、真っ裸になったから、同行の兵士達が、

「上流がコレラだよ、コレラ……」

みんな薄気味悪がってひきとめてくれたのに、とうとう泳いでしまったことがある。湘江《しょうこう》の上流でコレラが発生していることを知りながらも、自分の目前の魅惑にうち克《か》てない性分からだ。つづいてまた汨羅《べきら》の水で泳いだのは、その水が余りに美しかったのと、その故事をちょっとばかりうろ覚えしているだけの、オッチョコチョイな愉快さからである。この時は、土屋大尉《たいい》と云う飛行士が墜落して、その死体を確認に行った帰路のことであり、敵状も悪く、ほんの一瞬小休止した間のことだから、兵士も将校も気を揉《も》んでいることがよくわかったのに、わかっちゃいるけどやめられない……、私のばかばかしい妄動の性癖からである。

そういう私が恵子との生活をはじめて以来、時たま出かけてゆくところと云ったら、ホテルのプールなのである。

私は泳ぐことがきわめて好きだが、泳ぎに行く場所もまた関係がないわけではない。恵子の友人が一人江の島の片隅に住んでいて、そこへ泳ぎに行こうと恵子から一度誘われたこともあったが、私は駄目なのである。人が芋のように揉み合っているところは真ッ平だ。

私は少年の時以来、久留米の山の塘池《つつみいけ》で泳ぎ、柳川の葦《あし》の入江で泳ぎ、天草の灘《なだ》で泳いだが、天日と私と二つだけくっきりと向い合って泳いでいるようなところでないと、泳いだような気がしない。だから夏の候が近づいてくると、私は毎年のように、誰彼をつかまえて、

「どっか、いい泳ぎ場はない？　家を借りてもいいんだけど……」

訊いてみるならわしなのである。そう云う泳ぎ場では、名栗川《なぐりがわ》が好きだ。名栗川や高麗川が好きだ。実はその高麗川に恵子や友人達とキャンプを持って泳ぎに出かけ、現地在住の作家C氏に川ほとりの適当な土地を探していただくように頼んでおいたことがある。C氏は候補地の二三ヵ所を見つけて、わざわざ浅草迄《まで》電話をかけてくれたから、自分で下検分に行ってみると、高麗川の中になだれ込んだ小さな一反歩《ぶ》ばかりの島山が素晴しい。川は彎曲《わんきょく》して、その山の三方をめぐっているのである。山上に、

頑丈で質素な山小屋をでも作ったら愉快だろう。どっちへ向って降りて行っても川である。

値段も、山一反歩三十五万円と云っている。私は即刻、手附五万円を友人に預けて、運んでもらったが、その取引の段になったら、急に七十万円に値上を要求されたらしい。三十五万円なら、新聞の原稿料の前借りをでもして、何とか買取れないこともないが、七十万円となったら、もう私の手に負えない。しかし、先方はこちらの足許《あしもと》を見ているわけで、交渉次第では、四五十万のところで落着くだろうと友人のMは云っているけれども、私は一途に向ッ腹が立った。そのまま交渉を打切るのである。

お蔭《かげ》で、折角、川畔の山小屋について、さまざまな空想を繰り拡《ひろ》げていたのに、その楽しい空想が一ぺんに雲散霧消して、私はさしかかった夏の処置に弱り切った。

丁度そんな時期に、Y新聞のT君がやってきて、

「……どうせ、桂さん、行きっきりなんてこと出来ないもの、そんな土地買う手ないよ。海の一軒屋で、一夏一二万円のところ、いくらもあるんですよ。いい家ですよ」

「いや、いい家は御免だよ」

「ううん。いい家ったって、桂さん向きの家ですよ。Sさんが富浦《とみうら》に借りてるのなんか見て御覧なさい。あの人もう引揚げるって云ってるから、その後を、借りちまったらいいじゃないですか」

そう聞いてみると、しきりにその家と海を一見してみたく、T君と日取りの約束をして、一緒に、富浦へ出掛けていってみるのである。

海は遠浅で、ひどく凡庸の海に思われた。それにかなりの人出だ。しかし訪ねるS君は海に入っていると奥さんから云われ、桟橋の右の汀を心探しに歩いてみると、真黒に陽やけした当のS君が、ニコニコ笑いながら、潮の中から這《は》い上ってくるのである。その左右に、これもまた黒ん坊なみに太陽によく灼《や》けた顔を見せて、S君の坊やが二人、潮水を垂らしながら歩きよってくる。

S君は私とほとんど同年輩の作家だから、「ああ、こんな生活もあった」と私は一途に羨《うらや》ましく、S君親子の後ろから、その逞《たくま》しく海の陽にやけた黒光りする親子の背中の色を眺めやりながら、彼の家に案内されて行くのである。

一家をあげて大変なもてなしをしていただいた。ビールは少しばっかり冷え足りなかったけれども、さまざまな小魚の刺身が、つくられる寸前まで生きていたせいか、口に媚《こ》びる程、甘《うま》い。それに家の模様が単純で、大まかで、至極私の気に入った。海は西面しているらしく、折からさかんな落日を、波の上に見るのである。

S君の借りているその海の家は、汀からだらだらと砂丘を登りかけたとっぱなに立っていた。八畳六畳の二間に台所。台所の脇《わき》から頭のつかえるような低い庇《ひさし》がさし出されて、いわば半分露天の風呂《ふろ》が据えられていた。

私は海水パンツも何もなかったが、人げのなくなった夕べの海にブカリと浮んで、空の残照をうつした、その生ぬるい、とろけるような色調の波に泳ぐと、申し分のない私の自由に包みこまれたあんばいで、一ぺんにこの海辺が気に入った。そのまま、裸で半露天の風呂にひきかえし、ザアザアと湯を浴びるのである。

風呂は鉄砲風呂だ。煙突は二三尺の短い筒をかぶせたようなものである。窯《かま》の中に、大丸太が赤い焔《ほのお》をあげていて、風の向きにより、息がつまるほど濛々《もうもう》とけむるのさえ、私には糸島の小田の浜辺に舞い戻ったようななつかしさであった。その小さい浴槽にひたり込むと、底にたまった浜の砂がサラサラと足に触れる。この日頃、浅草の銭湯で、気づまりな入浴を繰り返していた私にとって、直接、膚《はだ》に触れてくるようなはっきりとした生活が感じられた。

ここに子供達も連れてきて、久しぶりに、子供と一緒に海辺の素朴な生活をやってみたい。細君が出不精だから、私の家の小さい子供達は、海など知らず仕舞いなのである。恵子には気の毒だが、この八月は公演続きでもあり、早速この家を借りて、子供達を引取ってみたいとそう思った。

S君は夏の初め頃からここに来ているらしく、八月の月半ばには、もう東京に引揚げると云っている。そのあと、一月か二月、借りられないものか、S君から家主に頼んでもらってみたところ、一ヵ月ならいいと云う返辞である。家主はふだんここで暮らしているらしく、夏分だけ、自分の方が親類のところに間借して、海水浴の客に、ここをあけ渡すものらしい。

「でも、土用を越すと波も高くなってくるし、クラゲが出て、みんな浜のお客さん達は引揚げるんですよ。それでも、いいんかしら？」

と当の家主のおかみさんが挨拶《あいさつ》にやってきて、心配そうに云っている。

「いやー、人が少くなる方がいいですよ」

と私はかえって、大乗気なのである。

私は海辺の旅館に一泊して、その翌《あく》る朝、浅草に帰っていった。

あらましの計画を恵子に喋《しゃべ》ってみたが、案外に恵子はあっさりとうなずいて、

「そりゃ、いいわ。弥太ちゃん達、随分喜ぶでしょう。どうせアタシ、公演だから……」

と各地の公演のスケジュールを細かに書いて私に手渡しながら、

「間で五日、東京に帰ってくるから、アタシ、その時、ちょっと行ってみるわ」

そんなことを云っていた。私は忙しくキャンプ道具をよせ集め、蒲団をくるみ、自分で両国駅に運んでいって発送する。恵子もそのまま、旅公演に出発してゆくのである。

私は石神井の細君に電話して、海には六歳の弥太と四歳のフミ子だけを連れてゆく

ことに決めた。炊事は私の専門に属するから何の心配もないが、原稿を書いていたり、買出しに行ったりしている間、子供を見てくれる助手がない。

長男の一郎が一番適任だが、生憎《あいにく》と此夏《このなつ》は学校の友人達とどこかよそへ出かけていってしまっている。そこで友人の苅田に電話して、その長男に来てもらえないだろうかと相談してみたところ、喜んで行くと云うことである。いや、本人の苅田までが、二三日休暇を取って押しかけようと云う騒ぎになった。

私は、実に久しぶりに、小さなリュックサックを背負った子供達と連れ立って、苅田の息子と四人、御茶ノ水発の臨時急行に乗り込むわけである。

富浦ではS君夫妻が、帰京の準備をすっかり整えて、私達を待ってくれていた。米屋から、煙草《たばこ》屋、酒屋、肉屋、魚屋といちいち、紹介して貰《もら》ったり、教えて貰ったり、時々電話を借りることまでもう懇切に頼んでくれていると云った有様であった。

「まあー、御自分で炊事なさるんですの？　それじゃ大変……」

とS君の奥さんは心配そうに云ってくれているが、自分で海辺の魚介類をさまざまに調理してみるのも、今度の生活のたのしみの一つなのである。

子供と一緒にS君一家を駅まで見送りに行って、その帰り途《みち》、魚屋の店先に、真新しい舌平目《したびらめ》二枚を見つけ出した。早速買い、今夜遅くやってくると云う苅田とムニエルをつくって、大いに酒を飲むつもりである。

寝具は、敷蒲団《ぶとん》一枚だが、登山用の空気ベッドを二つ持ってきており、夜は眠り、昼は浮袋代りに使うつもりだから、試みにその空気ベッドをふくらませて、子供達に見せ、

「いくらおシッコをしかぶってもいいよ。ほらこれだから」

ポンポンと叩《たた》いてみせると、夜尿症の気味のある弥太が、大安堵《おおあんど》、大喜びの表情で、そのベッドの上に飛んだり、はねたり、やがて疲れたのか、いつのまにか眠ってしまう。

遅くやってきた苅田と二人、波の音に揺ぶられながら、夜更《よふ》けるまでその舌平目のバタ焼きで、飲むのである。

全くあの二十日間は楽しかった。海水に浸ったことのない子供二人が、ひよわな白い体でこわごわと汀に立ち、五分も水にひたると唇の色を失ってガタガタとふるえていたのに、いつのまにか、その潮に馴《な》れ、土用波の怒濤《どとう》をかぶって、ころげたり、ばたついたり、たちまちのうちに、その顔も体も、真黒に陽灼けして、浮袋に頼りながら、いくらとめても、沖へ沖へと泳ぎ出す。

朝メシを炊《た》いているひまにも、もう海に走り出しているから、苅田の息子にでも来て貰っていなかったら、とうてい収拾の出来ない危っかしさであった。

それよりも、海を得て、私自身が蘇生《そせい》したようなものである。子供を後ろに従えな

がら、汀の砂の上を、北端の岬まで走ってゆく。浮袋の二人をひっぱって、その岬から、沖の島岩まで泳ぎ渡る。

疲れ切って家に帰り、砂のまま、例の鉄砲風呂におどり込むのである。さて、部屋に帰って、子供達に昼寝を命じるが、なかなか寝つかず、

「ね、チチさん忍術出来る？」

折柄、私がY紙に猿飛佐助の連載をやっていたから、子供達もそれを知っていて、訊《き》くのだろう。

「うん、出来る」

「やって御覧……」

「じゃ、いい。やってみるよ。ほら、父がトンビになって、あの松の木のテッペンに飛び移るよ。こっちの父はヌケガラだけになるよ。エイッと……」

そう云ったとたん、全くの偶然だが、トンビの啼《な》く声が、けたたましく、ヒョロ、ヒョロと湧《わ》いたから、子供が窓際《まどぎわ》にかけ出して、吃驚《びっくり》仰天するのである。いや、家を揺ぶり動かすような波の音と、まわりの天日のまぶしさから、子供達も、何となく咄《とっ》嗟《さ》な白昼の幻覚をでも見るのだろう。

「ほんとだ。もう一遍やってみてごらん」

半信半疑、私の顔を見る。私は眼をつむり無念無想の面持で、

「じゃ、やるよ。こっちの父はヌケガラになるよ。エイッ……」

その言葉の自己暗示からか、突然、恵子の全裸の姿がなまめかしく目の中に浮び出してきて、子供を前にしながら、一瞬の情念が押えがたいのである。体力の恢復《かいふく》もあるだろう。久しい禁欲もあるだろう。

私は、恵子の書き置いていった公演の日程表と宿の電話を見つけ出して、其《そ》の夜遅くとりつけの酒屋から長距離電話を掛けてみた。しかし、恵子は、芝居のハネたあと、遊びにでも出掛けたらしく、生憎、宿には居なかった。私は自分の鬱憤《うっぷん》がまぎれないままに、駅近い飲み屋に出かけていって、店の女と破廉恥《はれんち》な談笑に耽《ふけ》ったりした。

恵子は九月の二日に東京に帰ることになっていた。東京に帰りつけば、すぐ、富浦にやってくる筈《はず》である。

旁々《かたがた》、海はクラゲが多くなってきて、もう泳ぎの客は全くない。屑紐《くずひも》のようなものが肌にからみつくと、一瞬電気にふれたようなショックがあり、そのあとが赤くはれ上る。弥太も刺され、フミ子も刺され、荊田の長男も、私も、例外なしにみんな刺された。

そろそろ子供達を引揚げさせるつもりで、東京の荊田に電話をしてみた。

「子供達を君のところの坊やと一緒に、九月一日に引揚げさせようと思うから、何ならオレのところの細君に出迎えに来たらどうだとそう云ってくれ」

そんな意味の伝言を苅田から家に伝えて貰うのである。もっとも、私の細君が自分でやってくることなど、夢々あったためしが無いから、御茶ノ水まで私が送り、あとはタクシーに頼んで、送りとどけてもらう心積りでいた。そのまま恵子を出迎える考えなのである。

その八月三十一日の夜、細君から電報が舞いこんだ。

「アス一ジノキシヤニテムカエニユクヨロシクタノム」

となっている。正直な話、一瞬、私はうろたえた。しかし、今更来るなと細君に向って電報を打つわけにもゆかないだろう。

その翌日、私は子供を連れて、駅まで出迎えに行ってみると、細君は三歳の末の娘の手をひきながら、プラットホームから歩き降りてくる。子供達は、その母を見て、大はしゃぎだ。

「お世話様でした。汽車の窓から見ましたけど、いいところ……。まあ、みんな真黒になって……」

「こっちよ、こっちよ」と子供達が先になって走り出す。そのまま夕暮れの街を歩き抜け、赤く染まった海を見て、

「ほんとうにいいところ……」

細君はもう一度、同じ言葉を繰り返した。

小さい、暗い、二間だけの家だが、珍しく両親が揃《そろ》っているから、子供達は有頂天になってはしゃぎ切っている。しかし、その父と、その母は、思い思いのみじめな感慨にのめり込みながら、時折思い出したように、立ち上っては、暮れ終る間際の海の色に眺め入るのである。

それでも、ようやく夫妻は庭に出て夕食の支度にとりかかる。細君が馴れないから、私がガソリン焜炉《こんろ》をおこし、七輪を持ち出しているところへ、家主のおかみさんが顔を見せた。私の細君がやってきたことをはじめて知って大あわて、私がうまい具合に取りなさないので、尚更《なおさら》、のぼせ気味になり、

「先生が、まあ、お子様達の面倒をよく見られるんには、みんなたまげてるんですよ。早く奥様、いらっしゃればよかったのにさ……」

「はい。御迷惑ばかりおかけして……。家に病気の子供が一人いるものですから、なかなか家をあけられませんでして……」

質朴なおかみさんは、風呂に火をたきつけるやら、漬物を運んできてくれるやら、また思い出して、見事な乾《ほし》ウルメを持ってきてくれるやら、家のまわりを行ったり来たり、まるで動顚《どうてん》でもしてしまったような落着きなさであった。そのおかみさんの厚情を目にしているだけでも、入れ替りに恵子がやってくるなど、どう考えたって、止めねばいけない。さすがの私も、いたたまらぬような気持である。

一泊すると、細君は何となく落ちついた。朝早くから子供達が浮袋を持って海に入ったのを見にいって、

「アタシも泳いでみようか知ら」

「そりゃ、泳ぐさ。海水着は持って来た？」

「いいえ」

と云《い》っている。下の子供も水着なしで来ているから、私は家内と子供達をひきつれて、街に行き、二人の水着を買い求める。

もう泳ぐもののない季節はずれの海である。その海に一家五人と苅田の子供が大騒ぎでひたっているから、ウルメを乾したり、網をつくろったりしている人々は、みんな好奇な目で眺めやっている。殊更《ことさら》、私一人で子供をまかなっていることをよく知っている近所の人々は、物珍しく、私の細君を眺めまわすわけだ。

一日に引揚げる予定が、泳ぎ疲れて二日になった。

二日の夜は恵子が東京に帰りつく日だから、私だけは気が気ではない。しかし、としても子供三人、細君一人では連れて帰れないから、勿論《もちろん》私は家まで子供達を送るつもりである。その途中、苅田の坊やを返しがてら、苅田の家に立ちよって、苅田から恵子に電話してもらうつもりであった。

館山《たてやま》まで自動車を飛ばせたが、きわどいところで一列車乗り遅れ、引揚げは終列車

になった。おまけに、酒屋で子供が魔法瓶《びん》を置き忘れ、その酒屋の主人が、オートバイでわざわざ、館山の駅まで運んできてくれたり、何かチグハグで落着かない気持があとあとと尾を曳《ひ》いた。子供達は汽車に乗り込むと同時に正体なく眠り込んでしまっている。それでもようやく、御茶ノ水に着き、そのまま夫婦は手分けして子供達をタクシーの中へ抱え込むのである。

苅田の家の前で車をとめた。その子供は元気よく家に入り込み、苅田が顔を出したから、私は手早く恵子への伝言を頼みこんだ。

「オレが子供を送って東京に来てしまったから、恵子に富浦行を止めるように云ってくれ。朝出勤の時だよ。明朝でないと間に合わないよ。じゃ、頼む」

苅田はかなり酔っているように思われた。しかし石神井の私の家の書斎は、電話が母屋《おもや》の食堂から切換えしなければならないのである。もっとも、自分で食堂まで行って、細君の前で電話をかけられないことはない。男らしくないが、ただ、私はその場の易《やす》きについただけである。

翌日、正午頃、私はY紙のT君のところへ出かけていった。海の世話になった礼をのべにである。ついでに、そこから、恵子のところへ電話をかけてみた。いない。

あわてて苅田の勤め先に電話をかけてみたところ、

「失敗《しま》った」

と云っている。

「何か頼まれたような気がしたが、昨日はすっかり酔っぱらっていたから、何だったか、どうしても思い出さんのだよ」

私は観念した。T君の電話をかりて富浦の酒屋を長距離で呼んでみた。永いことかかったが電話は通じた。そこで、私の留守に来ている客を、電話口に呼び出して貰うように頼みこんだまま、随分待った。やがて特徴のある恵子の声が聞えてきて、

「ひどいわね……」

まったくひどい。私は返す言葉がないのである。彼女は酒屋の店先で、泣いて激昂《げっこう》しているようだ。その声が、とぎれとぎれに断続の声をあげつづける。

私はすぐに富浦へ引きかえしたが、一時の急行には間に合わなかった。富浦の駅頭についた時には、もう九時を廻っていただろう。

家の中には蚊帳《かや》が吊《つ》ってある。その蚊帳の中には、思いがけなく家主の娘とその友人が、恵子一人では心細いだろうからと云うので泊り込んでくれていた。私は尚更気まずく、恵子だけがとりとめもなく、その娘さん達と喋《しゃべ》り合うだけだ。

娘さん達は何となく私達の険悪な空気に怯《おび》えて、やっぱり帰るわとしきりに云いはじめたが、かえって恵子がひきとめて手放さなかった。私は蚊帳の中にもぐり込み、恵子の横にころがったが、もちろん、眠りつけるものではない。家全体を埋めつくす

ようなはげしい波の音を聞きながら、バラバラチリヂリの我身のつたない漂蕩《ひょうとう》の人生に、翻弄《ほんろう》しつくされる心地である。

それでも、いつのまにか、眠り込んでしまっていたのか、

「別れましょうよ、やっぱり……」

恵子の声に眼を覚ました。恵子は青ざめた顔で、午前の陽射《ひざし》の中にしきりに髪を櫛《くし》けずっているように見えた。

「ああ」

と私も答えるだけだ。彼女は、そのまま黙って汀の方に歩き降りてゆくようだから、私はすぐその後を追った。空は晴れあがっていたが、めくれ立つようなあわただしい波の進退である。潮風が間断なしに恵子の毛髪をあおりあげている。一度もふりかえろうとしない。しかし、何となく私の歩きよっている気配は感じるのか、

「いやよ、もう……」

その風に向って、高い嗚咽《おえつ》の声をあげつづけるだけだ。そのまま岬の上に抜けていった。彼女は岬のブツブツの岩の上に腰をおろし、まわりにひしめきつどっている怒濤の声の中に、さながら埋もれるように、坐《すわ》りつくしているが、私もまた、きわどい岩石のきりはしに立って、その彼女の吹きさらされる姿を顧みながら、思うさま、降りかかってくるあたりの波しぶきを、浴びるのである。

火宅

私がある週刊誌に小説を連載していたところ、作中の主人公がしばしばスクーターを乗りまわす話があって、そのスクーターのことを、私は何の思い違いか、不用意に或《あ》る会社の特定の製品の名で書いてしまった。

そのまま二三回、回を重ねているうちに、当のスクーターの製造会社から、宣伝課長がやってきて、

「この度は、どうも我が社の製品を作中に取扱っていただいて、誠に有難うございました。今後共、よろしくお願いすると同時に、お礼のしるしとして、最新型のスクーターを一台差上げたいと思いますが、お受け取り願えますでしょうか……」

と云《い》ってきた。思いがけないことだけれども、私は、むろん、大喜びで、先方の好意を受けた。

しかし、どうもスクーターをまっすぐ立たせて運転するのは自信がない上に、とてものことに、横へ恵子をでも乗せて、愉快に飛ばしてみたくなって、サイド・カー附のスクーターを所望してみたところ、先方はよろしいという返事である。

まったくの話、私は棚からボタ餅《もち》の気持で、心待ちに待っていたところ、そのサイド・カー附スクーターが、塗装の色も真新しく、浅草の家にとどけられた。

私は有頂天になって大喜び、そのスクーターにまたがってみたり、サイド・カーの中にもぐりこんでみたり、はては、友人を呼び集めて、さかんな祝賀の酒盛になる有様だ。

友人達は、半分はやっかみ根性からだろう。

「桂にスクーターなんぞ乗りまわされたら、みんなたまったもんじゃないよ。酔っぱらって運転でもされたひにには、おまえの命だって、いくらあったって足りゃせんだろう。悪いことは云わないからさ、新品のうちに誰かに譲って、景気よく薦被《こもかぶ》りでも三四本ならべたらどうだ。いくらサイド・カーなんかくっつけたって、ね、恵さん、間違っても、ウカウカとそんなものに乗っかっちゃ駄目だよ」

「ええ大丈夫。桂さんの運転なら、アタシも絶対に乗りはしませんから」

などと恵子も笑いながらその場の雰囲気《ふんいき》に同調の気配である。

しかし、翌朝、スクーターの覆《おお》いを取って、私が朝露に光る車体にまたがってみると、

「わあ、乗っけて——」

恵子もあわてて、サイド・カーの中に入りこんできて、愉快そうに周囲を眺めまわ

しながら、

「やっぱり、いいものね。一さんはしょっちゅう酔っぱらって、危いから、ケイが運転を覚えるわ。その時は、ちゃーんと乗っけてあげるからね、安心しといてね」

しかし、どちらも免許証は持たず、ちょっと真似《まね》ごとだけの運転をやってみようにも、何しろ交通頻繁の浅草地区だ、二進《にっち》も三進《さっち》もやれるわけはなく、ただいたずらに、警笛を鳴らしてみるぐらいが関の山である。

それでも、私は軽自動車の免許証だけは取ってみるつもりで、二三度は、白鬚橋《しらひげばし》のたもとの自動車教習所にも通ったろう。残念なことに、日頃怠け放題の原稿が山積しているから、毎日通いつめるだけの時間の余裕がない。

おまけに、自動車教習所には、スクーターの手持など無くて、いつまで経《た》っても、当面のスクーターの方の、実習はむずかしいわけだ。乗れさえすれば、しばらくの間は、無免許でだって乗りまわすぐらいの意気込みでいたが、間借りの家の周囲に、肝《かん》腎《じん》のスクーターの前進、停止、旋回をさえ覚えるだけの適当な場所がない。

恵子にしてみても、一度だけは私にくっついて白鬚橋の教習所にやってきた。しかし、練習が自動車の運転だけであることをたしかめると、後込《しりご》みの気配で、

「アタシ、あんまり、運動神経が発達してないのよ」

アッサリとあきらめたらしく、それっきり、もう教習所に通おうなどとしない。い

や、実際の話が公演間際《まぎわ》の舞台の稽古《けいこ》で、とてもそんな段ではなかったろう。ただ、階下のマッサージの親父《おやじ》さんが、どこでオートバイの操縦などを覚えこんでいたのか、調子よく私のスクーターを驀進《ばくしん》させてみせて、

「なーに、先生。こんなもの、わけありませんや。一二時間もブーブーやらかせば、すっかり覚えこんじまいますよ」

私をサイド・カーに乗っけ、グルグルと浅草の界隈《かいわい》を一二周するのである。

「だけど、その、一二時間、ブーブーやらかすところが無いじゃありませんか」

と私が笑い出すと、

「矢島さんには悪いけどさ、先生の御本宅のまわりで、しばらくやらかすんですよ。覚えちまえば、どこへでも乗って廻れるんだから……」

マッサージの親父は事もなげに云っている。一度、何の都合であったたか、友人の苅田と一緒に、この親父を石神井の家に連れて行ったことがあって、爾来《じらい》、この親父は恵子の前でも、御本宅とか、本宅の奥さんとか、平気で云ってのけるのである。

この時は、恵子はいなかったが、私は故意に黙りこんだ。黙りこんだものの、瞬間、私のサイド・カーの中に、押し合い、揉《も》み合いしながら、乗り込んでくる子供達……、弥太や、フミ子や、サト子の、大ハシャギの姿が、眼に浮んだ。

浅草では私のサイド・カーをパークしておく場所さえ無い。間借りの家の玄関の脇《わき》

に、一夜、二夜ぐらいならまだいいが、連日ほったらかしと云うわけにはゆかないだろう。そこで、取りつけの酒屋の倉庫に、しばらくの間は預けることにしたものの、先方の酒やビールの出し入れがある、こちらのスクーターの出し入れがある、サイド・カーをくっつけているから、相当の幅を取り、相手の方も一方ならぬ迷惑の様子に思われた。

折から、また恵子の旅公演がはじまった。この時ばかりは、まったく物の帰するが如《ごと》く、私とマッサージの親父さんの目と目が合って、

「スクーターを石神井迄《まで》、運転してくれませんか?」

「そうですよ、先生。あっちなら、一日で覚えこんじまいますよ」

マッサージの親父さんの運転で、私は吹きつける凩《こがらし》を、まともに浴びながら、十三間道路を疾駆するのである。

案の定、子供達の喜びようと云ったらない。忽《たちま》ちサイド・カーのまわりに取りついて、腰掛にからまりつく、警笛を鳴らす、サイド・カーの中に逆落しになる、日頃物に動ぜぬ細君までが、

「まあ、素敵……」

サイド・カーの周囲を撫《な》でまわしている有様だ。

「何も、こんなものを珍しがらなくったって、あなたは自動車になさい、自動車に

……」

　と亭主失格のその夫は、つまらぬ見栄《みえ》を張りながら、その妻に負け惜みを云い残し、すぐに食堂に入りこんで、ウイスキーになる。

　あんまりマッサージの親父さんが入って来ないから、どうしたのか見まわりに出てみると、裏の空地の中で、細君が二人の子供をサイド・カーにのっけ、調子よく、スクーターを運転しているのである。その後ろから、マッサージの親父さんは、汗だくで、追っかけながら、コーチをやっている有様だ。

　私は細君のスクーターを呼びとめて、ちょっと乗換ってみたが、酔っているせいか、俄《にわ》かに暴走するかと思うと、ブレーキが効きすぎて、乗っている子供達まで、

「チチ、やめて——、やめて——。お母さんと代ってよ」

　私はいさぎよく、スクーターを乗り棄《す》てて、細君を呼びよせると、

「もう、このスクーターは、おまえさんにあげる」

「どうも、有難うございました」

　細君が他人行儀にお辞儀しているのを、後ろにしながら、マッサージの親父さんと一緒に、サッサと食堂に帰っていった。あとは、大酒になると云った有様だ。

「先生、ああ、いいから加減に、あげるなんて云っちまったら、おしまいですよ。貰《もら》う方だって、嬉《うれ》しくありませんや。黙って、奥さんに使わせときゃ、結構、先生を

奉《たてまつ》ってくれるのにさ……」

揚句の果は、マッサージの親父さんから、説教を受けるあんばいだ。しかし、その言葉は、処世の言と云うより、もっと切実に、私にこたえる響きを持っていた。

マッサージの荒井さんは、一泊して、その翌《あく》る朝も、細君のスクーターの操縦を見てやったあと、愉快そうに浅草へ引返していった。

私は一日、二日、原稿に忙殺されるのである。翌々日の朝、別棟の書斎から母屋《おもや》に帰り、子供達の声が、余りに聞えないから、不審に思って、女中に訊《たず》ねてみると、

「あーら、お母様とスクーターに乗って、朝早くから、大騒ぎですよ。きっと公園かなんかに行ってあるとでしょう」

ほーう、いつのまに、公園のまわりまで乗りまわせるようになったのだろう。私はにわかに、晩秋の公園の景色を、めざましいものに思いなおして、その水面の見える方角にブラブラと降りてゆく。

沼の上に濃密な朝の靄《もや》が罩《は》っていた。その靄のあちら側に、影絵のようなサイド・カーが驀進しているから、

「おーい、弥太。おーい、フミ子」

私も思わず大声をあげて呼んでみた。サイド・カーは一度停止し、それからまた鋪《ほ》装路《そうろ》の上を、快適に走りはじめる。その車の中から子供達が、乗りだしそうに両手を

振りつづけて、やがて、靄の池畔を半周しながら、引返してくるのである。私はその側に寄っていって、

「チチも乗ってみようかな……」

たわむれにそう云ってみると、

「チチさん、お乗り。ここよ、ここ」

狭いサイド・カーの中に、毛布をひきかぶっていた子供達三人が、一せいに立ち上って、露に濡《ぬ》れた車体のふちをバタバタと叩《たた》いているが、その子供達三人だけでも、つめ込むのにせい一杯のようだ。

「駄目ですよ。やめて下さい」

と細君が、吹きつける寒気に頬をふくらませながら云っている。その細君のすぐまうしろ。クッションの柔かそうな補助椅子《いす》が目についたから、咄嗟《とっさ》に飛びのり、

「さあ、飛ばせ」

私は雷族のアベック風景よろしく、細君の腰にしがみつくのである。

「いやですよ」

と細君は一度腰を浮かせかかるが、

「わー、チチさん、上等ね。早く、ね、早く、お池を廻ろ」

子供達の歓声があがってはもう駄目だ。細君もようやく観念したようにアクセルを

廻し、サイド・カーは威勢よく、辺りの朝靄をついて驀進する。私は思いがけない細君との親昵《しんじつ》を、久方ぶりに肉感として感じとったような、奇妙な、後ろめたい、昂奮《こうふん》をさえ覚えながら、細君の腰まわりに、しっかりとしがみついたままだ。

しかし、一番昂奮したのは子供達であったかもわからない。

「乗ろう。ね、スクーターに乗ろう」

と私達の顔さえ見ると、せがむ。それも母だけの運転では物足りない面持で、

「チチもおいで。ね、チチも乗ろう」

私は子供達のさそいに応じて、図々《ずうずう》しく、細君との相乗りに馴《な》れたが、細君もまた私との相乗りに馴れた。

私はしばらく浅草に帰ることとさえ忘れてしまった有様だ。

或る日である。仕事が終って母屋をのぞいてみると、余りに森閑としているから、

「子供達は？」

細君に訊《き》いてみると、

「みんな、南田中のおばあちゃんのところに行っています」

私はフッとこの細君を誘いだしてみたい衝動にかられ、

「スクーターで、田無のK君のところまで行って見ないか？」

「だって免許が無いじゃありませんか」

「つかまったら、罰金を払えばいい」

「お一人でいらっしたら」

「行きはいいが、帰りが酔っぱらっているだろう」

私もどうやら、スクーターの発進停止ぐらいは出来るようになっていた。細君はしばらく躊躇《ちゅうちょ》の色を見せていたが、

「じゃ……」

まもなく、スラックスにハーフコートのいでたちでやってきて、留守を二人の女中に頼みこみ、そのまま出発するのである。

はじめは細君の運転で、私は酒瓶を抱えながら、サイド・カーの中に入りこんでいた。しかし、道路は冬枯れの田畠を縫った人気《ひとけ》のない田舎道だ。私はすぐに補助椅子の方に乗り換えた。細君の後ろにまわり込んで、彼女の体にしがみついている方が、暖かくもあり、話も通じる。私の唇が細君の耳のすぐ側だからである。

私達は、生れてはじめて、夫妻してその友人の家を訪ねたが、

「ほほう。一体、どういうことかね？」

平素私達の事情をよく知っている友人だから、先方は怪訝《けげん》の面持で、そこがまた私には面白く、夕方近くまで酒を呑《の》んだ。

さてその帰路だ。町中だけは細君の運転で私は神妙に箱の中に入り込んでいたが、

無人の畑道にさしかかると、

「よし、オレがやる」

「大丈夫かしら？」

と細君は気づかっていたが、私がハンドルを握ると、彼女も箱には入らず、補助椅子にまたがって、しっかりと私の体にしがみつく。そのまま車を驀進させていった。酔っていたせいか、面白いように車はよく飛んだ。細君は、彼女の口をくすぐったく私の耳に寄せて、

「左ですよ、左。右ですよ、右……」

熱っぽく云っている。ヘッドライトの光のほかは、墨を流したような闇《やみ》である。その人ッ子一人通らない無人の道を疾駆しながら、半信半疑、溺《おぼ》れる者が藁《わら》に縋《すが》りついているような、細君の必死な愛情が昂揚してくる感じで、私はうろたえた。挑発者はほかならぬ私自身なのである。その私は、恵子が旅公演から帰ってくれば、またノコノコと浅草に引返してゆくにきまっている。さすがに私も気が滅入《めい》って、

「もうすぐ石神井だよ。代ろうか」

「あら、あなたの方が上手じゃありませんか」

「いやー、オレは酔っている。それにつかまった時に、女の方が、きっと大目に見てくれる」

私はスクーターを停止させて、細君と運転を交替した。

そのまま一町とは進んでいなかっただろう。学校の入口のところに警察の提燈《ちょうちん》が二つ三つ見え、人だかりしているようだ。

「いけない。左へ折れ込もう」

これが尚更《なおさら》悪かった。行きどまりの路地である。たちまち提燈の警官が二人、こっちの路地に走りこんできて、サイド・カーの前に立ちふさがった。

名前を訊いている。

「後ろに乗っておられるのは？」

「主人です」

「免許証をどうぞ……」

「あのー、まだ持っておりませんけど……」

「じゃ、免許証は御主人がお持ちですか？」

「いいえ。二人共まだなんです」

アハハーと軽い失笑が湧《わ》いて、提燈が私の方にさしだされた。

「困りましたね。お二人共ちゃんと取って貰わなくっちゃ。今頃、何処《どこ》へ行っていらっしゃったんです」

「田無の友人が急病だったもんですから」

「兎《と》に角《かく》、一両日のうちに通知しますから、署の方に出頭していただけませんか」

「じゃ、サイド・カーはこのまま運転して帰っていいんですか？」

と細君が心細く訊いている。

「まあ、仕方がないでしょう。ここに置いて貰うわけにもいかんし……。気をつけて帰って下さい」

私達は警官達の低い笑い声をのがれながら、ようやく自分の家に向って、車を走らせた。

私達夫妻が二人だけで、どこかへ行楽に出かけていったりしたことは、結婚以来、一度もない。殊更《ことさら》、今は離婚同様の間柄なのである。その夫妻が、たまたま貰い受けたサイド・カー附のスクーターにあやされるようにして、今様雷族よろしく、車体の上に、しっかりとしがみつきながら車を驀進させたのは、お互が一度も実現しなかった夢をでもたぐりとろうとしてのことだろうか。

それとも、まだ燃え残りの余燼《よじん》がくすぶりつづけていたとでも云《い》うのだろうか。

しかし、その昔の私達の愛情（？）とは全く違っている。咄嗟で、刹那《せつな》的な、見覚えのない進行型の情熱だ。

その矢先に警官から見とがめられ、細君は水をでもかけられたような不吉を感じたろう。家に帰ってからも言葉少に、

「いやですねー。警察になんかゆくの……」

「しかし、オレが運転していたら、酔っぱらい運転で、もっととっちめられたろう。よかったよ、お前さんで……」

　警察からの呼出通告は、その翌々日の郵便で配達されたが、本人の出頭は、更に二日後である。

　私は矢島恵子がもうとっくに公演から帰って来たことを知っていたけれども、まさか細君一人を見殺しには出来ぬ。細君の警察出頭日まで、落着きなく待つのである。

　しかし、その当日になると、細君は、

「あなたは新聞の原稿があるし、アタシ一人で行ってきます。大丈夫」

　そう云って、キチンと着つくろって、出かけていった。私は心当りの新聞社などに、細君の出頭する警察署名を云って、よろしく頼み込むよりほかにない。

　細君は朝出かけたまま、夕方近くまで帰って来なかった。私が気を揉《も》みながら、晩酌のウイスキーを飲んでいると、細君は浮き立つような上機嫌で帰ってきて、

「遅くなりました。心配なさったでしょう。でも、とっても親切なんですよ。何だか、免許証、書換えのお巡りさんがいるから、一緒に大井まで連れていって貰いなさいなんて云って、私まで車で試験場へ連れていっていただいたんですよ。だから、あっちで、試験を受ける手続きなんか、みんな済ましてきたんです。あとは試験を受けるだ

け……」

細君は、交通法規か何かを書き込んだ小さなパンフレットを取出して、私に見せてみたりした。

「だから、おまえさんが運転してくれて、助かったよ」

私も大安堵《おおあんど》、酔った揚句に、

「おい、弥太さん達、スクーターに乗っけてあげようか」

子供達を呼び集めて、夜のサイド・カーに乗っけたのは、重苦しく心にかかっていた出来事から解放された安堵からであったろうか。それとも、恵子のところに帰ってゆく下心からでもあったのか。

「大丈夫ですか？　つかまったばっかりですよ」

と細君が、気を揉むのに、

「いやー、公園の側を一廻りだ」

サイド・カーを驀進《ばくしん》させてゆくのである。しかしものの半町も走っていなかった。突然、無燈火の自転車がよろけよってきたようだから、私はハンドルを切った。ブレーキを踏むつもりで、きっとアクセルを廻していたに相違ない。

忽《たちま》ち、左のドブの中に突込んでいった。私は、無我夢中で、泣いている子供達を一人々々取出してみたが、三人共スッポリと、サイド・カーの尖端《せんたん》の中にはまりこんでしまっていた。それでいて何のケガもなさそうだ。

「済みませーん。済みませーん」

これもまた少々酔っているらしい自転車の男にひっぱって貰いながら、ようやく、溝《みぞ》にはまったサイド・カーを引揚げたけれども、もう子供達は乗ろうとしない。

私はスクーターをほったらかしにして、その子供達の手を曳《ひ》きながら、家に帰っていった。

少しばかり向う脛《ずね》のあたり、ヒリヒリすると思ったら、泥まみれのズボンが大きく破けている。そのズボンを脱いでみると、二三ヵ所かなりの裂傷を負っていた。赤チンを塗り、ダイアジン軟膏《なんこう》を塗り、グルグル繃帯《ほうたい》を巻きつけてみたら、もう一歩も歩けないような痛さである。スクーターは、とうとう細君が取りにゆくといった有様だ。

そのまま、私はまた二三日、石神井の家に愚図《ぐず》ついた。すると恵子からの代理だろう、浅草の下の親父《おやじ》さんから電話だから、痛い足をひきずりながら、電話口に立つ。

「へえー、ケガですか。そりゃ、いけねえ。じゃ、お大事にね、お大事に。お二階は、もうとっくに帰って見えてますよ」

私はその翌日、ハイヤーを呼んで、何もかもうっちゃらかしのまま、こっそりと浅草に脱出してゆくのである。

恵子はもちろんのこと大ムクレだ。壁に貼《は》ったカレンダーを指しながら、

「ちょっと見て御覧なさい」

私が浅草にいた日、いない日、何かの手帳に心覚えでもしておいたものか、○と×をたんねんに暦の日附の上に書き入れて、

「あの印、何のことかわかる？」

例の怨恨《えんこん》の鬼相を呈しながら、

「これじゃ、ね……」

あとは、お互に気まずく黙り込むだけだ。しかし、私のケガの方は心配になるらしく、私が繃帯のつけ換えをはじめると、

「あら、ひどいわ。まんざらの出鱈目《でたらめ》ばかりじゃなかったのね」

医者から貰《もら》った軟膏を、奪い取るようにして、つけはじめ、彼女の方がかえって大仰に、私の足いっぱい、ぐるぐると繃帯を巻きつけてくれる有様だ。

「アタシを十日も二十日も、ほったらかしにして、アッチで何をしとったの？」

「スクーターを稽古《けいこ》しとったさ」

「誰と？」

「子供達とさ」

「じゃ、弥太ちゃん達、一緒にケガをしなかった？」

「いやー、オレだけだ。みんなカスリ傷一つ負ってない」

「それは、よかったわ。ほんとよ……。何しろ、一さんのとこ、ゾロゾロゾロゾロ、竹の園生《そのう》のおん栄えだから……、気が揉めるわね」

クスリと笑いながら、

「接吻《せっぷん》して……」

その唇を上に反らしながら、プルプルとそよがせる。

「足りんよ。もう少しよ。二十日もほったらかしとって……」

冗談が出てくるのは、彼女の機嫌が直った証拠だから、

「あんな、暦の××にはだまされんよ。二十日のうち十三日は、あんたはいなかったじゃないか」

「いなくっても、ここで黙って勉強してればいいじゃないの。それなのに、いなくなったとたん、スルリと滑り出すんだから……。でも、一さんも可哀想《かわいそう》、可哀想……」

思いなおしたように私の頬をさすりつづけているが、いつのまにか、彼女の方が、思いがけない大粒の涙を垂らしているのである。

それでも、恵子と私は狭い浅草の間借りの部屋で、先《ま》ずはいたわり深く暮し合ったと云えるだろう。下町には、やれ酸漿市《ほおずきいち》だとか、やれお酉様《とりさま》だとか、長年丹精されたような、その時々の人工と、自然と、人情の、こもごもさえあっているような生活

があって、そういう生活を見馴《な》れない私は、恵子と腕を組んで、珍しく、また、いぶかしく、浅草のここかしこを、うろつきまわるのである。

私の幼少年の日の環境では、屋敷の裏の荒れ畑に、散らばり放題に伸びつくしていた酸漿とか、金仙花とか、オモトだとか、スス竹とか、ノウゼンかずらだとかが、例えば、浅草寺裏の馬道あたりの狭い垣根のうちに思い入れ深く丹精されているのを見ると、自分の長年に亙《わた》る生活の流儀の荒廃とでも云った感慨を催さないわけにはゆかない。

私もまた恵子と二人して、このあたりの路地の一隅に、小さな家でも買い、オモトに水をでもかけながら、ひっそりと生涯を終って見たいようなしきりな気持もわいた。いや、事実、売春防止法案成立とかで、吉原界隈《かいわい》の地価や家屋が暴落をはじめ、千束の私達のところにも、二三軒先の二階屋を六十万円で手放したがっているから買わないかなどと、そんな話を持ちかけられることがあって、私もその都度何となく乗気になり、それとなく家のつくりなど見まわりに出かけていったこともあった。

が、私にとって、こういう気分ほど持続しにくいものはない。狭い路地、半坪にも足りぬ庭、何やら思い入れ深きに過ぎるような床の間や欄間など、見まわしているうちに、全くのところ、うんざりする。

そんなことなら、いっそ山の中になにがしかの土地をでも買って、そのまん中に二十畳ばかりの大きな板の間ひとつ、三方に椅子《いす》代り、造りつけの厚板かなにかぶちつけて、あとの一方はサバサバと調理台だけにした方がどれほどせいせいするだろう。例によって持前の殺伐《さつばつ》な旅情が頭をもたげてくると、浅草定住の計画など、たちまちあとかたもなく雲散霧消してしまうのである。

傍《かたわ》ら恵子が、浅草永住などに、余り興味を示さなかった。彼女は劇団への交通と距離が一番の関心事であって、

「やっぱり青山か渋谷のあたりがいいわ。浅草から劇団に通うの大変よ。それに怖いわ、このあたり……」

パンパンや、愚連隊《ぐれんたい》や、香具師《やし》や、ポン引きの、ひしめく往復の町筋を恐怖するのである。

丁度そんな時であったろう。或《あ》る雑誌社の某君がやってきて、何の話からか、

「目白に部屋をひとつ持っているんですけど、買ってくれる人ありませんでしょうかね？」

「なに、部屋？　オレが買おうか」

と私が出しぬけに云うと、

「冗談じゃないですよ。先生が住むような部屋じゃありません。学生か何かの自炊向きには持ってこいだけどな」

「そこは自炊が出来るの？」

「ええ、部屋の中に水道も瓦斯《ガス》も入っています」

「いくらなの？」

「七万五千円でいいんです」

「それは権利金のこと？」

「いいや、自分の持ちものですから……」

私はどうしても相手の話が呑《の》みこめなかった。

「じゃ、それを買うと、例えば僕とか矢島恵子とかの持ちものになるわけ？　アパートの売り部屋みたいに？」

「そうですよ」

「改造も出来るわけ？」

「ええ、一番はじっこの部屋ですから、少しぐらいなら、大きくだって出来ますよ」

「じゃ、不見転《みずてん》で買った」

「でも、ボロなんですよ。先生が見たらびっくりする」

「ボロ程いいですよ。僕は……」

と私が大乗気になったのを、かえって相手の編輯者《へんしゅうしゃ》の方がいぶかる有様で、私は恵子を呼び、すぐその足で一緒にそのアパートに出かけていった。

目白駅と池袋駅の、そのどちらからも十分足らずと思えるゴミゴミとした裏町に、全く同じ形の、鳥が羽をひろげたような、みすぼらしい木造アパートが二つ、時間に取落されたようにして、ならんで立っていた。折からもう日没の後で、そのアパートの周囲や窓のあたりから、いそがしげにのぞき出す人の影や、わめいている人の声や、電燈の光までが、私にはなつかしい人間雑居の匂《にお》いに満ちているように思われた。

「終戦直後、みんなで金を持ちよって建てたアパートなんですが……」

部屋の話を持ち込んでくれた友人は臆病《おくびょう》そうに私を見上げながら云っていたが、私は一目見ただけで、そのアパートの全貌《ぜんぼう》が気に入った。

「中に入って見ますか？」

と尚更《なおさら》不安そうに訊《き》いている某君に、

「もちろん見せて貰います」

部屋は二階にあるものらしい。私はギシギシ鳴る木造の階段を踏み上り、そこから靴をぬいで、くたびれた杉の古板の廊下を歩いてゆくと、その両側に、自転車だとか、漬物の桶《おけ》だとか、沢庵石《たくあんいし》だとか、盥《たらい》だとか、雑多な生活の器具が、所狭く吊上《つりあ》げられたり、伏せられたりしてあって、私達はその細い通路を、覚束《おぼつか》なく、踏みよけてゆくわけである。

部屋は廊下の一番奥まった右手にあった。六畳一間。ほかに流しと水道と瓦斯。半坪の押入れがあるから、合せて四坪にはなるだろう。窓からのぞき出してみると、柱さえ立てればいくらか建て増しの土地の余裕はありそうだ。

「ほんとに建て増していいのかね？」

「ええ、ほかの部屋だって建て増しているとこがありますから」

指さして見せてくれるあたりに、なるほど、長い柱でヤグラを組んだような増築の部屋が見てとれた。

「よし、ほんとに恵さんに買うてやるからね」

私が笑って恵子を振返ると、恵子は首をすくめながらベロを出している。

「気に入らないの？」

「ううん。いいけど……」

私は即座に、知人の室内装飾屋を電話で呼びよせ、早急な改造と建増しを頼みこんだ。

床も壁も二重に張って防音装置をほどこすことにする。流しのあたり全部ステンレスに換えて、吊棚を吊る。建増しの二畳だけ和室風にして、半間の押入れをとりつけることにした。

冬分のことだから、工事は思ったようにはかどらなかったが、それでもその小さいキッチン附きの洋室に、絨緞《じゅうたん》を入れ、ソファを入れ、机を入れ、カーテンを入れ、ユトリロのかなり精巧な複製を壁に吊りかけてみると、私の勉強部屋にはもってこいの簡素と落着きである。

工費は電話共に三十五六万円ばかりかかったが、ドアチェックをつけたドアをガッキリと閉じて、恵子と二人、並んでソファに腰を落しこんでみると、やっぱりどちらからともなくとめどない微笑に変る。

早速原稿を取りに来てくれたH社のオートバイも、Y社の自動車も、一度引きかえしてもう一度電話でたしかめ、

「やっぱりここですか？　いや、まさかここじゃないと思ってね……」

周囲を見まわしながら、驚きあきれた面持だ。

在り場所が異様である。それでいて、腰を落ちつけると、恰好《かっこう》なかくれ家に感じられた。

狭いから、もちろんのこと浅草の荷物を全部運び込むというわけにはゆかぬ。必要最小限度の生活の器具だけをとりよせて、先ずは戦場なみの暮しざまだ。

しかし、キッチンからすぐに熱く煮炊《にた》きしたものが手に取って喰える。壁に穴あきボードをとりつけ、手鍋《てなべ》だけは各種取揃《とりそろ》えてぶら下げたが、食器の入れ場は小さい吊棚だけだから、酒も、コーヒーも、紅茶も、茶も、一切コップだけですますことにした。あとは洋皿を六枚と、汁椀《わん》二つだけだ。それでも、人間、皿一枚とお椀と箸《はし》とさ

えあれば、どんな豪華な喰い物だって、これを盛って喰うことになにも事欠くようなことはない。

一歩歩き出せば庶民の町だ。私は例の通り買物籠《かご》一つをぶらさげて、そこら、肉片や、魚介や、蔬菜《そさい》類の鮮烈な色どりの周囲に蝟集《いしゅう》しているおかみさん達の間を掻《か》きわけながら、零細な食物を買い漁《あさ》って、さまざまな調理と飲食に熱中するのである。

部屋に寝台はとうてい入れられないが、ソファとその補助椅子を組み合わせて、薄いマットレスを敷けば、どうやら恵子と二人、折り重なるようにして、寝るには寝られる。

愛撫《あいぶ》の度に、補助椅子とソファの断ぎ目にはさまりこんでみたり、彼女の寝乱れる毛髪の方から次第に逆落しになってみたり、結局二人共絨緞の上に裸のままずり落ちていって、苦笑になり、呻吟《しんぎん》になり、はかない男女の悦楽は終るのだが、それはまたそれなりの、あわれさとおかしさに結びつくのである。

朝になれば、毛布の類を取り片附けて、またもとの通りにソファと補助椅子を分解する。チャチな電気掃除機を一つ買ったから、これを使ってジージーと押して歩けば、四坪の部屋の清掃はたちまちにして終る。

私は恵子と二人して、謂《い》わば、先ず思い切りの生活の自由を満喫するのである。

ただ廁《かわや》は十軒共同の汲取《くみとり》便所だから、掃除当番の日が十日に一回ずつはきちんきちんとまわってくる。その建附けの悪い戸外から吹きよせてくる風は、田舎家に馴れた私にとっては、お尻《しり》のあたりひやびやと、かえってなつかしいくらいのもので、立上って小窓のあたりから見下ろすと、北裏が三百坪ばかりの荒地になっており、その荒地の雑草の間から、一匹のモンシロ蝶《ちょう》が、ただヒラヒラと舞い上ってくるだけでも、私は思いがけない春の愉快を感じるわけである。しかし、その厠も、時間によっては超満員で、恵子は何度も折返してきて、

「厭《いや》アね。ここのお便所だけは……」

腰をふるわせながら、眉《まゆ》をしかめる始末である。階下の部屋を一部屋買い取って、浴槽と水洗便所ぐらいつくり足そうかと思い立ってみたこともあるが、そうそう部屋の売手などあるものではない。それに私達だけ特殊な生活をするのは、ここでは目立つばかりでなく、自分達の方からだって不愉快だ。

それでも、私は目白の仕事場をおそらく誰よりも愛したと云《い》えるだろう。

殊《こと》に北西に開いた高窓のガラス戸が夕べの空を映して赤く照り明かると、周囲のかまびすしい子供達の喧噪《けんそう》さえ遠い天上の歌唱のように聴きとれる有様で、私の心はどういうわけともなくホッと鎮《しず》まる。

ここにして坪にも足りぬ

鎮魂の仮現の憩《いこ》い

と、いつの日につくったのか、自分の昔の詩の一節を思わず口吟《くちずさ》みながら、トクトクとウイスキーに口をうるおして、恵子の帰りを静かに待つ。

メシは作り、皿は洗った。子供達の喧噪はようやくやみ、ガラス窓の夕明りの中に、あるかないかのようなアカネ色の雲の残像を残している。明りもともさず、そのアカネ色の雲の細片にジッと見入っているうちに、私の心の中には不思議な奏楽が湧《わ》いてくるのである。

いや、水洩《も》れでもしているのか。どこかで間断なく水の噴き出るような音が聞えており、その単調な高低の抑揚が、いつのまにか、クラヴサンの奏楽か何かのように、ふくれ上って聞きとれてくるのだろう。

目白駅や、池袋駅からアパートに抜ける道沿いのアッケラカンとしたあたりの風物も面白かった。

「アタシ、怖《おそろ》しい。ここで一度、男の人から追いかけられたのよ」

と池袋のデパートの方を振りかえりながら、恵子は空閑地を斜めに横切る地点で云っていたこともある。

しかし、誰がこれ以上の幸福を願うのか。私一人だけを建前にして云うならば、目白の夕暮れは、それなりに美しく満ち足りて荘厳だったと云える。

ただ目白は、自動車からでも、電車からでも、たまたま石神井の自宅に抜ける沿道にあたっているから、正直な話、私が恵子と二人してうろつき歩いている時に、家族の誰彼と逢《あ》いはすまいかと、それを恐れた。見られることを恐れはしない。見た側の不快を恐れるのである。

日頃、ほとんど出歩くことのない細君に逢う気づかいは先ず無さそうだが、それでも、Sデパートあたり、ふっと立ちどまって、そこに細君が立っているような幻影に怯《おび》えたこともある。

「どうしたの？」

「いや、あれを、女房かと思ったよ」

恵子にしてみたって愉快な筈《はず》はない。とたんに腕を放して、

「いやーね。もう帰りましょうよ」

まして一郎や、私の母や、女中達など、池袋のデパートは丁度家からの通路のようなものだから、私達が腕を組み合って武練《ぶね》りをして歩く後ろ姿など、いつ見られているかわかりはしない。その話を細君に取りつがれることは、自分の怯懦《きょうだ》を叱《しか》りつけながらも、やっぱり、私にとっては、云いようのない苦痛であった。

私が目白に引越したことを友人のL君が知って、

「桂さんは、目白まで帰ったんだから、もう丁度半分、石神井に帰ったようなもんですよ」

この現実主義者が、笑って或る雑誌記者に語っていたという話を、私はこっそりと、その記者から又聴きして、いかにもL君の判断らしいと可笑《おか》しかったが、恵子にしてみれば、目白—石神井と、その距離に怯えて、早くから、それなりの苦痛を感じていたに相違ない。

目白から石神井の自宅まで、電車でかよっても二十分だ。

事実、恵子が劇団に出かけていって、私一人、つくねんと机にもたれている時間など、ふっとうちの子供達をここへ呼んできて、ジュースを飲ませたり、料理をつくってやったり、一緒に騒いでみるか、などという莫迦《ばか》げた妄想《もうそう》が浮ぶこともある。

いや、久しぶりにSデパートで細君と落合って、どこぞで昼メシをでも喰ってみようかなど、と思いがけない情に、メラメラと炎が燃え移ることだってある。そんな時間に、思い切って、細君のところへ電話をかけてみたこともたしかにあった。

しかし、細君の声は、

「何の御用事ですか？」

「子供達はどうしている？」

「元気です」

「一郎はどうした？」

「相変らず、学校には行かないようですけれど……。でも、あの子は、シンはしっかりしているから。そのうち、わかってくるでしょう」

「そんならいいけど……」

「それはそうと、この頃、目白に移っていらっしゃったんですって？」

「ああ」

「ワザワザどうしてそんな近いところに移っていらっしゃったんです。もっと、遠いところで暮していただけませんか。こちらが、困ります。いやです」

　私はあわてて電話を切るといった有様だ。

　いつだったか、恵子がこんなことを云っていた。

「今日アタシ、昔の人にひょっこり道で逢ったのよ。別に悪い気はしないものね。いいものね……」

「そりゃそうさ。身近に感じたものは、みんななつかしい筈だよ。殊更男女だったら、なつかしいのが当り前じゃないか」

　その場では月並みな答えをしておいたが、果してそうとばかり云い切れるかどうか。かりそめの恋愛や、かりそめの肉の交合の場合は知らない。少くとも恋愛の上に、何らかの生活と愛が積み上げられた場合、裏切られたと信じ込めば、仇敵《きゅうてき》のように憎み合う方が、真実の男女の愛の呼名にふさわしいものではないか。いたわり合っている古い情人なぞ、虚偽と安穏にしか耐えられなくなった末世末流の、退化した文化趣味でしかないだろう。どんなミーちゃん、ハーちゃんだって、「今からはね、兄妹のような気持でゆきましょう。友情よ……」訣別《けつべつ》に臨んで、誰しもそんなことを云いたがるだろう。

私も、私の細君の憎悪《ぞうお》の心情の一端を知るのである。そのせいであったかどうか、或《あ》る日、一郎が、ひょっこりと目白の部屋にやってきた。

私はあわてた。自分の行為を包みかくそうというわけではないが、十四歳の少年に、男女の密室をのぞき見させてよいものかどうか。

「なーんだ、ここか？」

と一郎は部屋の中に入りこんできて、珍しそうに、室内の模様を眺めまわしている。

「どうして、来たんだ？」

「お母さんが、行って来いって云ったんだよ」

「何しに？」

「月謝と靴の金が、あっちに無いんだって」

「じゃ、電話すればいいじゃないの」

「厭だって……、電話なんかするの」

私は不機嫌になった。もちろん、一郎にしてみたって、私の不機嫌を素早く感じ取りながら、次第に不愉快になったろう。

「まあ、大きくなったわね。一郎ちゃん。もう、父より大きいんじゃないの？」

恵子の言葉に、

「そんなことはないよ、ね、父。まだ、父の方が大きいだろう？」

一郎は狭い部屋の中に立上って、私と背較《くら》べをでもするつもりか、しばらく私を待つようなそぶりを見せたが、私は立上らなかった。

「さ、お掛けなさい、一郎ちゃん。何が食べたい？」

と恵子が、私と一郎をかわるがわる見くらべたから、

「鋤焼《すきやき》がいいだろう？」

「うん、鋤焼でいい」

一郎はその鋤焼を大仰にガッついて見せてから、しばらく恵子のトランプをいじってみたり、レコードを鳴らしてみたり、

「ここの電蓄は、石神井のより、音がよくないね」

何のつもりか、臆面《おくめん》もなくそんなことを云いながら、ＬＰ盤をズラリとならべた袋戸棚の中のさまざまのレコードを掻《か》きあさって、鳴らしかけのレコードを掛け換える

のである。

もう背丈は五尺六寸を超えるだろう。胸も肩幅も厚く成熟して、これが十四歳の少年だとは見えにくい。部屋が狭いせいか、その一郎が熊《くま》のように首を振り振り、リズムに合わせて、部屋の中をノシ歩くと、この密室が一ぺんに崩壊してしまいそうな、しきりなあやうさが感じられた。

それでも夕暮れてくると、

「レコードを三枚借りてゆくね」

自分で抜きとったレコードを、恵子から包装して貰《もら》って、

「じゃ、帰る。また、来てもいい？」

その夕暮れの闇《やみ》に、歩き出していってしまうのである。もちろん、レコードはそれっきり返さなかった。

あとで聞いたことだが、石神井の女中の一人に、

「オレ、目白のアパートの部屋をぶちこわしてやるんだ」

と云っていたそうである。真実であるかどうかはわからない。かりにそう云ったとしても、一郎は多分に、石神井への義理を感じて云った言葉だろう。

その日が五月一日のメーデーであったということだけを私は奇妙にはっきりと覚え

ている。だから、恵子が目白のアパートに居なかったのは、劇団のメーデーに参加して出掛けていたのか、それともどこか旅公演にでも出掛けていたものか、いずれにせよ、恵子が不在であったことは確実だ。

もう、暗くなっていた。

石神井から電話である。

「もし、もし、大変なんです。一郎ちゃんが事件を起したらしいんです。それで、すぐに鎌倉市の警察に出頭しなければならないんですけれど……」

細君の声はうわずっていた。

「どういう出来事？」

「わかりません。一郎ちゃんが大町文子さんのところへ出かけていて、あっちで、起したことらしいんです。アタシもすぐ大町さんのところまで行ってみますけど……」

大町文子は細君の女学校時代の友人で、私が恵子と事を起した直後、細君はしばらく鎌倉のその大町の家にかくれていたことがある。

「放火？」

とさすがに私の唇もこわばった。

「いいえ。そんなことじゃないらしいんですけれど。とに角、すぐいらっして下さらなくっちゃ……」

「じゃ、東京駅で落ち合おう」

「でしたら、八重洲口《やえすぐち》の方にして下さらない。千疋屋《せんびきや》の前。大町さんのところ、大変な御迷惑をおかけしているらしいから、私も何か、お持ちしなくっちゃ」

「わかった。すぐ行く」

電話が切れてしまうと、尚更《なおさら》、妄想は募ってくる。殺人？ 傷害？ しかし、一郎の身の上に何が起り得るかということをどんなに思いめぐらしてみても、私には空漠として、とらえどころがなかった。殊更、一郎が何の為《ため》に鎌倉の大町文子のところへなぞ、出掛けていったろう？

細君は東京駅構内の千疋屋の前に立っていた。メロンをでも買ったのか、片手だけに白い手袋をはめてその包装を抱えている。

「車で来た？」

「いいえ、地下鉄」

「一体、何をやらかしたの？」

「くわしいこと、仰言《おっしゃ》らないんです。大町さんも……」

私は一等の切符を二枚急いで買って、細君を促しながら、プラットホームに上ってゆく。

「先に警察に行く？ それとも、大町さん？」

「やっぱり大町さんのところに寄って様子を聞いてからでないと……。どうせ、鎌倉の地理がよくわかりませんし、大船からタクシーでも、そんなに遠くありません」

「よし、わかった」

私達は絶えて一緒に乗ったことのない列車の一等に、二人向い合って坐《すわ》り込むのである。

細君が神経質に片手の白手袋だけを撫《な》でつづけているのが、何となく目にとまったから、

「どうしたの？　手袋、両方はめたら？」

「いいえ、無いんです。片ッ方だけ……。失《な》くしたんです」

そう云えば、もう何年か昔に、細君が白い手袋を片方失くしたとこぼしていたことがあったのを記憶しているが、じゃ、あの手袋かと、私は奇妙なまだるこしさで、

「なーんだ。あの時の奴《やつ》か？　新しく買い直したらいいじゃないか？」

まるで叱りつけるような声をあげると、

「いいえ、こんなもの、片ッ方で沢山……」

細君は、にわかに片手をさするのをやめて、ジッと俯《うつむ》く。

幸いと客車はすいていた。ただゴウゴウと轟《とどろ》くまんべんのない車輌《しやりよう》の驀進《ばくしん》の響きが、私の不安を現実的なものにあおりあげ、同時に、青ざめて身じろぎもしない細君への、

咄嗟《とつさ》な色情をかきたてるふうである。

「メシ喰った？」

「いいえ。でも、欲しくありません」

「オレは喰うぞ」

私は横浜駅に停車すると同時に、列車から駈《か》け降りて、弁当、寿司《すし》、シュウマイと手当り次第に買い漁《あさ》った。それを堆《うずたか》く右手の中に抱えこむ。発車のベルである。細君のいる一等車の方に向って駈けよった。飛び乗ろうとした瞬間、目の前に、ドアがガッキリとしまる。

私があわてて左手でドアを押えようとしたせいか、その左手の洋服の袖《そで》がはさみ込まれたのに気がついた。発車である。電車と一緒に、プラットホームを走りながら、もがく。

「危いッ」

と駅員が追っている。六七メートルは走ったろう。間一髪であった。あやうく、そのドアの間から、洋服の袖が抜き取れた。きわどい一瞬である。思うに袖のボタンが、横にひっかかって、抜き取れなくなってしまったものだろう。そのボタンが、ちぎれた瞬間に、私は命を拾ったのだ。

やっぱり、うわずっていたのである。私は全身から血の気がひいてゆくように、意気銷沈《しょうちん》しながら、それでも駅員に、私の名前と、細君の名前をハッキリ云《い》って、細君に大船駅で一電車待っていてくれるよう、電話連絡を頼みこんだ。

細君は駅の改札口のところで悄然《しょうぜん》と待っていた。駅員が一人その側につきっきりで、私の安否を気づかってくれていたようだ。私は弁当、寿司、シュウマイの箱を抱えきれぬように積み重ねながら、その駅員の側に歩みよったが、

「よかったですね。何でもなかったですか？」

「有難う」

まるで、その駅員に送り出されるようにして、駅を出るのである。

鎌倉への車の道は暗かった。

「ほんとに、もう少し、気をつけていただかなくっちゃ」

と細君がようやく、ほっとしたように云っている。私は車の中でその細君の手をにわかに握りしめながら、

「時には、オレの手を握りしめるぐらいのことをしてくれなくっちゃ、電車からだってふり落される」

自分でも莫迦げた駄洒落《だじゃれ》になったのは、今しがたの危難からのがれたよろこびが、かくせなかったせいだろう。

大町文子が寄寓《きぐう》しているその邸宅は、鎌倉市P山のいただきの見晴らしの高台にあ

った。呼鈴を押すまでもなく、自動車の音を聞きつけて、当の大町文子が走り出してくるのである。

「まあ、早かったですわね。さ、上って下さい」

「でも、このまま警察に参りませんと……」

「いいのよ。車は、呼べばすぐくるから」

文子はそう云っていたが、私達は、車を待たせて、そのまま上りこんだ。

話のあらましはこうのようだ。

昨日（つまり四月三十日）、大町文子はちょっと所用で東京に出向いたらしい。いや、この時にわかったことだが、大町文子は石神井の私の家に立寄っているのである。入違いに、一郎が、大町文子の家をたずねたらしい。らしいと云うのは、大町文子が直接一郎に会っているわけではないからだ。ただ、庭先で遊んだり、文子の部屋をこじあけたりしたような形跡がある。いや、出入りの商人が一度御用聞きにやってきて、庭先で、学生さんらしい人から、

「留守だよ」

と云われたというのである。大町文子の寄寓している家の真裏は、道一本はさんで、外人の住宅になっている。夕方近く、一人の学生風の男が、その外人住宅の玄関から入りこんできたので、管理しているおばさんが、用事を訊《き》いたら、遊びに来たんだと

答えたそうだ。そこで、叱《しか》って追い返したらしい。

出来事は、それから間もなく起ったようだが、その外人の、いろんな貴重品が無くなったのである。そんなことは夢にも知らない大町文子が、今日、帰ってきて、間もなく、刑事達がドヤドヤとやってきた。桂一郎という少年を知らないかと云うから、勿論《もちろん》知っていると答える。大町文子と私達の関係、一郎との関係、さまざま聞かれたから、事実の通り答えていたところ、その一郎が、裏の外人住宅に入りこんで、いろんなものを持ち出したらしく、今、逮捕して、警察で保護している。すぐに、両親か保護者を呼んでくれと、あらまし、そういうことだったらしい。

持ち出した品物が何であったかとか、どういう状態で事を起したかということは、大町文子にももちろんわかる筈《はず》はなく、

「兎《と》に角《かく》、早く警察に行ってみて下さいな。こちらの外人さんの方は、私、よしなにあやまっておきますから」

「わかりました」

私はそのまま自動車にまた乗って、警察に出頭することにした。細君も一緒についてゆくと云っている。

さすがに、鎌倉警察の正面階段を踏み登る時には、私も昂奮《こうふん》から、全身がジットリと汗ばむように感じられるのである。

最寄《もよ》りの警官に名前を云う。来意を告げる。

「やあ、お忙しいところをどうも……」

一人のデップリと肥《ふと》った私服の刑事らしい男が向うから大股《おおまた》で歩き出してきて、

「どうぞ、どうぞ……」

私達夫妻は、夜勤の警官達の間をくぐり抜けながら、その別室に通された。しかし、その正面黒板に、「窃盗《せっとう》事件　一　桂一郎」と大書されてある。

「やあ、御心配だったでしょう？」

着席と同時に、私達はかえって先方からなぐさめられる恰好《かっこう》だ。

「お父様の桂一雄さんと、お母様の桂ヨリ子さんですね？」

「はい。御迷惑をおかけ致しまして……」

「いやー、かえって裕福な家庭にありがちなことですよ。ただね、何しろあの坊や、デカイでしょう？　中学二年だの、十四歳だの云ってるけど、はじめ、どうしても信じられんもんですから……。体だけデカイけれど、なーに、甘えているんですよ」

その恰幅のいい私服刑事は一気にそれだけを云ってのけてから、ゆっくりと煙草《たばこ》に点火した。

「大変失礼ですけれど、お父様の月収はどのくらいおありですか？　御承知でしょうけれど、税務署とは何の関係もないことで、ただ坊やの、現在のハッキリした状況を知りたいだけなんです」

「はい、非常に不規則ですが、大体、月収五六十万から、百二三十万のところではないかと思います」

私は率直に答えておいた。自分で口にしてびっくりするのである。厖大《ぼうだい》な収入だ。それを坂口安吾の言葉ではないが、右から左、右から左、浪費しているだけで、いずれ明日は路頭に迷うだろう。

「驚きましたな。大変な仕事をしていらっしゃるんですね。そんなにお忙しくちゃ、とてもお子様と、一緒に遊ぶなどというお時間はないでしょう」

「はい」

と答えるよりほかにない。

「坊やには、いったい、どの位のお小遣いをやっていらっしゃいますか？」

「さあ……」

私は皆目知らないから、細君の助け船を借りるだけだ。

「どの位やってる？」

「その都度なんですよ。なんだか、きまってあげても、すぐなくなるようですから」

「そうでしょう。坊やが自分でもそう云っておりました。いやー、ハキハキした面白い坊やです。それはそうと、昨日ですか、五千円、小遣いをお渡しになりましたそうですね？」

と私服の刑事が、今度は細君に向き直るようにして訊いている。

「はい。二三日前でした」

「何の為に要ると云っておりました？」

「こちらに私のお友達がおりまして、そこに遊びに行きたいからなんて云って……」

「大町文子さんですね？」

「はい」

「坊やも知っているんですか？」

「はい、小さい時からよーく存じあげておりまして、こちらに移られてからも、あの子は、時々お邪魔していたようです」

「しかし、大町さんは、昨日お宅に遊びに見えてたんじゃないですか？」

「はい」

「前以《もっ》て連絡はなかったんですか？」

「いいえ。大町さんが昨日いらっしゃるなんて約束はありませんでしたし、一郎ちゃんも昨日こちらに出かけてくるなんてハッキリ云っておりませんでしたから……」

「入違いになったわけですね」

「そうらしゅうございます」

「ところで、お父様……」

　と今度はまた私の番になった。

「奥様を前にしてのことですが、職務上、悪《あ》しからずお含みおき願って……」

「はい、私のことでしたら、ちっとも構いません」

「お父様は、お家にはほとんどいらっしゃらないようですね？」

「はい、ほとんど居《お》りません」

「何ですか、愛人の方がいらっしゃって、そこで暮していらっしゃるとか、坊やから聞きましたが……」

「はい。その通りです」

「坊やはひどく淋《さび》しがっているんです。やっぱり、自分の側に来て貰《もら》いたいらしいんですね。アハハ、体はでかいけどまるっきりの甘えん坊ですよ。お父様に来て貰いたい為に、今度のことだってやったなんて云ってます」

「何をやったでしょう？」

　と私はようやくハッキリと訊き返すだけの争覇心《そうはしん》が湧《わ》いてきた。我が子に対する争覇心である。争覇心と云って悪かったら、人間一人々々、おのれのワザを尽して亡《ほろ》びるだけの、明瞭《めいりょう》で、正確な自愛である。かりに一郎が孤独であったにしても、それを誰に転嫁《てんか》出来るというのだろう。なるほど、一郎を温和に包んでくれるような家というものはなかったかもわからない。しかし、私だってなかったのだ。

「簡単に云ってしまえば窃盗事件なんですが、動機はよくわかるような気がしましてね……。お父様の注意をひいてみたかった、或《ある》いは呼びよせてみたかった、そんなことらしいですよ」

その孤独を、かるがるしく窃盗行為などに転嫁出来たとすれば、その浅墓さだけでも、資性劣弱と云うほかはない。

「どんなことをやったでしょう？」

と私はかさねて訊いた。

「じゃ、あらましのことを申し上げますが、実は昨日の夕刻、P山の外人住宅から盗難の届出があったんです。すぐ現場へ急行してみましたところ、無くなっているものは写真機が一つ、真珠の首飾が一つ、ドル紙幣が少々、それにもう一つ奇妙なものが無くなっているんです。ハハハ、認識票ですよ」

刑事はそう云って苦笑になった。

「御存知ですか？　外人の軍人さんが腕にはめてるでしょう。何部隊の何千何百何十何番って、戦死した時に、死体をすぐ識別する認識票ですよ。こんな物盗《と》って、ほんとに持って歩いてたら、あんた、泥棒はすぐ識別されちまいますよ」

私服の刑事は次第に陽気になって、冗談まじりの口調になった。

「多分素人《しろうと》さんの泥棒だということは、はじめっから見当がついてました。ただ、入ったのは、桜の枝を伝って、二階の窓からですよ。そうして、机の抽出《ひきだし》をかきまわしているんです。ところで失《な》くなった写真機はニコンですが、お宅もニコンをお持ちだそうですね？」

「はい」

「うちにもあるんだ、なんて、坊やがそんなことを云ってましたから。アハハ、あれば、あぶない真似《まね》までして、何も盗ってみなくったってよさそうなもんですけどね」

刑事はそう云って、また笑ったが、

「この頃多いです。何不自由ない坊ちゃん達に……。しかし、樹《き》をよじのぼって、こうハッキリと入っちまいますと、事が面倒になりますよね。ところで、坊やが摑《つか》まったのは、隣ですよ」

「隣？」

と私は何のことかわからない。

「ええ、隣」

と私服の刑事はまた微苦笑になって、

「警察の隣の古道具屋なんです。今日のお昼前、坊やが写真機と首飾を抱えて、これ買ってくれないって云って来たんだそうですけど、これじゃ、摑まえてくれって云うのとおんなじですよね。すぐ、ここへ連れてきましたけど……。今留置場に入れています。昨晩、あんまり眠らないらしくって、ようやくホッとして眠ってるようですから、もう少し寝かせときましょうか……。その間に坊やの云っていることをでも申し上げておきましょう」

刑事は一郎の供述したらしい言葉に従って、きわめて要領よく、その行動をあらまし次のように語ってくれた。

一郎は私の細君から貰い受けた五千円をポケットにねじこんで、昨日の朝（つまり四月三十日）の午前十時頃、祖母（私の母）と一緒にくらしている東京の家を出た。

P山の大町文子の家に着いたのが、正午をちょっとまわった頃らしい。

大町文子は生憎《あいにく》と留守で、無人の様子だったけれども、そのうちに帰ってくるだろうとそう思ったらしく、勝手知った家だから、庭先の方に入りこんでいった。そこで日向《ひなた》ぼっこをしたり、外人の子供を呼びこんで、遊んでみたりしていたが、次第に退屈になってくる、腹はへってくる、文子の部屋をこじあけてのぞきこんでみたりした。

一度御用訊きがやってきたから「留守だよ」と答え、間もなく、玄関の前の道に出て、ぼんやり立つ。

真向いが外人住宅だったから、ちょっとのぞいて見ようと思い、トコトコ入りこんでいったらしい。

このトコトコと、誰の家でも見境なく入りこんでゆく習性は、むかしから一郎にあって、これは刑事の話ではなく私が附記する余談だけれど、一郎は幼年の日から、行きずりの人に話しかけて、すぐに親しくなり、トコトコとその人の家までついてゆく。福岡に暮していた三四歳の頃だったが、一日行方を失って、夕方近く帰ってきたことがあり、訊いてみると、乞食《こじき》のおばさんにくっついて歩きまわり、映画を見物して帰ってきたと云うのである。

その頃、私は小さな劇団をつくっていたが、ドシャ降りの或《あ》る日、一郎が合羽を着て出ていったまま帰って来ない。すると夕暮近く、大勢の劇団員が集ってきて、今日会合があるそうですねと云っている。そんなバカなことはないと答えるが、いや一郎君が出迎えにきましたよという話だ。近いところならまだしもだが、焼跡の一本橋を渡ったり、銀行にまわったり、ドシャ降りの中を、私の友人達を集めてまわり、最後に同じく劇団員のラシャ問屋の主人から、自動車に乗せられて帰ってきた。この時は、雨降りのつまらなさから、にぎやかな会合を催してみたくなったのでもあろう。

いや、思い出してみるとこんなことならザラだ。その時も、一郎が朝から行方を失っていると思ったら、午後になって、一羽のオーピントン種の鶏《にわとり》を抱えて帰ってきた。もちろん生きている鶏だ。訊いてみると、道に落ちていたというのである。その現場まで、子供にくっついて行ってみたが、とても鶏が落ちているような道ではない。念の為《ため》に、真黒い鶏を飼っている家をあちこち訊ねてまわったけれども、とうとうわからずじまいのままで、その鶏を仕方なく私の家で飼ったこともある。

本人にとって不利になることか、有利になることか、知らないが、私は一郎の幼少の時からの習性として、その一二の話は刑事にもとりついだような記憶がある。

さて、刑事の話に戻ろう。

一郎がトコトコと、その外人住宅の玄関口から入り込んでいった時に、丁度管理人のおばさんがいて、当人をアルバイトの学生だと思い込み、叱って追い返したらしい。一度その家を出た一郎が、家人のスキを見て、どうしてまたその家に忍び込んでみようと思ったか、このところは、刑事の話もあいまいであった。一郎そのものも、自分で納得出来るような理窟《りくつ》が立たなかったものであろう。

好奇心？　勿論《もちろん》、あったろう。異様なスリル？　それもあったろう。日頃放ったらかしにされつづけているその父への報復？　こいつは強かったに相違ない。継母に対する反感？　これもあったろう。その父が年若い愛人との同棲《どうせい》生活にうつつをぬかしている現状に対する反感？　これもまた、下萌《したも》えしている少年期の性の衝動と重なって、重苦しい挑発と刺戟《しげき》を与えつづけていたことは確実だろう。

それらをみんなより合わせて、物狂おしい、咄嗟《とっさ》の行動に移っていったに違いない。

「ザマを見ろ、あいつらが、ふるえ上ってびっくりするぞ」

強いて想像してみれば、先《ま》ずまあ、こんなことではあるまいか。写真機や、首飾は、結果としての出来事で、欲しいには欲しかったただろうけれども、目的であったか、どうか。

しかし、早急な判断はむずかしい。ほんとうの目的は、金銭に対する衝動的な慾望《よくぼう》であって、周囲の状況がそれに恰好な口実と、自己弁護を与えたかも知れないからだ。何《いず》れにせよ、一郎は再び、その外人の邸内に忍び入る。家蔭《かげ》の桜の木を這《は》い登って、二階の窓へ飛び移る。机の上の写真機をとり、抽出をあけてドル紙幣をつかみ、真珠の首飾をポケットに入れ、最後に認識票の腕輪を物珍しく手に取ってみる。

貴重な腕輪とでも思ったか、それとも面白い外人の持物とでも思ったか、それもポケットに入れて、今度は廊下を通り抜けて、階下の玄関から出たらしい。

相手は外国軍人だ。発見されれば、ピストルで狙撃《そげき》されることだってあり得たろう。が、幸か不幸か、誰にも会わなかったようだ。そのまま、P山からまっしぐらに降りて鎌倉駅の前に出た。駅前食堂でライスカレーを喰っている。喫茶店に入りこんでいって、コーヒーを飲んでいる。

どこかへ移動する気もあったろう。駅の構内に入りこんでみたり、また出たり。

夕暮から十時ぐらいまでの、この無為の時間が、耐えがたかったに違いない。

さて十時前後。駅前交番に自首して出るつもりになったと本人は云っているそうだ。

交番の側まで行ってみたが、生憎と、酔っぱらいが二三人、交番の中に呼びこまれていて、何か説教でもされていたらしく、何遍行ってみても、その騒ぎの方が大きくて、入る気がしなかった。

そこで、行き当りばったり、一軒の宿屋に入りこんでみたところ、ちゃんと、泊めてくれたというから不思議である。

十四歳。中学二年。もっとも年齢の方はどう見たって十四歳に見えないから、いい加減に書き増したろうが、住所氏名は、本名のままであった。

ここで、一泊。よく眠れなかったと云《い》っていたそうだが、どんなものであったろう。風呂敷《ふろしき》の中の写真機を取出していじりまわしてみたり、認識票の番号や姓名に見入ってみたり、ドル紙幣を数えてみたり、すかして見たりしたろうか。

一泊千三百円の支払いを済ませ、翌《あく》る日の昼近く、その宿を出たようだ。鎌倉の町中をぶらついて、やがて、警察の隣に、古物商のあるのに気がついた。ツカツカと入ってゆく。風呂敷の中から写真機と首飾を取り出して、

「おじさん、これを買ってくれない?」

「ほーう、そんなの、どっから持ってきたの?」

「うちからだよ……」

もうその時には、店員が隣の警察にかけつけていたわけだ。

すぐに警察に連行して、所持品を取調べてみたところ、盗難届出のあった全部の品物が揃《そろ》っていた。

「アハハ、無邪気なもんですよ。交番の脇《わき》はうろついてくれる。品物は、警察の隣に、全部、持ってきてくれる。だから、何故《なぜ》やったかということになりましょう。坊やは、お父様にかけつけて来て貰いたかったからだと云ってるんですがね。まあ、甘えたかったわけでしょう。立ち寄った先は、みんな問合わせてみましたが、自供の通りです。駅前交番でも、昨夜十時頃、酔っぱらいに注意してやっていたところ、その後ろから、同じ学生らしいのが何度ものぞきこんでいたようだったと云っていましてね、アハハ、折角つかまえられに来てくれてるのに、ほったらかしにしたりして、全く申訳ないですよ」

　刑事はそう云って、私達の気持をひきたたせるつもりなのだろう、愉快そうに笑い終る。

「さて、坊やの財布を預っておりまして、五千円から本人が云った通り、費消した額をメモしてみましたが、ちょっと坊やの思い違いらしく、百六十円ばかり足りません。アハハ、私がゴマすった訳じゃないですよ。それに坊やがさっき、丼《どんぶり》を喰いたいと云ったから、その丼代もひいてます。おあらためになって、お受取り願えませんか。これは、お母様がいいかな……」

刑事は、見おぼえのある一郎の財布を、細君の前の卓上に置くと、今度は声を低めて、

「それから、学校の方には一切通告しませんから、御心配ないように。しっかり、頑張ってくれるように云って下さい。今晩は、まだ相当興奮しているようですから、あんまりお灸《きゅう》をすえられるのもよしあしでしょう。まあ、あとでゆっくり話して聞かせたら、きっとわかりますよ。ところで、新聞の方ですけど、これは私の方で一概にとめろなどというわけにはゆきませんでしてね。親御さんも御迷惑だし、坊やも傷つくから、なるべくこんなこと扱わない方がいいだろうとだけ云っておきました」

「色々と、ほんとうに有難うございました」

と私はこのワケ知りの刑事に心から感謝するのである。刑事はふりかえって、

「おーい、坊やを連れて来い。あの、坊や……」

部下に向って云っている。

やがて、一郎が、その警官の後ろからノッソリと歩み出してきた。

「デカイからな。中学二年の癖に、オレとおんなじじゃないか」

とその警官が一郎をふりかえりながら笑ってみせたが、まったく、大人なみの体格だ。

「坊や。よく眠れたか？」

「はい」

「どうだ？　あすこの居心地」

「よくないよ」

とベロを出したけれども、机の前に坐《すわ》らせられると、たちまち、両手で頭をかかえながら、その机に俯伏《うつぶ》して、ワアワアと大声で泣きはじめた。

「泊りたかったら、もう一晩とめてやってもいいけど、お父様方が迎えに見えてるから、一緒に連れて帰って貰うんだな」

「このまま連れて帰っていいのですか？」

と私はびっくりした。

「ええ、どうぞ。ただ、明日、もう一度ここまで来ていただいて、家庭裁判所の係りの者に会って貰います」

「私だけですか？」

「いえ、やっぱり坊やも、お母様も、御一緒の方がいいですね」

と刑事は今更のように、私達一家の顔を眺めまわしながら云った。

「今晩は、こっちにお泊りですか？」

「はあ、P山で待っててくれてるもんですから……」

「ああ、あすこ？　じゃ、タクシーを呼んであげましょう。別段アンダースンさんのところは、顔出しなさらなくってもいいですよ。よーく諒解《りようかい》してくれておりますから」

「じゃ、本当に御迷惑をかけました。失礼いたします。一郎、帰ろう」

と私が云ったとたん、両頬を泣きはらしたまま、一郎がバネ仕掛けのように立ち上った。

「一郎ちゃん、お礼を申し上げなさい」

細君の声に、

「すみませんでした」

一郎は大声になる。刑事に送られながら、そのままゾロゾロと、玄関に出ていった。

折よくタクシーがすべり込んでくるのである。

「じゃ坊や、つまらんこと、クヨクヨするんじゃないぞ」

「はい」

と一郎が助手台に乗込みながら答えている。自分の犯罪にいつまでもおびえるなという意味か。しかし、何となく、刑事が一郎の訊問《じんもん》の途中、二人だけで話し合った続きのことのように思われた。或《あるい》は、私の家の火宅の様相をでも云うものか。そのまま、車はすべり出してゆくのである。

大町文子の家はどの部屋も、明りを煌々《こうこう》とつけて、待っていてくれた。

「まあー、よかったわ、こんなに早く帰れて、ね、一郎ちゃん」

しかし、もうとっくに十二時を廻っている。

座敷の卓上には手のこんだ酒肴《しゅこう》までがちゃんと並べたてられてあって、その中央に、私が危うく遭難しかかった例の弁当が、山のように積み上げられてあった。

「一郎。弁当とシュウマイを食べなさい。その弁当には、オレの命がかかっているんだぞ」

私と細君は笑ったが、もちろんのこと、一郎にも、大町文子にも、意味が通じるわけがない。細君は一生懸命その説明をしていたけれど、現場に居合わせなかったせいか、余り要領を得なかった。一郎はただ黙って、ムシャムシャと弁当を喰っているだけだ。

「済みませんが、一郎は昨晩眠っていないらしくって、疲れてるようですから、どこでも、ころがしてやってくれませんか」

「それじゃ、離れがいいわ」

大町文子が立上ると、

「オレ、眠る。おやすみなさい」

一郎はその後ろに続いて、さっさと座敷を出ていった。

私も疲れ切っていたが、大町文子の好意を一概に無にすることも出来ず、三時近くまで飲んで、したたかに酔った。細君は浴室に立っている。

「お疲れでしたら、あっちの部屋に、床をのべておりますよ」

文子の言葉に立上って、その部屋までよろけていってみると、わざわざ夫婦だけの同衾《どうきん》のねやに仕立て上げてくれていた。

今の細君と、そもそも結婚の糸口をつくったのが、文子であり、私が恵子と事を起した直後、細君が逃げてきたのも彼女のところであってみれば、文子が私達の縒《よ》りを戻すのに人一倍心を砕いている気持はよくわかる。

どうだっていい。そんなこととは全く別に、このきわどい一日の苦楽を共にした女への情念が、にわかに渦を巻いていて、私は蒲団《ふとん》の中でひそかに、細君の体を待っているのである。やがて、

「お側にいいんですか？」

細君のかすれるような低い声よりも先に、私の興奮の手が、もどかしく、彼女の腰のあたりを毛布の中にひきずり込んでしまっている。

翌朝は驚くばかりの快晴であった。そう云えば、もう五月二日だ。大町文子の家の庭先から見下ろせる相模湾《さがみわん》が、まるでとろけはてたようななまめかしい波の色を見せている。

「泳げばよかったね、チチー」

と一郎が昨日のことはまるっきり忘れてしまったような暢気なことを云っていた。

大した道程でもないから、町まで歩こうということになり、私達親子三人は、大町文子から送り出されるままに、山を降りはじめた。そこから別れ途になり、大町文子は立ちどまって、

「アタシはここから帰ります。一郎ちゃんがやってきて、また留守だなんてことになったら大変だから。ね、一郎ちゃん」

そのまま慇懃《いんぎん》に別れをつげた。ムンムンとむれるような青葉の道である。それにしても、こうして親子三人、まるで物見遊山《ゆさん》にでも出かけるようにのどかにいたことなどあったろうか。無い。強いて云えば、私と今の細君が結婚したばかりの時に、三歳の一郎を新妻が負ぶい、船小屋の駅から、鉱泉宿まで、トボトボと歩いた時たった一度だけだろう。しかし、あの時は霙《みぞれ》の降りかかる寒い冬の日だ。私は国民服一つ、一郎は小さくなってしまった貰《もら》いものの古着のラシャ服、細君は酒袋の廃品でつくったスーツだけ、みんなオーバーも着ず、その細君の背中の上で、途々、一郎がおしっこを洩《も》らし、それぞれにみじめな想《おも》いを味わった。昭和二十一年の十二月のことだろう。

あれから十一年。打ち見たところ、一流の衣裳《いしょう》をまとった仲睦《むつ》まじそうな親子三人だが、その実、暮している家は三人、別々だ。歩いている行先も警察なのである。

それでも、三人連れ立って歩いていると、何というか、たとえば死場所のような安らぎがあった。めいめい別々のことを考えながら、もう幸福をも願わない、死場所のような安らぎが……。結局、俺はここに帰るのか。

あわてて、首を左右に振りながら、奮い立つのである。

警察には、昨日の刑事は見当らなかった。しかし、連絡はしてあったらしく、渡り廊下を抜けた先の別棟の事務所に通された。

昨夜の刑事だまりとは、ガラリと様子が変っている。卓上も、戸棚の中も、堆《うずたか》い文書の山だ。

その文書の中に埋っているような一人の事務官(?)に紹介された。

「どうぞお掛け下さい」

と傍らの椅子《いす》が二つ指さされる。その係官は、堆い文書のなかから、調書を一つ抜きとって、たんねんに見ていたが、

「そうですね。お子さんの方は、しばらくはずしていただきましょうか?」

「あのー、僕、どこに居《お》ります?」

と一郎が訊いている。

「そうですね、玄関のところに待合の椅子があるでしょう。あすこででも待ってて貰いましょうか」

「私はどうしましょう？」

細君までが浮き足立ったようだ。

「いやー、奥さんは、こちらでどうぞ……」

またしばらく、係官は調書に見入っていたが、ようやく型通り、姓名、関係、年齢等を念入りに訊いていった。事件のあらましの経過が終ると、

「お子様は学校も欠席がちだそうですね」

「はい。子供の母親が三歳の時、結核で死にましたし、あの子供も、小学校の二三年の時に、レントゲンの所見が悪く、要注意ということでしたから、本人の気随気儘《きまま》にさせた悪い習慣がずっと続いているようです」

「まあ、それも程度問題ですからね。余りの放任では……」

その通りだから私は黙る。

係官は今度は細君の方に向き直って、

「奥さんは後添いでいらっしゃいますね？」

「はい。一郎の継母にあたります」

「奥さんを前にして何ですけれども、やっぱり家庭の環境が、一番子供を支配しますから。絶えずいい環境を、それも積極的につくってやるようにいたしませんと……」

「その点では、私の家は極めて不適格です。私は酒を飲みますし、私のところに集っ

てくる友人達は、みんな豪傑気取り、昔を思い出して、学校をサボったことだとか、落第したことだとか、酒を飲みながら、そんな自慢話ばかりです」

「まあ、成功者の方にはどこにでもありがちなことですね。これもまた、程度問題でしょう。ところで、大変訊《き》きづらいことですが、職務上だと思って、許して下さい。桂さんは、昨今、お宅にはいらっしゃらないそうですね？」

「はい、殆《ほと》んど居りません」

「何ですか、奥様とは別の御婦人と同棲《どうせい》していらっしゃるそうですね？」

「はい、別の女と同棲しております」

「それが、お子様にどんな影響を与えるかということは、もちろん、よく御存じでしょうね？」

「はい、知っております。私の家庭が社会人として甚《はなは》だ不適格の環境であり、子供を社会人として成長させる上にきわめて悪い影響を与えているだろうということは、自分なりによく知っているつもりです」

「でしたら、もう少し、賢明に、その環境を変えてあげられませんか。みすみすお子様を破局に突き落していらっしゃるようなもんじゃありませんか？」

「いやー、破局に落ちているのは私です。ただ、私は自分なりの誠実で、せいいっぱいに生きているつもりですから、破局だからと云《い》って、よけるわけにはゆかないのです」

「じゃ、お子様の訓育などというものは放棄なさっているわけですか？」

「いやー、放棄しているわけじゃありません。どんな悪影響を与えていようと、それなりの訓育は、やっているつもりです」

「それなら、今度のようなことが繰り返されやしませんか？」

「もし、繰り返されるとしても、それは、やむを得ないと思うのです。どんな人間だって、それぞれの環境を負って、生きて来たでしょう。人様や社会にたいしては、重々申訳ないけれど、私も、私なりに生きることをやめるわけにはゆきません。やがて、破局ははっきりとやってくるでしょう。いや、もう、やってきたところかもわかりません。しかし、それなりに落着するのを待つほかに、今は私に、何の手立てもないのです」

「じゃ、どうとでもなれと仰言《おつしや》るのですね？　手を拱《こまね》いて……」

「いや、その反対です。戦っているからこそ、破局もあるのじゃないですか。手を拱いてたら、破局なんぞないでしょう。どんなに悪影響があろうと、生きている姿のままの私から、子供はそれなりのものを汲《く》みとって、大きくなる以外にはないわけです」

「でしたら、お子様を、思い切って、どなたかしっかりした方のところに、お預けになりませんか？」

「はい、それは、考えてみます」

「出過ぎたことを色々と申し上げて、お気を悪くなさらないように願います」

「いやー、こちらこそ、御迷惑をおかけした上に、勝手なことを申し上げて……」

私は、一時の昂奮《こうふん》を恥じらうのである。

「では、それだけです」

係官の言葉に私達は立上って叩頭《こうとう》したが、先方は伏目がちにお辞儀を返し、すぐに、次の書類の点検に移るようだ。

私達は渡り廊下をきしませながら、刑事だまりの方に出た。思いがけなく、一郎がその部屋に入りこんでいて、いつ出勤してきたものか昨夜の刑事と、声高に談笑し合っているのである。

私は生き返ったように、その刑事の側によってゆき、

「昨夜はほんとうに有難うございました」

「もう、済みましたか？」

「はい」

「それはよかったですね。坊や、また来いよ」

「うん、来るよ」

と一郎が大はしゃぎで答えている。

「遊びに、だぞ。つかまりにくるんじゃ、ないぞ」

その刑事の太い哄笑《こうしょう》に送られながら、私達は警察をあとにする。

どういうわけともなく、私はもう一度、無性に海が見たくなってきた。しかし、一二時間の睡眠で疲れ切っているらしい細君には気の毒だから、

「ちょっと、海辺を歩いてみたくなってきた。疲れてたら、ここの駅で待っててくれていてもいいよ」

「一郎ちゃんは？」

と細君が、かえって子供の方に訊いている。

「オレ絶対行くよ。泳ぐよ」

「バカね、こんな日に泳いだりしちゃ、駄目よ。九州の海とちがうのよ。やっぱり、アタシも一緒に参ります」

と細君も、一人で駅に待つのは昨日でこりごりしたらしい。

それなら、車にした方がいいだろうと、タクシーを呼びよせた。タクシーに乗ったとたん、

「そうだ、海をまわりながら、大船にぬければいい。遠まわりでもよいから、なるべく海の見えるところを走ってくれませんか」

波は相変らずベタ凪《なぎ》のままだけれど、海の色は、いつのまにかすっかり変った。不思議な桃色を呈している。

「オレはちょっと降りて歩いてみる。少し先の方で待っててくれないか。あの部落のあたり……」

細君もちょっと降りたげに、腰を浮かせて、海を見廻したが、

「一郎ちゃん、ほんとに泳いだら駄目よ。着換えも何もないんだから……」

「裸でいいさ」

「駄目。手拭《てぬぐい》も何もありません」

そのまま車はゆっくりと先に走り出した。

疲れているせいもあるが、まったく気が遠くなるような海だ。波打際《ぎわ》に、低い波が、申訳のようによろけている。

「泳いじゃ駄目？」

と一郎がハッキリと私に訊くのにも気兼ねがいるのか、低くひとり言のようにしてつぶやいた。私は肯定も、否定もしない。黙って、この波の色の中に安らぎたいのである。一点の芥子粒《けしつぶ》のような船が、長大な漾《なみ》をひきずっている。

「やめとこうか？」

と一郎がまた云ったから、

「一郎。自分で信じられることなら、断頭台にかかるところまで、やったっていいよ。あとで人のせいにさえしなければね……」

何を思い違ったのか、

「じゃ、やめとこう」

照れ臭そうに、靴をぬいで、波打際を走りはじめた。

車に帰ってみると、細君が自分で扉をあけて、

「そこに素敵な小鰺《こあじ》があるんですよ。潮の中から、今、掬《すく》い取ってきたみたい。背切りにでもして食べたらきっとおいしいでしょう」

「どこだ？」

「あの出っぱったお家。店の前でいつまでもとめとくのおかしいから、車を後戻りさせたんです」

行ってみるとまだ黒ずんだような小鰺が、大きな角槽いっぱいに盛り上げてあった。

「綺麗《きれい》だな」

「そりゃそうさ。今から市に出すシロモノだ」

私はその小鰺を大籠《かご》一杯買って、一郎に持たせたが、魚屋が後追いして、車まで氷を運びこんできてくれたりした。

さて、東京駅に降りたったとたん、

「オレは銀座で飲んでいく。一郎、お母さんと先に帰っててくれないか」

「ああ、いいよ」

一郎は大籠をブラ下げながらうなずいたが、事件のあとだけに、何となく心細そうな面持ちだ。

「でしたら、この鯵、どうします？」

と細君が訊いている。

「配ったらいいじゃないか。心配してくれた連中に……」

「だってそんな……。誰にもまだ知らせたりしておりませんよ」

「おばあちゃんは？」

「そりゃ、おばあちゃまだけは知ってらっしゃるけど……」

「だから、おばあちゃんとこと、親類全部に配っときなさい。オレの分だけは塩して貰っといたらいい」

「チチ、今晩帰る？」

と一郎が細君の名代のようにして、おっかなびっくり訊いている。

「うん、遅くなっても帰る」

しかしながら毎度のことだ、誰もそんな言葉なんか信じている者はないだろう。一郎と細君が、いたわり合うようにして、暗い地下通路の方に抜けていった。

私は銀座の酒場の酒を浴びるように飲んで、禊《みそ》ぎたいのである。この火宅の夫は、とめどなくちぎれては湧《わ》く自分の身勝手な情炎で、我が身を早く焼き尽してしまいたいのである。しかし、かりに断頭台に立たせられたとしても、我が身の潔白なぞは保証しない。いつの日にも、自分に吹き募ってくる天然の旅情にだけは、忠実でありたいからだ。

それが破局に向うことも知っている。

かりに破局であれ、一家離散であれ、私はグウタラな市民社会の、安穏と、虚偽を、願わないのである。かりに乞食《こじき》になり、行き倒れたって、私はその一粒の米と、行き倒れた果の、降りつむ雪の冷たさを、そっとなめてみるだろう。

我が枕《まくら》

事件が事件だから、一郎の身の上の処置だけは、日頃うつけ者の私も、苦慮したところである。

新聞は、ある三流紙の地方版が全くの匿名《とくめい》で事件を取上げた外は、四大紙の好意的な申合せなどもあって、いずれも不問にしてくれたらしい。だから学校も、従来の学校で差支えはなかったが、本人の一郎が強く転校を希望していたし、私も本人の心機一転を期待して、転校出来るように努力した。

幸い友人の壺野の親類に、中学校の教師Oさんがいて、何くれとなく相談に乗ってくれ、そのOさんの学校に、何とか転入させてやれるようにしようと、云《い》うことになった。

新学期早々のことであり、急な転校は何となく不自然だから、その学校の近所の或《あ》る有力者の家と私とが昔からはなはだ昵懇《じっこん》であって、私の欧米旅行中に、一郎を預ってくれる予定だからという筋書までつくって貰《もら》って、私はその有力者夫人のところへ、出向いて行ったりした。

事実私は、近く欧米旅行へ出発する予定であったし、いっそのこと一郎を私の欧米旅行に同伴しようかとも考えたほどだったが、事件を起した直後の未成年者の渡航は、さしさわりがあるだろうと忠告してくれる友人があり、ようやく一郎同伴のことを思いとまったようなものだ。

私は壺野の親戚《しんせき》のO教師に伴われてその有力者夫人のところを訪れたが、案ずるよりは産むはやすい。

その夫人の馳走《ちそう》になって、酒まで頂戴《ちょうだい》し、私は十年の知己に逢《あ》っているような心安さで、遅くまで喋《しゃべ》りこんでしまったりした。先方の夫人は私の小説を読んでくれており、その作品中の一郎のことをよく承知していて、強い同情を見せてくれた。何も筋書などあったものじゃない。事実、大歓迎で預ってやってもよいというぐらいの有様で、私の杞憂《きゆう》は一ぺんに消しとんだ。

しかし、もとより夫人の好意にどこまでも便乗する気はない。転校さえ出来たら、一郎の身柄のことは、Oさんが一切面倒を見てやろうと云うことである。

案じていた一郎の転校は、みんなの好意で、スラスラと成就《じょうじゅ》した。

一郎はOさんの隣の家に間借りして、朝も起してもらい、夜のおやすみまでOさんの世話になっている有様らしく、

「心配ありませんよ。でも、一度激励にやってきて下さい」

と云うOさんの電話をたよりに、夜分、Oさんの家を訪ねていってみると、一郎が雨垂拍子のピアノを叩《たた》き、Oさんがヴァイオリンを弾いて合奏している有様で、

「毎晩、こうなんですよ」

紅茶を入れてくれるOさんの奥さんの顔に見入りながら、こんな生活もあるわけかと、私は市民社会のこともなげな安穏さを垣間《かいま》見た心地で、異様な感慨に見舞われるのである。

私にとっては、まるで修羅場《しゅらば》の中から、パノラマの楽園をでものぞき見るような、けうとく、だるい、感動だ。出来ることなら、一郎を、このような市民社会の安穏と

秩序と幸福に近づけたい。しかし、出来なければ、またやむを得ないだろう。その、父が出来なかったのだから……。

私はOさんにくれぐれもよろしく頼みこんで、その家をあとにした。一郎がちょっと玄関まで、私を送り出しにきて、

「父、またいつ来てくれる？」

「さあ、いつでもいいよ」

息子の声をふり棄《す》てるようにして闇《やみ》にまぎれ込む。

Oさんの話で、時々一郎がラーメンを食べに行く店だと聞かされた駅前の食堂にふっと入り込んで、ビールを飲みはじめた。

店内は、電車から降りたBGだの湯上りらしい学生だのが、入れ替り立ち替り入りこんできて、ラーメンだの、蕎麦《そば》だの、カレーライスだのと、零細な食べ物を食べては、また立ち去ってゆく。

私は一人閉店近くまで飲んだ。どうやら、雨でも降りはじめたらしく、濡《ぬ》れてかけ込んでくる人や、洋傘の客が雫《しずく》を垂らしながら入りこんでくる。

しかし、今夜はもう一郎は来ないらしいと思ったから、店内の電話のところに立っていって、目白の自分の部屋にかけてみる。

「やあ、居るの？」

「居るのって、一さんこそ、どこに居るの？」

「今、一郎のところに行ってきたとこだ。一郎の宿の近所の蕎麦屋。あんた、まだ起きてるのかね？」

「起きてますよ。どうして？」

なるほど、低くレコードでも鳴らしているようである。

「だったら、渋谷のヒゲのところに来ない」

「飲むんですか？　今から？」

「ああ、雨が降ってるんだよ」

「だったら、およしなさいよ。帰っていらっしゃいよ」

「オレは今夜は浅草に泊りたいんだ。だから出ていらっしゃい」

しばらく恵子は黙りこんでしまっていたようだったが、

「じゃ、行くわ」

私は恵子と渋谷で落ち合って、またしばらく飲み、車を浅草の家に走らせたが、何となく二階の様子が変である。

下のマッサージの親父《おやじ》さんに声をかけてみたら、

「タ、大変ですよ。今朝方さ、お隣のコレが……」

と小指を出して見せて、

「お昼まで起きないってんで、調べて見たら薬を飲んでるんですよ。すぐに病院に運びこんだんだけど、今しがた亡《な》くなったって云うんですよ」

私は恵子と顔を見合せて仰天する。お隣と云っても、壁一重の隣の部屋だ。洗面所も、炊事場も、まったく一緒の隣人なのである。いや、時折は愛撫《あいぶ》の呻吟《しんぎん》が聞きとれる程で、固唾《かたず》をのんだこともあった。

彼女を私の部屋に呼んで一緒に飲んだこともあれば、向うの部屋に呼ばれて御馳走になったこともある。

背丈のスラリとした二十五六歳の美人であった。つい最近までK座のアクロバットをやる女優さんだったとかで、興行師のUさんに見初《みそ》められ、ここに囲われていたわけだ。その頃の写真を沢山見せて貰《もら》ったこともある。なまめかしい、純白の肢態がくねりまがったその異様な写真を、どうしても私は平常心で見られなかった程だ。

風変りな女性で、ポケット・マンキーを飼いならし、いつも肩にのせていた。ただそのポケット・マンキーの糞尿《ふんにょう》の後始末をした雑巾《ぞうきん》を、流しで洗うから、これには私達もいささか閉口させられたものだ。

彼女と銭湯で会った恵子の話によると、全身桜花と人魚の入墨をしていたそうである。アクロバットのダンサーをやめて、U氏に囲われた直後に、操《みさお》をたてるつもりで彫りつけたものかもわからない。ただ、その入墨のことだけは、

「こんなの、やらなければよかったわ」

と恵子に何度も悔んで語っていたそうだ。

少しく前にも、睡眠剤を飲んだらしいとか、隣で騒いでいたことがあったが、この時は医師の手当で難なく恢復《かいふく》し、よく鼻唄《はなうた》など唄っているその後の陽気な彼女の様子から、ほんの気まぐれな遊びだろうぐらいに思い込んでいたのに、やっぱり彼女なりの抜きがたい憂悶《ゆうもん》があったのだろう。

私達はとりあえず隣の部屋に、お悔みを云いに行ったが、U氏は居《お》らず、U氏の友人のIさん夫妻が、

「ほんとにお騒がせしてすみません」

と鄭重《ていちょう》に云っていた。死体はIさんの家に引取るらしく、ここはこのままでみんな引揚げるから、よろしく頼むと云うことであった。

「どうします？　目白に引揚げる？」

と恵子は何となく気味悪がっていたが、私は下の親父さんを呼んで、また酒にした。三時近くまで、亡くなった女性の噂話《うわさばなし》をむし返したが、

「気をつけて下さいね。あんまり粗末にされると、アタシもお隣の真似《まね》ぐらいやりますからね」

恵子がわざとのように例の鬼相をつくって見せたから、下の親父さんが両手を振っ

て、

「よ、よして下さいよ。矢島さんにやられちゃったら、もう、ここの二階は借り手がなくなりますよ」

ようやく、愉快な談笑に終るのである。しかし、さすがに恵子は便所に一人立ちが出来ないらしく、

「ね、ついてきて……。怖いのよ。ポケット・マンキーがじっとアタシに見入るのよ」

なるほど、廊下に出てみると、檻《おり》の中にポケット・マンキーがジッと跼《くぐま》っていて、一点に見入っている様子なのが、一種凄涼《せいりよう》に感じられる。私達は堅く抱き合って眠り、その翌々日の葬儀に立ち会うと、早々にして、目白に引上げていった。

一郎の処理が一段落ついてから間もなくのことだ。恵子と私がくらしている目白のアパートに、P山の大町文子から思いがけない電話がかかってきた。

「その後一体、どうなさいましたの？　音も沙汰《さた》もないものですから、アタシおこってますのよ……」

と口先だけはちょっと気色ばんでいるが、たちまち調子が変り、

「アタシのところね、今、そりゃ素敵ですのよ。新緑が綺麗《きれい》ですし、薔薇《ばら》がいっぱい

ですし、海が真青で、魚屋さんが、毎日、ピンピンはねるようなお魚を持ってきますのよ。ですからね、パーティを致しましょうよ。ね、よろしくって。今度の土曜、日曜よ。お友達を四五人連れてきていただいて結構ですわ。飛びっきりの自家用酒を三升ばかり用意しております。絶対よ。どんなに忙しいお仕事がおありでも、スッポカシはだめです。アタシ、もうお魚屋さんにみんな頼んでしまったんですから。お魚代は全部桂さんに支払っていただくんですよ。わかりました？　ほんとに、何の御挨拶《あいさつ》もないから、怒ってたところですから、そのつぐないをしていただかなくっちゃ……。じゃ、土曜日曜、間違ったら、困りますわ。全部で五人分の用意をしておきます。それから、あなたの奥様も、前の晩から、お手伝にお呼びしときますからね、承知しといて下さい」

大町文子は、抑揚たっぷりの声で、それだけを一方的に云い終ると、そのまま電話はガチャリと先方から切れる。

「誰からなの？」

と恵子が不思議がっている。

「P山の大町文子からさ」

「何のこと？」

「一郎の事件後、挨拶に来ないって怒ってるんだよ」

「じゃ、行っていらっしゃいよ。一人で？　それとも一郎ちゃんと？」

「いやー、別段一郎を連れて行くことはないだろう。怒ってるったって、それはうわべのことで、大町文子は山で宴会がしたいらしいんだ。だから、苅田とか、Mさんとか、Fさんとか、みんな誘って押しかけて行ってみよう」

肝腎《かんじん》の細君のことを省いているから、恵子は何となく話の納得がゆかない模様で、

「日帰りでしょう？」

「いやー、土曜から来いって云っている」

もちろんのこと、恵子は余り愉快な顔をしなかった。私にしてみれば、恵子につつみかくして、細君と密会にゆくようなものである。しかし、そのうしろめたさと一緒に、なにがしかの昂奮《こうふん》を感じはじめているのも事実であった。一郎の事件の衝撃が、細君との連帯感を俄《にわ》かに深めたようなものである。

早速、私の連載小説を担当してくれているH新聞のM部長や、Y新聞のFさん達に電話して、P山で、一席宴を張りたいと云っている怪美人がいるから、今度の土曜に、一泊の予定で出かけてみませんかとそう云ってみた。

「へえ、怪美人ですって？　私達もいいんですか？」

「ええ、場所が素敵なところですから、きっと面白いと思います」

「じゃ、お邪魔じゃなかったら、お供します」

M部長も、Fさんも、友人の苅田も、至極気軽に、一緒に同行すると云っている。

当日は、私も午前中に二日分の新聞小説の仕事を片附けて、ハイヤーを呼んだ。

「アタシ、つまんないから、映画をでも見とこうっと……」

そう云う恵子を有楽町まで乗せていって、車から降ろす。

「早く帰ってね」

と恵子は車のウインドウに顔をくっつけるようにして、人差指をこまかに揺ぶりながら、別れの挨拶だ。私が意識的に恵子をあざむいたのは、これがはじめてだから、さすがに余りいい気持はしない。

それでも、M部長を拾い、Fさんを拾い、苅田を拾い、自動車の中にウイスキーや、罐詰《かんづめ》の類を積みこんで、六郷橋を渡る頃から、まわりのまばゆい五月の陽気に、有頂天になるのである。

「怪美人とは一体、誰ですか？」

とM部長たちが訊《き》いている。

「いやー、作家志望の一風変った女ですよ」

事実それに違いはないが、まさか、今日の行先に私の細君も待っているなどとは云えた義理ではなかった。

しかし、私自身にしても、日頃の細君に会いに行くような気がしない。当の大町文子よりも、怪美人とは、私の細君のことではなかったかと、あやしい惑わしをさえ感じてくるような心地である。

持込みのウイスキーをあおりながら、よく晴れた保土ヶ谷から、戸塚あたりの起伏を眺めて過ぎてゆく。鯉《こい》のぼりが、そここの甍《いらか》の上にあった。

その昔、私は鯉のぼりをあげるのが殊《こと》のほかに好きで、一郎次郎弥太の幟《のぼり》まで染め抜かせ、赤黒さまざまの鯉のぼりをあげては、莫迦々々《ばかばか》しく騒いだものだが、次郎が発病以来、とんと鯉のぼりなどあげてみる気がなくなった。弥太など、おそらく自分の家で鯉のぼりをあげる行事なぞ知らないだろう。

大船からP山にさしかかる道は、ついこの間、細君と二人して辿《たど》った苦渋の道だ。しかし、その山上に、まるで細君と密会をでもしにゆくようなこの有頂天の気持はどういうことだろう。全くの話、生涯を身勝手な浮動心にゆだねてしまったような軽薄妄動《もうどう》の性情が、自分ですら、いぶかられる程だ。

律儀《りちぎ》な警察官に問いつめられ、まるで愛と義にでも殉じているような口吻《こうふん》に居直った癖に、そういう鉄石の愛情や義心など微塵《みじん》程もなく、毎日有頂天、愛人の側をするりと逃れ出して、別れた筈《はず》の細君と密会をしに急いでいる。同行の諸君だって、私の細君が待っていることを見届けたらきっと唖然《あぜん》とするだろう。

車がP山のいただきにさしかかるにつれて、なるほど囲繞《いにょう》するウルトラマリンの海の色と、青葉の色が、目に痛いほどであった。

大町文子の家の前に停車する。車を降りながら、しばらく、一郎が事件を起した当の外人の家のたたずまいに眺め入るのである。

「まあー、ようこそ」

と特徴のある大町文子の声が、車の音を耳聡《みみざと》く聴きつけたのか、走り出してきた。私は友人達をふりかえりながら、座敷に上り込んでゆく。

「いらっしゃいませ」

と私の細君が、その座敷で、勿体《もったい》ぶって両手をついて出迎えたから、

「なーんだ、奥さんか……。すると怪美人というのは二人ですね」

苅田も、M部長も、Fさんも、顔を見合わせながら、あきれかえったような面持ちである。

おそらく細君は昨夜からやってきていたのであろう。ついぞ見慣れない真赤な着物などを着用に及んで、さすがの私も戸惑うのである。

私の細君は常日頃、自分で着物を見立てて買い入れたりすることが全くない。いつも私が酔った揚句などにドサドサと買い込んできたものだが、いくら酔っていても、私は自分の見立てた色や柄は、自分の体質の反映のようなものだから、すぐにわかる。

しかし、今、眼の前に細君が着込んでいるその見慣れない着物の色と柄を眺めやりな

がら、私は細君がどこかへ再婚をでもしたようなにわかな狼狽《ろうばい》を感じるのである。するとこの私は、恵子と同棲《どうせい》しながらも、暗黙のうちに、細君が私の圏内から立去らないというようなひそかな安堵《あんど》の上に胡坐《あぐら》をでもしていたわけか。

次々と晩春の酒肴《しゆこう》が運び出される。私達は大町文子と細君のお酌を受けながら、酒になったが、まるで海を左右の縁先にひきまわしたような座敷からの眺望は素晴しかった。あたりの山に見る椎《しい》の芽立ち、楠《くすのき》の芽立ちが、ドキドキと目まいがする程にもなやましい。大町文子が、

「桂さん、しばらくここに引籠《ひきこも》って大作をお書きなさいませよ。あれは富士ですのよ、ほら右手……」

と座敷に坐《すわ》りながら指さして見せてくれるあたり、なるほどクッキリと青い富士も見えていた。

「ああ、いいですね。大長篇でも書くか」

と答えてみたが、私はこんなところでは、大酒を喰らうだけだろう。目白の、傾きかかったアパートの密室が、私の仕事の分に相応しているのである。

みんな酔っては風呂《ふろ》に入り、上ってはまた飲んだ。見事な夕映えになり、海全体が燃えるようだから、

「ちょっと歩きましょうよ」

大町文子の声につれて、みんなドテラ姿で歩き出した。日頃口数の少い細君までが、はしゃぎ気味で、前に一度この道をたどったことでもあるのか、山の間道を縫いながら、先に立って歩いている。私はふっと、一郎が、盗み出した写真機や、首飾などを抱えながら、この間道を走り降りていったのではないかと、そう思った。いちめん両側から蔽《おお》いかぶさるような篠竹《しのだけ》の道である。その篠竹の道を、激昂《げっこう》しながら駈《か》け降りていく一郎の姿が、まるで見えてくるような心地がした。

夜は夜で、また酒盛になり、友人達に座敷に寝てもらって、私と、細君と、大町文子が、茶の間にひきさがったのは、もう二時近かったろう。

私ははじめて、大町文子に、一郎の出来事のお礼を申し述べたが、

「でも、よかったですわ。あなた達の結びの神みたいなものじゃありません。いいえ、一郎ちゃんも、きっとそう思っておやりになったことよ」

一概に大町文子にあらがうことも出来ず、私は黙りこむだけである。例によって、細君と同衾《どうきん》の寝屋に移された。私は細君の体をひきよせながら、

「何もこんなところに出張しなくったって、用事があったら、石神井に呼べばいいじゃないですか」

そう云うと、

「いいえ、ここで逢引《あいび》きするだけで沢山です」

細君の低い笑い声が続くのである。

友人達はその翌日の日曜日に引揚げたが、逢引きの夫妻は、また愚図々々《ぐずぐず》と月曜まで居残った。お蔭《かげ》で新聞の原稿はみんな電話送りになる。もっとも、私達にはもう一度、警察に礼を述べに行くという口実があったが、警察のすぐ横まで出向いていった癖に、その建物を見たとたんに何となく気がひるみ、そのまま電車に乗込んだ。

新橋についた時に、

「家まで送ってゆこうか？」

「いいえ、大丈夫」

逢引きの夫妻は、ようやく、思い切り悪く訣別《けつべつ》になり、細君は駅前から石神井行のバスに乗り込む。私は新聞社を廻り、バーを廻って、さすがに恵子の部屋に、まっすぐ帰る勇気を失うのである。

そろそろ梅雨の時候になると、私は大いそがしだ。ラッキョウを漬け、梅酒をつけ、スグリを漬け、梅干を漬ける時期にさしかかるからである。

目白のアパートで、何が辛《つら》いかと云えば、沢庵《たくあん》がつけられない。ラッキョウがつけられない。梅干がつけられない。

いや、つけられないことはないが、それらの樽《たる》を置く場所がなく、それらの原料を洗ったり、干したり、塩漬けしたりする、適当な場所がないことだ。

それでも私は北窓のところに、四つ五つの梅酒用の大瓶《おおびん》を林立させて、梅とスグリだけは焼酎《しようちゆう》に漬ける。その梅の浮び具合を眺めたり、スグリの変色の具合に見入ったり、その梅酒とそのスグリ酒を混合按配《あんばい》して、更に葡萄酒《ぶどうしゆ》を混ぜ合わせ、時々舐《な》めてみては、半日の閑を楽しむのである。殊更それらの液汁の類が夕陽差を浴びて、ガラス窓のこちら側に、ピンクや金色の色に澄み透っているのを眺めやりながら、一人チビチビと酒を飲んでいるほど楽しいことはない。

私が幼少の時から、祖母の手造の味噌《みそ》や、舐味噌や、沢庵や、梅干や、ラッキョウや、梅酒の類に馴《な》れていたせいもあるだろう。それを造るのを手伝わされていた楽しみを覚えているせいもあるだろう。

繰り返すが、目白の恵子との密室の生活で、何が辛いかと云ったら、自分で喰う沢庵がつくれないことだ。市販の沢庵は甘きに過ぎるし、第一、樽から取出したばかりの芳香とうるおいが無くて、私は口に出来ないのである。ラッキョウも梅干もそうだ。自分で造った梅干で茶を飲まないと朝方、目が覚めたような気がしない。

いや、食べるより作りたいのだ。山のような青梅を樽に入れ、塩に漬け、山のようなラッキョウの皮をむき、切り揃《そろ》えて、それらに熱湯をかけてみたり、塩漬にしてみたり、いや、それらを入れる大きなザル、大きな甕《かめ》、大きな樽、そのザルを洗ってみたり、樽を移動してみたり、甕のよごれを拭《ぬぐ》ったり、私は終日でも、こういう仕事は飽きることがない。

目白の密室は僅《わずか》に四坪だから、四斗樽を一つ買ったら、どこに置くだろう。さしずめ、私の仕事机の上にのっける以外にはないではないか。

恵子と私のたった二人だけの生活というのは、簡便に見えて、悲しいものである。

例えば私がブイヨンをつくる。私は自分の流儀で大模様につくるから大鍋《おおなべ》一杯、そのポトフがおいしく出来上ったって、恵子も一二度はつついてみるが、とても食べ切れず、大鍋いっぱいのスープは遂《つい》に真白の黴《かび》だらけになってしまう有様だ。

悪いことに私は小買いが出来にくい。タンが食べたくなればタン一本だ。タン一本をかりに硝石《しょうせき》と塩まぶしで、うまくつくり上げたって、そうそう毎日々々、タンばかり食べてもいられない。結局電気冷蔵庫の中でカサカサにしてしまうのがオチである。

何が悲しいと云《い》ったって、自分でつくったおいしい食品をみすみすくさらせる程悲しいことはない。そんなことなら作らなければよいのに、又候《またぞろ》、朝起きると、遠大な計画で料理にとりかかる。

私は今日迄《まで》大家族の料理に馴れ切っているから、分量を縮小することが出来にくいのである。

私は麻雀《マージャン》をやらず、碁、将棋、ゴルフ、釣など何の趣味もない。ただ手料理をつくり、ただ酒を飲み、ただ原稿を書いているだけで、私の万般の料理は、私の消閑とリクリエーションに大きな関係があるわけで、梅干の梅を大筵《おおむしろ》に乾したり取込んだり、沢庵の大根を物干の屋上に乾したり取込んだり、こんなことを始終やらかしていないと、私の鬱《うつ》が昂じてくる。

鬱が昂じるから、目白にいれば、突然浅草の部屋に車をとばしてみたくなり、浅草に二三日いれば、また、目白の密室に車をとばしたくなってくる。つくった料理の類はほったらかしのままだから、あっちで腐り、こっちで腐り、罪なくてその移動に附添わされる恵子は、

「まあ、ま、一さんってどうしてこう落着きがないのかしらね？」

それに私は、言葉の無用な家来共が大勢要る。例えば犬だ、例えば猫だ、例えばシャモだ。ああいう動物をキャンキャンワンワンつき従えて、餌《えさ》を撒《ま》いてみたり、骨を齧《かじ》らせてみたり、常住庭の中で大騒ぎがしていたいのである。

疑いもなく私は恵子を愛した筈だ。しかし、一人の人権を所有した女性を、それらの雑多な動物達の代替物にするわけにはゆかないだろう。

恵子の屈託のない性情は、時に猫のように、時に犬のように、また時に雌鶏のように、私の鬱を散じてくれた。しかし雑多な動物が持つ、千変万化の慰安と激励に代り得る筈がない。

私は恵子を身勝手に愛したが、しかし、細君と五人の子供達、その周囲に群っている鳥獣のひろがりの全貌《ぜんぼう》を、代替するわけにはゆかないのだ。

私が鬱すれば、恵子も鬱する。私との生活の屈辱に耐えながら、辛うじて縋《すが》りついているような恵子にとって、私自身の逸脱が許せなかったのは、当然すぎることだろう。

或《あ》る日、Y社に出かけていってみると、

「この間の写真が出来ましたよ」

Fさんが私にP山の写真類を引伸して、わけてくれた。それを石神井の自宅に郵送しようと思い立ちながら、私はポケットにねじこんで、あちこち飲んでまわったらしい。そのまま、忘れるともなく忘れてしまっていたのだろう。

或る日、恵子が顔色を変えている。

「こないだ、あなたはP山に奥さんと一緒に出かけていったのね？」

「いやー、一緒に行ったんじゃない」

「どうしてそんな嘘《うそ》を云うの？　一緒に行ってます」

「いたんだ。向うに……。細君が……」

「同じことじゃありませんか？」

なるほど、同じことだ。いや、もっと悪い。

「だから、別れましょうよ。ハッキリ」

と恵子は、にわかに顔をくしゃくしゃにゆがめて泣きはじめるのである。


その年の夏は格別に暑かった。私は遅くとも秋までに、欧米に旅立つ予定でいたし、それまでに、細君の家の生活費、母の家の生活費、恵子の生活費、一郎の生活費等、あらまし、四軒の生活費を蓄積しなければならないから、落着きなく、仕事に忙殺されていた。

すると細君から電話がかかり、

「お仕事中すみません。一郎ちゃんはとても調子よくあちらで勉強しているらしいんですけれど、もうすぐ夏休みでしょう。夏休みだけは、ひきとって、家でのんびりさせてあげて下さいってO先生が仰言《おつしや》るんです。ですけれど、アタシのところは、一郎ちゃんの監督が行届きませんし、此《こ》の夏ぐらい、あなた、一郎ちゃんを連れて、どこか静かな海辺か何かで仕事がてら、面倒を見てやって下さいませんか。一郎ちゃんが、よくやっている御褒美《ごほうび》のおつもりで……」

「ああ、いいでしょう」

と私は即答した。恵子が夏いっぱい、旅公演に出掛けると云っている。私も仕事の能率をあげる為《ため》に、少しく涼しい山か海辺の宿で暮してみたい希望があった。

それには種差《たねさし》がいいだろうとかなり前から考えていたようなものである。一郎と朝晩、角つき合わせていたら、仕事にならないから、私の宿の近くにキャンプを張らせるか、バンガローを借り、夕食時だけぐらい、一緒に食べる。

その心積りで、実は二人の青年を私は雇い入れていた。一人は画家だ。一人は文学志望の青年なのである。

どちらも、書生にしてくれと云って、私のところにやってきた青年達である。書生にしろと云ったって、六畳二畳の目白の密室に書生が要るわけはないから、給料だけを払ってやるから、石神井の家に置いてくれと細君に電話してみたところ、

「あなたもいらっしゃらないのに書生など、要るわけが無いじゃありませんか」

細君が不機嫌に答えている。それはそうだ。

「男手なしで不用心だろうと思ったからだけれど、やっぱり要らない？」

「はい、要りません」

しかし二人の青年はどちらも真面目《まじめ》な男達に見受けられたし、此の夏一郎を種差に連れて行くとすれば、この青年達と一緒にキャンプを張らせたり、炊事をさせたり、旅行をさせたり、泳がせたり、する方が無難でもあるし、退屈もしないだろうとそう思ったから、

「此の一夏、種差についてくるなら、その費用と食費と小遣は持とう」

とそう云っておいた。二人共大喜びで行くと云っている。キャンプは三人用のものがあるし、キャンプ器具一切揃《そろ》えておいたから、あとは一人々々に飯盒《はんごう》を買い足してやるぐらいで、二人をそのまま浅草の家に起居させた。

　種差では晴天の日は、キャンプかバンガロー。雨が降れば私の宿に呼ぶことにして、行きたければ、恐山《おそれざん》でも、十和田湖でもキャンプをかついで、どこへでも行ってくるがいいだろうと云っておいた。そこで、二人共てぐすねをひいて、実は一郎が夏休みになるのを、浅草の部屋で、待ってくれているわけだ。

　私も一郎も二人きりでは、涼しい宿に出かけても、仕事なぞ手に附いたものではない。都合よくまぎれこんできてくれた二人の青年を、私は天の配剤だと喜ぶのである。仕事に倦《う》めば、この二人の青年と一郎のキャンプにまぎれ込んでいって、どこへ移動してゆくことだって出来る。

　恵子と同棲《どうせい》してからは、あちこち旅行はしたけれども、宿から宿の通り一遍の旅で、その昔、あちこち放浪して歩いていたようなアテなしの旅の味を忘れかけてしまっている。それに三人に炊事の道具をかつがせる訳だから、行く先々どんな愉快な料理だってつくれるわけだ。

　私自身、ヨーロッパに出発前の、風変りな日本の旅を、存分に楽しんでみたい期待で、新聞原稿の書溜《かきだ》めに精励するのである。

一郎は、リュックサックを背負い、大元気で目白の家にやってきた。

「いつ出発するの？」

とせっかちに訊《き》いている。

「あと五日、書溜めすれば出発出来る。十日分余裕があれば、旅先から列車便で送ったって充分間に合うからね」

私は、その一郎を連れて、浅草の青年溜《だま》りに急ぐのである。みんな共通の旅への魅力から、すぐに意気投合したようだ。ただ申し合わせたように、私の書溜めの五日が待ち切れぬ面持ちだ。

「何だったら、三人で先に行ってもいいぜ」

と私は云ってみたが、三人先行は心細がって、結局私を待つと答えている。同行の三人に、ズボンだけは揃いのデニムのものを献納してやろうと思ったから、三人ひき連れて洋服屋にならばせてみると、一番年少の一郎が、一番大きかった。

そのまま、私は三人を「魚直」に連れていって、結党式を行った。画家のMが少しばかりビールを飲むほかは、一郎も、Sも、ただ無闇《むやみ》と、蝦《えび》、蟹《かに》の類を食べるだけである。

あらましの仕事の担当も決めた。画家のMと一郎が炊事を受持つと云っている。文学青年のSが庶務と出納。一日千円の惣菜《そうざい》料で、あらまし、まかなえると、これは三人の申合せを私は鵜呑《うの》みにした。私はそこで、取り敢《あ》えずの三人の小遣を少しずつ渡し、帰りの道すがら、東京でしか買えないような罐詰《かんづめ》類を買い与えて、庶務のSに、地図や旅行案内など、買い整えるように、共同の資金を預けて置いた。そのまま、目白の部屋に帰ってゆくのである。

翌日も、夕刻ちょっと浅草の家をのぞきに行ってみると、三人は体力をもてあましたように、腕相撲に余念がない。この腕相撲の力は正確に年の順になっているところが面白かった。部屋の真ん中には地図がひろげられ、図上作戦の赤線が矢鱈《やたら》にひきまわしてある。

彼らの思い通りに動き廻られたら、いくら私が宿に居たって、仕事など手に附かないだろうと、苦笑である。どんなものを作って喰っているのかねと訊いてみたら、一日の惣菜料を三等分して、そこらで喰い歩いてくるらしい。

「あそこの牛丼《ぎゅうどん》が、五十円でうまい」とか、「あそこの焼うどんがうまい」だとか、六区界隈《かいわい》の屋台店をでもほっつき廻っているのだろう。しかし、別段、とめだてすることでもないだろうと、私は多寡《たか》をくくって笑っていた。

四日目の午後である。目白の部屋に電話がかかり、恵子がその電話口に出ていたが、

「大変よ。ね、一郎ちゃんが赤痢ですって……。避病院に運び込まれたらしいのよ」

私が代ってみるとマッサージの荒井さんからだ。昨日の夕方から下痢がはじまって、

夜通し苦悶《くもん》しているという話だったから、今日医者を呼んでみたところ、赤痢らしいという話だった。ところが、すぐに救急車がやってきて、駒込《こまごめ》の避病院に運んでいったということらしい。

「なに、内輪でやってくれりゃいいんですよ。それを大騒ぎしちゃって、連れていってしまうんだから……」

と荒井さんは私への気兼ねから云ってくれているが、赤痢なら、避病院に入院するのが一等よろしい。近頃赤痢で死んだなどという話を聞かないから、私は何の危懼《きく》も持たず、一郎にとっては、いい薬だとそう思っただけだ。

多分、その千円を三等分して、そこいらをほっつき廻って食べた牛丼か、焼うどんか、もやしいためかに、赤痢菌が附着していただけのことだろう。

私は病室の番号を聞いて、駒込の避病院に急いだが、車から降りた道路の上に、まるで爛《ただ》れるような夕焼けがひろがっており、その夕映えの壮観が、異様に心に残った。

一郎はさすがに蒼白《そうはく》な面持ちで、

「昨日の夜は痛かったよ。横になってもいられないくらい痛いんだよ」

「一体、何を食べたの？」

「オレ、スルメだと思うんだけどな。こりごりだよ。もう、種差行だめだろうね？」

「どうして？」

「だって、早くって退院まで十四日だって。そのあと、二十日ぐらい無理がきかないんだって……。夏休みを棒にふっちゃった」

「アハハ、一郎が、ここにジッとしてくれているのが、父は一番安心のようなもんだ」

「厭《いや》だよ。冗談じゃないよ」

「いや、今のは、冗談だ。早く癒《なお》りなさい」

私はそれだけを云い捨てると、コトコトと廊下を歩き、靴と全身に、消毒液を噴霧して貰《もら》って、そのまま病院を出る。もう異様な夕焼けは、どこにもなかった。

取り敢えず、浅草の荒井さんや、世話になった隣人達に、お礼を申し述べ、それから、部屋の青年達にキャンプ旅行取りやめのことを申し伝えた。

「君達は、何ともないの？」

「いやー、スルメを食べに行ったのは、一郎君だけですよ。オレ達は蕎麦《そば》を喰ったから」

と二人は至極元気のようだ。私はお詫《わ》びのしるしに七千円ずつ渡し、もし、ここに居たかったら、しばらく居てくれてもいいからと、それだけを云い残して、そのまま目白に引揚げていった。

「どうだったの？　一郎ちゃん」

と恵子が心配そうに訊いている。

「いや、甘くベタベタに煮込んだスルメを喰ったんだって。それだと云ってるんだ、原因は……。何しろ、六区の屋台店の牛丼とか、焼うどんとか、野良犬《のらいぬ》みたいに食べてほっつきまわっているんだから、何に黴菌《ばいきん》がついていたんだかわかりゃしない」

「もう少し、お金をあげとけばよかったのに……」

「金じゃないよ。金は持っていた筈《はず》だ。ただ、あんなよごれたようなものが、矢鱈《やたら》とうまい年頃なんだよ」

「じゃ、悪いけど、アタシ見舞いにも行かないで、公演に出かけるわ。よろしくね、お大事に……」

入れ替りに、恵子がいそがしく旅公演に出かけてゆくのである。一郎よりも、私の方が、肝腎の夏の目標を見失った心地で、所在なく、目白の狭い部屋に、暑さをもてあますばかりである。

しかし、H氏が肝煎《きもいり》してくれている私の欧米旅行の目鼻がどうやらついてきたようで、A財団が、私をアメリカに、正式に招待してくれることになるらしい。そこで、あちらに顔を出し、こちらに顔を出し、とても種差などに、一夏遊びに行っていられる道理がなかった。一郎の急病で、私はにわかに解放されたようなものである。

画家のM君は、一郎の発病と同時に退散したが、文学志望のS君は、そのまま浅草に住みついてしまっているらしい。そこでSを石神井に呼びよせて、私は銷夏《しょうか》の薪《まき》つくりを手伝わせることにした。

薪つくりなどと態《てい》のいいことを云っているが、ただ矢鱈に庭の老木を切り倒して、それをこまめるだけの、気鬱散じなのである。もっとも、この三四年、絶えて家を顧みないから、あちこち、颱風《たいふう》で傾きかかった松や、サワラが、そのままに、放り捨てられたままだ。

大鋸《おおのこぎり》やマサカリを持ち出して、それらの松やサワラを片ッ端から切り倒してゆくから、

「いいんですか？　いいんですか？」

とSは驚きあきれている有様だ。しかし、素ッ裸、パンツ一枚で、久しぶりに鋸やマサカリを振りまわすと、滝のような汗で、ようやく本当の自分に帰りついたような爽快《そうかい》さなのである。

ただ、大町文子の家では、なまめかしくはしゃぎ立って、私を迎え入れるように見えた細君が、一たん家に帰ると、また水のように鎮《しず》まって、何の反応も示さないのは、いったい、どういう心の働きからだろう。子供や使用人や、親戚《しんせき》縁者への気兼ねのせいでもあるか。それとも、ほんとうに、私との逢《あい》引きの場所をよそに限る気でもいるわけか。

たった一度だけ、一緒に連れ立って車に乗り、駒込の避病院に、一郎を見舞いに行ったばかりである。

一郎は至極元気に見受けられた。窓際《まどぎわ》にいっぱい鳩《はと》を呼び集めて、餌を撒いてみたり、

「何か、父の書いた本を持ってきてくれよ」

などと云っていた。その鳩を追い散らした揚句、

「オレ、退院したら、どこに行くの?」

「うちに帰ってきたら、いいじゃありませんか?」

と細君が低い声で云っている。

「じゃ、うちに帰る」

急に、びっくりするような声になった。私はその一郎の顔に、黙って見入っているだけである。

灼《や》かれる人

一郎の赤痢は順調に恢復《かいふく》したようだ。予定の通り、十四日目に退院する様子だから、

当日九時迄《まで》に病院に行ってくれと云《い》う電話を細君から受けたので、私は有合わせの金を握り、呼びつけのハイヤーを呼んで、目白の隠れ家をあとにする。

さすがに、半月の禁錮《きんこ》生活を強要されて、わが野生児も、何となく憔悴《しょうすい》の面持ちだ。ラーメンが喰ってみたいとか、カレーライスをつくってくれないか、などと、私の顔を見るなり、食物のことばかりを云いたがる。

そのまま、一郎は浴室で着衣一切を脱ぎ棄《す》てて、入浴後、私が手持ちした衣類に着換えるわけであり、私は一郎が脱ぎ棄てた衣料や蒲団《ふとん》類を、毛布や、シーツにくるみ込み、名札をつけて、消毒室に運び込むのである。

それにしても、夥《おびただ》しい伝染病患者がいるものだ。東京にこの種類の病院がいくつあるか知らないが、消毒室の金網のこちら側に、消毒が終るのを待ちあぐんでいる放心の家族の群が、長い行列をつくっている。

その消毒室の遮断扉《しゃだんとびら》から、いそがしげに入ったり出たりする係員をつかまえて、

「何時になるんだね？」

「昼過ぎになりますね」

「なーんだ、今先の人は十一時には終るとはっきり云ったばかしなのによ」

怒鳴り出している親父《おやじ》がいるかと思うと、或《あるい》は死亡した患者の遺品が消毒されるのを待ってでもいる女なのか、椅子《いす》に腰をおろしたまま、折々戸外を眺めやっては、痙《けい》

攣《れん》的な嗚咽《おえつ》を繰り返す。やがて、その消毒扉が開放されて、

「お待たせ致しました」

係員の声に、一せいに殺到しながら、バスの停留所はどっちかだの、タクシーは呼べるかだの、荷物を運んで貰《もら》える赤帽のような人はいないかだの、さすがの係員も、その応接にほとほと手を焼いているようだ。私も桂一郎と大きな名札をぶらさげた消毒済みの毛布包みや、衣類の包みなど、二つ三つ、手に取って、あわてよろけながら、負ったり、抱えたり、狭い消毒扉から辛うじてぬけ出して、自動車の中に運び入れる。

常日頃、こういう世界とほとんど交渉を持ったことのない私は、兵営の時以来の落着きなさで、ようやく事をすましたとほっとしながら浴室のあたりを見廻しにひきかえしてみると、

「遅いね、チチー」

湯上りの一郎が、着衣所のまん中あたり、パンツ一枚で、まだズボンもシャツも着ていない。真夏の熱気と浴槽の湯気にあてられて、私の姿を見届けてから、支度にとりかかるつもりでもあったのか、裸のまま「熱い、熱い」と手拭《てぬぐい》で肩や胸を叩《たた》いているが、その分厚い胸や、四肢の成長を、私は今更のように、びっくりして見守るわけだ。

これが満十四年の少年か。二週間の入院生活の筈《はず》なのに、格別寝痩《ねや》せをした様子も

ない。顔だけ憔悴しているように見えたのは、夏の陽焼けが褪《さ》めたのと、ベッドに横たわっていたその寝姿の印象からだろう。

私はその四肢のはりつめたような光沢から、咄嗟《とっさ》に、青春の永い業苦《ごうく》のようなものを予感して、ひとごとならず、荒涼の感慨を催すのである。

私が過ぎている五十年に近い動顚《どうてん》の毎日だって、まだ何の収束も出来ていやしない。あっちに散らばり、こっちに散らばり、杜甫《とほ》の言種《いいぐさ》を借りれば、

生理漂蕩拙
有心遅暮違

だ。私の出鱈目《でたらめ》の意訳で申訳ないが、

生きるすべ　フラリとつたなく
老いては歯《は》搔《がゆ》いが　思うこと為《な》すこと　みなバラバラのテイタラク

私は唐突にこう判断する。この息子の心身にも、まぎれもない青春の業火が点火したのである。業火であるか、聖火であるか、収束の行方はしばらく問うところではな

いが、その来源は今見る一郎の肉体が、さながらかもし出している熾烈《しれつ》な生命の本能だ。人体というこの危うい坩堝《るつぼ》は、危ういが故《ゆえ》に、巨大な人類の流れを今日まで存続させてきたようなものだろう。

或《あ》る日は浮浪児であり、またある日は田ン圃《たぼ》の少女の前でヘドモドし、また或る日は淫婦《いんぷ》にウツツを抜かし、また或る日は盗賊、かと思えば稀代《きたい》の愛妻家に一転し、或る日はまたまた、その妻を棄てて人妻と不倫の恋に酔いしれているような、哀れな一代の男があったとしても、その青春の刑罰にあえいだのはまさしく本人であって、誰がとがめることが出来るだろう。

出来得れば、少年の門出の日から剛毅《ごうき》におのれの心身のバランスを統御出来るに越したことはない。そうしてその吹きつのってくる過剰な活力を、人間の調和的な生存の幸福の側《がわ》にねじむけ得る人は仕合せだ。私達はその人達を、羨《うらや》み、尊ぶが、しかし、私の血は別様に燃えたのだ。私の頭が制御のブレーキを踏む時に、私の足は前のめりした。

また、こうも考えてみたことがある。私から一郎につながる妄動の性癖は、ひょっとしたら、私達の並はずれた健康の過剰によるものではなかろうか。人は笑うだろう。その心身のアンバランスこそ、不健全の最たるものだと。私もまたそう信じて、自分の中に跳梁《ちょうりょう》するさまざまの官能と浮動心を呪《のろ》いつづけながら生きてきたようなものだ。

それは、ほとんど私の心身を八ツ裂きにするように私自身を駆りたてて、逸脱へ、逸脱へと、追い上げるのである。

その恐怖に怯《おび》える日に、時には、呪文《じゅもん》のように、よし、己の天然の旅情にだけは忠実であれと、つぶやいたこともある。それ以外に私に云い聞かせる鎮魂の言葉がないからだ。魚玄機《ぎょげんき》ではないが、私は早く四十の日を待った、いや五十の日を待った、いや、六十の日を待っているとさえ云える。私の枯渇が、即《すなわ》ち静かな慰安であり、大いなる休息であるような時間への期待である。例えばカザノバでさえ、四十八歳から後の放逸のことを聞かないではないか。おそらく、平穏な市井《しせい》の人にまぎれ帰れたのであろう。

考えてみると、私の祖父は、八十を過ぎる頃まで、毎朝裏の濠《ほり》の中で、水浴を繰り返していたではないか。祖母達から、同室にいるのも毛嫌いされながら、それでも屈託なく、晴天の日は毎朝、自分の蒲団は自分で乾《ほ》し、自分の蒲団は自分で敷いていた。九十何歳かで大往生を遂げたけれども、その死の間近いころ、たった一度、深夜私を枕頭《ちんとう》に呼び、

「淋《さび》しか――。一雄、淋しか――」

私の手を、自分の胸にひきよせて、オイオイと泣いたことがある。祖母は八十六で死んだけれども、この二人共、戦争末期の極端に食糧事情の悪い時期であり、今なら

百歳位の長命を保っていたかもわからない。

現に私の父は八十二歳で健在だし、その父と別れた母も七十歳で至極達者、私の金の補給が足りないから（と云っても月々十万近い金は渡している筈だ）泣いたりわめいたり、今でも矢鱈にとめどなく遠い旅へ出たがるようだ。

自分の体質の桁《けた》違いの頑健を、私は少くともある時期まで、まったく知らなかった。むしろ私は自分の心身が誰よりもはるかに虚弱であるという妄想に怯《おび》えながら、中学、高等学校、大学、兵役を、終ったようなものである。私は太宰ともども、自分達が蒲《ほ》柳《りゆう》の質だと堅く信じ込みながら、軽薄な天才気取り、私達の亡《ほろ》びやすい時間を惜しんで、娼家《しようか》から泥酔、泥酔から娼家への道行《みちゆき》を繰り返していた。その実、私の蒲柳の質は、青春の大半の日を、性病で過ごしてしまったことぐらいのものだろう。

ただ、流連荒亡の揚句、時折太宰治が昏倒《こんとう》するようによろめく姿を見て、それを抱え歩きながら、奇異な感銘に打たれたことはある。私が蒲柳の質ではなく、人並はずれた健康の保持者であることに、なんとなく気がついたのは、死んだ細君を貰った時以後のことかもわからない。いや、今の細君とか、矢島恵子とか、継続的に女性と接触するようになってから後のことだ。それでもまだまだ、私は彼女達の、頭痛や、睡眠不足をかこつ声や、肩のこりや、車酔いや、船酔いや、私の旅から旅への無目的な衝動を呪詛《じゆそ》する表情など、一切女特有のグウタラな現状維持となまけ心だろうと、ついこの頃までひそかに信じ込んでいた。自分の場合が、きまってそうだからである。

例えばかりに私が九州にいるとする。私は柳川にいるかと思うと、その日のうちに、久留米にいる、福岡にいる。その位の距離はあたり前だと思うかも知れないが、距離ではない。私は柳川の友人と飲んでいるのである。間髪《かんはつ》を入れず久留米の友人と飲んでいるのである。また間髪を入れず、福岡の友人と飲み明かしているわけだ。彼等も一地点から、次の地点ぐらいは、ついて移動してくることがある。しかし、私が、四地点から五地点まで大移動して、たちまち長崎とか、宮崎とかで飲み明かしていることには、気がつかない。ひどい時には重複して宿を三軒借りるハメになってしまっていたことも屢々《しばしば》だ。全くの話、自分で語りながらも興ざめする。誰がワザワザ、三軒の宿代を払う為《ため》に、あっちこっち、うろつき歩く馬鹿《ばか》がいるだろう。

ここで私は飲酒の多寡《たか》を云っているのではない。私を駆りたてて、ちりぢりの狂乱に追いあげる奇ッ怪な根源のものを、私はおそるおそる、私の異常な体力の過剰によるものではないかと思ってみたまでのことである。

ひょっとしたら、太宰や安吾が、その懊悩《おうのう》の果に、観念の側から追いあげていた人間なにものか……というヤミクモの手さぐりの表情が、私の過剰な体力放散の狂態と、一見似ていたというだけのことであったかもわからない。

太宰や安吾は、おおむね、どこかに坐《すわ》っては飲んでいた。自分を巨《おお》きな時間の中の

はかない茶番として翻《ひるがえ》す為《ため》に、さかんにはしゃいではいたが、次の瞬間には深沈とし
ずまりかえり、あらためて喋《しゃべ》り直すのさえ、億劫《おっくう》げに見えた。私と云えば、軽々しく
身を移し、自分の体力が枯渇する迄にうろつき歩けば、ほぼ安堵《あんど》する。心鎮まる。陽
気になるのである。自分の有頂天のバカさ加減と、彼らの深沈を同列に考えようとは
思わない。本質的に異類のものであることを知っているからである。
　私が破滅型と云う類型に入れられることは光栄だが、諸君はやがて、八十歳の破滅
型を見るだろう。養老院にでも居るか、乞食《こじき》でもしているか、それともまだ飽きずに、
女の尻をでも撫《な》でまわしているか。そう云えば、今しがた引合に出した九十何歳の祖
父が、死の寸前まで、竈《かまど》の前に立っている女中の尻を撫でまわしていたことを思い合
せて、うんざりする。
　例えば私は、原稿を書く前など、はげしく泳ぐとか、庭の木を掘りかえしてあっち
こっち移し換えてみるだとか、自分の体力を消尽してしまわないと、どうにも、はじ
まらない。左様、中学二三年の頃、教場に入って試験を受ける為に、故意に二里近い
山の尾根を縦走して、おまけに自分の手で自らをよごし、辛うじて自分の体力を鎮め
たものだ。
　私を絶えまのない転々放浪に追いやるものは、私の土着心の不足にもよるだろうが、
主として私の体質が私をはじき出すのである。私は動いていないと鎮まらない。行先

が自分でもわからないから、これを細君であれ、愛人であれ、一々告げるわけにはゆかぬ。知りたかったら、ついて来たらいいだろうと本気で云っているのだが、一二度珍しがって同行してくる彼女達も、しまいにはあきれてついて来なくなる。その何分の一コースかに同行して来る友人達も、帰れば家庭争議になるのがオチだ。

私はドシャ降りの中国大陸を何日も濡《ぬ》れそぼちながら、風邪一つひかず、下痢一度おこさず、感奮興起してうろつき廻っていたが、一つの家に愚図《ぐず》ついていると、たちまち洟水《はなみず》を垂らし、神経病を発するのである。

しかし、云おうか。私を土着させ得るのは、たった一つ、私を木樵《きこり》にすればよい。巨木を一本一本倒し、まだ数限りのない立木があるならば、私も、やむなく土着するに至るだろう。

冗談はやめる。私が一郎の成熟した四肢を見て、咄嗟に味わった無慚《むざん》な感慨は、とうとうやってきたと云う、ひとごとではない、私の半生の苦渋に満ちた思い出につながる我が子の行末だ。実にやり切れないような妄動を繰り返す心身を一体どのように曳摺《ひきず》って歩くと云うのだろう。私の過熱しやすいいたたまれぬような強健の体質は、おなじくこの息子の体質に伝わっているにちがいない。周囲を破壊しつくして、その廃墟《はいきょ》の中にさながら安らぎ憩《いこ》うのが、我が家のつたなき性《さが》のようなものだ。

周囲の人々からはげしく爪《つま》はじきされながら、さも楽しげに、その孤独の中で、甲《か》甲斐々々《いがい》しく蒲団を乾し、蒲団を敷いていた、祖父の姿が目に浮かぶようではないか。毎朝、黙って水の中に泳ぎ入る八十の老人の孤独が……。危いからと注意する者もいなかった。かりに流されても、誰一人いぶかる者もなかったろう。八十を過ぎてから、満洲の観光旅行に申し込んで、ことわられたとか云《い》う笑い話も聞いた。

そろそろ、その妄動の体質が、一郎を追いあげて、外人住宅に、攀《よ》じ登らせたと云えぬこともない。カメラと、真珠の首飾と、認識票と、そのバラバラの冷たい物体の手触りの無意味さに、或は臍《ほぞ》を噬《か》んだろう。

止れ！　と私は大声をあげてみたかった。古代の王侯ならば、わが血に怯えて、一思いに、一郎を断罪に処したかもわからない。

しかし、私に何が出来ると云うのだろう。これからは一郎の血の騒ぐがまま、左に揺れ、右に揺れ、つぶさに己の刑罰にあえぎながら、はてしのない苦難の道をたどるほかにないではないか。私は早急に決心した。私の生きている限り、また私の能力の限り、我が子の救援には向うだろう。しかし、もとより私達は一人、一人、誰が重複して、その生涯を見届け得るか。「親が有っても子は育つだよ。無けりゃ、育つに決っているじゃないか……」と安吾の笑い声が聞えてくるような気さえするではないか。従って、訊《き》かれるなら別だが、私は今後、我が子に対する一切の忠言と叱責《しっせき》をやめる。亡びに至る門は大き過ぎて、その父も、東西南北をかけ渡りながら、そのままの姿で、巨大な門に噉《の》まれかけているのである。僅《わずか》に口を細くして、天のものは天に返せ、とこっそり自分につぶやいてみるだけだ。


避病院から退院した一郎は、至極暢気《のんき》そうに暮しているように見える。

「予後の二十日間だけ少しおとなしくしてりゃ、いいんだって。二十日過ぎたら、オレ、学校の先生達と十和田に行くよ」

私は、そう云う一郎を見守りながら、しばらく石神井の細君の家で暮したが、どうせ恵子は四国の旅公演に出向いているのである。

そこで、一郎が罹病《りびょう》直前に、種差へ同行させる予定であった文学志望のSが、まだ浅草に居残っていたから、Sを石神井に呼びよせて、又候、庭の古木を伐《き》り倒し、薪作りに熱中する。予後の一郎は、まだ無理だと思って使わなかった。

ただ、去年の颱風《たいふう》で傾きかかったサワラの巨木が一本、松の木にもたれかかって、両方の枝がからみ合い、かりに根を切っても倒れそうにもない。そこで、Sにサワラの梢《こずえ》のところまで登っていって、上から一本、一本、枝を切りおろしてくれないかと頼んでみた。

「さあー、登ってですか？　上からですか？」

とSは十丈近い大木の梢を眺め上げながら怯えている。

「とっても、無理ですよ」

「じゃ、オレがやるか」

と私はサワラの下枝にとりついたものの、少年の時以来、絶えて木登りなぞ、やってみたことが無いから、意余って、手足が及ばず、もどかしくすべり落ちるだけである。

「駄目でしょう?」

Sがあきらめ切ったように笑っている。

「チチ。オレがやるよ」

と後ろから思いがけない一郎の声がした。次郎の病室にでもころがっていたらしく、窓からのぞき出しながら、寝巻姿のままである。

「退院したばかりじゃないか。もういいよ」

「平気だよ。何でもないよ。登れるよ」

その窓から跣《はだし》で跳びおりてきて、そのままサワラの幹につかまりつこうとする有様だから、

「じゃ着換えろよ」

私は女中を大声で呼んで、作業衣とズボンを持って来させた。

「まあ、一郎ちゃんが登るとですか。やめさせなさったがヨカですよ、先生。一郎ち

ゃんの病気に障《さわ》りますが……」

しかし、一郎は作業着に着かえると、サワラの下枝にとりついた。何の造作もない。枝を掻《か》き分け、まるで泳ぐようにして登ってゆく。その後ろ姿から、私は外人住宅の二階の部屋によじ登ってゆく当の一郎の熱っぽい幻影を瞬間、かいま見たように思っただけである。

一郎は梢のテッペンに危うく身を凭《もた》せて、腰にぶら下げていったロープを二本つなぎ合わせ、

「チチー。この縄に鋸《のこぎり》と手斧《ちょうな》をしばってくれよ」

そのロープの先端を梢から地上に投げおろした。Sがあわてて手斧と鋸をロープの先端にくくりつけている。

「危いよ。一郎君」

「下が危いんだよ。斧《おの》が落っこったりするからさ。みんなどいてよ」

思い切りよく手斧をふるっていく。見る見るうちにサワラと松が嚙《か》み合っているあたりの枝々が薙《な》ぎはらわれていった。驚くばかりの大胆さと、機敏さだ。Sが呆気《あっけ》にとられて見上げている。しかし、私はそのやり場のない体力が向ってゆく先々の荒廃を思って、固唾《かたず》を吞《の》むのである。

枝は切落された。一郎はサワラの梢のあたりをしっかりとロープに結わえ、そのロ

ープを松の木に縛りつけて、自分もその松に飛び移り、ひっかかっているサワラの幹を鋸で挽《ひ》きはじめた。やがて、地響をあげてサワラの大木が落ちてゆく。その梢のあたりが、危っかしく、一郎の身のまわりを旋回しながら、松の木股《きまた》にぶら下った。

「うまく行った。あとはオレ達が片附けてしまうから、もう降りてきて休んだがいいよ」

一郎は喜色満面、その松を伝って滑り降り、

「いいよ、手伝うよ。その代り十和田に行ってもいいだろう?」

「自分の体さえ大丈夫なら、構わないさ」

「じゃ、旅費を明日までに納めなくっちゃ」

大はしゃぎで、その切り落した枝々の細分に余念がない有様だ。

それでも、二三日の間、親子してサワラの幹をあぶったり、また磨いたり、朽ちかけた門柱を掘り倒して自家製の大門柱を押し立ててみたり、こうしてなごむのは、実に久しぶりのことだ。

「ね、表札がしょっちゅう盗まれちゃうからさ、今度はこれにしろよ。これを半分に割って、五寸釘《くぎ》でぶちつけりゃいいじゃないか」

一郎がそう云いながら恰好《かっこう》のサワラの丸太を持ってきたから、その丸太の表皮をこそぎ取って、まっ二つに割る。自分の名を墨黒々と大書して、俄《にわか》門柱に上下二本の大

釘でぶちつけてみると、なるほど、堂々の門構えになった。日頃物に動ぜぬ細君までが、門のところまでのぞき出しに来て、

「まあ、立派な御門になったわね」

一郎にともつかず、私にともつかず、云っている。

私はたわむれに、

「亡びに至る門は大きく……」

と云いさしたが、もちろん、細君にも、一郎にも、通じるわけがない。細君はそのままけげんそうに、家の中へ引籠《ひきこも》っていった。

「今夜はひとつ、ビフテキでも焼くか」

「そいつはいいや」

と一郎も大乗気のようだから、私はそのまま、買出しにまわり、自分にはヒレ、子供達にはロースの肉を見立てて、サラダの材料など山のように買揃《そろ》え、その肉片をジージー焼きながら、ウイスキーになる。幸福というものは、ひょっとしたらこれに似通ったものかもわからないが、食べ終った細君は黙ってスウェーデン刺繍《ししゅう》になり、一郎はいつのまにか、コソコソと居なくなって、Sだけが所在なさそうに私の側にかしこまり、私の質問に、

「ハ、ハイ。あのー、ワシの家は、代々名門でして……。何でも、義経《よしつね》の家来のSか

ら、六十何代、代々ずーっとつながっているんでして……」

私はグイグイとウイスキーをあおるだけだ。

一郎が十和田に出発の前々日は、恵子が四国から大阪に着く日なのである。私は恵子と何の打合わせもしていなかったけれど、その芝居が、大阪公演でラクになることだけは知っていた。

私はかねがね、自分の作品の取材もあって、石山の幻住庵趾《あんし》に行ってみたいと思っていたし、出来ることなら粟津《あわづ》に抜け、岡の堂の仏幻庵あたりから、久しぶりにまた「木曾《きそ》殿と背中合せの寒さ哉《かな》」の義仲と芭蕉の墓に詣《もう》でたいと思っていたから、恵子の大阪公演をのぞき、そのラクを待って、一緒にあたりを廻り旁々《かたがた》石山から宇治川下りをするつもりになっていた。

もし出発するとならば今夜である。しかし、折角のことだから、一郎を十和田に送り出してからにしようかと何度も思い返してみたが、明後日の夜出かけるとなると、恵子と行き違いになるおそれがある。

私はにわかに出発を決心して、写真機と身の廻り品をボストンバッグに入れた。食堂に顔を出してみたが、細君はどこかに出かけたらしくていない。一郎の居場所を聞いてみたが、

「さあ、今までここにいらっしゃいましたが」

あたりを見まわすだけだ。しかし、もう一人の女中が、

「物干台よ。屋根の上の……。今先、椅子《いす》を抱えて、上って行きなはった」

クスクス笑いに移るから、私は勝手口の庭先にまわってみた。なるほど、台所の屋根の上の物干台に椅子を据えて、半裸体、手摺《てすり》に頰杖《ほおづえ》をつきながら、向うむきになり、つくねんと木立の蔭《かげ》の揺れにでも眺め入っているようだ。

私はスリッパのまま、その階段を踏みのぼってゆくと、ようやく気がついたのか、びっくりして振り返った。

「涼しいよ、ここは……」

「うん、涼しそうだね」

「チチー、どっか、行くの？」

「ちょっと関西に行ってくる」

「いつ頃、東京に帰る？」

ウチと云わず、その東京にひろがりを持たせているのである。

「さあ、一郎よりは早いだろう。十和田湖行きの小遣をあげとくからね」

私は財布から紙幣を取り出して、一郎の手に握らせたが、

「サンキュウ」

一郎はその紙幣を指先につまんだまま、いつまでたってもズボンのポケットに入れ

ようとしない。折から、吹きつのってくる晩夏の風が、木立の葉々を洩《も》れる西陽差の影と、一郎の指先の紙幣とを、あやしく交錯させて、しばらくの間ヒラヒラと揺ぶり続けた。

行きあたりばったりに買った急行の夜汽車だが、思ったよりは空《す》いている。ボーイに頼み込めば寝台も取れないことはないかもしれないけれども、今夜は座席に腰をおろして、シュウマイを齧《かじ》りながらチビチビと手持のウイスキーを飲んでいる方がよさそうだ。

まんべんのない列車の進行音に嚥まれながら、ただわけもなく一人で酔っていった。車窓の外に、ひろがりのある田面の蛙《かえる》の声が聞きとれた。

考えてみると青年の頃は、僅かに東京から京都までの夜汽車の旅さえ待ちどらえが出来なかったものだ。咄嗟《とっさ》にホームへ飛降りて、途中下車、三島の女の宿を探し求めて、あたりいちめんの蛙の声の中を、ガムシャラに歩きつづけたことがある。その時の昂奮《こうふん》と云うか、饑渇《きかつ》と云うか、熱っぽいヤミクモの自分の状況を思い出した。それをはばむ一切のものを許せないというような、奇ッ怪な、激昂と敵愾心《てきがいしん》を……。

まさか、今では、そんなことはない。もう十年も経《た》てば、穏かに、市井《しせい》の中へまぎれ住んで、おびただしい流血の半生をいたましく回顧するようなものだろう。私は蛙の声をいつまでも幻聴のように聴きながら、その声の中に埋れるようにして、ウトウトと眠り込むのである。

予約も何もしていなかったが、Sホテルに電話をしてみたら、よろしいと云っている。私はすぐにその部屋の中に入り込んでいって、先《ま》ず新聞原稿を書き継いだ。それから眠る。折角ここまで来ていながら、電話だけでも掛けてみようともどかしくベッドの上に起き直るが、宿の名前を知らないのである。

ようやく、昼近く眼をさました。先ずプレーガイドで公演の場所を訊き、その公演の事務所に電話して宿を訊き、宿に電話を掛けてみたら、

「そのお客様は、御親戚《しんせき》のところに行っていらっしゃるそうですが……」

「昨日から？」

「さあー」

仕方がないから、帰ったらSホテルに電話してくれるように頼み込んでおいて電話を切る。思い切って出かけることもむずかしい。そこで二三回新聞の原稿を書き足して、もう一眠りしようとしたら、恵子から電話がかかった。

「いつ来たの？」

「今朝です」

「あーら、居たのに、朝、電話して下されば……」

「電話を知らないんだよ。それに、朝が早かったから」

「すぐ、行きます」

恵子はまもなくやってきた。夏の旅で、すっかり陽灼《や》けしているようだ。鼻の頭にこまかい汗を掻《か》いたまま、ベッドの脇《わき》の椅子に掛けながら、

「一郎ちゃんは？」

「十和田に行った」

「まあ、もうそんなにいいの？」

「うん」

と云いながら、私は彼女の唇を埋めてゆくのである。

「今夜で終り？」

「ええ、そうよ」

「じゃ、明日、石山から宇治の方に抜けてみよう」

「でも、もう帰りの切符、用意して貰《もら》ったのよ」

「そんなの、払い戻して貰えばいいじゃないか」

「何って云ったらいいかしらね？　えーと、神戸の兄さんが病気だから？　なーんて、云ったって、みんな知ってますよ」

「知ってれば、なお、いいじゃないですか」

私が、ベッドの中に恵子をひきよせたから、

「ダメよ。もうすぐ公演なのよ。トチるわ。それに目がくぼむのよ」

矢継早に抵抗の言葉を濫発《らんぱつ》していたが、やがて、いつのまにかワンピースをぬぎはじめた。あとはもどかしく、お互の肌をさぐり合うだけだ。そのまま死んだように眠り込んでいる。

「間に合わないよ。早く起きないと」

「そんなこと云ったって……」

「間に合わないよ。本当だよ。時計を見て御覧」

「だから、厭《いや》だって云ったのに……」

時計を近づけて見せても、寝ぼけ眼でただうなずいて見せるだけのようである。

しかし、楽屋入り十分前になると脱兎《だっと》のようにはね起きた。私の歯ブラシを使って忙しく歯を磨き、パンツ、ブラジャー、ストッキングと手品師のあんばいにリズムをつけていそがしく身に纏《まと》い、

「来るの？」

「見るつもりでいたけど、よそう。原稿でも書いてからエキに行く」

「その方がいいわ。どうせチラッと出てチラッとひっこむだけですからね。それにラクなのよ。ハネてから、ちょっとみんな集るし。じゃ、バイバイ」

と一度駈《か》け出すように扉のところまで走りかけたが、またひきかえして、上から蔽《おお》いかぶさるように接吻《せっぷん》する。

「じゃ、ね……」

ようやく、無事に出発したようである。あとはシンと静まり返るホテルの閑寂さのそとに、夥《おびただ》しい雀《すずめ》の啼《な》き声が聞えていた。こんな、都会のまん中に、これほど夥しい雀の群が棲息《せいそく》していたとは知らなかった。私は、ようやくベッドから起き上って、ブラインドの間から、その雀の跳躍と、赤々とした落日の気配をこっそりと眺めやるのである。

京都から車にした。逢坂山《おうさかやま》のあたりから、琵琶湖《びわこ》の眺望をたしかめ直したかったし、それを恵子に見せてもやりたかった。

「蟬丸《せみまる》の歌を知っている？」

「どんな？」

「これやこの……さ」

「ああ、……」

と恵子があとをそらんじたから、

「それが、ここいらだよ」

と私はまわりの山と、行手に展《ひら》いてくる琵琶湖のキラキラとまばゆい水面を眺めやるのである。しかし、京都からの運転手は、義仲寺や、仏幻庵の所在を知らなかった。ゴミゴミとよごれた工場のあたり、松の並木のあとが少しばかり残っていたから、

「ここが粟津《あわづ》だよ。木曾義仲が矢に射られて、ほら、馬から、すべり落ちていったとこだ」

その義仲寺は、私は一度参ったことがある。車から降りてちょっと訊《き》けばわかる筈《はず》だが、ワザワザ恵子に見学させるには及ぶまいと、やっぱり、私達の年代の相違をマザマザと実感するわけだ。車を瀬田の唐橋《からはし》のたもとで停める。私は茶店の中に入りこんでいって、ビールにしたが、恵子は唐橋の擬宝珠《ぎぼし》をなでまわしその揚句、欄干の上に手をすべらせながら、永いこと湖水に見入ったり、川を眺めやってみたり、ようやく茶店にひきかえしてきて、トコロ天を食べている。

「石山寺に行ったことある？」

「ええ、石山寺なら行ったわ」

「じゃ、幻住庵にしよう」

私達は、宇治川沿いに車を走らせたが、やがて幻住庵趾という矢印の標識を見て、車を降りる。なだらかな丘陵を斜めに登る山の道だ。夏の雑木が重なり合っていた。蛇でも出てきそうな萩《はぎ》と葛《かずら》と茨《いばら》の道である。

それでもその幻住庵趾に立って、琵琶湖を眺めおろすと、湖水の平滑が、扇型にくっきりとせり上ってくるのである。

「どういうとこ？」

とあたりの荒涼を眺めまわしながら恵子が云《い》っている。

「芭蕉が住んでいたとこさ」

幻を相手にさ、と幻住庵の記の悲痛な魂のおらび声が私の耳にも鳴りとよもしてくるような気がしたが、今は故意に黙して、空をうつした湖水のこともないまばゆさに見入っている。

私達は手を取り合って、船に乗り込んだ。宇治川を下るのである。乗合の観光船だが、ほかに相客は全くない。よく植林された左右の山々を眺め上げてみたり、透き通った水の中に所在なく恵子はチューインガムの塊を投げ入れてみたりしているが、あたりは寂として声がないのである。

そろそろ夕べ近くなってきたようだ。私達は、宇治の新設のダムのところで降ろされた。幸い、タクシーが待っている。そのまま、むかしとまったことのある花屋敷に、車を走らせた。

その後絶えてやってきたこともないが、先方は私のことをよく記憶してくれていて、川近い離れの間に通された。ススキが、まだ形の整った美しい尾花の色を見せている。

「いいとこね」

「ああ、いいとこです。蛍《ほたる》が沢山いるよ」

その言葉の通り、ビールを二三本飲んでいるうちに、一匹の蛍が迷いこんできて、障子の桟のあたりにかすかに息づいているのである。

「やっぱり連れていってよ、アメリカに……」

と恵子が突然、切りだした。

「だって旅券が取れないだろう？」

「あっちこっち頼んでみたんだけど、一さんに頼んでもらうのが一番いいだろうって云うのよ。みんな……」

「オレは出来ないよ。そんなことは……」

出来ないことはないかも知れぬ。しないだけだ。先方はかえって夫妻同伴を期待しているようなものだが、私達は名義上の夫妻ではないだろう。

「秘書とか何とか云っても駄目？」

「そりゃ、駄目さ。オレに秘書なんてあるわけがない」

真実は、今度の海外旅行の予定には、恵子をはじめからはずしていた。鎮静の時間を持ちたかったこともある。一郎に対する影響の大きさも、もちろんある。しかし、それより、同行すれば、結婚以外にないではないか。弥太、フミ子、サト子は先《ま》ず何とかなるにしても、次郎をどうする。まさか別れてしまう細君に、次郎を預ってくれとは云えないだろう。

もっとも、これは口実かもわからない。看護婦を一人雇い入れて、次郎の生活のことごとくを見て貰う。女中を二人置いて、ほかの子供達の世話と、一家のまかないを頼む。その全経費を見積ったって、今のように、チリヂリバラバラの生活の集計よりは、経済的にはよっぽど楽であるかもわからない。

しかし、次郎を、ほんとうに恵子との生活のまん中に置き得るか。理窟《りくつ》としては、置けないわけはないが、私が不決断に愚図《ぐず》つくのは、いつもその一点だ。いや、ハッキリと否定的ですらあるだろう。

かりに、恵子と、私の子供達との合流が出来たとして、おそらく一ヵ月のうちに、私の神経は費《つか》い果たしてしまうにちがいない。それよりも、恵子が、果してその生活に耐えられるか。今の屈辱に耐えるよりは、まだましだと、恵子は答えるかもわからない。それは、今の状態の上からの解答だろう。あちらの状態に身を移してみたことが、まだないのだから……。

私は、男女はサッパリと結ばれる通りに結ばれて、何の恥じるところもないと、固く信じてきたものだ。次郎の状態は、恵子と事を起す前から、ほとんど変りがないのである。その状態を、もちろん、私は知っていた。恵子も知っていた筈だ。尚《なお》かつ私達が事を起したことを、私は今更恥じようとは思わない。

ただ、私達の関係が、きわめて持続しにくい、危うい尾根伝いの道だということも、私はよく知っている。八方から火は放たれているのである。行手も、後ろも、炎の手があがっている。私はただ、その崩れやすい、きわどい炎の道を走る以外にないではないか。

吹雪の地図

考えてみると、私は恵子を誘い出して、実によくあっちこっちをうろつきまわったものだ。ひとつには、恵子に、子供のない身軽さもある。また平素から劇団の旅公演に馴《な》れていて、あまり旅を億劫《おっくう》がらぬせいもある。しかし、根本は、恵子のとめどのない同化性とでも云った人なつこい性情によったのかもわからない。

私のように、行きあたりばったり、次から次へと行先を変更したり、深入りをしたり、半分野宿のような旅を試みる男から同行を強いられる女の身にとっては、旅のよろこびというより、かえって苦痛の方が多いだろう。

たとえば、私の細君など、むかしから私とどこぞへ旅に行こうなどということを金輪際したがらないたちだ。随分むかしの話だが、外村繁《とのむらしげる》さんが酔ったまぎれ、「桂ちゃんなんて、なんや、トンボ釣りやないか。トンボ釣り今日はどこまで行ったやら……。危っかしくて、一緒になんか、つき合いきれませんよ、だ」たしか、そんなことを云《い》っていた。なるほど、そう云えば、トンボ釣り今日はどこまで行ったやら……。私は、家を出たら最後、どこへどう曲ってゆくか、自分でもわからないのである。おまけに行先々で金を気違いみたいに無計画に使う。揚句の果は、旅先から出版社にカネオクレといつも泣きつきの電報だ。そんなトンボ釣りみたいな剣呑《けんのん》な男と一緒の旅など、細君にしてみれば、あぶなっかしくて、ハタで見てもいられないし、とてもついて歩けたものではないのであろう。

殊更《ことさら》細君の生家は田舎の小さな造り酒屋である。それも戦時中転廃業をさせられて、細君の老父は田に帰り、自分で黙々と額に汗しながら今日まで田を耕してきたようなものだ。いや、八十何歳になるか、今でも、一人田ン圃《たんぼ》に出て、黙々と土塊《つちくれ》を打っている。野良着《のらぎ》の上に、荒縄を帯代りに締めて、いつであったか、私が珍しく細君と子供を連れて柳川に帰省していた折など、自分でリヤカーをひきながら、手づくりの米を一里余り離れた私の家まで運んできてくれたこともあった。その時に、この寡黙《かもく》な老父をしみじみと見て、私は細君の来歴と生活を目《ま》のあたりしたように実感し、これを、尊びもし、おそれもした。

私の細君には、まったくと云っていいほど浮薄なところがない。たとえば、……このようなことを書くのも例によって私の軽薄の衝動を押え切れないようなものだが……、細君は終戦直後の物資不足から、永いことメリケン粉袋を仕立て直したパンティをはいていた。そのパンティには商標のマークと文字が大きく捺印《なついん》されてあって、もちろん、敗戦時の物資不足の折はまたやむを得なかっただろう。ところが、細君は私を追って上京してきた昭和二十四年はもちろんだが、もうアメリカ物資が出まわってきて、華美な下着の類が至るところに見受けられるようになった後々まで、この文字と商標の大きく捺印された粗い木綿のパンティを平然として（？）着用に及んでいたのである。窮乏の日に何枚かつくっていて、それをむげに棄《す》て去ることが出来なかったからでもあったろう。いや、細君にしてみれば、厭《いや》なのを我慢しながら、それこそ青砥藤綱《あおとふじつな》の母の意気込みで、履いていたと云った方が真実に近いかもわからない。

そういう細君にとって、私のような無軌道の脱線男と旅をするほど、気の揉《も》めることはないに違いない。

かりに私が細君を誘い出そうとすれば、

「子供がいるじゃありませんか」

これがきまりの口癖だ。なるほど、子供は大勢いる。しかし、女中二人、看護婦一人、家に住みこんでいた時期だって随分と長かった筈である。いや、その子供達を連

れて二三泊の山遊びや、海遊びに出かけようとしても、細君だけは、きっと居残りになる慣《なら》わしだ。いつだったか、

「あなたと旅行したって、ハラハラするだけで、ちっとも楽しいことなんかありません」

それはそうだろう。これが細君のいつわらぬ心情かもわからない。その証拠と云ったらおかしいが、

「今度貯金して、アタシ北海道まで遊びに行って来ようかな」

或日《あるひ》ひとりごとをつぶやいていたことがあったから、

「その気なら、いつでも連れてゆくよ」

「いいえ、団体旅行……。募集しているんです」

「なにも、団体旅行でなくったって、オレが連れていくよ」

「いやですよ。あなたと一緒になんか、旅したってちっとも気が休まりません」

これは恵子と事を起してからの話ではない。もっとずっと以前からの細君の持論である。そのたった一度、九州に一緒に帰った時だって、実は或る航空会社から家族連れの招待を受けたのだ。招待はたしか一二泊でひき返すことになっていたから、帰りコースは棄権して、そのまましばらく親類まわりなどしたわけだが、帰京した時は、私一人飛行機になり、細君や子供達は、一週間ばかりあとになった。

「子供連れで疲れるから、帰りは一等寝台になさい」

と私は金を渡して、念入りに云い残しておいたのに、細君が帰ってきた時は二等の普通急行で、みんなクタクタになりながら、プラットホームに降りてきた。手には九州から持参のお握りのお重を抱えている。これは細君の質実を示す美談でこそあれ、私がとやかく云う筋合は決してないのだが、しかし、何か、私の有頂天な暮し振りに、冷水を浴びせられたような、其《そ》の場の狼狽《ろうばい》を感じたことはたしかである。その時、私はハイヤーを乗附けて東京駅に出迎えに行っており、その往復の料金は、ひょっとしたら細君が九州から東京まで耐乏して乗りつないできた二等の運賃を、遥《はる》かに上まわる額であったかもわからない。子供達は、「ワアー、自動車、自動車」と云って喜んだが、細君は乗るのをためらうようにやっと入りこんできて、

「まあー、電車でよかったのに……。それにアタシ車に酔うんです」

こういう性格の細君が、私のようなアテなしの旅を一緒にしたがらないのは不思議ではない。

なるほど、私の旅は細君の希望するような旅とはまったく似ていない。私は自分で動いていること自体の方が楽しいのだから、宿屋の設備だとか、交通の便不便だとか、何時の汽車に乗り込むだとか、どこへどのコースを通ってゆくだとか、明日のお弁当がどうだとか、前以《もつ》て余り考えたことがない。

思いがけない珍しい風物に接して、それを喜ぶのは、誰しものことだが、私はなるべく、その、思いがけない、自分のよろこびを得たいだけだ。

私はかりにその晩、どこの宿で断られたって、ちっともがっかりしない。それより私は、その名も知らぬ漁港で買ったウデ蟹《がに》をむしり喰らいながら、その岸壁にしぶき上っている波に見入ったり、その波に薄陽さす朝の日光の模様をたしかめたり、そこの磯辺で海藻を掻《か》き取っている女にぼんやりと見とれたり、そこの磯辺から走ってゆく章魚《たこ》釣りの少年を追っかけて、その少年がかついでいる竿《さお》とその竿の先にくくりつけられた赤い布に手をふれてみたり、むかしから、ただあてどもなくうろつきまわること自体の方が好きなのである。

本当から云えば、旅は一人に限るのだが、しかし私だって、唯今《ただいま》、つかみ取った感動なり、印象なり、歓喜なりを、素早く誰かに伝えてみたいもどかしい衝動は持っている。そのもどかしい衝動を頒《わか》ち合うことが出来るような同伴者が、時によってほしく思える時だってある。

だから、いやがる細君を誘いだして、あちこちあてどもなく野山の中に連れだしてみたいのだ。その都度、細君から断られるけれども、私の衝動は、やむことがないから、またこりずに、細君を誘ってみる始末である。

私はいつの頃からか、細君は生来の出不精だと固く信じこんでしまっていた。しかし考えてみるとそうばかりでもなさそうだ。私と歩くのが安心ならないのである。私と旅をするくらいなら、家にジッとしていた方が気が鎮《しず》まるらしいのである。たとえば戦死した前の主人とはよく出歩いていたようで、何かの話のついでに、時折それらの旅の断片が蜃気楼《しんきろう》のように浮び出してくるらしく、桜島だとか、青島だとか、子供の国だとか、九十九島《つくもじま》だとか、旅先の印象が、何の脈絡もなく、不用意にフッと口をついて出てきたことがある。

「なーんだ。行ったことあるの？」

と私がいぶかしく訊《き》きかえすと、

「ええ、死んだ主人と……」

細君は自分でもびっくりしたように、そこでポツンと口をつぐむ。もっとも、戦死した細君の先夫は船乗であったから、横浜とか、横須賀《よこすか》とか、呉《くれ》とか、佐世保とか、長崎とか、そういう波止場の宿々を転々したことは勿論《もちろん》だろうが、僅《わず》かな結婚の期間に、かなりあちこち、うろつきまわったようである。

結婚半年か、一年か知らないが、あわただしい遭逢《そうほう》を繰り返しているうちに、その海軍軍人の最初の夫が戦死する。

その先夫が戦死した後も、細君はしばらくの間、婚家を去らず、婚家の両親も、ひそかに戦死した主人の弟に細君をめあわせる心つもりになっていて、内々、二人の意向を打診したこともあったらしい。

口の重い細君の、問わず語りの話の断片をつなぎ合わせて想像してみるなら、私の細君は、この弟さんが好きであったらしい。もちろん、夫を失った悲しみの中で、その主人の弟によせた慕情であろう。弟さんは航空士官であったらしく、戦場に飛立つ寸前、細君の両親のすすめに従って、大阪までひとりで面会に行ったと云っている。むしろ親の願いに添った婚約でもあり、あわただしい結婚でもあったろうと想像してみたって、そう間違ってはいないだろう。一夜妻であったか、二夜妻であったか、そのまま、弟さんは飛び立って、これまた戦死を遂げてしまったのである。

なぜ、私はこのようなことを書くか。私は細君の異常な結婚恐怖とでも云った感情、男性に対するぎこちなさ、かたくななまでの愛情表出嫌い、甘えることを知らぬ孤独癖、これらの性格の形成に今語った出来事がなにほどかの影響を与えていはすまいか……。先夫とその弟のあわただしい次々の戦死が、細君の意識の下に、大きな爪《つめ》あととして残っているのではないか……。

私の細君は、私とは出歩きたがらないし、まして私と旅行などは、金輪際駄目なようだけれど、しかし、これもまた彼女の生来の傾向とは違っているようだ。たとえば、私が恵子と事を起した直後、細君は真鶴に近い木田の家に逃げている。その木田の邸《やしき》は、私が細君と一緒に、夏の別荘として買取ろうと下見に出かけていった所であった。

相模湾が真下である。大きな柑橘《かんきつ》の畑が、周囲を取り巻いた千坪ばかりの邸宅だった。

ただ、そこの主人は、近親をことごとく失って、男やもめで暮している。十日あまりも居たか、二十日近くもいたか、細君はそこの家で、安居していたようだ。

そうして、その七十歳ばかりの老人と、極めて親交を結んでいる。

続いて、大町文子の家に移ったが、大町文子の家も、ある上方の大きな酒造家の別荘なのである。細君がたまたま、この家に逃避していた折に、この上方の酒造家も東京に遊びにやってきて、しばらくP山の別荘に暮していったらしい。その間に、細君はひどくその酒造家の主人から気に入られ、一緒に山を歩いたり、そこここ食べ歩きのお伴をしたり、いや、今でも季節々々の音問をくりかえしているようだ。

この酒造家の老人が、上京してくるたびに、東京の一流割烹店《かっぽうてん》で、御馳走《ごちそう》になってみたり、又P山に出向いていってみたりする。松葉でも焚《た》いて遊ぶのか、茶のみ話にでも興じるのか、皆目行方の分らない細君の清遊だろう。先方の年齢はやっぱり、七十二三歳。つまり、細君が心おきなく冗談を語り、一緒に酒を飲み、飯を食べ、野山をうろつき歩くのは、そろそろ安定圏にはいった、枯骨の年配の男性が多いようだ。

もっとも、戦死した先夫や、その弟さんたちのことは知らない。私が駄目であることは、確実だ。いつであったか、

「私は、前の主人には甘えることができました。でも、あなたは駄目。あなたと一緒

に居ると、すぐ気づまりになってくるんです」

そんなことを呟《つぶや》いていたことがある。

例えば、私が細君と電車に乗る。細君は私とは決してならばず、四五人の客を間に置いて腰をかけるならわしだ。

私達はベッド以外のところで、一度も接吻《せっぷん》をしたことがない。私がしないのではない。細君が故意によけるのである。いや、いつであったか、フッと細君をかかえよせて唇をよせようとしたとたん、手痛くつきとばされた。その昔、子供達と床をならべて寝ていた頃、四人の子供達を中に置いて、細君は必ず反対の端に寝る。そのまま眠りこんでしまっているから、彼女を起そうとすれば、厭でも子供四人を越えなければならないわけである。

誰から云われたのか知らないが、

「あなたは夫を殺す人です」

この言葉は、先夫とその弟の死、その性生活の記憶などとややこしく錯綜《さくそう》して、ひょっとしたら私の細君に或《あ》る種の底深いノイローゼを植えつけていたかもわからない。性的不感症というより、男性不感症、いや、夫不感症とでも云ったノイローゼを……。

そうして、これらの精神的（乃至《ないし》は肉体的）障害をつき破って、ほんとうの女性を覚醒《かくせい》させるのに、私ほど不適任な男性はいなかったと云えそうだ。

私は堅忍不抜の愛などというものをからっきし持ち合わせていない。湧《わ》いたり消えたりの情の赴くまま、自分勝手の悦楽や、旅にほしいままに出向いてしまう。そうして、それをまたしきりに口にする。いや、書いてすらいるだろう。またその昔書いた愛妻小説を彼女も読んで、それを事実と信じ込み、私が先妻と今の細君とを桁《けた》違いに扱っていると妄想《もうそう》したかもわからない。愛とは一体なにものだろう。例えばその作品の中で静子という一女性のことを書いている。なるほど、静子には実在のモデルの原型のようなものもあるにはあったが、その実、大半は今の細君にはじめて逢《あ》ったばかりの頃の刻明な印象記なのである。

私が恵子と二人して、絶えずあちこちと旅に出歩いたのは、土着心の薄い私の日頃の放浪癖に恵子が巻添えをくった次第でもあったろうが、もう一つ、私と恵子が同じような恐怖心に襲われて、浅草の家であれ、目白の密室であれ、安住できなかったということも云えるかもわからない。

たとえば、税務署がやってくる。どうしてこんな目白の密室などをさぐりあててやって来たろうかとびっくりしていると、

「なにね、お宅に伺いましたところが、目白のお妾《めかけ》さんのとこから取ってくれと云われましたから……」

多少遅れたことはあったにせよ、税金はいつも細君の方に運んでいた筈《はず》だ。それを、こうはっきりと指定されて出向いてこられると、私も狼狽するのである。いや、税務署の使の人自身も、なんとなく興奮したように部屋中を眺めまわしながら、所狭く林立しているビールやウイスキーの空瓶《あきびん》などを横眼で見て、呆《あき》れはてたような表情だ。まだしも、税務署の方はお互の任務である。かえって一郎がその友人などを連れてふらりとやってきたりすると、私は怯《おび》えた。自分の現状に対する反省からではない。それらの未成年者たちと、男女のことを、対等に、また率直に、語りあえないもどかしさとうしろめたさからである。

次第にその恐怖心は昂《こう》じてきて、たとえば原稿の用件を取次ぐ女中からの電話とか、またたとえば次郎の容態を報告する看護婦の電話とか、家からの電話一切、いや、一時は電話のベルの音が鳴るたびに、異常な胸騒ぎさえ覚えるようになっていた。

勢い私は、恵子を連れて、始終出歩く。深夜にならなければ、自分の部屋に帰ってこない。それよりも、いっそ旅に出た方がよほど気楽なわけである。

いや、これらは外側の条件だ。恵子と私が旅に出た状態を今ふりかえってみると、必ずといっていいほど、痴話喧嘩《げんか》をしたあとである。

「じゃあ、別れ話をしについて行ってあげようか?」

これが、旅に出る時の、恵子のきまり文句のようなものであった。そのくせ、一旦《いったん》旅に出ると、二人ながらうきうきと浮きたって、まるっきりとめどがないのである。三日の予定が一週間になり、一週間が、十日になる。恵子だって、劇団の仕事があるから、その行先々から、友人などに電話して、おっかなびっくり、先方の模様などきき、

「まあ、放送があったの？　出たかったわ。でも、しようがないのよ。よろしく云って下さいね。頼むわ。うん、お父さんなのよ。悪いのよ、すこーし。そう、胸なの。でも、あと二三日できっと帰る」

出まかせの口実を云ってのけた揚句、

「これじゃーね、もうお芝居も落第だわ。その節は、一さん、よろしくね。一生おすがり申します」

フフフと小鼻に皺《しわ》を寄せて、笑いだす。そのままた、私達はあてどのない脱線旅行を続けていくといった有様だ。

いつだったかは、札幌から釧路《くしろ》にぬけ、釧路でふらりと原田康子さんを訪ねてみたり、かと思うと、阿寒湖から屈斜路湖《くっしゃろこ》にぬけて、その湖畔の国民宿舎に泊りこみ、その管理人さんと意気投合、鍋《なべ》や炊事場を借りうけて、折柄泊りこんでいる青年男女諸君を寄せ集め、大々的な寄鍋の宴会に打興じる。調子に乗って、摩周湖見物にうつつを抜かしているうちに、連載の新聞小説が明日の夕刻までに東京へ到着しなかった

ら切れてしまうことに気がついた。そこで、東京の新聞社に電話送りしようと試みたが、どういうわけか、不通である。あわてて八方に頼みこみ、摩周湖観光のセスナ機をその翌朝早く、無理に出動してもらうよう懇願して、女満別《めまんべつ》まで飛ぶ。女満別からうまい具合にダグラスに乗り継いで、ようやく札幌に辿《たど》りついた。おかげで、大雪山の壮観をつくづくと俯瞰《ふかん》したばかりか、その日のお昼には、ちゃんと東京へ帰りつき、何喰わぬ顔で、危い原稿を届けている。おまけに、セスナ機時間借りの料金は持ち合わせがなくて、後払いにさせてもらったのだから、自分でも呆《あき》れかえった綱渡りだ。

しかし、これはまだしも、私と恵子のはっきりとした二人旅であった。私はしばしば、私の講演旅行に、恵子を同伴して行ったことがある。それも、私一人だけの講演旅行なら、さして不思議ではないだろう。

たとえば、著名な女流作家のM女史、高名な法律学者のY博士、これらの人々と一緒の講演会に、恵子を同伴して行ったことがある。

「あら、どなた？」

と訊かれれば、いやでも、

「矢島恵子という、新劇の女優です。ただいま、駈落《かけおち》中ですから、御迷惑でも同行させて頂きます」

「まあ、どうぞどうぞ」

おだやかにそう云《い》われて、さすがの私も赤面したものだ。恵子だって、正直な話、身の置きどころがなかったろう。

これは恵子がついてきた場合だが、反対に私が、恵子の旅公演についていったこともしばしばだ。もっとも、私の場合は、隠密《おんみつ》に別の列車や飛行機で出かけ、その旅先の宿で落合った。しかし、誰だってその状態には気がつく筈だから、私達がはたしてどのように云われていたか、自分たちでもおよその想像はできた。想像ができても、抑制ができなかったのは、例によって有頂天の、私の馬鹿《ばか》さ加減によるだろう。

私は自由が欲しかったのだ。人の世から、もがき、のがれるほどの、苦しい自由が。嗤《わら》われることは、覚悟の前であった。私もまた、彼らと一緒に、さかんに嗤いたいのである。

そろそろ私の欧米旅行出発の日どりが近づいてくるにつれて、恵子のあせりは目に見えるようであった。是が非でも同行して、外国を一巡してみたい様子である。

「ねえ、連れて行ってよ」

蒲団《ふとん》の中で、足をじたばたさせながら、もどかしがる有様だ。

「うん、アメリカにでも着いたら、どこかでインビテーション・レターを作ってもらうことにしよう」

口先ではそんなことを云っているが、彼女を海外に同伴する気は全くない。日本なら、まだしもだ。外地をうろつきまわるのに、女ほど足手まといのものはない。それに、何であれ、六ヵ月の外地の旅は、私にとって重大な転機だろう。その重大な転機を、何人によっても、曇らされたくない。

この日頃、恵子の肉感にひたりつくしたような自分自身を、さっぱりと解放してみたかった。それに堪えられるかどうか、自分の情痴の奥行を推しはかってもみたかった。

恵子は、彼女の旅券獲得に、私があまり熱意を示さないことを見てとったのか、八方駈けずり廻って狂奔しているようだ。

「一さん、なんだかアタシも行けそうよ。Hさんが、外国商社に頼んでみてあげようって、云ってくれてるの」

などと、真剣になって云っているのをきくと、当惑と不憫《ふびん》さのこんがらかった愛情がまた昂進《こうしん》するのである。

「アメリカは物価が高いから、じゃ、パリででも落合えるようにしてあげる」

「ほんとう? ね、きっとよ。アタシ、西廻りでサッとパリに乗りこむからね」

「よかです。凱旋門《がいせんもん》で待っとるです」

私の決心もぐらついてきて、渡米後、ほんとうに招待の書状をどこかに頼んでみようか、というような気持にもなった。ニューヨークからパリに飛び、恵子とセーヌ河畔でランデブーをするのも、悪くない。しかし、そうなれば、万事休するな……、と自分の生涯のはっきりとした路線に怯える気持も混淆《こんこう》する。

ちょうど、そんな時期だったろう。恵子が劇団から、顔色を変えて帰ってきた。

「あのね、一さん、『ガラスの動物園』に抜擢《ばってき》されたのよ。ローラの役よ。ダブル・キャストだけど、アタシ自信ある。もうパリなんか、行かなくてもいいわ。公演が十二月なの。素敵だわ。やりたいやりたいと思ってたんですもの、ローラの役を……。アタシ、パリに行かないから、そのかわり、世界中のガラスの動物を集めて送ってね。ガラスの一角獣が絶対欲しいのよ。アメリカにきっとあるわ。すぐ、送って……。きっとよ、ね。それに、ガラスの動物園の舞台写真を、見つけられるだけ見つけてくださらない。そして、どんどん送ってよ」

恵子の異常な昂奮が、リズムに乗って心地よく響きよってくるような感じであった。

「そりゃ、よかったね。パリ段じゃないよ。パリなんか、いつだって行ける」

「うん。恵が一世一代の演技をするからね。それを一さんに見せてやられんとが、可哀《かわい》そうなごとあるよ。一さんが見とったら、きっとふるいつこうごとなるにきまっとるよ。ね、よかですか。パリあたりで愚図々々《ぐずぐず》しとったら、もう帰ってきても、見向きもしちゃらんよ。大女優よ。ただ、行いを正しゅうして帰ってきたら、アタシが今度は食べさせてあげますからね。貢《みつ》いであげますからね。はい。これが、その貢ぎはじめ……」

恵子は大はしゃぎで、どこから買ってきたのか、かなり上質のネクタイをハンドバッグの中からとりだした。それを、私の首にぶらさげてみるのである。

「こりゃ、一さんのお金で買うてきたとじゃないよ。アタシの月給からちゃんと買ってきたんですからね」

浮かれるように、早口でまくしたて、そのハンドバッグの中から、今度は小さいガラス製の動物を取り出した。それをテーブルの上に並べ、

「……わたし、ガラスの動物を蒐集《しゅうしゅう》してますの——これに、なかなか時間が取られるんですよ。ガラスってものは、よっぽど、よく、手入れをしてやりませんと——ねえ」

その隠微に光るガラスの動物を撫《な》でまわしながら、台詞《せりふ》と所作《しょさ》をくりかえし、もう舞台にでも登った気持のようだ。

私もまた、一瞬、恵子の晴れの舞台姿を幻想して、

「じゃ、恵さん。浅草をうろついて、集められるだけのガラスの動物を、買い集めてこよう」

「ほんとう？　ほんとに買《こ》うちゃる？」

「その位、貢いどかんと、大女優になった時に、喰わせてもらえまい？」

「ばからしか……。百円より上の、ガラスの動物やらありゃせん。千円かそこら、ガラスの動物を買うてもろうて、一生貢がんならんなら、引き合《お》うた話じゃないよ」

私達は大騒ぎで、目白から浅草へ車を走らせるのである。

しかし、あの夜の浮き浮きした浅草の行進ほど、充《み》ちたりた想《おも》い出はない。新仲見世のキラキラと眩《まばゆ》いショウウインドウが、ことごとくガラスの動物に埋れているような幻覚がつきまとって、そのショウウインドウを一々覗《のぞ》きこみ、私達はしっかりと手を握りあって歩き進んだものだ。

ガラスの動物は、云うに足りなかった。ほんの二三点、キツツキとか、ペンギン鳥だとかを見つけだしたばかりである。それでも私達は満悦して、「峠」の店にはいりこみ、ウイスキーを飲みながら、とめどなくしゃべりあった。

恵子は、カウンターの台の上に、今買ったばかりのガラスの動物類を意味ありげに並べてみたり、歩ませたり、あまり飲めない酒をしきりに飲みたがった。その都度、私のコップにカチンと彼女のグラスをあてるから、

「今日は随分、嬉《うれ》しいことがおありなんですね？」

「峠」のマダムが不思議がって、訊《い》いている。

「ええ、割と好い役についたんです。公演する時には、ぜひ観《み》に来て下さいね。切符

をお送りしますから」

恵子は、自信満々のていである。

「ただね、アタシがちょうど芝居をやってる時に、桂さんはアメリカなんですよ。だから、かわりに観て下さい」

「まあ、御一緒にあっちにいらっしゃるんじゃなかったんですか？」

「ええ、それが、役がついちゃったでしょう。めったにつかないような役だから、どうしても、やってみたいんですよ。それでもう、外国に行くの、思いきりよく諦《あきら》めました」

「峠」のマダムは、気の毒がったり、喜んでくれたり、しきりに恵子に相槌《あいづち》を打ってくれている。

「それで、マイアミの方はどうなりました？」

と今度はマダムが私に訊《き》くから、

「そうだ。マイアミへ、はっきり廻ることにきまりました」

実は、マダムの姉さんがマイアミに住んでいるらしくて、もし私があちらへ廻るようなことがあったら、ぜひその姉さんにも会い、困ったことでもあったら相談してみてくれと云われていた。マイアミに行けば、勿論《もちろん》、私はマダムの姉さんの所に寄ってみるつもりである。

「じゃあ、御迷惑ですけれど、釣竿《つりざお》を一本、持っていっていただきたいんです」

「ええ、何でも持って行きますよ」

私はそのマダムの姉さんの所に、何か伝言とか、土産とか、もしあれば、運んで行く約束になっていた。釣竿一本なら、お安い御用である。

「あちらでは、日本のような好い釣竿が、どうしても手にはいらないんですって。今、作らせておりますから、出来上ったら、目白の方にお届けいたします。御迷惑でも、持って行って下さいね」

「承知しました」

と私は確実にうけあった。

出発は十一月中旬ときまっているが、自分ではまだ、何となく遠い先のことのように思いこんでいた。さて、「峠」のマダムに念を押されて、出発が目睫《もくしょう》に迫っている実感をひしひしと感じとるのである。

殊更《ことさら》、恵子がはっきりとパリ行を断念し、「ガラスの動物園」にのめりこんでしまった様子を見て、にわかに訣別《けつべつ》の間近さと、真新しい孤独感を味わうわけだ。

六区の喧噪《けんそう》の界隈《かいわい》に、秋の霧が流れていた。恵子は思いだしたように、大声をあげて、

「やっぱり、うちも行きたかア。行きたいとよ、一さん。行かれんばってんね」

その霧の中に、どなるようにして云っている。

一郎の身の振り方は、壺野が一切引受けてくれた。中学を卒業と同時に、T学院に入学できるよう、O氏と二人で尽力してくれると云っている。その入学金も、費用の一切も、私の小説の映画化を見越して、会社から立替えてくれることになった。また、私が帰朝するまで、O氏夫妻が、一郎の身柄を責任を持って預かってあげようという、厚意ある話である。

出発後の留守家族の生活費は、細君と子供達は、Y紙の連載小説の稿料で賄《まかな》う。その一部を、母の家に廻す。恵子の生活費は、A小学生新聞の連載小説の稿料で賄うことにした。遠い海外の旅先まで、連載小説二本の執筆を持ち歩くなどと、正気の沙汰《さた》ではないが、さりとて、もともと厖大《ぼうだい》な係累《けいるい》を飢えさせるわけにもいかないだろう。

ただ、アメリカの公式旅行中は、先方の日程がぎっしりつまっているようで、なるべく書きためて置きたいけれど、日頃の懶惰《らんだ》な性癖もある。飲酒の過度も手伝っている。必死の書き溜《だ》めのつもりで、十五日分の余裕が出来たのがやっとのことであった。

その間に、忙しくA財団に足を運ぶ。外務省に日参する。アメリカ公館に出頭する。交通公社に出かけて行く。自分の身の廻り品の買い集めや、旅行案内の蒐集等、もうこんな旅はやめようか、と何度考えたかわからない。

鞄《かばん》は幾通りも買った。その鞄の中に、あらましの身の廻り品、オーバーや書籍の類まで詰めあわせて、左右、大鞄を二つぶらさげてみると、よろける程の重たさだ。そこで、あわてて、中身全部をひっぱり出し、

「恵さん、どうでもいいから、これを鞄一つ分に減らしてくれよ」

「だって、アタシじゃ判《わか》らないわ」

そう云いながらも、たどたどしく、考えては取り出してみたり、取り出してはまた詰めこんでみたり、徹夜して原稿を書いている私の足もとのあたり、足の踏み場もないように取り散らしながら、それでもようやく、一つの鞄にまとめあげてくれた。

「これじゃ、どう？」

私はその鞄を手にとってみたが、二つぶらさげるよりは随分楽である。試みに、ちょっと鞄の蓋《ふた》を開いて中をのぞいてみると、まるで米軍兵士の詰め合わせ携帯食糧の塩梅《あんばい》だ。

「これじゃ、あんた、いっぺん中を掻《か》き廻したら、もう二度と納りがつかないよ」

「フフフ、その度に、アタシの有難さを思いだしてもらうつもりなんですからね」

「よし、あけてはみだしたら、片っぱしから捨てて歩くか」

いつのまにか、しらじら明けの中で、二人ひっそりと抱き合いながら、訣別間近い浅い眠りにつくのである。

十一月十日、出発の当日だ。

恵子は劇団の稽古《けいこ》をやめて、針を買いに出たり、糸巻を買いに走ったり、忙しく右往左往して、その都度、やれ薬を買って来たからボストンバッグの中に詰めて置くだとか、やれ暫《しばら》く日本の果物が食べられないから一つずつでも持っていった方がいいだとか、柿《かき》や、梨《なし》を、次々と洋服のポケットにまでねじこむ始末。

その恵子の留守を見はからって、やっぱり石神井の細君にも電話をかけてみた。

「今夜、出発する。午前零時だ。子供たちはよろしく頼みます。帰ってくるのは、四月頃のつもりだから……」

「じゃ、お元気で。身体《からだ》だけは、気をつけて下さいね」

細君の電話は、簡潔に切れる。

次第に、夕刻が迫っている。

恵子は、多くもない和服の類を色々と取りだしながら、

「今夜は、着物にしますからね。暫く和服姿の日本美人になんか、お目にかかれないでしょう」

クスリと笑い、蹴出《けだ》しをたくしあげてみたり、身頃をあわせてみたり、

「あんまり、挑発しないで下さいよ。それでなくったって、おセンチになってるとこですよ」

大声で怒鳴ってみるものの、やっぱり又候《またぞろ》、接吻《せっぷん》になり、抱擁になり、苦しい一瞬の愛撫《あいぶ》にかわる。その一瞬の愛撫の間にも、ひっきりのない電話だが、聞きすごしてほったらかしのままだ。

暮れてくる。

「Y社のFさんが、車持って、もう迎えにみえる頃よ」

ようやく私達も跳ね起きて、出発の身づくろいに移るわけである。恵子は念入りに化粧をすませ、その日本美人の盛装を凝らしたから、出発間際《まぎわ》の感傷の眼に、なるほど、匂《にお》いたつようなあでやかさだ。恵子は鏡台の前で、しなをつくり、

「こう恵さんが美しくっちゃ、一さんも後髪を曳《ひ》かれるごとあろうねえ」

「いや、泣ける」

そっと唇に触れようとした途端、

「いいですか。もう準備できましたか」

扉の外に、Y社のFさんの大声が聞えてきた。あわてて恵子が、私の唇を薄いガーゼのハンケチで拭《ぬぐ》っている。

私達は手早く二三本のビールを抜いて、訣別のグラスを打ち合わせた。そのまま、自動車に乗りこんで行くのである。

目白の部屋が狭いから、どの友人ともみんな、銀座の酒場「C・C」で会うことに

きめていた。坂口安吾氏未亡人がひらいているバーである。

着いてみて、驚いた。もう二三人位来ているかと思ったのに、酒場の中は立錐《りっすい》の余地もない。すし詰に立って、揉《も》みあって、私の到着と同時に、大歓声で出迎えてくれた。

濛々《もうもう》たる煙草《たばこ》の煙だ。ビールが景気よく、次々と抜かれている。あまりの喧噪《けんそう》で、誰が誰だか、挨拶《あいさつ》も、別れの言葉も、述べられたものではない。

私はのぼせ気味に、その昂奮《こうふん》の渦に呑《の》まれていたが、米国の連絡先を書こうとして、フッと万年筆入のケースを忘れてきたことに気がついた。朝までちゃんと洋服のポケットに入れていたのだが、電話の応答に立った瞬間、メモをとるつもりで、そのポケットから抜きとったにちがいない。いや、電話の横にチラチラとそのケースが見えていて、あとでポケットに入れ直さなくっちゃ、と確かにそう考えたことを思いだした。

「恵さん、しまった。万年筆を忘れてきた。万年筆はまだ好いけれど、そのケースの中に、新聞小説の発送スケジュールを入れている」

「じゃ、アタシ、とってきてあげる」

「間にあうかな？」

「間にあうわよ。ここに帰ってくるんじゃないんですもの。目白からまっすぐ羽田の方に行けばいいでしょう？」

「そんなら、うちの車を使って下さい」

と傍で聞いていたY社のFさんが、そう云《い》ってくれた。

「すみませーん。じゃ、使わして下さいね」

恵子はそう云いながら、思いきりよくバーを駈《か》けだして行く。私は入口までちょっと見送ったが、F氏のあとから走って行く恵子の毛髪の揺れが、暮れ終った路地の中に、いさぎよく、ネオンの明滅をうつしていた。振りかえろうともしない。

私はもう一度、店の中にはいり直して、さかんなビールの乾杯をくりかえすのである。U社の黒田君が、いつもの微笑を見せながら、私の傍に寄ってきた。

「おめでとう。元気で行ってらっしゃい」

「ありがとう」

と私がコップを打ち合わせると、

「ところで、桂さん。馬賊あがりの島村さんを知っている?」

「ああ、知ってます」

「矢島さんはね、あの島村さんの愛人だったんですよ」

「ほう」

「気をつけた方がいいですよ。島村さんはああいう人物だから、平気な顔をしているけど、乾分《こぶん》たちがとても怒ってるんですよ。殺すなんて云ってるそうだから」

「誰を？」

と私はいぶかしかった。

「あんたですよ。桂さんですよ」

「まさか……」

「ほんとに気をつけた方がいいですよ。島村さんはさ、彼女を……ほら、『痴人の愛』のナオミのように可愛《かわい》がっていたというんだから……」

黒田君は、それだけを云った。日頃、あまり口数の多い人ではない。私の身の上を気づかって、親身に云ってくれている気持はよくわかったが、なにしろさかんな喚声と喧噪だ。その言葉は現実的な響きに聞きとれず、周りの雑多な談笑の声の中にたちまち呑まれていった。ただ、今しがた見送った恵子の髪の揺れが、暫時《ざんじ》、不安定に、私の眼の中に揺らめき続けるように思われただけである。

最後に、私の健康を祈って、誰かが大きく発声し、乾杯になった。そのまま、帰る者は帰り、送る者は自動車に分乗して、羽田に向って出発のようである。ぞろぞろと「C・C」をあとにした。

私はようやく見送りに間に合った私の母と同道しながら、人ごみの中をわけて、銀座の通りまで歩いて行く。しかし、歳末賃上闘争のデモの名残りでもあるのか、銀座の通りは身動きの出来ないような人の群である。Y社からさしまわしの自動車に乗るに乗ったが、その肝腎《かんじん》の自動車が動けない。おまけに、揉みあう群衆にむかって、さかんなフラッシュが焚《た》かれたから、私は落着きなく、そのフラッシュのあとの車の闇《やみ》のなかで、恵子の髪の揺れを、幻覚のように、執拗《しつよう》にたぐりよせているだけだ。

羽田の国際路線の待合所には、間に合うかと気遣っていた「峠」のマダムが、約束の釣竿を手にして立っていた。

「すみませんねえ、こんな物をお願いして」

「いやア、かまわんです」

と私がその釣竿を受取ると、もう一包、風呂敷《ふろしき》包を解いて、

「これ、むこうの物で、何だか可笑《おか》しいんですけど、道々飲んで下さいな」

スコッチの瓶を握らされた。まるでそれをきっかけにしたように、左右からウイスキーの餞別《せんべつ》攻めである。

「いくら何でも、こんなに頂いちゃ、とても飛行機に乗りこめませんよ」

「なーに、サンフランシスコに着くまでに、あらまし無くなるんじゃないですか」

T君がおどけた声をあげたから、どっと哄笑《こうしよう》が湧《わ》いている。その哄笑の中に、恵子が飛びこむように走りこんで来た。片手に万年筆のケースを振ってみせ、片手に五六輪の薔薇《ばら》の花束をかかえているようだ。私は恵子の現実の姿を見て、どういうわけともなく、どっと崩れるような安堵《あんど》をするのである。

「このケースには、アタシの写真もはいっとろうが……。それば、忘れたりしてからくさ」

恵子も安堵したのであろう。にわかに博多の方言に帰ってこっそりとベロを出している。なるほど、ケースの中には、恵子の写真も入れてあった。どれか一枚だけは持って行けと恵子からやかましく云われ、この夏、K川でシュミーズ一枚で泳いだ時の、半裸体の写真を故意に選びとったものである。実を云えば、そのシュミーズの裾《すそ》のあたりから、恵子の内腿《うちもも》のあたりが覗《のぞ》いていた。旅のつれづれに眺めるならば、これの方が面白かろう、と思っただけのことだ。

恵子が私に、薔薇の花束と万年筆のケースを渡したから、周りは一斉の拍手になった。さすがの恵子も、ポッと頬を染めている。

「できたら、テネシー・ウィリアムズに会ってきてやろう。舞台写真を、できるだけ沢山集めて、すぐ送る」

「まあ、ほんと。そしたら、うちのプログラムに、その会見記を書いて下さいよ」

「ああ、いいよ。お宅さえよけりゃね」

「それから、ガラスの一角獣を絶対に忘れないでね」

「そいつは、英語で何て云うんだ？」

「あっちで、原本を買って見たら、判るじゃありませんか……」

「ああ、そうか」

そろそろ、改札口から入場のようで、私達の会話は、周りの人々の送別の挨拶の中に揉み消されていった。洋服のポケットには、梨や柿がはいっている。オーバーのポケットには、左右にウイスキーの瓶が押しこまれ、肩から水筒と写真機を十文字に吊《つ》った有様は、まるで南極探検隊長のようだろう。手には薔薇。ほかに釣竿。風呂敷にくるんだウイスキー。着ぶくれて、身動きも何もできたものじゃない。

万歳の声がもう湧いた。

私はまだ五六瓶、持ちきれずに、下に置いていたウイスキーを、母と恵子に半分ずつわける。

「帰って飲むからね、誰に飲ませてもいかん」

そのまま、薔薇を振りながら、通路の中にはいりこんで行くのである。

税関を抜ける間に、くたくたになった。せっかく恵子が詰め合わせてくれたトランクも、一度、蓋をあけて点検されたあと、詰め直すのに汗だくだくである。ようやく飛行機の待合室に辿《たど》りつき、どっとそのソファの中にころげこんだが、

「あのう、桂様ですか？　只今《ただいま》、お見えになったS様から、このウイスキーをぜひともお渡し願いたいということでしたから……」

N航の社員が、親切にまた運びこんできてくれた。けれども、これで手持のウイス

キーは、都合五本だ。それでなくても、肩に写真機二台と水筒を吊っている。それらの物品が、ごろごろと身の周りにもたついて、一体、飛行機の狭い座席にどう按配《あんばい》するか、私は気が気ではない。

やけくその気味で、ウイスキーの栓を一本、あけた。それをラッパ飲みに、カラカラに乾いた咽喉《のど》もとに流しこむと、ようやくたった一人、旅立のガランとした空虚に摑《つか》みとられた心地である。

英語のアナウンスが始まった。続いて、日本語のアナウンスは、搭乗の案内のようだ。私は、あわててウイスキーの栓をとじて、ホステスがさし招くゲートの方へ、急ぎ足で歩いて行くわけだ。

ゲートを歩きだした途端、頭上の方から、万歳の声を浴びた。振り返ってみると、屋上のエプロンから、目白押しの友人たちが、身体《からだ》を乗りだして手を振ってくれている。恵子は一体どこに居るのか、私は明るい照明の中に、かえって彼女を見失うのである。

「さよなら」

薔薇を振りながら、タラップを登る。

と最後に大声。ようやく、

「さよなら」

の恵子の声と姿が識別できた。

座席に坐《すわ》りこんでみたものの、まだ、飛行機の入口の扉は締まらない。乗客はかわるがわる、その入口のところからのぞき出して、手を振り直す様子だから、私ももう一度だけ、怒ったように顔を出した。

「さよなら」

「さよなら」

の連呼である。サッサと扉を締めて動き出せばよさそうなものだと思って座席に坐り、眼をつぶっていると、

「お忘れ物でございます。お忘れ物でございます。今しがた御搭乗のお客様で、これを待合室に、お忘れになった方はございませんか」

その入口のあたりからのぞき込み、御丁寧に英語でまでわめいているから、ふっとふりかえってみると、「峠」のマダムから預けられた、大切な釣竿《つりざお》であった。

「あっと、オレのです」

私は全身ほてるほどの大あわて、その入口のところまで走り出して受け取ったが、エプロンの友人達の間に、ドッと哄笑が湧いている。私が照れかくしに手をふろうとすると、

「危いですから、もう座席に御着席願いまーす」

とたんに私の目の前に、ガッキリと扉が締められた。

飛行機は快調のエンジンの音を立てている。もしこのまま、天国に直行とでもいうことになるならば、これほど仕合わせなことはないだろう。月でもあるのか、カーテンを指先でめくってみると、窓外はぼんやりとしたうすら明りである。

乗客はあらまし眠りについたようだ。私だけこっそりと、手持のウイスキーを、飛行機の薄暗がりの中で隠れるようにして飲んでいる。この日頃の慌《あわただ》しさから解放されて、なにか第三次元の空間にでも浮び上ったような、安らかさだ。現実に旅をしているとは思えない。人間界から放出されてしまって、無畏《むい》無着の幽暗の中にぼんやりと浮游《ふゆう》させられてしまっているようなものうさなのである。

そのけうとい虚脱の中で、恵子の仄白《ほのじろ》い裸像が、ゆっくりとした伸縮をくりかえしているように思われた。時折、ほんの今しがた、黒田君から聞かされた不思議な言葉の断片が、ものうく反芻《はんすう》されてくる。

しかし、出発間際《まぎわ》の興奮からようやくのがれだした疲労のせいか、いっこうに現実の感銘に近よりにくい。それとも、言葉の持つ現実性を受け入れる能力を失って、ゆらゆらと空を浮游するだけの一個のクラゲにでも化身してしまったものか。かりに事実だとしても、それに対処する意思も、能力も、根気もなくなってしまったようなだるいほどの孤独である。

ただ、エンジンの絶間のない振動だけが、私の眼の中に、相変らず淫猥《いんわい》な裸女の妄想を伸縮させている。しかし、眼を閉じて眠ろうと思っても、眠ることだけは難しそうだ。睡眠の間際の頃に、たとえば釣のウキの塩梅《あんばい》に、ピクリと睡眠を妨げる魚信のようなものがある。いや、嗚咽《おえつ》か……。嗚咽に極めて近い、締めつけられるような細い哀《かな》しみの発作である。けれども、それが持続するわけではなく、一瞬が過ぎてしまうと、例の無畏《むい》無着の浮游するクラゲになってしまっている。

また眠ろうと、眼を閉じる。すると、ピクリと、痙攣《けいれん》的な嗚咽の発作が、自分の体内から鋭く噴き出してきて、わがクラゲの心臓のあたりにキリキリと突き刺さる。そこでこっそりと、ウイスキーをラッパ飲みにするわけだ。

それでも、眠った。大鼾《おおいびき》をかいていたような記憶があって、びっくりしながら眼をさましてみると、眩《まばゆ》いばかりの朝であった。

凪《な》ぎつくした太平洋だ。その太平洋が巨大な視野にひろがり、かすんで、青くとろけはてている。しばらくホステスのアナウンスが聞えていたような気がするが、トラック島をでも廻ったのか、ふと気がついてみると、右手の海の真ん中に、一隻《せき》の見事な客船が飛行機と正反対の針路をとっていた。前もって無線の連絡でもあったのだろう、飛行機はゆっくりと左右の翼をバンクして、空と海の挨拶《あいさつ》に移っている。

一瞬、ようやく私は、旅に出たという鮮烈な感動を味わって、船が引摺《ひきず》っている洋上の長い水脈に見入るのである。

短い睡眠だが、疲労が洗い拭《ぬぐ》われたようで、昨晩のクラゲのような悲哀が量質ともに変形してしまっている。なにか摑《つか》みかかるような、獰猛《どうもう》な空漠とでもいった激昂《げっこう》があとあとと波立って、その青くとろけはてた海の色に向って咆哮《ほうこう》してみたいもどかしさだ。しかし、その激昂の対象は判然しない。ただ、いたずらに眩ゆすぎる海が、ひろがり、流れすぎているだけである。

私はあわてて、後尾のトイレの中に駈《か》けこんだ。がっきりと扉に鍵《かぎ》をする。ここにはいれば、何に妨げられることもなしに、正確な思考と対処の道が得られそうな気がしていたが、いくら密室の中でも、空の上ではとりとめがない。恵子の写真をポケットの中から取り出して、無理に現実感を煽《あお》りあげようとするけれども、その実、ぼんやりと、シュミーズの裾にこぼれている白い内腿の肌の屈曲に見入っているだけだ。

破りすてようと思って、ここへはいりこんできた筈《はず》なのに、さすがになんとなくためらわれる。ようやくその真ン中から二ツ折にして、ポケットの中にねじこんだ。

「一つ二つの情事が発《あば》きだされたといって、それがいったい何だ……」

「三つ四つの情事が発きだされたといって、それがいったい何だ……」

区節をつけながら、くりかえし自分自身に云いきかせていたが、次第に数をふやしていったのは、自分の不安が増大してきたのかもわからない。ようやく脱糞《だっぷん》のすがすがしさを久方ぶりのように感じとっている。

夕近く、ホノルルに着いた。五本のウイスキーが災して、私一人、通関の手続が遅れ、出迎えのレイも何もあったものでない。空港の玄関を出た時には、もうリムジンも出発したあとだった。そこで仕方なく、ホテルまでタクシーに乗る。

なんのことはない、二世の経営している日本人むきのホテルのようだ。しかし、女中らしい女の子に話しかけてみたら、英語で返事をされた。私は黙って自分の部屋にはいり、そのままベッドの中にころげこんだ。

しかし、こんなホテルで、ノウノウとウイスキーなんか飲んでいたくない。どこか場末の乱痴気酒場にでもはいりこんで行って、飲んでみたいものだ。

夕暮近いから、私はタクシーを呼んだ。これがワイキキか。なるほど、豪壮なホテルが並びあっている。

そこを越えると、椰子《やし》の浜辺だ。黒っぽい砂と、芸もないヒョロヒョロの椰子の向うに、鉄錆色《てつさびいろ》の山肌が見渡せた。皮膚のたるんでしまった年増《としま》の女が二人、その浜辺の砂に寝そべっているだけで、ほかに客らしい客はない。

私は引返して、デルモンテの罐詰《かんづめ》工場のあたりを二三枚、写真にうつすと、そのまま、街にあとがえるのである。

がらんとした一軒のレストランにはいりこんで行った。

「ビール、プリーズ」

と気どって注文してみたが、いつまでたっても、肝腎のビールは運ばれてこない。ようやく給仕女が皿を抱えてきたと思ったら、仔牛《こうし》のカツレツだ。今更、ビールを頼み直す気がしないから、そのヴィール・カツレツをガツガツ食べ終って店を出た。

夕暮の街を、ここかしこ、あてもなくほっつき歩く。穢《きたな》らしいイタリア人の店らしいのがあったから、そこへはいりこんでウイスキーを注文してみたところ、

「スカッチか、バーボンか？」

と訊《き》いている。私はそのスカッチから、バーボンを飲み、手あたり次第の酒をちゃんぽんにしていった。

おそろしく愛想の悪い親爺《おやじ》である。もっとも、何を云《い》われたってこちらに通じないのは確実だ。どちらも気まずく黙りこんだまま、私はただ、酒をだけ呷《あお》っている。ふっと映画の酒場で、失恋男がやけ酒を呷っている情景を思い浮べて、可笑《おか》しさが止らなくなってきた。

そこで、映画の情景よろしく、横柄《おうへい》に相手を顎《あご》でしゃくりながら、

「バーボン、プリーズ」

「スカッチ、プリーズ」

ちゃんぽんをくりかえしていくわけだ。

酒場をよろけだしてみると、案の定、なまめかしいほどの月明りである。場末の夜の街は、薄暗く、まるで浅草の町角をでも歩いているように思われた。そのまま、ホテルに引揚げて、浴衣《ゆかた》一枚に着替え、ベッドの中にもぐりこんでみたが、気候のせいか、酔いで頭だけカッカッと火照《ほて》っているのに、いつまでたっても眠りつけなかった。

正直な話、恵子の相手が島村剛氏だとは、黒田君から教えられるまで、知らなかった。かりに、恵子にどんな前歴があったにせよ、私がとやかく云える筋合はない。いや、むしろ、何ほどかの前歴がある方が、私の気持は軽くてすむようなものだろう。

そうは思ってみても、自分の惑乱は押えきれなかった。昨夜、飛行機の上では、とりとめなくクラゲのように浮游していた悲哀が、地上に降り立った瞬間に、どす黒い有形の塊になって、私の体内にもぐりこんでしまった塩梅だ。

恵子の相手が、島村剛氏だとは意外である。

「島村先生、島村先生」

と始終口にしていたから、ひそかに私淑している豪傑だとは思っていた。実をいえば、二三年昔、ある子供雑誌の編輯者《へんしゅうしゃ》から、一つ、痛快な馬賊小説を書いてくれないか、という依頼を受けたことがある。話があったのは浅草の家で、例のとおり、その編輯者と私はビールになり、

「だって君、ネタがないじゃないか。一度、伊達麟之介《だてりんのすけ》を書いた時に、もう書きつくしたよ」

「いや、モデルはあるんです。島村剛氏です」

「あら、島村先生を、あなた、御存知？」

と恵子は、その時ちょうど部屋の中に居合わせて、編輯者に向って訊いていた。

「いやー、知ってるってほどじゃないんですけど、あの人から話を聞きだしたら、一年連載でも、二年連載でも、話の種は尽きないそうですよ」

「一さん、お書きなさいよ。何だったら、アタシが島村先生を紹介してさしあげるわ。きっと面白い話が沢山ありますよ、そりゃ……。伊達麟之介の時にもね、ああ作り話じゃひとつも面白いことはない、なんて云ってらしたのよ」

「それじゃ、ぜひお願いしますよ、奥さん」

とその編輯者が大喜びで、恵子に頼んでいったことがある。その小説の話がどうして立ち消えになったか、あんまりはっきりとした記憶はないが、おそらく私の仕事が忙しすぎたせいでもあったろう。

考え直してみると、恵子と事を起した直後、いや、三四ヵ月はたっていたか、恵子が旅公演で仙台を廻ったことがある。その公演は仙台で打ちどめになり、恵子は友人五六人と、二三日帰京を延期して、松島や平泉見物をしたらしかった。大はしゃぎで

東京に帰ってきて、

「素敵なのよ、松島。面白かったわ。ただね、気の毒なことしちゃった。島村先生が、私たち大勢のホテル代をみんな払って下さったでしょう。おまけに帰りには、全部一等の切符を頂いちゃったのよ」

あとから、その時の写真が届けられたのを私は恵子から見せられたことがあるが、今になって邪推をしてみれば、その大勢の、友人の方は写っていなかった。夏草やつわものどもが夢の跡の、衣川《ころもがわ》のあたりを背景にして、くっきりと恵子一人にピントが合った、いわば芸術写真である。

これが恵子から、私が島村剛氏の話を直接に聞いたはしりだろう。

そういえば、私も、その仙台から二十里ばかり山奥にはいった部落の中で、その昔、満洲《まんしゅう》の馬賊をやっていた老人と対談をしたことがある。

「オレに訊かんでもええに……。島村にでも訊いた方が面白かろう。あいつは今でも、バリバリやっとるからなあ」

この老馬賊は自分の故郷にも容《い》れられず、細君の縁故をたよってみちのくの山中にほそぼそと帰農してしまったわけであるが、私はその時、島村剛氏の勇名をはじめて人から聞いたわけであった。

私は昔から、あたかも自分が馬賊の末裔《まつえい》ででもあるように思いこんでいるところがあって、その昔の馬賊と聞いただけで、どこへでも飛んで行く。そこで話しこんで、まるで親類にでもなってしまったような親近感を感じるのがならわしだ。

だから、島村剛氏の名は、深く心の中に銘記した。機会があれば、一度、会ってみようかと思ったけれど、その時は、生憎《あいにく》上京の様子であった。人づてに聞いた話だが、仙台で大きな土木建築業をやっていて、東京の文化人などとも広範囲なつきあいがあり、松島に遊ぶ有名人は、あらまし島村氏の饗応《きようおう》に与《あずか》っているとか聞いた。だから、恵子が松島清遊のことを語っていた時にも、私は何の不自然も感じなかった。いずれ、出会った時にでも、ゆっくりとお礼を申し述べようと思っていた位のものである。

思いだしてみると、まだある。

一郎がP山で、例の窃盗《せつとう》事件を起した時のことだ。一郎の身の振り方に困りはてて、恵子に相談をしてみたところ、

「だったら、一さん。いっそ島村先生ンとこに預ってもらったらどう？　それが、一番だわ。島村先生の子供たち、そりゃもうスクスクと育っているの。それでいて、やりたいことは、みんなやらせる主義なのよ。ですから、ほら、今川さんなんかも、暫《しばら》くお嬢さんを預けていらっしゃったでしょう」

「ああ、そうか。そいつはよさそうだ」

私も大乗気になって、暫くはすっかりその方針にきめていたようなものだ。

「今川さんに頼んでみるかな。それとも、森さんにするかな。山上さんも随分親しいらしいけど……」

「ううん。それはアタシが頼んであげたって、大丈夫よ。そうなさい。きっと、一郎ちゃんに一番いいわ」

その時、一郎をどうして島村氏に預けなかったか、その原因がわからない。ひょっとしたら、東京で何とかなると思ったから、わざわざ仙台まで送りこまなかったのであろう。いや、もう一郎の身柄は、壺野がO氏に頼みこんでくれてしまったあとであったかもわからない。

多分、その頃であったろう。当の島村剛氏が東京にやってきたらしく、その昔、恵子が勤めていた銀座の酒場B・B・Bの女の子から電話があり、島村剛氏がみんなに中国料理を御馳走《ごちそう》すると云ってくれているらしい。これは恵子が招かれているわけであって、私には関係のないことだから、私ははじめから留守居のつもりであったのに、

「ね、一さん。行ってみない。一郎ちゃんのこともあるでしょう……」

恵子は電話の途中で、俄《にわか》に私を誘い、

「あのー、桂さんも一緒に伺っていいかどうか、先生に訊いてみて下さらない？」

どうやら電話の返事は、一緒にいらっしゃいということらしく、私は恵子に連れられて、その中国料理屋に出かけていったことがある。

暑い夏の日のことであった。私は道々、恵子に、

「何と云って挨拶《あいさつ》したらいい？　恵さんが始終お世話様になっておりましてとか何とか、云ったらいいのかな？」

冗談半分にきいてみたところ、

「一さんは何にも云わなくていいじゃないの」

私は人に御馳走になることなど、極めて稀《まれ》だから、この時のいきさつは奇妙にはっきりと覚えている。

そのA飯店で、私は恵子からはじめて島村剛氏に紹介された。

伝説の中で聞いていた島村氏の風貌《ふうぼう》と、実在の島村氏の風貌が、私の中で、ようやく重複して安定するのである。口は重かった。しかし、実行力のある人物なのだろう。頭は禿《は》げていたが、背丈の低い、この精悍《せいかん》な男性の分厚い唇が、極めて印象的であった。その唇の上に、短い口髭《くちひげ》が蓄えられている。五十七八の年配か。

私達はとりとめなく、中国のあちこちのことなど、語り合ったが、生憎とこの時も、新聞原稿に追われており、中国の饅頭《まんじゅう》の土産などを貰《もら》いうけて、匆々《そうそう》にして退場した。

これだけが、島村剛氏に関して、私が知っている全部である。恵子が島村氏の愛人であったということを云われてみれば、私が知っている恵子のわずかな動静からだけでも、充分に有りうることだ。ナオミのように愛していたという言葉が、恵子の隠れ

た一面を語っていないこともない。しかし、どうでもいい。愛慾《あいよく》のことは、男女のおのおのが持つ、きわめてひそかな、又きわめて選択的な、自由である。現に、その自由をもがき取るようにして私も生きてきた筈だ。

そうは思ってみても、全身に汚水を浴びせられたような身勝手な口惜《くや》しさはつのるだけである。いや、その口惜しさを故意に煽《あお》り立てるようにして、また手持のウイスキーを飲んでいる。

それに……、殺されるというのは、ひどく不愉快だ。島村剛氏が、かりにもそのような卑劣な手段に訴えるとは思わない。黒田君の言葉は少しく曖昧《あいまい》であったが、確かその乾分《こぶん》たちが私を生かしてはおけないと云っていたと聞いた。

私は浅草に居た頃に、多少ながら、やくざ出入りの陰惨さを知っている。それも親分の女に関しては、格別だ。すると、あれと同じ流儀で、私が消されるわけか。

しかし、いくら私がそれらの対策を考えつめてみても、太平洋をへだてていては、誰に訊き直すこともできはすまい。妄想はひろがるばかりで、全くといっていいほど是正されることがないわけである。ただ、海外にいるからには、今暫く、私が消される心配の方だけはなさそうだ。私は恵子宛《あて》に長い手紙を書こうと思い立って、便箋《びんせん》をひろげてみたが、二三枚書いた揚句、バラバラに破りすてた。馬鹿々々《ばかばか》しいではないか。何が解決できるというのだろう。昨夜飛行機のトイレの中で、折りたたんでしまった半裸体の恵子の写真を、ふっとまた、万年筆入の中から取り出して、その印画紙の折れ目の剝《は》げを、女々しく撫《な》でまわしながら、それにジッと見入っているのである。

サンフランシスコに着く予定の飛行機が、濃霧のために、サクラメントに不時着した。まだ夜明け前だ。思いがけない脱線で、私一人ははしゃぎきっているが、他の乗客は大慌《あわ》ての気配である。それよりも、ほんの今しがたまで、水の流れるように淀《よど》みなく案内したり、サービスしたりしていたホステス達が、俄に自分達の棒暗記の教科書をでも失った塩梅《あんばい》で、何を訊かれても、

「ちょっと、お待ちを願います」

自分達の方がおろおろと、何も手がつかなくなってしまった様子である。しかし私は、サクラメント郊外の、朝ぼらけの景観を眺めまわして、大満悦だ。

飛行機の方は飛ぶんだか、飛ばないんだか、皆目わからないままに、二三時間が過ぎる。すると、早手廻しに、何処《どこ》かもよりの町に電話でもかけた人があるのだろう。自動車が迎えにやってきて、飛行機の手荷物のトランクがあけられ、その男は一人だけ自分の手荷物を取り出して、さっさと自動車に乗りこんだ。相客の不平の声は、堰《せき》をきったように激しくなる。

それでもようやく、サクラメントの町のバスのチャーターでも出来たらしく、

「間もなくバスが参りますから、お乗換え願います」

間もなく、そのバスという奴《やつ》がやってきた。バスなんていうしろものじゃない。おんぼろの、ガタガタの、老朽ポンコツを無理に曳《ひ》きずりだしてきた感じである。

さて、手荷物の段で、また騒ぎになった。一方のホステスは、

「おそれいりますが、御自分のお荷物をバスに移して頂けません？」

が、男の搭乗員の方は、

「待って下さい。お荷物は飛行機で運びます」

そう云っていたけれど、これにはみんなから異存が出て、とうとう飛行機のトランクがあけられ、てんでんばらばら、自分達の荷物を手にさげる。最後までためらっていた私も、持ちきれぬような重い荷物をかかえさせられ、その荷物を後座の荷物置場にほうりいれてバスの中に乗りこんだ。

そのまま、バスは発車した。素晴しい道路である。川があり、教会があり、部落があり、そのおんぼろバスに揺られながらも、私は思いもよらない観光気分を満喫するわけだ。

なるほど、次第に濃霧がたちこめてきて、バスはヘッド・ライトをともす。すっかりスピードも落してしまって、蝸牛《かたつむり》のようなのろのろ運転だ。しかし、金門橋の赤錆《あかさび》色の鉄骨が、濃霧の中に次々と浮き上ってうしろに消えて行く光景は、壮観であった。

バスが飛行場に着いて、私が降りた途端、恰幅《かっぷく》のいい青年から呼びとめられた。

「桂さんですか？」

もどかしい日本語だが、その自分の唇を人差指で絶えず指さしながら、言葉を導きだしでもするような手ぶりである。ジョーゲンソン博士だと後にわかったが、一度、朝の五時に飛行場へ出迎えに来てくれたそうである。延着とわかって、

「また……、もう一度……、眠りました」

博士のもどかしげな口もとが、ようやく崩れて、邪気のない微笑になった。私は、私の出迎えがあろうなどと夢にも思わなかったから、ちょっととまどったが、アメリカ大陸着陸第一歩、この朴訥《ぼくとつ》な青年紳士の口もとをみつめながら、なにかしらすがりつくような好感を持った。

実は、今日の十一時に、私の歓迎のパーティが予定されていた由《よし》、それを二時に延ばしたけれども、もう時間がないから急ごう。ジョーゲンソン氏は指先を唇のまわりに廻しながら、こんな意味のことを云って、私と手荷物を自動車の中に乗せこむと、すぐに猛烈なスピードで会場に向って車を疾駆させて行く。

これが、あらまし一ヵ月に渡る米国招待旅行のはじまりであった。日程はぎっしりと、一時間もゆるがせに出来ぬように、組み上げられ、サンフランシスコからモントレー、モントレーからシカゴ、シカゴからニューヨーク、ワシントン、マイアミ、キ

ーウェスト、ボストンとぎゅうぎゅう寿司詰《すしづめ》の会見、観劇、ドライブ、音楽会、パーティ、また会見の慌《あわただ》しい生活をくりかえしていった。日頃、スケジュールにあわせた生活や旅行など、まるでしたことのない私が、とにもかくにも、恙《つつが》なくその一ヵ月の招待旅行をすませたのは、ひょっとしたらその最初に出会ったジョーゲンソン氏の人柄に感銘したせいかもわからない。

私はのっけから、米国人に好感を持ったのだ。たとえば、そのジョーゲンソン氏ともう一度、金門橋見物に出かけていって、あの橋の袂《たもと》の茶店に腰をかけ、コーン・フレークスにコーヒーと質素な夕食をしたためたあとで、夕陽に映える金門橋のビヤ樽《だる》のように太いワイヤー・ロープを撫でまわしてみたり、あの島がアル・カポネの囚《とら》われていた囚人島ですよなどと沖の小島を指さして教えられてみたり、加州大学の周辺をぐるぐると自動車で廻ってみたり、最後にその若くて美しい夫人にも会ってすっかり御馳走になり、その団欒《だんらん》の睦《むつ》まじさを眺めやりながら、ひそかに二人の幸福を願ってみたりしたのも、私にしてみたら、余程どうかしていただろう。

その忙しい強行軍の合間々々の思い出では、サンフランシスコからモントレーへのローカル線の飛行機に乗りこんだ時に、実はそのジョーゲンソン氏から連れて行ってもらった養鶏場の見学がすこしばかり遅れ、途中で、ジョーゲンソン氏は飛行場へ電話連絡をしてくれた。車は飛行場に三分あまり遅れて着き、予約はしてあった筈《はず》だけれど、切符を買う暇も何もなく、ゲートの所に出迎えに立っていたホステスへ向って、ジョーゲンソン氏が私を丁度投げ渡すような恰好になり、何事か喚く、今度はそのホステスが私の手を握りとって、その小さな飛行機の中へリレー競走のように駈《か》けこんで行った。

飛行機は待ちかねていたように、たちまちプロペラを回転させて、滑走に移る。八分ばかりの遅発である。そのまま飛び上ったが、ホステスは私の腰かけている座席の下の床にペッタリと坐《すわ》りこみ、二三度、胸を叩《たた》いて心臓の動悸《どうき》をでも鎮《しず》めるような恰好をくりかえした揚句、

「よかった、よかった。うまい滑りこみだった」

みたいなことを早口にしゃべりながら、切符を切ってくれた時には、大袈裟《おおげさ》に云えばこの女性とたちどころに結婚してみたいような衝動にかられたほどだ。鼻頭に、いっぱい汗を浮べている、頬には微塵《みじん》のそばかすが散っているが、私は臆面《おくめん》もなく彼女の手をとって、

「サンキュー、サンキュー」

をくりかえしたものだ。また飛行機の乗客全部が、「よかった、よかった」を連呼しながら、私の肩を叩いたり、私の手を取ったりして、祝福してくれたことも、忘れられない愉快な思い出であった。

モントレーでは、スタインベック氏をよく知っているとかいう弁護士が、私の案内に立ってくれたけれども、彼は小児麻痺《まひ》の後遺症で、片手片足が全く動かない。それでも、自動車をうまくあやつりながら、スタインベック氏の「罐詰横丁」とその罐詰工場とを案内してくれた。

「スタインベックが、今こっちに来ていますよ。会ってみませんか？」

と私はその弁護士から何度も云われたが、いったい何の話題を見つけ出したらいいものか、この世界的に著名な作家を意味もなく訪ねてゆくのも憚《はばか》られて、とうとう私は会いに行くのをやめにした。今、考えてみると、残念で仕方がない。

私の郷里は海浜の漁村だから、モントレーのような漁師の町がきわめて好きである。殊《こと》に、モントレーの突きだした桟橋のあたり、軒並に並んでいる茶店やシー・フッドの食堂に黙って坐りこんで、朝のコーヒーとパンを一人食べる侘《わび》しさや、夕べのウイスキーをちびちびと飲む侘しさは、旅を歩く者のたった一つの仕合わせだろう。昼間はぎっしりと日程がつまっているから、桟橋に出かけていくのは、早朝か、日没間際《まぎわ》にきまっている。

ある朝、スナック・バーに坐りこんで、海を眺めながら牛乳を飲んでいると、ドヤドヤと半裸体の青年達がやってきた。みんな海水着を着用におよび、その上に将校マントのような伊達《だて》なマントを羽織りながら、手に手にアクア・ラングや水中鉄砲などをかかえこんでいる。歳《とし》は二十歳前後の青年達だろうか。まるで、はちきれるような若さを示威しているようにさえ見えた。男四人、女四人のアベックである。めいめい肩を組み合って、声高に話しあっているが、どうやら海軍の士官候補生達ででもあるらしい。女達は、そのガール・フレンドであろうけれども、やっぱり同じような紺のマントを、真っ白い半裸体の肌の上にまとっている。

一隻《せき》のモーター・ボートが、水しぶきをあげながら、滑りこんできた。桟橋の階段の下に接舷《せつげん》すると同時に、次々と喚声をあげて、アベック達はそのモーター・ボートの中に乗りこんで行くわけだ。

彼らの舟が桟橋を廻って、反対側の岬に向って直進しているようだから、私は席を移して、朝の牛乳をビールに切り換えた。岬の手前に、大きな岩礁《がんしょう》が見えている。彼らのボートは、その岩礁に向って真一文字に舟を寄せ、やがて一人の男がマントを翻《ひるがえ》しながら、ひらりと岩礁に跳び移る。次々と手をさしのばして、女から男と、全員跳び移ったようだ。

私はビールを飲みながら、じっと眼を凝らして眺めている。間もなく、青年達は水中鉄砲を握り、背にアクア・ラングを負って、見事なダイビングをやりながら、海面の中に没していった。一人の女性だけが、岩に残って、しきりに水中を覗《のぞ》きこんでいるが、身体《からだ》の異状でもあるのか、それとも全員を看視する任務をでも負っているのだろうか。

なにしろ、燦《きらめ》く朝の光と、海の波のもつれあった、まっただ中のことである。私は青年達の歓喜と充実をしみじみと羨《うらや》まないわけにはいかなかった。

それでも、その帰り道の茶店の店頭で、見事に茹《ゆ》であがった蟹《かに》を見つけた時には嬉《うれ》しかった。確か一匹、六七十仙《セント》だったと記憶するが、その蟹を二匹買ってウェール・イン（鯨亭）と呼ぶ私の宿に持って帰り、その夜、蟹を肴《さかな》にウイスキーを飲んだ快味は忘れられない。

これらの慌しい旅の中で、時に恵子のことを思いださなかったわけではない。いや、いつもくたくたになってホテルに辿《たど》りつき、手持のウイスキーを一二杯呷《あお》り、ベッドにもぐりこんで眠る間際、恵子の肉体が溶明になってきて、

「ナオミだって？　ナオミ？　畜生！」

嫉妬《しっと》と、憤怒《ふんぬ》と、妄想が、からみあった一種名状しがたい狂気の発作に駆り立てられるのである。もちろん、言葉の通じない異境のもどかしい鬱屈《うっくつ》があるだろう。性の抑圧もあるだろう。殊更、出発間際に聞かされた恵子への疑惑は、是正されようのない妄想となって、幾何級数的に増大していくばかりである。

そういう懊悩《おうのう》の日に、ようやくシカゴから恵子宛の一通の手紙をしたためたが、差出の日附は十二月四日である。

二十八日附のKeyの手紙は、十二月一日、モントレーという閑静な町から飛行機でサンフランシスコに帰りついて拝見。折柄、招待宴会の最中ながら、こっそりテーブルのかげで眺めては、飲んだことでした。ようやくホテルに帰り、早速その手紙と、あなたの写真と、二つ取り出して並べ、読み直したわけですが、あなたの写真は、道中真ッ二つに折れていて、それがまた淋《さび》しく、なつかしく、とうとうその晩は身をよごす始末になりました。

私ははなはだ元気です。人間オメデタイと、モテるらしく、毎日、愉快この上もありません。それでも、Keyサマと一緒の方がよかったなと思うことも再々です。たとえば、一昨夜のG……という女富豪のパーティなど、その昔、日野資朝《ひのすけとも》の頃に、薄絹をまとった半裸女をはべらせたという無礼講の宴遊もかくやと思わせるような、賑《にぎ》やかな乱痴気騒ぎにて、もしあなたなど加わっていたら、さぞかしシュンのあたの人気湧《わ》いたろうと考えました。当夜の女主人G……は、サリーをまとい、紗幕《しゃまく》を垂れめぐらした豪華絢爛《けんらん》のベッドの真ン中に大あぐらを組んで坐り、来客もまた、思い思いに絨緞《じゅうたん》のここかしこ、あぐらを組んだり、横坐りしたり、世界の美酒を飲みながら、各国の珍味佳肴《かこう》を手づかみでむしり喰らうのが面白く、その佳肴の中では、どこから取寄せたものか、僅《わず》か拇指《おやゆび》ぐらいの大きさの、きわめて小さい生牡蠣《なまがき》を、レモンをしぼりかけながら食べるのが一番でした。

サンフランシスコからシカゴまでは、飛行時間六時間。桑港では、十月頃の陽気だったのに、こっちに来てみると、道がカチカチに凍りついている寒さです。

いつだったかフランス商社に頼んでみたとかいう Key の招待の手紙は、もうパリから来ましたか。来てたら、あなたの公演が終り次第、パリにやってきてみては如何《いかが》です。その節は、電報次第、飛行機の切符を送ります。

こちらは困るものは何もなく、心配はありませんが、人さまの所へ招待される時、やっぱりみんな手土産を喜ぶらしく、できたら何か見つくろって、ニューヨークまで航空便してくれませんか。それから、私の著書も二三冊、一緒に送って頂けるとありがたいのですが。体に気をつけ、稽古《けいこ》専一に願います。

No more Sendai

つまらぬことながら、時々、私に告口をする友人あり、為レ念。

十二月四日　シカゴにて

この手紙は苦心の作で、恵子の出来事を、一行にまとめあげるために、これまでどの位書いては破り書いては破ったか、わからない。書簡中、シュンは、よく恵子が、「アタシは今シュンですからね。見損わんで下さいね」

よくそんなことを云《い》いながら、あだっぽく、湯上りのほてる体を三面鏡の前でくねらせてみたりしたことを思いだしたからだ。シュンはもちろん、果物や魚菜などのシュンである。

ニューヨークには、もうビルの谷間の冷たいからっ風が吹きすさんでいた。折柄、ちょうど第何号目かのソビエトの人工衛星が打上げられ、新聞ストと相俟《あいま》って、市民の重苦しい表情は隠せなかった。

そのビルの谷間のからっ風に、まともに吹きつけられながら、ようやく一軒の本屋の店頭で、「ザ・グラス・メネジェリー」を見つけだした時の喜びといったらなかった。その「ガラスの動物園」の舞台写真が一枚はいった演劇年鑑も見つけだしたけれど、A財団の方で、直接、担当のプロデューサーから、当時の舞台写真を沢山もらってあげようということだったから、年鑑の方は買うのをやめにする。ガラスの一角獣はとうとう見つからなかったが、「ガラスの動物園」を郵便局で郵送し終ってホッと一息、そのまま、列車でワシントンに向って行った野づらの薄い積雪の模様を忘れない。

ワシントンではS博士が案内をかってくれ、国立美術館で見たダリの大作と、レンブラントの自画像が、泣きだしたくなるほどに感銘が深かった。ダリの時計が机の角で垂れ曲ったような絵は、私が少年の頃、何かの複製で知って仰天したものだが、原画を見ると、実に斉整として美しい。しかし、何と云っても、レンブラントの自画像の画面全体に、にじみわたるような一個の人間の、底抜けの人生の奥行には及ばないだろう。私はその原画の前で身動きができず、案内のS博士をかえりみながら、「ソビエトにも、かなりの点数、レンブラントが行っているそうですね。それも見たいですよ、私は……」

こう云った途端、S博士が、

「そんなことをダレスに聞かれてみてごらんなさい。ダレスがすぐに、ロシアまで取り返しに行きますよ」

今しがたまで生真面目《きまじめ》な紳士に思われていたS博士のこの一言で、見物の紳士淑女諸君が一斉に湧いた。暫《しばら》く、レンブラントの自画像の周りに、愉快な哄笑《こうしょう》がとまらないのである。

ワシントンからマイアミに飛ぶ。ケープ・カナベラルあたりの珊瑚礁《さんごしょう》が、海岸の外廻りに、もう一条、蜿蜒《えんえん》と防波堤のように連なって、その明るい海のそとべりに、白い波の襞《ひだ》が寄せている。ターボ・プロップ機は次第に高度を下げて、飛行場に着陸した。

今しがたまで快晴の空とばかり思っていたのに、飛行場の周辺はスコール様の盆を覆《くつがえ》すほどの雨である。その雨に濡《ぬ》れながら、ビニールの小さい蝙蝠傘《こうもりがさ》をさした品のいい老夫人が近よってきたと思ったら、

「ミスター桂か？」

マイアミ在住の作家、フィリップ・ワイヤリー氏の奥さんであった。彼女の傘にさしかけられて、待合室の中に退避する。

「主人が今日、会合があってどうしてもはずせなかったから……」

いつのまに濡れたのか、そう云っている夫人の亜麻色の髪が、しっとりと雨を帯びていた。

ワシントンは凍《い》てつく真冬の季候であったのに、ここはまた真夏の陽気のようである。私は日本出発の日の冬服のままだから、全身びっしょりの汗だ。その上着を脱いで、一杯のコーヒーを御馳走《ごちそう》になっているうちに、どうやら雨はあがったようだ。眩《まぶ》しすぎる夏の日ざしが、あたりの樹立《こだち》の葉々にカッと照りつけているのである。

「さあ、出ましょう」

と夫人が先に立った。私は夫人が置き忘れた蝙蝠傘を手に握って、嬉しく追いかけていくと、夫人はようやく気がついたのか、一瞬、頬を染めるようで、

「いつも、こうなんですよ……」

自動車に乗せられた。緑の並木道を疾走していくうちに、また土砂降りの雨である。その雨脚のしぶきを鞣《なめ》してでもいくように、私達の車は気持よく走って行く。大分、郊外の方に出はずれたようだ。そこここ、ブーゲンビリヤや、見馴《な》れない亜

ら、熱帯の花々が、美しい色を見せている。落着いた化粧煉瓦《れんが》の建物に近づいたと思った

「さあ、ここです。ここが一番いいだろうって、主人が云うもんですから。マイアミ大学の教師の宿舎です。町のホテルは高くって……」

私は夫人に案内されながら、自分の部屋に通された。簡素なベッドが一つ、しかし大きな勉強机が窓際に据えられていて、今まで泊り歩いたホテルに較《くら》べると、ここが一番私の仕事部屋にふさわしい落着きをもって感じられた。

「さあ、暫く休んでいて下さい。間もなく、主人がやってくるでしょう」

そう云って、ワイヤリー夫人は去って行く。戸外の雨の音を聞きながら、ベッドの上でうたた寝をしたと思ったら、

「ミスター桂！　ミスター桂！」

廊下を踏み歩きながら、破れるような大声が響いてきた。扉をひらいてみると、私の手が鷲摑《わしづか》みに握られる。もちろんのこと、フィリップ・ワイヤリー氏であった。

それから四日間、私はワイヤリー氏から、文字通りの大歓待を受けた。マイアミの植物園、水族館、マイアミ大学生の夜の拳闘《けんとう》。校内に特設されたリングの中で、強烈なライトを浴びながら肉弾相搏《あいう》つ選手の周囲に、学生達の喚声があがり、興奮が渦を巻き、若々しい青年たちの人いきれで、全く息づまるほどであった。

私の宿舎には、日本人の学生や、韓国の学生までが遊びにやってきてくれたが、その日本人の学生は私の名を知らず、かえって韓国人の学生の方が私の作品を読んでくれていたのが、馬鹿《ばか》に面白く感じられた。

それよりも「峠」の姉さんにここで釣竿を渡し終えた時の安堵《あんど》といったらない。私はそのお礼に又候《またぞろ》ウイスキーを貰《もら》い、是非自分の家に泊れと云われたのに、A財団のスケジュールがたてこんでいて、その好意を受けられなかったのは残念であった。

フィリップ・ワイヤリー氏の家は、千坪あまりもありそうな広大な邸宅で、そこのプールでワイヤリー氏と一緒に泳いだ愉快さも忘れられない。フィリップ・ワイヤリーはきわめて冗談が好きで、

「お前と一緒じゃなかったら、オレは海水パンツなんか穿《は》かないぜ」

プール・サイドの椅子《いす》に腰を下している夫人を遠目に見ながら、そんなことを云ってみたり、

「ここは昔、よくアリゲーター（鰐《わに》の一種）がやってきていた所だよ。今夜あたり、桂の歓迎にやってくるだろう」

そんなことを云って笑ったのも覚えている。パプ・コーンと命名されたプードル種の老犬が居て、人なつこく、よろよろよろよろ、私達の周《まわ》りを歩き廻るのも面白かった。

私はワイヤリー夫妻に誘われるまま、その自動車でマイアミからキーウェストへ長駆したが、島伝い、岩礁伝いに橋が渡され、坦々《たんたん》たる大道路が延びている。その海の中道を時速百キロ近いスピードで疾駆するのは、爽快《そうかい》を通りこしていた。

キーウェストでは、グレゴリーとかいう絵描きさんの家にあがりこんで、そのスペイン風だか、イタリア風だか、入植当時そのままのような古雅な建造物と庭の中で憩《いこ》ったものだ。その晩は、モーテルに一泊、翌朝、画家とフィリップと私の三人して、ヘミングウェイがよく釣をしていたというフロリダ海峡で、豪快な流し釣をした。カストロのキューバはすぐそこだ。ただし私が釣りあげたのは、鮫《さめ》二匹だけである。折柄、沖合の漁船が船火事を起し、ヘリコプターがやってくる。飛行船がやってくる。快速艇がやってくる。海空一体の救助作業がめざましく、かりに私が報道写真家であったなら、大スクープ写真が写せた筈《はず》であった。

ワイヤリー氏夫妻と惜別し、マイアミからボストンに飛ぶ。フィラデルフィアを越えるあたりから、眼下はまだらの雪景色になり、折柄ちょうどクリスマス・イブのボストンの飛行場に降り立った。気温は零下十度ばかり。町角には、さらさらの粉雪が舞い狂っている。

私はクリスチャン・サイエンス・モニターの文化部担当の若い記者から晩餐《ばんさん》に招待され、その家でひっそりと聴いたクリスマス・イブの鐘の音は静かであった。部屋の中には、小さいクリスマス・ツリーの電飾が明滅し、若い夫婦の間には、ちょろちょろと走り廻る三つばかりの男の子があって、私の上着の裾《すそ》をひっぱってみたり、膝《ひざ》の上にあがりこんできてみたり、思いがけず私もまた、東京に置いてきた子供たちの喧《けん》噪《そう》と狂乱の有様を、ふっと心に思い浮べてみるのである。

ボストンから再びニューヨークに舞い戻ったのは、十二月二十八日の夜であったろう。訪ねるアール・ホテルは、すぐ判《わか》った。ワシントン・スクェアの一郭に、その広場が造られたのとほとんど同じ頃にでも建て上ったような、古ぼけた旅籠《はたご》が、煤煙《ばいえん》にうすよごれてしょんぼりと立っていた。

A財団のルシール・ネピア嬢から、前もって連絡がついていたらしく、私はすぐに案内され、時代がかった鳥籠《とりかご》のようなエレベーターで七階まで登ってゆくと、その突きあたりの左側が、私のために予約されていた部屋であった。

家具類はガタガタだが、何もかも一応は揃《そろ》っている。薄汚れた壁紙の上に、ミシシッピーの蒸気船だろう、舷側に水車のような両輪のついた船の絵が掛けられてあった。突きあたりがバス・ルーム。スチームも割とよく通っており、試みに窓を押しひらいてみると、ワシントン広場の冬の木立が見えている。その梢《こずえ》のあたり、いつのまにか、灰色の小雪が舞いはじめているようだ。

私は着のみ着のまま、ギイギイ軋《きし》む鉄製の寝台の中にころがりこんで、ほとほと崩れるような安堵をした。ようやく自分の天地に辿《たど》りついたのだ。今日からは、どこをどうほっつき歩いたって、かまわない。すると、意味もなく、嗚咽《おえつ》の感情が堰《せき》をきって、この何年か、いや何十年か、流したことのない涙がとめどなく頬を伝って流れ落ちてくるのを、自分で感じとっている。

全く、この一ヵ月あまりの公式の旅のスケジュールが、私の崩れかかる心身を危く支えとめていたようなものだろう。どこに行き倒れていたって、何の不思議もなかったのだ。

それにしても、何という恰好《かっこう》な隠れ家であろう。入口のところに黒人のエレベーター・ボーイ一人。誰に送られ、誰に迎えられる煩《わずら》わしさもないのである。

私はまる二日の間、そのベッドの上に、昏々《こんこん》と眠りこんだままでいた。時折、薄眼をひらいてみるが、また閉じる。近くのスーパー・マーケットから買入れてきていたパンとバターと、コーン・フレークスと牛乳と、ハムと砂糖を、紙袋のまま、窓枠の下に置いて、時々、這《は》い起きては、コーン・フレークスに牛乳と砂糖をぶちかけて咽《の》喉《ど》の中に流しこむ。また時々起き上っては、パンをひきちぎって食べる。その合間々々に、水割りのウイスキーを二三杯飲んでは毛布の中にもぐりこみ、またソッと這い起きては、二三杯のウイスキーを飲む。何を飲み喰いするのにも、鏡の前のコップ一個あれば事足りた。

たった一度、ルシール・ネピア嬢から電話があり、

「いつ、帰ってきましたか？」

「デイ・ビフォア・イエスタデイ。サンキュー」

「ホテルは気に入りましたか？」

「イエス。サンキュー」

「あなたが好《よ》い新年を迎えますように……」

あなたにも好い新年を……、とか何とか、咽喉もとまで出かかったが、

「イエス。サンキュー」

「じゃ、そのうちまたお目にかかりましょう。グッド・ナイト」

と聞えたから、私もあわてて、

「グッド・ナイト」

大声をあげただけである。

しかし、ネピア嬢には全くのところ、迷惑を掛けどおしだ。彼女とはじめて会ったのは、ニューヨーク在勤の新聞記者諸君を、私の手料理で饗応《きようおう》した会合の席上である。もちろんのこと、私には家も台所もないから、その一人の記者のアパートを借りうけた。まさか米国の女性がくるとは知らず、東京からニューヨークまで水筒で運んでき

たショッツルを用いて、ただ簡単なショッツル鍋《なべ》を突つこうというだけの魂胆であった。幸い、チャイナ・タウンに豚の肝臓もあり、筍《たけのこ》もあり、モヤシもあり、椎茸《しいたけ》もあったから、場合によっては、猪肝の前菜位は作るつもりでいた。が、肝煎《きもい》り役の某記者が、席を賑《にぎ》やかにするつもりからであったろう。寄せ集められるだけの美女を寄せ集めたらしい。K女史や、S女史や、F女史ら、日本側の閨秀《けいしゅう》画家や著名女性らまで集って、やがてルシール・ネピア嬢が顔を見せた。

その時、どこの新聞社員であったろうか、ネピア嬢を私に紹介し、続いて私をネピア嬢に紹介する段になり、

「これは日本の作家、桂一雄氏です。He has three wives in Japan ……」

冗談の度が過ぎたのか、ちょっと座が白けた。すると、ネピア嬢は当意即妙に、

「ええ、結構ですわ。アメリカは、そういう方達が亡命していらっしゃるのを歓迎する国です」

そう云ってくれたから、愉快な哄笑《こうしょう》に変り、その場は和んでいった。もちろん、その場を取りなすお世辞の言葉のつもりに過ぎなかろうが、しかし、私にとってみれば百万の援兵にでも出会ったような心強さで、ひそかにこの人のことを心に留めた。

彼女は私を招待してくれた当のA財団に勤務していることでもあり、それからは週末の度に私を誘って、ニューヨーク近郊のここかしこを案内してくれる。恵子に送る

つもりでいた「ガラスの動物園」の舞台写真とか、ガラスの一角獣とか、テネシー・ウィリアムズ氏との面会の交渉とか、いや、ここのアール・ホテルの見立から、予約にいたるまで、ニューヨークに居る間は、何によらず、彼女にすがりきっているようなものだ。私は国籍を忘れて、彼女の真情に感佩《かんぱい》しているのである。

私は咄嗟《とっさ》に、そのネピア嬢を誘ってもらって、K女史や、S女史らと、グリニッチ・ヴィレージ界隈《かいわい》の酒場から酒場を大いに飲んで廻る気になった。そこで、S女史に電話をかける。

「あら、あなた、もうニューヨークに帰っていらしてたの？」

「ハア、一昨日です。今夜ね、Kさんや、ネピアさんなんかと一緒に飲みませんか？私のニューヨーク帰還祝賀会と、忘年会をやらかすつもりです。夜通しでもいいですよ」

「ウフフ……、驚いたわね。それで、ネピアさんやKさんたちは来るって云《い》ったんですの？」

「いや、オレは英語がわかりませんよ。殊更《ことさら》電話でなんて喋《しゃべ》れやしない。あなた、一つ、訊《き》いてみてくれませんか？」

「じゃ、もしいらっしゃるとしたら、みんなどこに集ればいいんですか？」

私はホテルの名と所番地を云った。そのまま一度、電話は切れたが、間もなくS女史から電話がかかり、全部やってくると云っている。

次々とみんなが集った。私はネピア嬢に、このホテルを借りてもらったことについて心から感謝を述べて、そのまま、ぞろぞろと広場の方に歩みだした。戸外はまるで錐《きり》をでも突き刺すような凜烈《りんれつ》の寒気である。

「グラナダ」で、まずスペイン料理を突つく。エビのうま煮、仔牛《こうし》のステーキ、パエリア、ナティール、もちろんのこと、ウイスキーのがぶ飲みだ。続いて、ナイト・クラブの「シンデレラ」にはいりこみ、日本贔屓《びいき》のダイアナが歌って弾いてくれている「荒城の月」を聴く。それから、トルコ美人のストリップ。それでも、まだまだその頃までは酔っていなかった。何というビート酒場であったか、ぼうぼうの髭《ひげ》の男たち、黒人たち、さては黒靴下の新劇女優の卵らが、飲んで声高に談じ合っている酒場のあたりから、そろそろ怪しくなってきて、やがて、パリのシャンソン歌手がラ・ヴィアン・ローズを声いっぱいに歌っている地下のキャバレーによろけはいっていった頃には、もう正体がなかったろう。どういう風にして、彼女たちを送りかえしていったのか、わからない。

ただ、自分だけは、正しくアール・ホテルの七階の部屋に帰り、窓をあけはなって、その窓枠に向うむきに腰をかけ、ウイスキーをラッパ飲みに飲んでいた。部屋の明りは消したままだ。

「ナオミだって？　ナオミ？　畜生！」

時折、烈風が吹きこむから、私の体は前後に大きく揺れていた。その度に、眼下の鋪道《ほどう》が街燈の明りをにじませた不思議な光沢を見せながら、ものうく前後に揺れる。うしろに大きく揺れる時も、前に大きく揺れる時も、私はうまい具合に調子をとって、ブラインドの紐《ひも》につかまりつくのである。しかし、つかまりそこなえば、一体どんなものだろう。私ははげしい尿意を催して着のみ着のまま、ズボンの中に流しこんでみたかったが、かろうじてそれに耐えた。思うに、この一点にだけ、正気が残っていたのかもわからない。眼前にちらつきはじめた小雪が、いつのまにか、吹雪の様相を呈し、ヒュウヒュウと唸《うな》りの声をあげている。

蠟《ろう》涙《るい》

ワシントン・スクェアは、朝になると、まるで犬の展覧会場の観を呈するならわしだ。プードルだの、スコッチ・テリアだの、ダックスフントだの、ワイヤーヘアード・フォックス・テリアだの、狆《ちん》だの、ボクサーだの、ブルドッグだの、短毛種の犬にはたいてい、怪しいチョッキかちゃんちゃんこようのものまでも着せこんで、白粉《おしろい》真ッ白の老婦人や、御老人などが、ぞろぞろとはだら雪の薄く凍《い》てついた広場の周りを廻っている。

私は北向の窓の所にこっそりともたれかかって、牛乳とウイスキーをちゃんぽんに飲みながら、二日酔か三日酔の果の、重くしびれてしまったようなうつろな眼で、じっと彼らのとりとめのない歩行の有様をみつめている。朝の運動のために連れ出されているというよりは、彼らの脱糞《だっぷん》のために連れ出されているもののようで、いや、犬共の脱糞の為《ため》に連れ出されていると云うよりは、それらの持主のはてしない頽廃《たいはい》の棄《す》て場によろけ出しているあんばいで、そこら鉄鎖の蔭《かげ》や雪の吹きだまりの中に、腰を震わせて排泄《はいせつ》を終るそれらの犬と、犬の主人らの倦怠《けんたい》の表情がみじめな人間風景に感じとれたものだ。あいつらが、その昔、愛の恋のとわめいたって一体なにになったろう。そうしてこのオレが……。

私は訳もなく憂鬱《ゆううつ》になりながら、もう一度ベッドの中にもぐりこみ、瓶《びん》ごとウイスキーを横くわえに流しこんで、まただるく眼をつむる。すると、この大都会の地鳴りのような響きがドロドロと五臓に響きわたってくるわけだ。

一日に一度だけ、フロントの所まで、新聞を買いに降りていく。ようやく新聞ストも終ったのか、分厚い紙面は子攫《こさら》いの話で持ちきりであった。たしか、チョンチョとかいうフィリッピン系の新婚夫婦の女の子が、生後何日目かにブルックリンの病院か乳《ほ》ら攫われた。犯人は女であり、黒いマントを羽織り、その病院の中に忍びこんで、哺乳《にゅう》を終った看護婦が次の看護婦と交替する間際、その乳児を連れだしてしまったものらしい。インターンの学生であったか、暗い廊下ですれちがったと云う目撃者の談話もあった。その女はマントの下に何か大切そうなものを抱えこんだ様子で、急ぎ足に立ち去ったらしく、そのうしろ姿の印象しかはっきりしないと語っている。それによると、髪は亜麻色で、中肉中背、年は四十歳前後、時間は面会時間が終って正面玄関が閉ざされた直後の夕まぐれのことだ。女はその亜麻色の髪をゆさぶりながら、マントをひるがえすようにして消えていったと云う。

私はおぼつかない英語をたよりに、終日、ベッドの中でたどたどしく子攫いの記事に読み耽《ふけ》っては、またウイスキーを呷《あお》るのが日課である。

そのマントの子攫いらしい女が、イースト・リバーの河岸の方に向っていたという目撃者が現れたために、今度は大々的な河ざらいが始められたとも報道されてあった。また、担当医師が犯人に呼びかけて、その乳児の保温の注意から、哺乳の仕方、哺乳の内容等を事こまかに指図している記事も見うけられた。しかし、それっきり、犯人の手がかりはぷっつりと切れて、紙面は痴情説、怨恨《えんこん》説、身代金説、子供欲しさ説等さまざまであった。その諸説のなかに、これはある心理学者の説だったと思うが、妊《にん》娠《しん》を故意に抑圧された女性とか、妊娠中絶をさせられた女性とかが、その後、妊娠できなくなったと自覚するような時期に突発的に子攫いをやることがある。いや、そういう先例があったというのだったかもわからない。金ほしさの誘拐《ゆうかい》だとすると、身代金の要求は、まだどこにも通告されていないらしく、そのまま事件は五里霧中にはいった形であった。ただ、黒マントを羽織った中肉中背の亜麻色の髪の女が、何となくニューヨークの町々を魔女のようにかすめ走っている幻影が浮かんでくるだけだ。

すると、どういう聯想《れんそう》からだろう。その新聞の子攫いが、ほかならぬ恵子そのひとであり、亜麻色の髪を揺すぶりながら、マントを羽織って、疾風のようにそこここを駈《か》けめぐっているような執拗《しつよう》な妄想《もうそう》にとらえられた。ひょっとしたら、出発間際《まぎわ》、和服の上に被布をまとって、夕ぐれの町の中をあちらむきに走っていった恵子の髪の揺れと、後ろ姿を、殊更はっきりと心に留めていたせいもあったろう。続けて姙娠中絶を四五回も黙認した私自身の後ろめたさもあったろう。いや、ある舞台でマントであったか、大きいショールであったか、恵子が羽織って、魔女のように絶叫する役を演じた記憶がややこしくもつれこんでいたせいかもわからない。

うらぶれたニューヨークの場末の、まるで廃墟《はいきょ》のような安ホテルの一室の中だ。からっ風は絶えずカタカタとガラス戸を鳴らし続ける。そのベッドの中に終日ころがりこんだまま、手持ちのウイスキーと買溜《かいだ》めの牛乳をかわるがわる飲んで、読み馴《な》れない横文字の活字にほうけたように眼を凝らしていると、その酔いにしびれた眼の中に、ふいに恵子の脱色した亜麻色の髪が揺れ出してきて、黒いマントをひるがえしながら疾風のように飛んでいる恵子の姿が見えてくる。

あたりはいつのまにかとっぷりと昏《く》れている。新聞の活字はもう見えない。それでも電燈をつけずに、子攫いの女の幻影をいつまでもひろげつくしているわけだ。相変らず、ニューヨークの町の地鳴りは地底のあたりから五臓に響きよってきて、きまってその最後に、五体の一部からうずくような疼痛《とうつう》が噴きだしてくる。すると例の、

「ナオミだって？　ナオミ？　畜生！」

ベッドの中から脱兎《だっと》のように跳ねあがり、北の窓を押しあげて、思うさまに戸外の凜烈《りんれつ》の風を浴びる。そこから真っ逆さま、飛び降り自殺の真似事《まねごと》を二度三度くりかえした揚句、またウイスキーのがぶ飲みになるのがきまりである。「どうせ死ぬなら、犬のうんこの真上に粉々に自分の頭を砕き潰《つぶ》してやるさ」そのまま急いで洋服とオーバーを着用に及び、エレベーターは呼ばず、わざわざ七階から一階まで、よろけ足で階段を下っていく。その狭い、陰惨な階段の手すりに、時々、フーフーと意味もなく息を吹きかけてみたり、人気のないのを見すましながら滑りおりてみたり、

「グッド・イブニング・サー」

エレベーターの扉の前に腰を掛けたまま、けげんそうに私を見上げる黒人の老人に向って、

「グッド・イブニング」

おうむがえし、そのまま滑る夜の道に走り出していくのである。駈けこんでいく所は、大抵スウィングとかいった、同性愛の女たちが出没するSバーだ。あちらでは黒いストッキングのビート娘たちが、女同士、濃厚な接吻《せっぷん》をくりかえしながら、ビールを飲んでいる。かと思うと、こっちではカクテル・グラスを打ちあって、頰っぺたをなめ合っている女の子二人。それを見て見ぬふりの青年たち。私もまた、こっそりとウイスキーを飲みながら、彼女たちの生毛の色と唇の皺曲《しゅうきょく》を感じとっている。

それからまたよろけこんでいくのは、大抵ハーニイ・ボトルだ。その昔、米軍兵士たちが日本の肥桶《こえおけ》をたわむれにハーニイ・ボトルと呼んでいたらしく、入口の看板がわりに稚拙な肥桶がなぐり描きされていて、その暗い地下倉庫のような、十坪ばかりの酒場の中に降りてゆくと、百人近い男女が揉《も》みあって、ジョッキのビールを飲んでいる。濛々《もうもう》とした煙草《たばこ》のけむりだ。椅子《いす》は申しわけのように、スタンドのわきに三四脚。あとは全部立ち飲みだが、若い青年男女のむせかえるようなワキガの臭《にお》いで、彼らに揉まれながら、その喧噪《けんそう》の中にさながら埋もれるようにして飲んでいると、何というか、もう一度、青春を奪還してみたい……、いや、こいつらの真ん中で、怒号し、煽動《せんどう》して、生命の祝祭を司祭する風の発作的な狂気の衝動を感じたりもする。いや、恵子の髪の毛を摑《つか》みとって床の上に曳《ひ》きずり廻し、この群衆の中で陰惨なリンチをやりとげてみたい。それにはまず、あの子攫いのマントの女をニューヨークの町角から曳きずりだしてくればよい……、と奇怪な妄想は高ぶるばかりである。

ニューヨークの夜の町には、そこここ、必ずといっていい程終夜営業の店があって、いくらかの席料が酒に加算されるけれども、飲み場所を探して歩く心配はない。酔ってよろけ足で歩いていると、時々、堅気の米国人から道を訊《き》かれる有様だったのは、私がかえってグリニッチ・ヴィレージの地つきの酔っぱらいに見えたせいでもあったろう。道を問われただけで、何の為か、ふいな嗚咽《おえつ》に見舞われて、奇怪な涙があとあとと頬にとまらず、深更まで歩きまわったことも覚えている。

午前二時、三時。ようやく私は、アール・ホテルの自分の部屋に引返していくが、死に瀕《ひん》した象よろしくその死場所に急ぐような思い入れは、まったく笑止を通り越していた。事は恵子に対する単純な嫉妬《しっと》である。その嫉妬を明確にぶちまけることができず、いや、明瞭《めいりよう》な相手を手に取ることが出来ず、深夜部屋の窓をこじあけては、「ギャッ」自分の頭脳を犬のうんこのあたりに、こなごなに粉砕させる幻影に辛うじてささえとめられていたようなものだ。

「ギャッ」「ギャッ」の口癖は、その頻度《ひんど》を増していったけれども、しかし、戸外に向って窓枠に腰をかけるのはやめた。ブラインドの綱が腐蝕《ふしょく》しかけていることに、気がついたからだ。ただ、殺気だって窓を押し上げ、「ギャッ」上半身を乗りだしながら、鋪道《ほどう》の色とそこににじむ街燈の光の模様を眺めおろすだけであった。何のことはない、猿真似だが、ひょっとすると、危険はその猿真似の習慣の方にあったかもわからない。最初の一回の時は、泥酔はしていたが、落ちたら落ちてもいいという、はっきりとした意識があった。あとからはその意識が鈍磨して、ただ、泥酔後の他愛のない習慣にかわっていたからだ。

しかし、これらの女々しい生活の毎日が、いつの頃からか、一つのあやしい戦闘的な気分にすりかわっていったのは奇ッ怪であった。たかが女一人のことで、くよくよと懊悩《おうのう》するとは一体何だ……。暗黙のうちに、自分を叱《しか》りつけるような、長年の自負がある。

「ただ、オレが殺されるということは、我慢がならぬ！」

はじめは一笑に附して、そんな取るにも足りないような成行など金輪際信じられなかったことが、次第に現実的な恐怖に変り、その対応策について本気になって考えはじめていたから不思議である。自分一人だけポッンと取りおとされてしまったようなニューヨークの孤独の中で、くりかえし同じ主題をむしかえしていると、誰しも、多少狂おしくなってくるだろう。殊更《ことさら》、出発のまぎわに、U社の黒田君からはっきりと云われたのだ。

「気をつけた方がいいですよ。島村さんはああいう人物だから、平気な顔をしているけど、乾分《こぶん》たちがとても怒っているんです。殺すなんて云《い》ってるそうだから……」

はじめは、この殺されるという唐突な言葉に何の現実味も感じられなかったものだ。

ただ、

「島村さんはさ、彼女を……、ほら『痴人の愛』のナオミのように可愛《かわい》がっていたというんだから……」

かえってこの言葉の方に、一閃《いっせん》、刺し貫かれたような奇妙なリアリティが感じられて、恵子とのその時々の情痴の生活を、一つ一つ、魚の鱗《うろこ》を逆こさぎするように丹念に反芻《はんすう》し直してみた。その都度、「ウッ」と呻《うめ》き出し、ベッドの上で輾転《てんてん》反側しながら身悶《みもだ》えたものである。

たとえば、あれはどこのホテルのバス・ルームの中であったか、浴槽の側面に鏡が張りつめてあって、私と恵子は二つ重なるようになりながら、恵子が私のからだをうしろから洗ってくれている。シャボンの泡《あわ》をまんべんなく私の全身にまぶしつけ、きわどく私の男の部分あたりまで、そのシャボンの泡で揉み洗って、時折、ちょっと前の鏡を覗《のぞ》きこみながら、

「ほら、自分で自分を洗いよるとのごとあろうが……。だアれも、ケイさんがカズさんを洗いよるとのごと思やせん」

まったくそう云えば、自分で自分を洗っている以上の安らかさと屈託なさであった。

羞恥《しゅうち》も強がりもけしとんで、神が男女というものを産み出した極限のよろこびにひたりつくしている心地であった。

私達はバス・ルームいっぱいに愉快な哄笑《こうしょう》をあげつづけながらはしゃぎまわったが、

「さア、カズさん、今度はケイを洗って……。自分で自分を洗いよるとのごとね」

「よし来た」

と今度は私が恵子のからだにぴったりと自分のからだをくっつけて、そのうしろから恵子の女の部分までも、丹念にシャボンの泡をこすりつけていくといった有様だ。

私はベッドの上で、二つに折り畳んでしまった恵子の写真をとりだしてはその皺《しわ》をのばし、のばしては眺め入って、くりかえし、それらの情痴の時間を反芻する。直接、恵子に問いただして、苛《か》酷《こく》にさいなみたいもどかしさも感じられたが、万里の波《は》濤《とう》をあいだにしていては、どのような嫉妬もとりとめない。現実に移しかえる手だてがないからだ。

おそらくそのもどかしさを、自分が殺されるという恐怖の防衛にすりかえていったものだったろう。私は島村剛氏に対する、断乎《だんこ》たる戦闘をもくろみはじめていった。すると、私が殺されるに相違ないという妄想が、奇妙な現実感をもって私の身《み》裡《うち》に増大してくるのである。といっても、私に何ができるというのだろう。私はニューヨークの場末の安ホテルの一室の中で、片手にウイスキー、片手に牛乳を握りしめながら、交互に咽喉《のど》もとへ流しこんで、あてどのない激昂《げつこう》に耽《ふけ》っている。

「殺されてたまるものか……」

その部屋の中には、ミシシッピーの川蒸気の絵が一枚。よごれはてた安物の壁紙には何の水洩《も》れか、汚染の跡が天井から長い糸を曳いていた。ビルの谷間から吹きつのるからっ風は、絶えずガタガタと窓ガラスを揺すっている。夜更《よふ》けてくれば、またぞろ泥酔の揚句、「ギャッ」、「ギャッ」と自殺の猿真似をくりかえして戸外の舗道を眺めおろすのである。断乎たる戦闘とは、ただそういう自分の激昂に打ちまかせているというだけのことだ。

はるばるとニューヨークまでやってきて、いったい何を見聞したというのだろう。公式の接待が終ったあとは、ネピア嬢から好意的な勧誘があった何人かの米国作家たちを訪問することも断って、ゴロゴロとホテルの一室に閉じこもったきりだ。ようやく昏《く》れ終ったのを見届けると、まるで蝙蝠《こうもり》のように場末の町にさまよい出して、あやしいバーをほっつき廻るのが日課である。それとも、ニューヨークの夜の町角から、子攫いのマントの女を探し出そうとでも思っていたのであるか。

ところで、その子攫いのマントの女は、簡単に見つけだされた。身代金欲しさからでも、怨恨《えんこん》からでもない。あっけない幕切れであったから、あまりはっきりとその原因を記憶していないけれども、満たされない母性本能からの出来事のようであった。

配偶者を何度も変えており、その何番目かの夫との間に女の子があって、つい最近まで一緒に暮していたのだが、その娘も独立して外に出て行き、現在では淋《さび》しいひとり暮しなのである。たしか婦人服の仕立か何かをやっていて、わずかながら小金も溜《た》めていたらしく、もう一人どうしても子供がほしかったのだと本人の語った言葉が報道されていたように記憶する。

密告者は、その当の娘であった。ひょっこりと母の家に帰り、思いがけない乳児を見て、すぐに警察に届け出たわけである。泣き崩れている子攫いの女の写真と、チョンチョ夫妻の手に取り戻された乳児の写真が、大写しで新聞紙上に掲載されてあった。攫われた乳児の保護と管理は行き届いていたらしく、勿論《もちろん》のこと無事であった。

このあっけない幕切れと一緒に、私はもう新聞を読むのをよしにした。ニューヨークの町の中から、私は幻影の女性を失ったのだ。

その日が一月三日であったか、一月七日であったか、はっきりと記憶しない。新年宴会だから、一月三日の筈《はず》だが、私は七日頃まで、蝸牛《かたつむり》のようにアール・ホテルの周辺から這《は》いださなかったように思う。

さて当夜、日本人倶楽部《クラブ》で、ニューヨーク在住の主だった人達が全部一堂に集るから、ぜひ出席してほしい、というY紙のS君からの電話があった。平素東京でも、新年の宴会などに顔を出したことのない私だから、出席を取りやめようと思ったけれども、

S君が支局の事務所で待っているという。私は久しくあたったことのない髭《ひげ》を剃《そ》り、タクシーを拾って出かけて行った。

会場はもう立錐《りっすい》の余地のない程の、日本人紳士淑女諸君で埋っている。眩《まぶ》しいほどの晴着の群であった。かたっぱしから紹介される。著名な画家たち。俳優たち。日本舞踊家。外交官。実業家。かと思うと、レストラン・ヤマトのマダム等……。パリ在住の画家D・H君を紹介されたと思ったら、その夫人が私の方に手をさしのべて、

「あなた、公子ちゃんを知ってるでしょう？」

「どこの公子ちゃんでしょう？」

「真鍋のとこの公子ちゃんよ」

「ああ、それなら知ってます。だって、オレの妹が嫁に行ったですよ。公子ちゃんの兄貴のとこへ……」

「あたしはあの公子の義理の妹なのよ。だって、兄が公子ちゃんと結婚してるんですもの」

「それなら、オレんとこと遠縁にあたるわけですね。ややこしいな、何ていう関係かな。とにかく親類は親類です。アハハ、大いに仲よくしましょう」

私たちは大笑いになって、カクテルのグラスを打ち合った。

「ですから桂さん、ヒサオの絵を見に来て下さいよ」

「ああ、いいです。ぜひ見せて下さい」

と私たちは浮き立った。折柄、レストラン・ヤマトの大村渚さんや、デザイナーの菅野もと子女史等が傍に居合せて、

「桂さん、私も連れて行ってよ。Dさんの絵、見たいからさ。そのかわり、今夜はあとで御馳走《ごちそう》してあげる」

レストラン・ヤマトのマダムが笑いながら、大模様に私に向ってそう云った。

「そりゃ光栄ですね。私の方こそ連れて行ってもらわなくちゃ。ニューヨークの地理なんか、皆目わからないんだから。Dさん、大村さんもあなたの絵を見たいんだって」

「どうぞ、どうぞ。ぜひいらっしゃって下さい」

とD夫妻が、大村さんに向って如才なく挨拶《あいさつ》した。

「とてものことに、大村さんから、大作をひとつ買上げてもらうんですね」

私がそう云うと、マダムはかすかに笑いだすだけである。私たちは急速に知己を得た心地になり、さかんに盃《さかずき》をあげる。ひさしぶりに心置きない同胞に会って、私はかなり酔っていただろう。椅子に腰をかけて飲み直そうとしていると、S紙のY君が一人の青年を連れて来た。

「こちらは、K紙のT・T君です」

「ハア」

と私が立上って、挨拶する。暫《しばら》くとりとめないニューヨークの四方山話《よもやまばなし》などをしゃべりあっているうちに、そのT君が、

「私はあなたの奥さんをよく知ってます」

「どこで。柳川でですか？」

「いーや」

「じゃ洋裁学校にでも出て来てた時に……」

「いいえ、そうじゃありません。今の奥さんです」

「今の女房？」

と私は一途《いちず》に細君のことだとばかり思いこんでいたものだから、話は何となくトンチンカンになった。ようやく恵子のことだと気がついて、

「ああ、矢島さんのこと？」

「そうです。私、よく知ってるんです。もしおさしつかえなかったら、ここが済んでから、どこかで一杯やりませんか……、お話したいこともあるし」

私も一緒に飲んでみたかった。しかし、今しがた、レストラン・ヤマトのマダムと約束したばかりのところである。

「悪いけど、ちょっと先約があるんです」

するとT君は、

「あ、それじゃ又……」

そのまま、ようやく舞踏が始ったばかりのフロアの方にまぎれていった。私がレストラン・ヤマトのマダムの方に引返して行くと、マダムの周囲にはいつのまにか七八人の取巻が寄っている。

「さア、行きましょう。みんな、おいで……。今夜は、私がオゴってあげるから」

ゾロゾロと倶楽部から繰り出した。勿論、一台の自動車には乗りきれず、マダムが大声に指名しているキャバレーにみんなうなずいて、二三台の自動車に分乗して行った。大きなキャバレーだ。さかんな奏楽が湧《わ》いている。その奏楽に乗る、煽情《せんじよう》的な女のジャズ・シンガーの声も聞えていた。みんながよく来つけているキャバレーででもあるのか、剽軽《ひようきん》なO君が立ち上って、グラスを挙げながらマネージャーと応酬したり、楽団員に酒を配ったり、みんな陽気に酔った。こんなことなら、T君もここにまぎれこめばよかったのである。私はさっき、そのT君としゃべりあっていた某紙の記者に気がついたから、傍に寄って行って、

「さっき倶楽部にみえていたT君が、私に何か話したいことがあるとかって云《い》ってたけど、あなた、何のことか、知らない？」

「さア、何ですかねえ。ただ、たしかあなたの奥さんの昔の馴染《なじみ》だとかは聞きました

が？……」

「いや、一緒に居たんだよ。みんな知ってる」

酔った一人の男がまぜっかえした。

「いや、そんなことはありません」

と某紙の記者は打消してくれたけれども、私はもうどうでもよかった。ただ、そんな話なら、わざわざ飲み合わなくて、かえって仕合せしたようなものだろう。

私はレストラン・ヤマトのマダムのテーブルにかえったが、また一閃、細い刃がスルスルと肋骨《ろっこつ》の間に突き刺さった感じで、ニューヨークに到着以来、何となくノイローゼ気味の足腰がだるく萎《な》えてくる感じである。

その猛烈な反作用からでもあったろう。私はY紙の大鐘君が傍に居ることに気がついて、出発間際《まぎわ》の黒田君の忠告を洗いざらいぶちまけた。

「殺されるというのは、不愉快じゃありませんか。オレはその一点で、闘うよ。闘うって云ったって、オレに暴力があるわけじゃなし、あなたの新聞に、とりあえずオレの紀行文を書きたいんだ。その紀行文の中に、出発時のモダモダをみんなぶちまける。その事情を東京の部長まで云ってやって、了解を得てくれませんか」

私はかなり激していただろう。レストラン・ヤマトのマダムは、その話を聞いていたのか、

「島村って、島村剛のことかい？」

「そうです。島村剛氏です。マダムは知ってるんですか？」

「ああ、知ってるよ。そんなことを乾分《こぶん》たちに云わせてるんだったら、島村もよっぽど耄碌《もうろく》しているね。だけど、そんな筈ないよ。あんた、すこしおセンチになってるんじゃない？」

「ああ、そうかもしれません」

と私はこのマダムの幾変遷《へんせん》の生活の重みを素直に感じとって、うなずいた。ようやく心鎮《しず》まるのである。

私は久しぶりに、羽目をはずして飲んだ。陽気になり、はしゃぎ、マダムや、菅野女史や、F嬢や、新聞社員たちと、また二三軒飲んで廻り、とうとうダウン・タウンのあたりまでしけこんでいったろう。いつのまにかもう、レストラン・ヤマトのマダムは見えなかった。残っていたのは、O紙のI君とか、Y紙の大鐘君とか、ひょっとしたら菅野女史や、Y・K女史などがいたかもわからない。I君はしきりに、

「桂さん。白子を抱かなくちゃ、白子を……。そうしないと、いつまでたっても無用の劣等感が抜けきれませんよ。それに、鬱《うつ》病になりますよ、鬱病に……」

そんなことを繰り返していたが、実はその白子ならとっくの昔に抱いていた。劣等感をぬぐうどころか、みじめな哀愁を味わっただけだ。おなじ鬱病でも、私の場合、

まぎらしようのない重苦しいしこりが、次第に心身の中で、癌《がん》のあんばいに増殖を続けている。

夜明け近い頃、ようやく私達は別れ別れになり、自分の塒《ねぐら》に帰って行った。凍《い》てついたワシントン・スクェアの広場の隅のあたりから眺めあげる私の部屋は、侘《わび》しかった。亡霊のように古ぼけた建物は、ホテルというよりは、まるで狐狸《こり》の棲家《すみか》のようである。ここがニューヨークとは思えなかった。部屋にあかりが点《とも》っている。出がけにわざと自分の燈台がわりに、あかりをつけっぱなしにしてきたから、その下のベッドの中につくねんと跼《くぐま》っているもう一人の自分の姿が見えてくるようだ。牛乳とウイスキーを交互に飲み、ブツブツとひとりごとをでも呟《つぶや》いているか。間もなく、あかりを消すだろう。やがてガラス戸を押しあけるにちがいない。「ギャッ」……瞬間、飛びおりてきて、鋪道の犬のうんこの上にぺしゃんこに砕き潰《つぶ》される自分の頭脳の幻影に怯《おび》えるのである。

トントンとノックされたような心地がした。ベッドの中でである。そんな筈はない、と私は醒《さ》めきらぬまま、枕もとのウイスキーを引き寄せる。トントンとまた、弱いノックの音である。部屋掃除の黒人女でもあろうか、と私は浴衣《ゆかた》のまま起き上って、入口の扉を明ける。

「あら、まだおやすみ？　もうお昼ですわよ」

思いもよらず、菅野もと子女史であった。

「昨夜は酔っぱらっちゃった。何か失礼なこと、しませんでしたか？」

「ううん。呼びに来てあげたのよ」

「何だったっけ？」

「ママと約束をしていたでしょう。ほら、Dさんの個展を見に行くって」

「ああ、そうか」

「忘れていたでしょう？」

「今日でしたか？　いったい、何時です？」

「午後っていう約束だったじゃありませんか？　きっと、忘れていらっしゃると思ったけど、思った通り……」

しばらくクスクス笑いになって、菅野女史が私のうしろの部屋を覗《のぞ》きこんでいるようだから、

「よかったら、どうぞはいって下さい。面白い部屋でしょう？」

「ほんとうね。いい部屋だわ」

彼女は窓際の所に寄っていって、ガラス戸越し、窓外の景色を眺め廻していた。やがてその窓枠のあたりをコツコツと叩《たた》き、

「ここから毎晩、飛び降りの稽古《けいこ》をしていらっしゃるの？」

「誰からそんなことを聞きました？」「あーら、昨晩、自分でおっしゃってたじゃありませんか」

「ああ、そうか。随分酔っぱらってたんだな」

私はカッカッと頰が火照《ほて》ってくる心地で、ウイスキーの瓶を手にとりながら、その蓋《ふた》の留金を引きはずそうとしていると、思いきりよく彼女の両手が私の首のあたりにまつわりついた。ためらう暇もない。私はウイスキー瓶を辛うじて小卓の上に手放して、彼女の唇を埋めながら、その不思議な時間の経過を感じとっているうちに、ひさかたぶりの、溢《あふ》れるような歓喜がよみがえってくるのである。

「さあ、出かけましょうよ」

彼女はようやく私の首のうしろに廻した両手をほぐしていって、鏡台の前に立ち、化粧直しに移っている。私は急いで洋服に着替えるわけである。

レストラン・ヤマトのマダムは待ちあぐねていたようだ。すぐに車を拾って会場に出かけていったが、菅野女史はマダムのアパートの玄関に居残った。どうやら、ニューヨーク滞在中、マダムの一室をでもあてがってもらっているものらしい。

D・H氏の絵は、体質的な孤独と色彩があやうく揉《も》みあって、ようやく一条の血路を見出《みいだ》そうともがいている、きわどいあわいの作品のように思われた。展示を前にして、逸早《いちはや》くレストラン・ヤマトのマダムが一枚買取りの予約をしてくれたらしく、マミ（D・H夫人）の嬉《うれ》しそうな顔が私たちを玄関に送りだす。

「どう？　うちで御飯でも食べていらっしゃいな」

車の中でマダムが鷹揚《おうよう》に誘ってくれたから、勿論のこと、私は大喜びだ。私達はマダムの豪壮なアパートの部屋に上っていった。二三十畳敷位もあるか、その中央のテーブルに向って腰をおろし、

「菅野さん、菅野さん」

マダムの声に応じて、いつのまにか、洋服に着かえてしまっている菅野もと子が姿を現した。

「桂さんは日本酒？　ビール？　ウイスキー？」

とマダムが訊《き》くから、

「じゃ、ウイスキーを頂きます」

「菅野さん、そんなら、スコッチを持ってきてあげなさいよ。グラスと、氷と、お水もね。それから下に云って、何か作らせてよ」

間もなく、もと子がジョニー・ウォーカーを運んでくる。

「あんたも御相伴をしたら？」

そこで三人、テーブルを囲んで、とりとめない雑談になった。しゃべっているうち

に、卓上には前菜が運びこまれる。空輸でもしたものだろう、数ノ子、蒲鉾《かまぼこ》、昆布巻《こぶまき》、黒豆等、見事な日本流のおせち料理のようである。

「桂さんは料理がうまいんだって？」

「アハハ、満人の苦力《クーリー》なみの料理なら、やりますよ」

「よかったら、いつでもうちの台所を使いなさいよ」

「ほんとですか。いいんですか？」

「ウフフ、河豚《ふぐ》の手料理以外は、つきあってあげるわよ」

私はマダムの案内で、その完備した台所と、味噌《みそ》、醤油《しょうゆ》、油等、林立する調味料と、鍋釜《なべかま》庖丁の類をひとわたり眺め廻しながら、満悦するのである。そのまま、夕近くまでウイスキーの馳走になり、雑煮まで平げて、ようやく店に顔を出すらしいマダムが着替をはじめるというのをシオに、私も腰を上げた。

菅野もと子は私を送りだしがてら、ちょっと、その出入口に近い自分の部屋を覗かせた。奥の方にミシン。その下に巨大なスーツ・ケースが口をひらいて、さまざまの華麗な衣裳《いしょう》がちらばっている。その手前のベッドの上に、紫のシュミーズと桃色のガウンがなまめかしくほうりだされてあった。窓は間近い隣接のビルディングに向っている。

「ここに忍びこむのは、これは容易なこっちゃないですね？」

「フフフ、要塞《ようさい》堅固でしょう？」

「しかし、一旦《いったん》忍びこんだら、あのスーツ・ケースの中にだって、もぐりこめそうだ」

私たちが笑いだした途端、
奥の方から、マダムの声が聞えてきた。

「菅野さーん」

「じゃ、さよなら。あとで電話するわ」

「どこへ？」

「あなたのホテルよ」

「オレはまだヤマトのバーで飲んでるよ」

「じゃ、あすこへ電話するわ。バイバイ」

もと子は奥の部屋に駈《か》けこんでいった。

ニューヨークの市民たちは誰も彼も、夕暮の町を、戸外の寒気に首をすくめながら、いそがしげに歩いている。その間をよろけながら、私はブラブラとレストラン・ヤマトの入口まで歩いて行くわけだが、まるで思いがけない情事を漁《あさ》り歩こうとするいっぱしの色事師気どりなのは、自分でも呆《あき》れかえったていたらくだ。つい昨夜までは、恵子の情事（？）に逆上して、ヤレ悒悶《ゆうもん》だの、ヤレ鬱気だのと、窓から飛び降り自殺の猿真似《まね》までやらかしていた自分自身が、一夜眼覚めてみただけで、たちまち行きずりの女性との交情を今にも手にとろうと待ちかまえているあんばいだ。さすがに何となくうしろめたく、一度はヤマトの前を通り抜けてみたが、またこっそりとあとがえる。

そのまま、入口間近いバーのスタンドにもたれかかりながら、一人ウイスキーを飲みはじめた。奥の食堂の方は、大変な盛況のようだ。次々と婦人同伴の米国紳士たちがやってきて、奥の食堂にはいりこんで行く。

まだ時間が早いせいか、バーだけは閑散として、誰かとの待ち合せでもしているのだろう、一人の年若い金髪美人がジンフィーズを飲んでいる。時々、私に話しかけながら、煙草《たばこ》の火を催促する風だけれど、もともと英語に弱い私とでは、納得のいく会話になるわけがない。ライターの火を点火してやると、ようやくつまらなそうに、もとのスタンドの方に向き直った。

一度、大勢の客を送りだしながら、マダムがバーの前を通りすぎ、

「あーら、こんなとこで飲んでたの？」

私を見つけだして笑顔になり、バーテンに何事か囁《ささや》いてくれたから、たちまちバーテンのお世辞がよくなった。

「じゃ、ゆっくりしていらっしゃい。料理の方、ほんとなら、いつでもいいわよ」

そのまま、また奥に引き返していった。間一髪、バーの電話が鳴って、

「ハイ、桂先生」

バーテンは俄《にわ》か覚えの私の名を呼びながら、その受話器を手渡した。勿論《もちろん》のこと、菅野もと子からの電話である。

「そこに呼びに行こうと思うけど……、ママからみつけられるのよ。それにバーテンだって、あとできっとママに云《い》うでしょう。ですから、どこかよそで会えない？」

「生憎《あいにく》と僕はどこも知らないよ」

「じゃね、お店の前を東の方に一町ばかり歩いて行くと、同じ並びに半分地下にもぐったようなカフェがあるわ」

「東って、どっち？」

と電話できいたら、耳ざとくバーテンが聞きつけて、

「こちらでございます」

手をあげながら、教えてくれている。この分だと、きっともと子の声だって聞きわけただろう。私はゆっくりとウイスキーを飲み乾して、ちょっと食堂のママの所に挨《あい》拶《さつ》に行った。

「もう暫《しばら》く飲んでいらっしゃいよ。紹介してあげたい人も来るからさ」

親切に云われたが、

「今日は失礼します。人と会う約束がありますから」

いさぎよく廻れ右をして、屋外に飛びだした。うまい具合に、その半地下のカフェという店を覗きこもうとした瞬間に、うしろから背中を叩かれた。

「なーんだ。じゃ、車に乗ろう」

「そうね。ここは新聞社なんかの知った顔がよく見えるとこだから」

私たちはもよりの所に止っているタクシーの中に駈けこんだ。

「オレのホテルでもいいの？」

「あなたのお部屋、コーヒーはあって？」

「部屋にはないけど、頼めばコーヒー位持ってくるでしょう」

車はフィフス・アベニューのビルの谷間を、真っすぐに南下して行くのである。いつもは無人の玄関に感じられるフロントに、帳場が黙りこくって坐《すわ》りこんでいることに気がついた。

「グッド・イブニング」

「グッド・イブニング・サー」

エレベーターの黒人の所までわき目もふらず通りすぎようとしたが、その帳場に呼びとめられた。彼女は泊るか、と訊いているようだ。

「ノオ」

の一語。首尾よくエレベーターは動きだしたけれど、いつも無言の老人が、何かとうるさくしゃべりかける。そこで、五十仙《セント》銀貨を握らせたが、肝腎《かんじん》のコーヒーを頼むのはすっかり忘れた。ようやく部屋の中にはいりこんだが、もと子は急に笑いだして、そのおかしさがとまらないようだ。

「コーヒーを頼むのを忘れたけど……。オレはまだ一度も、頼んだことなんかないもんだから」

「いいわ。アタシが頼みます」

もと子の方がよっぽど勝手馴《な》れた様子で受話器をとり、ハロー、ハローの呼び声と一緒に、コーヒーのルーム・サービスを依頼し終ったようだ。今度はどちらからともなく、大仰な接吻《せっぷん》抱擁に移る。彼女は私の背中を撫《な》でまわし、

「ねえ、ねえ。今夜、やってみせてよ。ほら、飛び降り自殺の真似を……」

「アハハ、いいよ。しかし、これ一本飲まなくちゃ、凄味《すごみ》も何もありゃしない」

「いいわよ。一本飲んでしまって……」

「じゃ、泊るの？」

「ウフフ、ママに追いだされてしまうけどな。でも、見たいわね、桂さんの狂乱するの……」

「よし。じゃ、始めよう」

私はウイスキーを取って、いつもの通り、瓶ごと、ウイスキーと牛乳のチャンポン飲みになった。黒人のエレベーター・ボーイが、不器用な手つきでコーヒーを運んできた。卓上に並べ終ったが、もと子がばかに華麗な和服に着替えてきたものだから、その衣類を指さしながら、「ワンダフル」「ワンダフル・シュート」をくりかえして立ち去らない。私はもう五十仙、老人の手に握りこませるのである。

黒人の靴音が消えて行くのと同時に、飢えたけだもののようなもどかしい接吻になった。そのまま抱えあげて、ベッドに移る。いつのまにか、相手の帯をいらだたしくほどきはじめていった。

あとはあいかわらず、カタカタと窓ガラスを叩き続ける、ニューヨークのからっ風の音だ。地底の中からは、絶え間のない大都市の地鳴りのようなものが響き寄ってくる。酔覚めから、私は尚更《なおさら》みじめに震えだす心地だが、女の肌のぬくもりと、かすかな寝息さえ立っている時に、今更、電燈をつけて飲み直すわけにはいかないだろう。ウイスキーを手さぐりする。心持ち首をもたげ、顔を不自然に横にねじむけながら、そのウイスキーを横くわえにこっそりと咽喉《のど》もとに流しこんでいるが、

「オウ……」

何におびえるのか、突然と、彼女は、外人にでも呼びかけるような声になり、寝がえりを打って、私のからだにしがみつこうとしたから、ウイスキーの飲みこぼしが、

思いがけなく裸の胸もとから腋《わき》のあたりへ流れ這《は》っていった。

「あら。これ、なーに？」

ようやく物心地ついたらしく、彼女はいぶかしげに、私の腋の下まで、そのウイスキーの流れを手さぐりした揚句、

「まあー、また飲んでるの？」

私が手に握りしめているウイスキーの瓶に気がついたようだ。

「窓から飛び降りる稽古をやれって、云ったじゃないですか？」

「ウフフ、よしてよ。冗談よ」

「いや、面白いですよ。そうだ、今晩は裸でやってみるか」

「バカ」

と女の唇が私の口を蔽《おお》ったが、この女の眼前から全裸の私が矢のように落下していくあやしい誘惑を感じはじめている。

「よし、やってみよう」

と毛布の間から這い出そうとした時に、私の腰のあたり、彼女の裸の胸で抱きとめられた。

「バカね。それより、今何時頃？」

「さあ、まるきしわからない。十二時かな、一時かな？」

彼女の方が思いきりよく毛布の間から跳び出した。手早く下着の類をつけて、電燈のスイッチをひねり、

「まあ、あと五分で二時よ。さんざんだわ」

「帰るの？」

「だって、帰らなくちゃ。ママから追いだされるわ。それともあなた、アタシを引取ってくれる？」

私は毛布の中でパンツをはきながら、いさぎよく送って行く決心になった。洋服のポケットにウイスキーをねじこんだ。接吻。エレベーター・ボーイにまたぞろチップを握らせて、彼女の腕を支えながら、寒風の深夜の道に走りだしていった。

私がとにもかくにも自分を取り戻したのは、ようやく私が自分流の飲食の習慣に舞い戻れた時期だと思う。買出袋一つをぶらさげて、馴れない地下鉄駅を地図の上に探し求め、はじめて乗りこんでいった地下鉄の乗り心地は忘れられるものではない。プラットホームの入口に、まるで監獄のような岩乗な鉄扉《てつぴ》が開閉し、列車に流れて行く人間の調節を試みているあんばいだ。その車輛《しやりよう》も、一切の装飾を省きつくしたようにいかつくて、ニューヨークの地下鉄は、奈落を駈けわたるような轟々《ごうごう》の響きをあげるのである。

チャイナ・タウンの店先には、何でもあった。鶏《とり》の砂ギモを買い、牛蒡《ごぼう》を買い、人《にん》参《じん》を買い、大根を買い、葱《ねぎ》を買う。もっとも、葱は玉葱の青葉のような平たい葱だが、私はほかに春雨《はるさめ》と生鱈《なまたら》の肉片を買い入れて至極満悦するのである。久しぶりにまたショッツル鍋《なべ》のつもりであった。

そこで一度ホテルに引返し、レストラン・ヤマトのマダムの所に電話をかけてみると、

「ハイ、ハイ」

菅野もと子のようである。

「今日、そっちでショッツル鍋をしようと思うんだけど、どう？　ママ、いる？」

「ええ、おっつけ帰ってくると思うけど、でも御機嫌が悪いのよ。それより前山千代子のとこにしない？　あなたは場所を知ってるでしょう？」

「いや、知らない」

「だって、一度送って行ったっていうじゃない？」

なるほど、ニューヨーク到着の第一夜、ブロード・ウェイ五十番街のウインター・ガーデンで「ウエスト・サイド・ストーリー」に招待され、その前山千代子嬢と一緒に観劇したことがある。たしかW大学の演劇科の学生だとか云っていた。芝居がはねたあと、小さな料理屋で中華料理を突つき、そのまま、騎士道精神を発揮して、西も

東もわからないのに、彼女をアパートの入口まで送り届けに行った。だが、さてどっちの方角であったか、ただ、近くにぼんやりとした川の流れが見えていたような記憶だけしか残っていない。

「それが、まるっきり覚えていないんだ」

「所番地を教えてあげるから、タクシーに乗っていらっしゃい。あっちに着けば、自然とわかるわよ」

云われるままに、私はタクシーに乗りこんだ。パーク・アベニューを北上しているようである。運転手がここだと指さしているようだから、車から降りてみたが、どの家であったか、皆目おぼつかない。両手に抱えきれぬほどの買出し食糧品を抱え、とにもかくにも水の見える方角へ歩いてみようと、二三十分うろつき廻った時に、当の菅野もと子と前山千代子の歩いてくる姿が見えた。手を振りながら、急ぎ足に寄ってくる。

「まあ、早かったのね。アタシたち、地下鉄だったから」

「なーんだ。今やってきたところ？　じゃ、かりに家を知ってたって、はいれないじゃありませんか」

「もう、うちにいらっしゃったんですか？」

と前山嬢が云っている。

「いやー、家がわからなかったから、そこらでブリキ罐《かん》でもみつけ、野外炊事でもやらかそうかと思ってたところです」

「まあ、こんなに買ってどうする気？」

もと子は私の荷物を半分抱えとりながら、

「じゃ、みんな、千代子のうちに泊めて貰《もら》おうかしらね？」

「かまわないわよ。ママさんにさえ、叱《しか》られなかったら」

「千代子が電話をしてくれれば、大丈夫だわ」

私たちはゾロゾロ歩いたが、今しがた車をおろされた地点から、ほんのひと曲りしたとこだ。しかし、その地点に曲りこむと、アパートをでも取り壊した跡か、瓦礫《がれき》を越えて、イースト・リバーのどんよりとした夕景色が眺めわたされた。その川下の空の中に、濁りきった淡い上弦の月が見えている。長い時間、うろつき廻っていたから、凍えつくように寒いのに、

「ちょっと、ここで待ってて……」

急いで部屋の中をでも取り片づけるつもりなのか、その門口に立たせられたまま、私は震えながら、次第に明暗が逆転してゆく月と水面を眺めくらべるのである。

部屋は粗末だが、こちらの隅にソファ、あちらの隅に押入様の張りだしがあり、カーテンで仕切られたベッド・ルームにでもなっているようだ。その左に炊事場。突き

あたりがバス・ルームらしい。

「さ、お手伝いするわ」

彼女たちは電蓄にフランク・シナトラのレコードをかけて、それにつけてものうく唄《うた》いだしながら、私が買出してきた蔬菜《そさい》の類をひろげていった。

やがて、卓上にガス・レンジが運びこまれ、鍋がかけられ、その水の中に私が持参の出し昆布をひたし、水筒のショッツルを入れる。鶏の砂ギモ、人参、牛蒡、葱、大根と次々にほうりこんで、ひさかたぶりの鍋料理になった。牛蒡はまるで日本のズイキのあんばいだ。フワフワと歯ごたえも匂《にお》いもない。しかし、鱈と春雨が思いがけなくうまく、私は手持のウイスキーを呷《あお》りながら、彼女たちの話に黙って聴き入った。

彼女たちもテーブルのわきに横坐《ずわ》り、グラスをさしだして、そのグラスの中にウイスキーを貰いうけ、チビリチビリと飲んでいる。次第に酔ってゆくようだ。

酔ってとめどないニューヨークの裏話だが、その話のはしばしに、この大都会の奇妙な翳《かげ》は何となく投影されているように感じられる。たとえば、カーネギー・ホールの世界的な大指揮者A・G……氏と、そのガール・フレンドである二人の日本女子留学生の話。もと子たちは、絨緞《じゅうたん》の上に立膝《たてひざ》になったり、寝そべったり、その女子留学生二人の葛藤《かっとう》やスキャンダルに熱中して、その揚句に、「あー、酔ったわ。ちょっとバスを使ってさましてこようかしら……」などとシュミーズ一枚、バス・ルームに駈《か》けこんで、そこからラ・ヴィ・アン・ローズの悩ましい歌声をあげ続ける。かと思うと、今度は湯気にほてる肌をバス・タオルでくるみ、「ごめんなさい」ソファのところに帰ってきて所在なく自分の乳首をつまみとってみたり、さてまた、A・G氏のガール・フレンドの話にあとがえって、「あの子たち、若いくせに、憎らしい程割切ってるのよ。とても、ああはいかないわ……」

もと子たちのこれらの憧憬《どうけい》や焦躁《しょうそう》をおぼろげながらかいつまんでみるならば、あらましこうのようだ。ニューヨークの町の男性であれ、女性であれ、そのスタート・ラインにつくまでは、どんなことだってやってのける。グリニッチ・ヴィレージあたりにあがいている下積の俳優や作家、画家たちなど、彼らの戦列につくまでは、愛だの、貞操だの、純潔だのと、そんな甘っちょろくまぎらわしい考えなどみじんも持ちあわせがなくて、自分を有利に展開するためならば、愛情でも、肉体でも、まるで弾丸のように惜しげもなく投擲《とうてき》する。やれ、プロデューサーに身を任せたの、ディレクターに貞操を捧げたのなどというみじめでジュクジュクした問題はどこにもなく、誰だって、いつだって、スタート・ラインにつくためには、どんな思い切ったことでもやってのける。スキャンダルなどという贅沢《ぜいたく》な出来事は、なにによらず戦列についてから後のことだ。そのスタート・ラインにつくまでの下積たちにとって、スキャンダルなどという高級な問題はありゃしない。そんなことはあたり前で、誰も話題にも、相手にもしないわけのものだろう。

「いやーね。東京では、誰もそういうことがふっきれていないんだもの。愚図々々《ぐずぐず》とみみっちくつまんない噂《うわさ》ばかりしていてさ……」

もと子たちは、しみじみと東京の腑甲斐《ふがい》ない湿地状態を喞《かこ》っているが、はたして彼女たちがほんとうにふっきれているものかどうか。しかしながら、何もかも戦力に換算して果敢に投擲するような、ニューヨークの壮烈無慙《むざん》な資本主義文明がおのずから醸《かも》しまわす独楽《こま》の回転に巻きこまれかかっていることは事実だろう。少くともそこに醸し出されたあやしい毒にあてられかかっていることは確実だ。

「ウフフ、アタシ、感心しちゃったのよ。桂さんなんて、有名な作家がさ、新劇の女優の卵にうつつを抜かして、それがあんた、相手の卵に、そのむかし、恋人が居たの居なかったのって、ホテルの七階から飛び降りるっていう騒ぎなんだから。それも、ニューヨークのグリニッチ・ヴィレージのホテルなのよ。あくる朝、ニューヨークの新聞はいったい何て報道したらいいかしら？　アタシ、そこが気に入っちゃった。今頃すてきだわ。稀少《きしよう》価値よ。泣かされたわ」

からかわれているのか、おだてられているのか、思わず私は頬を染める始末である。ひとしきり笑い声になり、前山嬢は膝の上にウクレレを取って、時々、ポロンポロンとかきなでてみたり、それにつれて菅野もと子が唄ってみたり、かと思うと、またまたニューヨーク在住の誰彼の内輪話になる。話はまた一転して、クリネックスの便利さから、アメリカの簡便な生理器具の礼讃に移るといった有様だ。そう思っていると、「ほら、この間、C……（著名な映画俳優）がお店に来たでしょう。あの時、誘われたもんだから、あの人の海の見える別荘まで行ったらさ、アタシがこんな風にソファに腰をかけている真ン前にペッタリ坐りこむでしょう。なんだろうと思っているうちに、矢庭に膝のところに接吻よ。びっくりしちゃった」

私は彼女の話に驚くのである。今しがたは、私の肺腑《はいふ》を抉《えぐ》るほどの痛烈な男性揶揄《やゆ》であった。今度はたちまち、田舎の少女を飛び超えてしまったようなシンデレラ物語だ。私は、あらましの私の出来事がこれに似ていなかったら仕合せだ、とつくづくその場の可笑《おか》しさがとまらなかった。このようにして、私たち男女は、生きて、愛して、死ぬのだろう。そのとめどなさも、おかしさも、めでたさも、何を咎《とが》めだてすることができるだろう。だとすれば、まず涙を拭《ぬぐ》え。

泊っていけと云《い》われるままに、私はその夜は千代子のアパートにごろ寝をしたが、気をきかせたのか、千代子が夜更《よふけ》にバスを使いはじめた。その合間を盗んだもと子との気違いじみた情痴の仕種《しぐさ》と、明方近くアパートの窓から覗《のぞ》きだしたイースト・リバーの凄涼《せいりょう》の風景を忘れない。

これらの暗い、頽廃《たいはい》の日々の中で、わずかに光明のように浮かびだしてくるのは、毎週末、ネピア嬢が誘いだしてくれるニューヨーク近郊のドライブの思い出だろう。週末が近づくと、きっとネピア嬢から電話の予約があって、大抵土曜日の朝十時頃、彼女の自動車がアール・ホテルの玄関に横づけになる。同行はほとんど、英語の堪能《たんのう》な小池氏だが、時には菅野もと子がまぎれこんでいたこともあった。

その、どこどこを廻ったのか、日記も何もつけなかったから、もうあらましのことは忘れたが、たとえばブロンクスだとか、クイーンズだとか、ブルックリンだとか……、マンハッタンを中心とする周辺の郊外都市はほとんど残らず見せて廻ってもらっただろう。

そうだ。珍しく快晴の一日、この日は私、ポケットにウイスキーをでも忍ばせていたのか、大はしゃぎ、とめどなく浮き立っていた。おそらくクイーンズのファウンテン・レイクか、キュウ・ガーデンの湖畔《こはん》の別荘地帯をドライブしていた時だったろう。何の話からか、輝いている空の雲だって、湖水の見事な眺めだって、あの森だって、みんな桂銀行が貸出している財産だ、取り返そうと思えば、いつだって取り返せる、あの雲の光り具合だって、水の輝きだって、森の繁《しげ》みだって、あの樹立《こだち》の梢《こずえ》の揺れざまだって、桂銀行が貸出しているものです。欲しかったら、いつでも取返してみせますよ……、私はとりとめなく愚にもつかぬそんな冗談をしゃべり続けていたが、小池氏は正直にネピア嬢に話の逐一を取次いでいるらしく、彼女も笑いだして、冬日射に

輝く美しい景物が見えてくるたびに、

「あれも桂銀行のものか?」

「オウ、あの烏《からす》の群も桂銀行のものか?」

その都度私は、「イエス」「シュアー」とうなずくわけである。「その気になりさえすれば、あの烏の群だって、空の雲だって、みんな紙幣のように、私の両手の中に降ってくるのですよ。私の両手の中に……」私が芝居もどき、浮かれてそう云っている時に、ルシールが運転している自動車は急停車になった。あわてて跳びおりてみると、道路のここかしこ、アメリカの紙幣が路面いっぱいに散乱しているのである。

「ほーら、ご覧なさい」

私はその二三枚を手にとって見せてから、もう一度、空の中に撒《ま》き散らした。

「レッツ・ゴー」

そのまま、自動車は走ったが、みんなも、不思議だ不思議だ、と思いだし笑いになり、私もあまりの偶然に、不思議な可笑しさがとまらなかった。

また一度は、ブロンクスを越えて六七十キロばかり北にある、ルシールの御両親の山荘に出かけて行ったこともあった。雪もよいの寒い日のことで、たしかブロンクス川に沿ったその道中の谷の斜面に感じのあるレストランがあり、ルシールや、小池氏や、私たちが、料理を突つきながら一二杯の水割りウイスキーを飲んでいると、そこのボーイが、「ここに、日本人のコックが一人居る。なんなら会って話をしてみないか……」ということだったから、そこのキッチンに降りて行ってみると、なるほど、七十近い老人が、カマドの前でフライパンの玉葱をいためていた。

ひとしきり調理が終ったようだから、

「あなたは日本の方だそうですね？」

そう云うと、玉葱の煙がしみた眼をしばたたかせながら、こっくりとうなずいた。

「郷里はどちらです？」

と訊《き》いてみたものの、

「十六の時に、横浜を出てしまったものだからね……」

と思いがけないボソボソの英語になり、あとはイエスだとか、ノウだとか、ただ老《ろう》耄《もう》の視線をじっと空間の一点に投げだしているだけで、はかばかしく答えようとはしない。それなら迷惑なのかと引返そうとすると、オドオドとした訣別《けつべつ》の狼狽《ろうばい》を見せている。私たちは奇妙な心のこりを感じながら、はだら雪の傾斜面を自動車の方に帰っていった。

ルシール・ネピア嬢の御両親の山荘は、文字通り、雉兎《ちと》芻蕘《すうじよう》の往き交う道の山奥にあった。かなりの積雪だ。その積雪の山腹に、簡素な山小屋が一軒ポツンと建っていて、そこへはいる道の分岐点まで、ルシールのお父さんが出迎えにきてくれていた。

おそらく朝から何度も覗きだしては待ちくらし、遠い自動車の警笛をでも聞いて走りだしてくれたものだろう。

山荘の一角に作業場を造り、その作業場いっぱいがあやしい彫刻で埋っている。彫刻が本業ではなく、週に幾日か、ここまで自動車を駆って、思うさまの彫刻に熱中するらしかった。

「ヒイ・イズ・ゴーイング・ツウ・クレイジー」

と道々、ルシールが笑いながらその父を語っていたが、私はこの剛毅《ごうき》な一米人の節くれだった手を見まもって、羨望《せんぼう》に堪えなかった。作業場の一隅には、夥《おびただ》しい工具の類が並べられ、梁《はり》にまで吊《つ》り上げられた原木がここかしこにゴロゴロして、その主人の槌《つち》と鑿《のみ》を待っているあんばいだ。

私は作業場を出て、全山、いかつい楢《なら》か櫟《くぬぎ》のような樹立を眺め廻して、その梢《こずえ》をかすめている颯々《さつさつ》の風の音を聞く心地である。その母屋《おもや》にあとがえって馳走《ちそう》になった、ルシールのお母さんの手料理の味と、煖炉《だんろ》の傍で飲んだ水割りウイスキーの沈着な甘味だけは、忘れられるものではない。

また、冬晴れの素晴しい一日、ブルックリンの渚《なぎさ》沿いを一周したことがあったが、たしかコニー・アイランドの渚であったろう。養老院の老人達がズラリと塀《へい》ぎわのベンチに腰をおろして、つくねんと南の日射を浴びているのは、異様な眺めであった。

くわしく数えてみもしなかったが、二三十人も並んでいたか。いや、五六十人あまりも腰をかけていたか。膝の間に、コツコツと杖《つえ》を上下している老人。かと思うと、毛糸の編紐《あみひも》をたどたどしく編み続けている老婆《ろうば》。いや、大半は薄眼をひらいて、ぼんやりと海のはてに眺め入っている老人男女の群である。彼らの頭上に、まんべんのない寂しい太陽の光がちらついて、このニューヨークが、彼らの生命を乾しあげた揚句に、ここへ整列させてみたあんばいであった。この渚は、夏はさかんな歓楽境だと聞いている。冬はシンと鳴り鎮《しず》まって、敗残者たちの憩《いこ》いの場に変るわけのものだろう。彼らの頭上に降っている斜めの冬日射と、彼らの眼に映っている海の色を眺めやりながら、ルシールを誘ってもよりのレストランにはいりこみ、二三杯のウイスキーを呷《あお》ってみたが、シンと腸《はらわた》にしみついてくるようなその場の寂しさは消せなかった。

ルシールに誘いだされて、ここかしこ、郊外をドライブしている時間には、何となく心鎮まったようにも思えるけれど、ホテルの七階の部屋に帰りつけば、また元の木阿弥《もくあみ》。狂躁の浮動心は、さながらニューヨークという巨大な都市の伴奏をでも得たあんばいに、波立ってくるのである。酒場から酒場を飲み歩く。それも、いかがわしい酒場を選びとるようにして、酔った揚句は、もと子や千代子をその酒場に呼び出す始末だ。

そういう夜のことだろう。もと子が席につくなり、

「桂さんね、あなたがママの所で料理をするなんて云ってらしたくせに、いっこうに見えないじゃありませんか？」

「冗談じゃないよ。オレが出かけようとしたら、この頃御機嫌が悪いから、前山さんとこにしろって、あなたが云ったじゃありませんか」

「でもね、やっぱりママは待っているらしいのよ」

「それなら、いい。それなら、盛大にやろう。すこしお客さんを呼び集めてもいいかしら？」

「ええ、きっとそれの方が喜ぶわ。だって、人の世話するの大好きな方よ……。どんな人を呼ぶの？」

「さあ、こちらで御馳走になった作家や、劇作家など、四五人呼んでみるか」

「こちらの作家？」

「うん、多くも知らないけど」

「そりゃ、ママ、きっと大喜びよ」

彼女は大乗気で、はじめは私に直接電話しろと云っていたのに、「アタシがママによーく云っといてあげる……」などと、いつものように長居もせず、匆々《そうそう》に引揚げて行った。

翌朝、ホテルに電話があり、ママが喜んで承知をしたから、招待する客の数や、その招待の日どり、時間などを早くきめろ、ということらしい。私はいつだってかまうことはない。それに、呼ぶ方だって、別段、誰ときまったことはない。マダムの都合のいい日どりと時間に、来てくれるだけの人に来てもらえばよいわけだ。

「駄目よ、そんないい加減のことじゃ……」

と電話のもと子が心もとながるけれど、

「いいから加減じゃないですよ。その通りですよ。オレは料理が作りたいだけで、誰が来てくれたって、いつだってかまやしない」

「ハイ、わかりました。あきれた人……」

クスクス笑いになって、電話は切れる。マダムの好都合な日どりと時間に合せて、心あたりの米国作家や、劇作家など、ルシール嬢に取次いでもらったら、みんな見えるという返事であった。勿論《もちろん》のこと、そのルシールも、同席してもらうつもりである。

当日の朝は大騒ぎだ。もと子や千代子に手伝ってもらって、ニューヨーク中を買出しに廻る意気ごみであった。中華風の前菜、日本風の寄鍋《よせなべ》、エビのトマトいため、鶏《とり》モツの揚もの等を手あたり次第に作るつもりだから、まずチャイナ・タウンの行きつけの店に出向いて行ってあらましの品を揃《そろ》え、今度は日本人商店で豆腐などを買い足し、最後にシー・フッドの料理店にまで駈《か》けこんでエビをわけてもらう始末。レストラン・ヤマトのマダムの台所に辿《たど》りついたのは、客を招待している定刻の、やっと三十分位前だったろう。それでも、まがりなりにも前菜の一皿だけは、間に合せた。集ってくれたのは、ルシール嬢まで加えて、都合六人であったろう。

マダムは殊《こと》のほかに喜んで、とっておきの日本酒や、ウイスキーを運んできてくれる。私はそのウイスキーを飲み飲み、東京の調子で料理を作ったから、さぞかしみんなびっくりしただろう。しかし、D……氏は日本語が自由自在だし、S……氏夫妻の所では、その夫人が著名な演劇女優だから、日本人の女中を使っていたりして、私の野蛮な料理ぶりにも不愉快な顔を見せず、うまい、うまい、を連呼しながら、よく食べ、よく飲んでくれた。

米国作家たちのほんとうの気持は、無論、私にはわからない。ただ、私一人を例にとってみれば、あんなに愉快な晩餐《ばんさん》は又となかったような気さえする。S……氏は、今度は自分が手料理でミスター桂を呼ぼう、などと云い云い、みんな楽しく散会していった。事実、あとからS……氏の招待を受け、そのS……氏が焼いたロースト・チキンが濛々《もうもう》とオーブンの中で焼け焦《こ》げてしまったのも、今から思い起してみると、懐《なつか》しいことどもだ。

当夜の跡片づけは、もと子と千代子がやってくれ、私は遅くまでマダムのウイスキーを馳走になったけれど、

「桂さん、あんた、旅先で金に困ったりしたら、いつでも立替えてあげますよ」

親身に云われ、こんなに嬉《うれ》しかったことはない。実のところ、桂銀行は、あちこちの酒場に貸出過多で、回収不能の気配である。東京から心あたりの筋に紹介だけはしてもらっていたが、見知らぬ人に頭をさげるより、ここのマダムに頼んだ方がどれほど助かるだろう。

「そのうち、お願いするかもしれません。いや、そのうちなんて、のんきなことは云っていられない状態かな……」

私が笑いだすと、

「いいよ。いつでも、いらっしゃい」

マダムは例の通り、鷹揚《おうよう》にうなずいた。


考えてみると、あの日は日曜の夜であった。レストラン・ヤマトは休みであり、宴会の跡片づけがすっかりすんだのは、十二時近かっただろう。私はマダムに別れの挨《あい》拶《さつ》をして、千代子と一緒に部屋を出た。すぐあとから、もと子が追ってきて、

「下まで、送って行くわ」

ほんとうにそのつもりであったろう、防寒コートも何も、持っていなかった。私たちは玄関の所まで降りていったが、

「ママさん、とっても喜んでいらしたわ。そこで、コーヒーを飲もう」

もと子はうわずったようにそう云ったが、

「あら、今夜はどこもお休みよ」

学校に通っている千代子の方が、すぐに日曜だと気がついた。

「こんな恰好《かっこう》じゃ、遠くには行けないし……」

「そう、今夜はもう、アタシも帰る」

折よくタクシーが滑り寄ってきたから、

「じゃ、前山さん、先に乗りなさい。今夜は送らないよ」

千代子のアパートと、私のアール・ホテルは、ここを真ン中にして北と南、真反対の方角なのである。

「ううん、ひとりで帰れます。バイバイ」

と千代子の車は疾走していった。私たちは暫《しばら》く、玄関の前の寒風の中に、所在なく立っている。ようやく私たちの姿に気づいて、タクシーが寄ってきたから、

「そんなら、さよなら」

私がそのタクシーに乗りこもうとすると、

「ううん、アタシも行くわ」

彼女は思いきったように、自動車の中におどりこんだ。

「大丈夫？」

と月並な言葉を云《い》ってはみたが、私にしてみても、今夜の浮き浮きとした楽しさの余韻が残っている。その気持を手放したくはなくて、自分で乗りこむと同時に、自動車の扉を締めた。そのまま、パーク・アベニューをまっしぐらに南下していった。

ホテルでは、もうとっくに事情を知っている。エレベーターの黒人ボーイが、愛想笑いを浮かべながら、私よりももと子の方に調子よくしゃべりかけていた。もと子は、部屋にはいるなり、

「あー、疲れちゃった。バスを使わせてもらうわね……」

すぐに浴槽のお湯をおとしはじめたが、やがてあとがえってくると、

「でも、とても面白い会だったわ。それに、ママも上々機嫌なのよ」

しかし、ここにもと子がやってくることなどを知れば、たちまちその、マダムの機嫌も崩れてゆくに相違ないが、私は残りのウイスキーを傾けながら、故意に黙したままだ。お互のお腹の底に、そのヒヤリとした不吉な予感があるから、尚更《なおさら》そこをよけるようにして、私達は、湯上りの相手の体をしっかりと抱き合い、お互のたかぶる官能を共謀者のふうに挑発し、埋め合った。今が彼女を帰す最後の時間だと思えば思うほど、女の麻痺《まひ》しやすい肉体の中に、溺《おぼ》れるようにしがみついていった。それでも、夜明け間近い空のしらじらとしたうすら明りを、彼女は二三度、首をもたげてすかし見ているように感じられた。その度に、彼女の肌を私の体にもみつけるようにして、

毛布の底にもぐり込んでゆくだけだ。

いつのまにか、まばゆい真昼の慚愧《ざんき》の中に、まだ思い切り悪く、裸のままだき合っているのである。彼女が起き上ったのは、またとっぷりと暮れ終ったあとだったろう。

「もうそろそろ、ママがお店へ出かけていった頃よ。アタシ、ちょっと帰ってみる……。でも、あなたはねんねしてらっしゃい。送ってこなくっていいわ」

彼女は入念に着物を着、また愚図々々《ぐずぐず》と化粧台の前に立ってから、「じゃ、バイバイ」申しわけのようにベッドの私に唇をあて、それからうしろも見ずに走り出していった。

二日、三日。私はアール・ホテルから身動きせず、地図をひろげては、ウイスキーを片手に、メキシコ縦走の計画を練っている。そろそろ年貢《ねんぐ》の納め時だ。メキシコの沙漠《さばく》の中にでも迷いこんで、どえらいサボテンの林立をでも眺め廻してきたい。世界周遊の航空券には、ちゃんとそのメキシコの部も書きこんでおいてもらったが、旅費の方はもうそろそろおぼつかない。マダムの所に借りに行くほかに手はないけれど、肝腎のもと子の応答がないのである。私は都心の方には近づかず、グリニッチ・ヴィレージからダウン・タウンのあたりをうろつき廻るだけだ。

幾日目であったろう。夜分になって、そのもと子から電話である。

「いくら連絡しようと思っても、いつも、あなたは居ないじゃありませんか」

「そんなことはないですよ。朝っぱらは、いつも居る」

「さんざんなのよ。怒られちゃったわ。だって千代子が、あのあくる日、ここへ来てるんですもの。千代子のとこに行ってましたと答えた途端、怒鳴りだされちゃったわ」

「じゃ、そちらに詫《わ》びに行ってあげようか」

「駄目よ。カンカンよ。アタシも謹慎しますから、ほとぼりのさめるまで、あなたも暫くこっちには顔を出さないで……」

「いやあ、オレはママからお金を借りる約束をしてるんだよ」

「駄目、駄目。そんなのんきなこと、云ってる時じゃないわ。そのうちアタシ、そっと連絡して出かけるから、それまで待ってて頂戴《ちょうだい》……」

電話はあわただしく、中途半端《はんぱ》に切れる。その晩は自制して、ホテルの界隈《かいわい》で飲んで廻っていたが、そのあくる日になると、どうしてもレストラン・ヤマトに出かけていってマダムの顔を見なくては納りがつかないような気持になってきた。怒鳴られたら、怒鳴られたっていいのである。私はなまじうやむやにほうりだされていることが出来にくい。夕暮の色を推しはかるようにして、ホテルを出た。

ヤマトのバーはもうひらいていたが、まだ客の顔は見えていない。

「ママさんは？」

「まだお見えになっていませんけど、お呼びしますか？」

「いやあ、わざわざ呼んでもらわなくたっていい」

思いなしか、そのバーテンまでがオズオズと、何となく私の視線を避けるようである。それでも飲んだ。二三杯の水割りをゆっくりと飲みほしていくうちに、奥のレストランの方は次第にたてこんできたようだ。バーテンが見えなくなったと思っていたら、奥の方からかえってきて、

「ママがお見えになっています。あちらでちょっとお目にかかりたいって云ってますから」

私は飲みさしのウイスキーを干し、奥の方にはいりこんでいってみた。クローク・ルームの前を通りすぎようとすると、

「桂さん、ここよ」

その、クローク・ルームの中から、低いマダムの声が聞えてきて、不機嫌をもてあましたような仏頂面《づら》が見えた。

「あ、ここですか……」

と私も相手の気配に順応して、黙って突っ立っていると、

「あんまり出鱈目《でたらめ》はやらないで頂戴よ……」

そのまま、暫く言葉はとぎれたが、

「この間まで、なんて云っていたの？　島村の女がどうのこうので、死ぬ気でやるようなことを云っていたくせにさ、その舌の根も乾かないうちに、あたしが預っている女をひっぱり廻して、あっちこっち泊り歩いているんだから……。あんたが呼んできた、こないだのお客さん方にだって訊《き》いてみて御覧。何て云うか？　アタシから云われるのが不愉快だったらさ、さっさと引取っておくれよ。もうあんな女は見るのもいやだから……。荷物ごと送ってあげるからね」

またひとしきり、米人の来客がはいりこんできたから、マダムは私との問答をやめて、その客の接待に移っている。

「じゃ、そのうち……」

客を案内しながら、奥にはいりこんでいった。私はバーにあとがえって、もう一杯、水割りのウイスキーを注文する。身を投げだすような、新しい旅への飢渇を感じとっている。それにしても、どうしてオレはオレを抑制できないのか。ちりぢりばらばら、ようやく日本から追いだされるようにして逃れ出してきたというのに、もうはやニューヨークにも居たたまれないようなていたらくだ。どこへ投げだされていこうと、それは私の望むところだが、できることならメキシコを一廻りしたかった。しかし、メキシコはおろか、このままロンドンに辿《たど》りつくのだって難しかろう。嚢中《のうちゅう》わずかに三百ドルそこそこだ。ロンドンに辿りつけば何とかなるが、その三百ドルそこそこで、メキシコ一周は、この日頃の飲酒の習慣を完全に克服しない限り、できるわけがない。それに、酒なしの旅をする位なら、アール・ホテルのベッドの上で、川蒸気の絵をみつめながら、風の声か、地底の音に聴き入っている方がましだろう。

いかに私が厚顔無恥でも、今更ここのママに泣きつくわけにはいかなかった。すると、どうする？　ルシール嬢にでも事情を打明けてみるか。「桂銀行が倒産いたしました」と云いだしたら、ルシールは腹をかかえて笑いだすだろう。その情景を想像しながら、可笑《おか》しさがこみあげてきた瞬間に、私はふっと毛利氏の名前を思い出した。アメリカで困ったら、毛利さんに泣きついてみるのがいいだろう、と壺野が出がけにたしかそう云った。しかし、その毛利氏がニューヨーク在住であるかどうか。あわててポケットの手帳をくってみると、その事務所がニューヨークのトリニティ街になっていた。大安堵《おおあんど》。今夜はもう駄目だから、明日の朝、出かけていくことにして、そのまま、ヤマトのバーで飲み続けた。

翌朝、ホテルの窓から覗《のぞ》きだしてみると、横なぐりの吹雪のようである。急いで牛乳とウイスキー。ウォール街間近い、トリニティ街の毛利氏の事務所に上っていく。幸い、毛利氏は出社しているようだ。応接室に通された。暫く待っているうちに、半白の五十五六の紳士が現れて、

「やあ、お待たせいたしました。毛利です」

私は用件を真っ先にきりだすべきだと思ったから、時候の挨拶《あいさつ》も何も抜きにして、事情を打明けると、

「はあ、壺野さんから、何かそんなお手紙を頂いておりました。どの位用意したら、お役に立つでしょう？」

「二千ドルばかり、拝借できませんか？」

「そうですね。今すぐにでしょう？」

「ハイ」

「じゃ私、ちょっとそこまで用事がありますから、一緒につきあってくれませんか？」

私はその毛利氏のうしろに続いて、戸外に出た。小さい粉雪が、ビルの谷間の風に吹き上げられている。

「忙しそうに歩いているでしょう？　ニューヨークにくると、すぐあのテンポに巻きこまれてしまいますよ」

毛利氏はそう云って、私の肩にかばうように手をかけながら、横断歩道を渡って行く。なるほど、その毛利氏の足どりも、舞うように早い。

「でも、ニューヨークは、歩くのが一番いいですよ。あとは地下鉄、タクシーはいけません……」

ウォール街の中を抜けて行った。その両側の銀行や、証券会社の玄関の真上のあたり、何の祝祭か知らないが、星条旗がハタハタと鳴っていた。突きあたって、右に曲る。その左手の建物を指さして、

「スチルネル教会です。煤煙《ばいえん》で随分よごれちまっておりますが……、いい教会でしょう？」

その教会は、吹きだまりの積雪の中に、まるで烏《からす》が羽根をひろげたように、どす黒く建っていた。

「私、信徒でも何でもないんですけど、時々、フラリとここにやってきては、この教会の中で一二時間、坐《すわ》りこむんです。すると、奇妙に心が鎮《しず》まりますね」

そう云って、私の肩を支えながら、教会の門口に立った。

「ちょうど私、一時間ばかり、すぐそこの事務所で用談がありますから、その間、あなたもためしに坐ってみてごらんなさい。すぐ帰ってきます。あとで御一緒に、銀行へ参りましょう」

毛利氏は私の返事も待たず、入口の鉄扉を引きあけて、私を招じ入れる。ガランと広い会堂の中には、ほんの一人二人、つくねんと椅子《いす》に腰をおろして、首をうなだれている人の影が見えた。毛利氏は私を抱き寄せるようにしながら、その真ン中近い椅子に私を坐らせた。暫く私の傍に立っていたが、「じゃ……」低い声を残し、そのま

ま、こっそりと立ち去って行くようだ。

私は奇妙な感慨にとらえられながら、スチルネル教会の中に坐りこんだままである。会堂は暗く、わずかに高いステンド・グラスを洩《も》れる光が、薄明のような幽暗をつくっている。あとは、祭壇の列の燭台《しよくだい》に蠟燭《ろうそく》の炎がまたたいているだけだ。毛利氏の帰りは遅かった。もうとっくに一時間を越えているだろう。しかし、私の心は奇妙なあんばいに鎮まって、ただその鎮まった部分のあたりに、恵子や、もと子や、ママや、さまざまな人の影が揺れ動いてくるように思われた。祭壇の蠟燭は、低い呟《つぶや》きの声をあげながら燃えつづけて、時折、その煮えたぎった蠟が、蠟燭の肌を伝い流れていった。

（下巻へ続く）

火《か》宅《たく》の人《ひと》（上）

新潮文庫　た－5－3

昭和五十六年七月二十五日 発行
平成十五年三月二十日 四十五刷改版
令和元年八月五日 五十三刷

著者 檀《だん》一《かず》雄《お》

発行者 佐藤隆信
発行所 株式会社 新潮社
郵便番号 一六二―八七一一
東京都新宿区矢来町七一
電話 編集部(〇三)三二六六―五四四〇
読者係(〇三)三二六六―五一一一
http://www.shinchosha.co.jp

価格はカバーに表示してあります。

乱丁・落丁本は、ご面倒ですが小社読者係宛ご送付ください。送料小社負担にてお取替えいたします。

印刷・大日本印刷株式会社　製本・株式会社大進堂

© Tarô Dan 1975 Printed in Japan

ISBN978-4-10-106403-1 C0193